Martin Wandaller

Rot ist die Liebe, schwarz ist das Loch...

Teil I

Ähnlichkeiten mit Personen oder Örtlichkeiten aus dem wirklichen Leben sind reiner Zufall und nicht beabsichtigt. Jegliche Handlung entspringt reiner Fiktion und soll nicht mit der realen Welt in Verbindung gebracht werden.

Bibliografische Information der Deutschen Nationalbibliothek:

Die Deutsche Nationalbibliothek verzeichnet diese Publikation in der Deutschen Nationalbibliografie. Detaillierte bibliografische Daten sind im Internet über http://www.d-nb.de abrufbar.

TWENTYSIX – Der Self-Publishing-Verlag
Eine Kooperation zwischen der Verlagsgruppe Random House und BOD – Books on Demand

© 2017 Martin Wandaller

Herstellung und Verlag:
BoD – Books on Demand, Norderstedt

ISBN: 978-3-7407-3192-2
Umschlaggestaltung & Layout:
maxzojer.com

Für alle geliebten Haustiere auf der Welt und auch für jene, die nicht das Glück haben, geliebt zu werden.

Ein großes Dankeschön an meinen Cousin Max, der nicht nur das Cover gestaltet hat, sondern mich auch durch den Prozess der Veröffentlichung begleitet hat.

Kapitel 1

Löcher hatten schon immer eine gewisse Faszination auf Albert ausgeübt. Zuerst die Löcher, die er im Sandkasten gebuddelt hatte, dann gute zehn Jahre später die Löcher der Frauen, dann die Löcher in seinem Herzen, die diese besagten Frauen hinterlassen hatten, und schon bald würde ein neues Loch in seinem Leben erscheinen.

Im Moment bezeichnete sich Albert als selbstsüchtig, dreckig und feige. Das waren die ersten drei Wörter, die ihm einfielen, wenn er im Geheimen über sich nachdachte. Wann immer er grübelte, und die letzten Jahre machte er das fast rund um die Uhr, drehte es sich um ihn selbst. Er musste endlich auf eine Lösung kommen. Wofür, wusste er allerdings selbst nicht. Meistens stieß er nämlich beim Denken an eine Mauer, an der es nicht mehr weiterging. Wenn er versuchte, irgendwie über diese Mauer zu klettern, hatte er keinen Erfolg dabei, und wenn er es doch einmal schaffte, hatte sein Hirn einen Trick darauf. Jedes Mal, wenn er einen Gedanken fing, der wichtig war und ihn in seinen Überlegungen weiterbrachte, ließ es diesen plötzlich verschwinden und er konnte sich nicht mehr an den Inhalt seiner Epiphanie erinnern. Irgendjemand oder etwas versuchte mit aller

Macht zu verhindern, dass er in seiner persönlichen Entwicklung weiterkam. Doch wer war dieser Jemand?

Gefangen im Käfig seiner Gedanken, schottete er sich zusehends von der Außenwelt ab, um die Zeit zu haben, seine verlorenen Gedanken zu suchen. Er brauchte dazu Ruhe. Er lebte völlig isoliert in seiner 60qm Eigentumswohnung und verließ diese nur, wenn er einkaufen ging. Hauptsächlich handelte es sich bei seinen Einkäufen um Drogen, die er für sich selbst benötigte. Marihuana, die Nummer eins, die auf Alberts Liste der bevorzugten Rauschmittel stand, machte ihn entspannter und ließ ihn umgänglicher werden. Er liebte es, wenn sein Körper gefühlte 30 Kilo mehr wog und er nicht mehr imstande war aufzustehen oder auch nur seinen Arm zu heben. Wenn er bei der Wahrheit blieb, und das war es, was er seit neuestem versuchte, war er wohl süchtig nach seinem Joint am Abend.

Das hatte Folgen. Ganz langsam verwahrloste er. Oder waren das etwa gar nicht die Folgen vom Marihuanakonsum, sondern vielleicht der Plan, den er vor vielen Jahren für sich selbst geschmiedet hatte? Dreckig sein im wahrsten Sinne des Wortes und vor die Hunde gehen.

Er wusch sich oft wochenlang nicht und putzte auch nicht mehr die Zähne, geschweige denn dass er sich die Haare wusch. Ganz langsam entfernte er sich von der Gesellschaft und ihren Regeln. Hin und wieder hatte Albert das Gefühl, dass er nicht mehr menschlich war. War er etwa schon ein Tier? Dabei war er früher mal ein hübscher Mann gewesen, der sehr auf sein Aussehen bedacht gewesen war. Früher, als seine Frau noch gelebt hatte. 6 Jahre war es jetzt her, seit sie gestorben war. Das hatte ihn zugrunde gerichtet. Das und der Umstand, dass er sich deswegen Vorwürfe machte.

Im Moment saß er mit strähnigen Haaren, die ihm bis zur Brust reichten, da und erinnerte in seinem Aussehen an einen Obdachlosen. Er war 180 cm groß, war nicht mehr so schlank, wie er es einmal gewesen war, sein Gesicht war markant, wenngleich es auch immer rundlicher wurde, je mehr sein Bauch wuchs, und er trug einen Bart um seinen Mund. Doch auch dieser sollte einmal wieder gestutzt werden. Über seinen Körpergeruch wollen wir gar nicht reden und auch seine Zähne verwahrlosten immer mehr und hatten schon an einigen Stellen gelblich braune Verfärbungen und das eine oder andere Loch. Er hatte praktisch jeden Tag dieselbe Jogginghose und ein T-Shirt an, das auch schon bessere Tage erlebt hatte.

Albert war nur ein stiller Beobachter dieser Verwandlung doch er war nicht in der Lage, etwas an seinem Verhalten zu ändern. Es war, als wäre das der einzige Weg, der für ihn vorherbestimmt war. Irgendwie hatte er das Gefühl, dass er fremdgesteuert war. Doch wer hatte ihn derart unter Kontrolle? Hatte er etwa immer ein Anhängsel aus seiner Jugend dabei, das sich an Alberts Unglück labte?

Mit 14 Jahren hatte er wie so viele Jugendliche Interesse an Magie, im Speziellen der schwarzen Magie gezeigt. Einige Zeit lang war er dann Satanist gewesen. Aber nicht in einer Gruppe. Er war sein eigener Zirkel gewesen. Er brauchte keine Jünger.

Jedenfalls hatte er seit einiger Zeit das Gefühl, dass er aus dieser Zeit etwas Dunkles mitgebracht hatte. Dieses Etwas musste schuld sein an seinem Unglück. Ein Wesen direkt aus den Tiefen der Hölle, das sich jedoch nicht offen zeigte. Aber es beeinflusste ihn. Es wisperte in seinem Kopf, dass er sich selbst zu Grunde richten sollte, und Albert folgte den Anweisungen. Es erfüllte ihn mit einem guten Gefühl, wenn er seinen Körper schändete, aber er wollte das eigentlich nicht mehr. Er versuchte zu kämpfen, doch es fiel ihm unsagbar schwer sich zu ändern.

Vielleicht war aber genau das der Plan. Wie ein Tier zu sterben.

So ungepflegt wie er auch war, sein Herz sehnte sich nach Zuneigung. Das letzte Mal, dass ihn seine Frau geküsst hatte, als sie noch gelebt hatte, war immerhin schon sechs Jahre her. Er dachte kaum an Sex, aber eine Umarmung von ihr würde ihm gut tun. Andere Frauen interessierten ihn nicht. Er wollte nur seine Frau wieder haben und wusste sogleich, dass das nicht möglich war.

Wie dem auch sei, in diesem Augenblick saß er auf seiner Couch und hatte wieder einmal das Gefühl, nicht allein zu sein. Er konnte seinen stillen Gast fühlen, und dieses Gefühl verursachte Gänsehaut. Albert hielt dieses Gefühl, unter ständiger Beobachtung zu stehen, nicht mehr aus. Er musste aus der Wohnung heraus. Obwohl es ihm widerstrebte, stand er auf und verließ diese, um noch einen Spaziergang zu machen.

Es war jetzt 18.03h an einem schönen Sommertag im August, der sich langsam zu Ende neigte. Obwohl es bereits nach sechs war, war es noch brütend heiß. Er konnte immer noch die Widerhitze des Asphalts spüren und er begann zu schwitzen. Er lief planlos durch sein Viertel, ohne seine Umwelt bewusst wahrzunehmen. Ab und zu kam ihm ein anderer Fußgänger entgegen, aber Albert zog es vor, starr vor seine Füße zu schauen, anstatt den Leuten offen ins Gesicht zu blicken. Denn der strafende Blick, den er dort sehen würde, hätte ihm nicht gefallen. Kein Wunder. Er stank und sah aus wie ein Obdachloser.

Gott sei Dank begegneten ihm nur wenige Fußgänger. Hätte er in einer Großstadt gelebt, wäre alles kein Problem gewesen. Dort gab es eine Menge Obdachloser und die Leute zeigen wenig Interesse an diesen. Dort waren sie alle Luft für die Gesellschaft. Leider nicht so in der kleinen Stadt, in der Albert lebte. Hier gab es in etwa 50 000 Einwohner und nur wenige Menschen, die aussahen wie er. Und er war noch nicht einmal obdachlos, das war ja das Tragische an der Geschichte.

Er besaß genug Geld, um nicht arbeiten zu müssen, auch wenn er keine großen Sprünge machen konnte. Ein Großteil des Geldes stammte von der Ablebenversicherung seiner Frau und den Rest hatte er geerbt. Seine Eigentumswohnung war bereits abbezahlt und verursachte nur noch geringe Kosten.

Als Albert durch eine schmale Gasse zwischen eng aneinander stehenden Häusern ging, hörte er aus einem Müllcontainer, an dem er vorbeikam, das klägliche Winseln eines Tieres. Es klang wie ein Hund, doch was zur Hölle machte er darin? Von selbst war er wohl nicht in den Container gelangt.

Albert hatte nichts am Hut mit Hunden, aber so grausam war nicht einmal er, dass er einem notleidenden Tier in dieser Situation nicht helfen würde. Dennoch war ihm etwas mulmig zu Mute. Was, wenn er bei seinem Rettungsversuch gebissen werden würde? Vielleicht hatte das Tier irgendeine Seuche?

Trotz seiner Sorge öffnete er den Müllcontainer. Es handelte sich um einen großen grünen Container, der aber erst vor kurzem entleert worden war. Müllsäcke befanden sich keine darin, aber dafür ein schwarzer Labradormischling. Dieser lag am Boden auf der Seite in einer Lacke aus Blut und sah erbärmlich aus. Völlig abgemagert und mit struppigem Fell.

Von diesem Tier hatte er wohl nicht viel zu befürchten, also kletterte er in den Container zum Hund und beugte sich zum armen Geschöpf hinab, um herauszufinden, woher das Blut stammte. Er versuchte das Tier hochzuheben, doch als er den

Hund ein klein wenig anhob, stieß dieser einen schrillen Klagelaut aus und Albert legte ihn sofort wieder hin. Nun klebte an seinen Fingern Blut. Langsam rollte er den Hund über den Rücken auf die andere Seite und sofort konnte er sehen, was los war. Der Hund war übersät mit blutenden klaffenden Wunden. Es sah aus, als hätte ein verdammt großes Tier den Hund mit seiner Pranke erwischt. 5 lange klaffende Läsionen, die sich parallel zu seinen Rippen über die linke Seite seines Kopfes erstreckten. Wie tief sie waren, konnte er nicht ausmachen, da sie immer noch stark bluteten.

Die Menge Blut, in der der Hund lag, war nicht unerheblich und es war kein Wunder, dass der Hund benommen wirkte. Außerdem zeugten die Wunden auf seinem Kopf von einem Prankenhieb, also war es noch verständlicher, dass er nicht ganz bei Sinnen war. Es war gut und gern möglich, dass er eine Gehirnerschütterung hatte. Er musste so schnell wie möglich zu einem Tierarzt. Aber alleine würde er den Hund nicht in die Freiheit heben können, denn er hatte zu kurze Arme, um ihn am Boden vor der Tonne abzusetzen und mit ihm in den Armen konnte er nicht aus der Tonne klettern, also benötigte er einen Helfer.

Gut, dass gerade zwei Jugendliche auf ihren Skateboards angerollt kamen. Albert machte auf sich aufmerksam und brachte die zwei dazu stehenzubleiben. Die Blicke, die sie ihm, dem vermeintlichen Obdachlosen in der Mülltonne, zuwarfen, waren mit Ekel behaftet, jedoch auch mit einer gewissen Art von Neugier, die wohl eher Sensationsgeilheit war. Er erklärte ihnen die Lage und die Jugendlichen zeigten sich sofort hilfsbereit trotz seines Äußeren. Gemeinsam beförderten sie den Hund vorsichtig aus der Tonne, darauf bedacht, nicht in die Wunden zu greifen, und legten ihn auf das warme Klopfsteinpflaster. Er atmete flach und zitterte ganz leicht, aber erschien froh zu sein, aus der Tonne draußen zu sein. Einer der Jugendlichen hatte eine Flasche mit stillem Mineralwasser dabei. Albert bildete mit seinen beiden Händen eine Schüssel und der Jugendliche goss Wasser hinein. Dann bot er es dem Hund zum Trinken an, aber der blieb nur weiter auf der Seite am Boden liegen und verweigerte die nasse Gabe.

Albert hob den Hund vorsichtig auf, verabschiedete sich von den 2 Jugendlichen und machte sich mit dem verletzten Tier in den Armen auf den Weg zum nächstgelegenen Tierarzt, der zum Glück nicht allzu weit entfernt war. Trotzdem wurden ihm auf dem Weg dorthin die Arme lang, denn der Hund wog so um die 20 Kilo und Albert war nicht gerade trainiert. Das kam vom vielen Herumsitzen und Liegen.

Als er endlich bei der Praxis von Frau Dr. Kofler angekommen war, stellte er fest, dass das Wartezimmer voller Leute und Vierbeiner war, aber immerhin handelte es sich bei ihm um einen Notfall, also klopfte er an die Tür, hinter der Hilfe zu erwarten war. Ein paar Sekunden später öffnete eine Assistentin die Tür und sah gleich die Notlage, in der sich der schwarze Labradormischling befand, denn der Hund wirkte jetzt völlig apathisch. Zudem bot Albert ein Bild des Schreckens, so blutverschmiert wie er dastand. Die Leute, die hinter ihm auf ihren Sitzen saßen, tuschelten aufgebracht miteinander. Die Assistentin zeigte deutlich, wie geschockt sie über ihren Anblick war, brachte sich aber schnell wieder unter Kontrolle und deutete Albert, ihr zu folgen. Dann führte sie ihn durch eine andere Tür.

Jetzt befanden sie sich in einen Raum, der wohl als Aufwachraum nach Operationen diente, und die junge Dame bat ihn, hier einen Moment zu warten, wies ihn an, den Hund auf einem Tisch aus Edelstahl abzulegen, und verschwand dann raschen Schrittes in den Behandlungsraum.

Jetzt hatte er zum ersten Mal Zeit, den Hund genau anzusehen. Es handelte sich um ein Männchen, das dem Tod sehr nahe war, das wusste er, obwohl er keine Ahnung von Tieren hatte. Albert stand völlig überfordert da, weil er nicht wusste, was er jetzt tun sollte. Es war nicht sein Hund, aber er glaubte, dass ihm jetzt menschliche Nähe gut tun könnte, also begann er zaghaft über die unverletzte Seite des Kopfes zu streicheln. Der Hund trug kein Halsband. Wem mochte er wohl gehören und was war ihm zugestoßen?

Er wurde jäh aus seinen Gedanken gerissen, als die junge Assistentin wieder auf der Bildfläche erschien und ihn aufforderte, ins Behandlungszimmer zu gehen. Der Tisch, auf dem der Hund lag, hatte an seinen Beinen Rollen und sie schob Hund samt Tisch kurzerhand hinter Albert her. Das Behandlungs-zimmer war schön hell, aber es roch stark nach Desinfektionsmittel und diesen Geruch hasste Albert. Gemeinsam mit der Assistentin hob er den Labrador auf den Behandlungstisch. Dieser ließ alles schlaff hängen und reagierte gar nicht mehr. Die Tierärztin, eine Frau um die 40, die weiche Gesichtszüge hatte und sehr sympathisch wirkte, kam zum Tisch, um sich ein Bild der Lage zu machen, und erkannte sofort den Ernst der Situation. Das Aussehen von Albert ignorierte sie.

Während sie emsig damit begann den Hund zu versorgen, fragte sie Albert nach den äußeren Umständen. Dieser wusch sich gerade beim Waschbecken die Hände und Arme, erklärte ihr indessen, wie er zu dem Hund gekommen war, und musste ihr leider sagen, dass er weder wüsste, wer der Besitzer sei, noch was dem Labrador passiert war. Ganz nebenbei teilte die Tierärztin Albert mit, dass der Zustand des Hundes erbärmlich sei. Sein Fell war struppig und er war übersät mit Flohbissen. Die Wunden auf der rechten Seite des Hundes mussten allesamt genäht werden und es handelte sich bei ihnen tatsächlich um Wunden, die lange Krallen verursacht haben mussten. Messerscharfe Krallen! Der Ärztin war jedoch kein Tier bekannt in unseren Breitengraden, das so große Pranken hat.

Die ganze Behandlung dauerte sehr lange, und als sie beendet war, teilte sie Albert mit, dass der Hund stationär in der Praxis bleiben müsse und dass die Chancen sehr gering seien, dass er die Nacht überleben würde, so ausgemergelt und schwach wie er war. Dann überprüfte sie mit ihrem elektronischen Lesegerät, ob der Hund gechipt war. Dem war aber nicht so und das hieß, der Besitzer war weiterhin unbekannt.

Als Albert bezahlen wollte, erklärte sie ihm, dass sie nichts für die Behandlung verlange, denn schließlich war es ja nicht sein Hund. Damit hatte er nicht gerechnet, aber er bedankte sich bei ihr und verließ die Praxis. Er sah immer noch verheerend aus mit seinem blutverschmierten T–Shirt, aber das war ihm egal denn er legte wie so oft einfach keinen Wert auf sein Äußeres.

Kapitel 2

Mittlerweile war es schon fast 20 Uhr und bei weitem nicht mehr so heiß wie noch vor 2 Stunden. Albert machte sich auf den Nachhauseweg. In seinem Kopf rotierte es und er stapfte mechanisch dahin, während die Gedankenmaschine arbeitete. Heute hatte er Mitleid empfunden mit dem Hund. War das nicht ein gutes Zeichen? Vielleicht war er ja gar nicht so egoistisch, wie er es oft zu sein glaubte, aber eine Schwalbe macht bekanntlich noch keinen Sommer.

Albert war so in seinen Gedanken versunken, dass er fast beim Hochhaus, in dem seine Wohnung lag, vorbeimarschiert wäre. Die Sache mit dem Hund hatte ihn so mitgenommen, dass er gar nicht mehr daran gedacht hatte, dass er in seiner Wohnung unter Beobachtung stand. Er wartete auf den Lift, denn er wohnte im 5. Stock, und als er endlich kam und sich die Tür öffnete, schlug ihm sofort furchtbarer Gestank entgegen. Da musste wohl jemand vor nicht allzu langer Zeit in die Kabine gefurzt haben oder jemand kochte gerade Kohl.

Es war faszinierend. Sein eigener Gestank störte ihn nicht, aber vor fremden übel riechenden Duftnoten grauste es ihn immer noch. Dennoch betrat er die

Liftkabine und drückte den Knopf, auf dem die Ziffer 5 stand. Sanft bewegte sich der Aufzug nach oben, und als er stehenblieb und die Türen sich öffneten, stieg Albert erleichtert aus.

Als er kurz darauf wieder in seinem Wohnzimmer stand, stellte er fest, dass er im Moment wohl der Einzige war, der sich in seiner Wohnung befand, denn er verspürte keine fremde Präsenz. Erleichtert ging er ins Schlafzimmer und zog sein T-Shirt aus. Seine Trainingshose war schwarz, deswegen konnte er nicht sehen, ob auch auf ihr Blutflecken waren. Das hieß, er konnte sie ruhig noch ein paar Wochen tragen. Er zog sich ein anderes Shirt, das zerknüllt am Boden lag, an. Dieses war zwar nicht frisch, aber es roch gar nicht besonders schlimm nach Schweiß.

Dann ging er zurück ins Wohnzimmer und ließ sich auf die Couch fallen. Nun konnte er endlich wieder in Ruhe nachdenken. Vor allem dachte er an die Geschehnisse der letzten Stunden. Wie gesagt, er hatte nicht viel über für Hunde, aber seiner verstorbenen Frau hätte der Labrador sicher gefallen. Sie war mit Hunden aufgewachsen und hatte diese geliebt. Noch mehr hatte sie allerdings Katzen geliebt, weswegen sie drei ihr Eigen genannt hatte.

Vor dem Tod seiner Frau war Albert ein sensibler Mann gewesen, aber jetzt fragte er sich, ob er überhaupt noch im Stande war, Gefühle zu zeigen. Sein Herz war wie gefroren, heute jedoch hatte es für einen kurzen Moment begonnen zu schmelzen, als er den Hund über den Kopf gestreichelt und gefühlt hatte, dass dieser die Zuwendung genoss. Jetzt fühlte er wieder nichts wie Leere. Er drehte sich seinen abendlichen Joint und ließ seine Gedanken erneut schweifen. Wieder stellte er sich die Frage, was mit diesem Hund los war. Was hatte er erlebt? Schade, dass dieser nicht sprechen konnte, um seine Geschichte zu erzählen.

Albert schaltete den Fernseher ein, doch darin lief nur Schrott, also übersiedelte er nach dem letzten Happen seines Joints ins Schlafzimmer, wo er einige Zeit später bekifft in einen unruhigen Schlaf verfiel. Er begann zu träumen. Im Traum befand er sich inmitten der Nacht in einem düsteren Wald. Er stand versteckt hinter einem Baum und beobachtete ein Geschehen auf der Lichtung vor ihm. Dort stand eine Gruppe aus Menschen im Kreis und schwankten wie in Trance vor und zurück, während sie im Chor in einer fremden Sprache sangen. Albert zählte 13 Personen in schwarze Kutten gekleidet. Was in der

Mitte des Kreises war, konnte Albert nicht sehen. Doch plötzlich hörte er einen schrillen Schrei. Albert wusste sofort, dass dieser von einem Tier stammte. Dann wachte er schweißgebadet auf.

Er schaute auf die Uhr seines Radioweckers und stellte fest, dass es kurz nach drei war. Albert stand auf und schlurfte in die Küche. An Schlafen war jetzt wohl nicht mehr zu denken, also beschloss er einen Frühstückskaffee zu trinken.

Während die Kaffeemaschine Kaffee produzierte, dachte er an den Traum. Was war in der Mitte des Kreises vor sich gegangen und wer waren diese Personen gewesen? Er wusste nur, dass sie wohl an einer Art Zeremonie beteiligt gewesen sein mussten. Er war zu weit von der Gruppe weggestanden, um Genaueres zu verstehen oder zu sehen, aber bei ihrem Gesang musste es sich um Verse in einer fremden Sprache gehandelt haben. Hatten sie eine schwarze Messe abgehalten und welches Tier hatte geschrien?

Beim Thema Tier fielen ihm wieder die Geschehnisse von gestern ein. Ob der Labrador wohl noch am Leben war? Aber warum zeigte er überhaupt Interesse am Gesundheitszustand des Hundes? Immerhin konnte er nicht viel mit ihm anfangen, denn das Wissen, dass Hunde gern gestreichelt werden, war schon so gut wie alles, was er über diese Tiere wusste. Trotzdem beschloss er, sobald die Praxis offen haben würde, die Tierärztin anzurufen und sich zu erkundigen, ob der Hund noch am Leben war.

Und dann, von einem Moment zum anderen, stellte er fest, dass er nicht mehr alleine im Raum war. Das konnte er fühlen, denn die feinen Härchen auf seinen Armen stellten sich wieder auf und seine Kopfhaut kribbelte. Er sah sich um. Wie immer konnte er niemanden sehen, aber es war jemand mit ihm in diesem Raum, dessen war er sich sicher.
Albert schnappte sich seinen Kaffee und flüchtete aus der Küche. Vielleicht konnte er dieser fremden Energie einfach so entkommen, denn er wurde nicht gerne beobachtet. Und tatsächlich, als er auf seiner Couch saß und Kaffee trank, fühlte er sich bedeutend besser, als wäre er wieder alleine. Aber es war immer noch mitten in der Nacht. Was sollte er nun zu dieser Stunde anfangen? Er beschloss zu schreiben und setzte sich vor seinen Computer. Wenn sein Kopf voll war, schrieb er so lange, bis all seine Gedanken auf Papier verewigt waren. Oft handelte es sich um düstere Texte über Tod und Verderben. Dieses Mal erschuf er den Protagonisten für einen Roman. Diese

Person hatte alle Eigenschaften, die er im Moment hatte, und so schrieb er sich von der Seele, was ihn belastete. Die Figur war ein Antiheld. Eine Person, die zu Anfang alles andere als ein Held sein sollte, sondern ein Mensch mit vielen Schwächen.

Es war nicht das erste Mal, dass er eine Hauptfigur für einen Roman erschuf, und so hatte er viele angefangene Geschichten in seinem Computer gespeichert, die allesamt darauf warteten, vollendet zu werden.

Nachdem er eine unbestimmte Zeit geschrieben hatte, sah er auf seine Armbanduhr, welche zeigte, dass es bereits 5 Uhr war, und erst jetzt registrierte er, dass es draußen bereits hell war und die Vögel zwitscherten. Wenn er schrieb, war er vollends im Text versunken und nahm seine Umwelt gar nicht wahr. Ob seine Texte gut waren, wusste er nicht, denn er hatte sie noch nie jemandem zum Lesen gegeben und so kannte er keine fremde Meinung. Irgendwann würde er vielleicht einen Roman zu Ende bringen und dann würde er ihn einer anderen Person zum Lesen geben. Aber erst dann!

Jetzt erst merkte Albert, dass ihn das Schreiben wieder müde gemacht hatte, und er beschloss, noch etwas zu schlafen, und legte sich auf seine Couch.

Lange war er nicht munter und er fiel erneut in einen unruhigen Schlaf. Dieses Mal träumte er von einer verfallenen Burgruine, die sich auf einer Anhöhe in einem Wald befand und in deren Überresten er stand. Irgendetwas beunruhigte ihn hier. Etwas stimmte nicht. Irgendwie wusste er, dass er in Gefahr war. Das sagte ihm sein Überlebensinstinkt.

Und dann, ganz plötzlich, registrierte er, dass er gelähmt war. Er stand versteinert da und konnte sich nicht bewegen. Sein Herz begann schneller zu pochen. Er wusste, dass er eigentlich flüchten sollte, und das Gefühl, dass er in Gefahr war, verstärkte sich noch. Sein Pulsschlag raste und plötzlich verspürte er einen brennenden Schmerz auf seinem Rücken und wachte auf.

Sein Atem ging schnell und er schwitzte stark. Als er sich zu beruhigen begann, nahm er wahr, dass draußen die Sonne schien. Es war schon Viertel nach neun. Albert, der froh war, nicht mehr zu träumen, stand auf und öffnete das Fenster. Der Himmel versprach wieder einen heißen Spätsommertag. Das war bereits der neunte Tag in Folge mit so heißem Wetter, und es gab bereits mehrere Tote, die aufgrund der Hitze gestorben waren. Natürlich waren es alte und schwache Menschen gewesen. Er hasste so heißes Wetter. Nachdem er sich nicht wusch, jedoch jeden Tag schwitzte, roch er schon so scharf wie eine Zwiebel. Das würde sich heute bestimmt auch nicht bessern.

9 Uhr! Um diese Zeit sperrte Frau Dr. Kofler bereits ihre Praxis auf. Also nahm er sein Handy und wählte die Nummer, die sie ihm gestern geben hatte. Es läutete drei Mal und dann hörte er ihre Stimme. Albert erklärte ihr, wer da in der Leitung sei und was sein Anliegen sei, und die Frau Doktor teilte ihm mit, dass der Hund noch am Leben war. Sein Zustand hätte sich bereits gebessert, so unglaublich wie das auch war. Nun sei es wichtig, dass er fresse und trinke, denn er habe tatsächlich starkes Untergewicht. Er sei zwar ein eher kleiner Labrador, aber 20 Kilo seien einfach zu wenig. Außerdem benötige er viel Zuwendung, da er völlig verstört sei, teilte sie ihm noch mit. Im Moment läge er traurig in der Gitterbox und bewege sich nicht. Auf alle Fälle sei es besser, dass er nicht mehr dorthin käme, was er sein Zuhause nennen mochte.

Und dann sagte sie noch, das größte Rätsel seien seine Wunden. Sie teilte ihm mit, dass es bei uns nur sehr selten vorkomme, dass sich ein Bär in der Nähe von Menschen zeige, und das müsste ein riesiger Bär gewesen sein den Wunden zu Folge. Also läge es nahe, dass er sich die Wunden irgendwie anders zugezogen haben musste. Wie, würde wohl immer ein Rätsel bleiben. Zum Schluss fügte sie noch an, dass sie den Hund heute wahrscheinlich am Nachmittag in das örtliche Tierheim überstellen lassen würde, da er doch recht stabil wirke, und im Tierheim würde er einen eigenen Zwinger bekommen, in dem er sich erholen könne. Als sie sich verabschiedet hatten, legte Albert auf.

Er verspürte fast so etwas wie Freude, weil der Hund noch lebte. Immerhin war er derjenige gewesen, der ihn gerettet hatte. Der Gedanke, dass er ins Tierheim kommen sollte, gefiel ihm irgendwie nicht. Er hatte einmal jemanden gekannt, der in einem Tierheim gearbeitet hatte, und der hatte ihm erzählt, wie es in so einem Heim zuging. Albert glaubte nicht, dass das der richtige Ort für einen Hund war, der Zuneigung brauchte, um wieder ganz gesund zu werden. Das wäre schlimmer, als vom Regen in die Traufe zu geraten. Dies musste er genauer mit der Tierärztin besprechen und das am besten persönlich. Er zog sich die Schuhe an und machte sich erneut auf den Weg zu ihrer Praxis.

Als er dort ankam, stellte er fest, dass sich nur eine Person vor ihm in der Warteschlange befand. Ein älterer Herr mit einem Irisch Setter, der auch nicht mehr der Jüngste war. Seine Schnauze war schon völlig weiß an den Lefzen. Albert setzte sich brav auf einen der Stühle an der Wand und wartete darauf, dass er an der Reihe war. Als die Assistentin, die Tina hieß, wie er seit gestern wusste, die Tür zum Behandlungsraum öffnete und ihn hereinbat, stand er vom Sessel auf und folgte ihr ins Behandlungszimmer. Die Assistentin, die hinter ihm die Tür schloss, rümpfte die Nase, als er an ihr vorbeiging. Nur die Tierärztin ließ sich wieder nichts anmerken von wegen Ekel.

Albert erklärte ihr, dass er nur nochmals den Hund sehen wollte, und die Tierärztin entgegnete ihm, dass das kein Problem sei. Sie führte ihn in den Raum, in dem der Hund in einer der Gitterboxen lag. Als der Hund erkannte, wer ihn da besuchen kam, sprang er auf und begann unmittelbar zu wedeln. Er erschuf fast einen Trommelwirbel mit seinem Schwanz, als dieser gegen die Wände des Zwingers peitschte.

Damit hatte Albert nicht gerechnet und die Tierärztin anscheinend auch nicht, denn sie sah sehr überrascht aus. Sie sagte Albert, dass der Hund bis jetzt nur dagelegen sei und traurig geguckt habe. Es schien so, als wüsste der Hund, wem er sein Leben zu verdanken hatte.

Die Tierärztin öffnete den Zwinger und sofort tapste der Hund zu Albert und setzte sich vor ihn hin. Sein Schwanz klopfte dabei rhythmisch auf den Boden. Anscheinend wirkte das Schmerzmittel noch, das er bekommen hatte. Albert konnte fast so etwas wie Freude verspüren und er tätschelte dem Labrador vorsichtig den Kopf. Dieser begann plötzlich seine Hand abzulecken. Das war ein komisches Gefühl, aber nicht unangenehm.

Plötzlich fasste Albert unvermittelt einen Entschluss. Er wollte sich um den Hund kümmern und er fragte die Tierärztin, ob das möglich sei. Sie antwortete mit der Frage, wie denn seine Wohnsituation aussehe. Tatsächlich hatte sie nämlich gedacht, dass er obdachlos sei.

Als Albert ihr von seiner Wohnung erzählte, schaute sie ihn überrascht an. Sie sagte, dass dann nichts dagegen spreche, dass er sich um den Hund kümmere. Futter könne er gleich bei ihr kaufen, um fürs Erste ausgerüstet zu sein, und eine Leine bekomme er noch obendrauf, die schon lange in der Praxis herumliege. Allerdings müsse sie ihm noch etwas sagen. Sie teilte ihm mit, dass seltsamerweise alle Flohbisse verschwunden seien, die gestern noch deutlich zu sehen gewesen waren. Wie das möglich sei, wisse sie selbst nicht. Doch sie suchte Bestätigung bei Albert, der die Bisse gestern ebenfalls gesehen hatte und sie diesbezüglich bestärkte, dass sie nicht verrückt war oder sogar halluziniert hatte am vorhergegangenen Tag.

Albert zahlte mit seiner Bankomatkarte, was die Assistentin dazu veranlasste, ihm einen kurzen verwunderten Blick zuzuwerfen. Wahrscheinlich hatte sie nicht damit gerechnet, dass er ein Konto besaß. Dann machten sie noch einen Termin aus, an dem die Nähte gezogen werden sollten, und Albert versprach, mit dem Hund zu erscheinen. Sie verabschiedete sich von den beiden und wünschte ihnen viel Glück beim Zusammenfinden.

Albert ging bepackt mit dem Hundefuttersack in der einen Hand und der Leine, an der der Labrador hing, in der anderen Hand. Er ging relativ langsam, um den Hund zu schonen. Dieser schien sehr froh zu sein, endlich aus der Box in der Tierarztpraxis heraus zu sein und blühte regelrecht auf. Man merkte aber, dass der Hund sehr vorsichtig war beim Gehen und er schien dankbar zu sein für den langsamen Fußmarsch.

Dadurch begann sich der Nachhauseweg aber zu ziehen wie ein Kaugummi. Die Sonne knallte bereits erbarmungslos vom Himmel und Albert schwitzte wie ein Schwein, und der Umstand, dass er etwas Schweres trug, minderte die Anstrengung nicht, sondern ganz im Gegenteil. Man sagte „Schwitzen wie ein Schwein", obwohl diese Tiere nicht schwitzen können. Er war das einzige Schwein, das das konnte.

Kapitel 3

Als sie gefühlte Stunden später in seiner Wohnung ankamen, waren sie sehr geschafft. Albert leinte den Hund ab, sodass dieser die Wohnung erkunden konnte, und ging in die Küche. Dort nahm er zwei Schüsseln, die in etwa die Größe eines Hundenapfs hatten. Die eine Schüssel befüllte er mit Hundefutter, die andere mit Wasser. Er stellte die Schüsseln in eine Ecke des Raums und verließ die Küche, um den Hund zu suchen, und fand ihn im Schlafzimmer vor, wo er am Boden vor dem Bett lag. Der Hund brauchte unbedingt einen Namen, damit er ihn rufen konnte. Und überhaupt braucht ein Tier einen Namen. Nach kurzem Nachdenken fiel ihm der Name Nero ein. Ja, das war ein guter Name. Er sprach den Hund mit diesem Namen an. Sofort stand der Hund auf und setzte sich vor Albert.

Dieser verließ das Schlafzimmer, rief den Hund bei seinem eben erhaltenen Namen und der Labrador kam angetapst. Albert führte ihn in die Küche, um ihm sein Futter zu zeigen. Als der Hund die freudige Überraschung sah, begann er sofort aus der Schüssel mit Wasser zu trinken.

Nachdem er etwa die Hälfte des Wassers getrunken hatte, widmete er sich der Schüssel mit dem

Hundefutter. Es wirkte fast vornehm, wie der Hund fraß. Überhaupt nicht in Eile, und nach ein paar Brocken des Trockenfutters war er auch schon wieder fertig mit Fressen. Weniger vornehm rülpste er laut hörbar. Darüber musste Albert schmunzeln. Nero setzte sich erneut vor Albert und schaute ihn erwartungsvoll an. Er hatte auf dem Weg zu seiner Wohnung sein Geschäft erledigt, er hatte gefressen und getrunken, also was wollte er noch von ihm? Gut, dass er der Tierärztin verschwiegen hatte, dass er keinerlei Erfahrung mit Hunden hatte.

Unsicher ging er in die Hocke, um auf einer Ebene mit dem Hund zu sein. Sofort stellte sich dieser kurzerhand auf die Hinterbeine und legte seine Vordertatzen auf Alberts Schultern. Und dann begann er emsig sein Gesicht abzulecken. Albert stellte fest, dass auch Hunde Mundgeruch haben, und das amüsierte ihn. Eigentlich waren sich Nero und Albert sehr ähnlich. Beide putzten sich nicht die Zähne und stanken aus dem Maul.

Er streichelte den Hund eine Zeit lang und stand dann auf, um ins Wohnzimmer zu gehen. Dort setzte er sich auf die Couch und Nero, der ihm aus der Küche gefolgt war, legte sich zu seinen Füßen. Was nun? Albert zappte sich mit der Fernbedienung von Sender zu Sender, fand aber nichts Ansprechendes, also schaltete er den Fernseher wieder aus und die Stereoanlage ein. Im Radio spielte gerade der Song Wonderwall von Oasis. Das war eines der Lieblingslieder von Albert. Es erinnerte ihn an seine verstorbene Frau.

Ganz kurz blitzten vor seinen Augen die schrecklichen Bilder des Unfalls auf, aber sein Hirn verdrängte sie wieder. Ein nützlicher Schutzmechanismus, den er sein Eigen nannte.

Im Verdrängen war er gut, daher gab es viele Gedanken, die hinter einer Mauer gefangen waren. Ab und zu bröckelte diese Mauer, aber er hatte emsige Arbeiter in seinem Körper, die sie wieder ausbesserten, wenn sie drohte ganz zusammenzubrechen. Das hatte seine Vorteile. Eigentlich fühlte er meistens gar nichts, aber jetzt fühlte er plötzlich, dass er wieder einen Gast hatte. Albert begann, sich erneut unwohl zu fühlen, und auch der Hund wurde auffällig. Abrupt setzte er sich auf, starrte mitten in den leeren Raum und knurrte. Sein Knurren kam tief aus der Kehle und legte ständig an Lautstärke zu. Man konnte meinen, er wäre verrückt geworden. Und so plötzlich, wie er zu knurren angefangen hatte, hörte er auch wieder damit auf. Die fremde Präsenz war wieder verschwunden.

Was war geschehen? Hatte Nero jemanden gesehen, den er nicht sehen konnte, und was hatte diese Energie wieder vertrieben? War es der Hund gewesen? Das wäre prima, denn er hatte es satt beobachtet zu werden. Er wollte endlich seine Ruhe. Nero trottete wieder zurück zu Albert und legte seinen Kopf auf seinen Schoß, als wäre nichts gewesen. Albert, der immer noch verwundert war, begann zum ersten Mal, den Hund richtig zu kraulen. Das schien ihm zu gefallen, denn er ließ sich vor seinen Füßen nieder und legte sich auf den Rücken, damit dieser auch den Bauch von Nero streicheln konnte. Vorsichtig massierte er die Brust und den Bauch des Hundes. Wäre dieser eine Katze gewesen, hätte er wahrscheinlich zu schnurren begonnen.

Alberts Blick fiel auf seine Armbanduhr und zu seinem Erstaunen stellte er fest, dass es bereits Mittag war. Was sollten sie nun mit dem angebrochenen Tag anfangen? Was taten Hunde gern? Herumtollen fiel weg, denn der Hund war erst gestern fast gestorben und er musste sich schonen. Er beschloss erneut zu schreiben und schaltete den Computer ein. Bevor er vor diesem zu sitzen kam, wollte er aber noch kurz etwas erledigen. Er ging ins Schlafzimmer, öffnete den Kleiderschrank und holte eine alte Vliesdecke daraus hervor. Diese nahm er mit ins Wohnzimmer und legte sie neben den Computertisch. Dann rief er Nero herbei, welcher sich sogleich auf die Decke legte, als wäre dies immer schon sein Platz gewesen.

Albert öffnete das Schreibprogramm und starrte die weiße Seite an. Weiße Seiten konnte er nicht leiden, denn er hatte immer das Gefühl, sie sofort mit Schrift füllen zu müssen. Dieses Mal fiel ihm jedoch absolut nichts ein, was er schreiben konnte. Er überlegte in hundert verschiedene Richtungen und hin und her, bis er einen Einfall hatte. Er konnte eventuell eine Art Tagebuch zu schreiben beginnen, gefüllt mit den Erlebnissen, die er mit seinem neuen Mitbewohner haben würde. Und er war sich sicher, dass es da einige geben würde.

Der Hund war irgendwie rätselhaft für ihn. Er wusste nicht, woher er kam, noch was ihm zugestoßen war. Aber er war verletzt worden. Von etwas, von dem er nicht wusste, was es war. Irgendwie gruselig. Das Ganze war ein guter Anfang für eine Fantasy-Geschichte in Tagebuchform.

Albert begann zu schreiben und Nero zu schlafen. Man merkte, dass er immer noch Energie tanken musste, und was gab es da Besseres als einen erholsamen Schlaf. Albert verlor sich völlig im Schreiben. Der Text schien ihm wie von selbst aus den Fingern zu fließen und das Schreiben glich schon fast einer Meditation. Er war beinahe wie in Trance. Diesen Zustand mochte er und er konnte ihn nur erreichen, wenn er schrieb. Seine Finger schnellten über die Tastatur und die Seite wurde immer voller.

Zwischendurch warf er einen Blick zu Nero hinunter, welcher schlief und davon zu träumen schien, dass er etwas verfolgte, denn seine Läufe zuckten unwillkürlich und ließen zwischendurch den gesamten Hund erbeben. Was aber, wenn er davon träumte, dass er von etwas verfolgt wurde? Albert schien kurz unschlüssig zu sein, ob er den Hund wecken sollte, aber dann beschloss er, ihn weiter schlafen zu lassen, und widmete sich wieder seinem Text.

So verging die Zeit, und als Albert wieder auf die Uhr sah, war es bereits nach 15 Uhr. Er speicherte das Geschriebene unter dem Namen Tagebuch und fuhr den PC herunter. Wie abgesprochen wurde auch Nero munter. Als würde er wissen, dass sein Herrchen nun fertig war mit seiner Arbeit, forderte er nun Aufmerksamkeit und Zuwendung. Er legte seinen Kopf in Alberts Schoß und schaute ihm direkt in die

Augen. Albert kraulte ihn hinter dem Ohr. Dann hob Nero seinen Kopf von Alberts Knien und legte stattdessen seine rechte Vordertatze auf sein linkes Knie. Er schaute ihn erneut erwartungsvoll an. Albert fragte sich erneut, was er von ihm wollte. Vielleicht hatte er ein Geschäft zu erledigen, also stand Albert auf und zog sich die Schuhe an. Eine kleine Runde zu gehen, konnte nicht schaden.

Als Nero merkte, dass sich Albert herrichtete, um das Haus zu verlassen, kam er freudig aus dem Wohnzimmer angelaufen. Albert leinte ihn an und beschloss, mit ihm die Tierhandlung in seiner Nähe aufzusuchen. Immerhin musste er dem Hund noch zwei Näpfe besorgen. Sie verließen die Wohnung über das kühle Stiegenhaus, und als sie ins Freie traten, traf sie die Hitze wie eine Ohrfeige. Für einen kurzen Moment hielt Albert die Luft an. Da der Asphalt sehr heiß war, fragte er sich, ob sich der Hund darauf eventuell Verbrennungen zuziehen konnte. Nero machte aber nicht den Eindruck, als ob ihm die Füße brennen würden. Im Gegenteil, mit hoch erhobener Rute und federnden Schrittes trottete er neben Albert her, sodass es fast beschwingt wirkte.

Auf dem Weg zur Tierhandlung begegneten sie vielen anderen Menschen. Heute aber fiel Albert eine

Veränderung an ihnen auf. Dieses Mal warfen sie ihm nur einen kurzen Blick zu und widmeten sich dann lieber Nero. Immer wieder musste er stehen bleiben, weil wieder jemand den Hund streicheln wollte. Was war da los? Immerhin war Nero kein Welpe mehr. Trotzdem besaß er auf Menschen eine unheimliche Anziehungskraft. Manche der Passanten redeten auf ihn mit Babysprache ein und der Hund wedelte jedes Mal erfreut, als könnte er sie verstehen. Das hatte zur Folge, dass die Leute auch Albert freundliche Blicke zuwarfen. Einer begann sogar mit ihm zu reden. Natürlich über den Hund und seine Wunden auf der rechten Seite.

Nero schien die Menschen zu verändern. Er nahm ihnen die Feindseligkeit, die sie Albert normalerweise entgegenbrachten. Dieser war völlig verblüfft über diese Veränderung, und er beschloss, Nero ab jetzt überallhin mitzunehmen, wenn das zur Folge hatte, dass ihm die Leute etwas mehr Wohlwollen entgegenbringen würden.

So verging die Zeit, und als die beiden endlich die Tierhandlung erreichten, war es bereits halb fünf. Sie betraten den klimatisierten Laden und hinter ihnen fiel die Tür automatisch ins Schloss. Sofort brachen hunderte Gerüche auf Albert herein. Er roch Futter,

Sägespäne, Tierexkremente und vieles mehr. Nero schienen diese Gerüche zu gefallen, denn er saß mit hoch erhobener Schnauze da und schnupperte interessiert die verschiedenen Duftnoten, die in der Luft lagen. Dutzende Vögel zwitscherten in ihren Käfigen und daher war der Lärmpegel in der Tierhandlung hoch. Albert schlenderte mit dem Hund durch die Ladenräume und schaute sich um. Sie kamen an einem Käfig mit einem Graupapagei vorbei, vor dem Albert abrupt stehenblieb, denn er traute seinen Ohren kaum. Der Papagei saß in seinem Käfig und sagte immer wieder mit einer roboterähnlichen Stimme:

„Nero Retter! Tier alt! Nero Retter! Tier alt!"

Albert war völlig erstaunt und auch Nero schien Interesse am Vogel zu zeigen, denn er schaute ihn mit schiefgelegtem Kopf an und winselte ganz leise. Was hatte das wieder zu bedeuten? In diesem Moment beschloss er auch, noch ein Buch über Hunde zu kaufen. Er wollte Nero endlich verstehen. Dieser saß vor dem Käfig, und als Albert weitergehen wollte, um die Hundenäpfe und das Buch zu suchen, rührte er sich keinen Zentimeter vom Käfig weg. Albert übte mit der Leine etwas Zug auf den Hund aus, aber er hatte keine Chance, diesen zu bewegen. Er saß da stur wie ein Bock und starrte den Vogel an.

Der Besitzer des Ladens kam zu ihnen und fragte, ob er denn behilflich sein könne. Albert fragte ihn, wie teuer der Vogel sei, und der Ladenbesitzer entgegnete ihm, dass er eigentlich unverkäuflich sei, da er schon lange zum Ladeninventar gehöre. Während sie sich unterhielten, kraulte Albert Rocky, wie er hieß, am Kopf, was dieser mit halb geschlossenen Augen genoss. Der Ladenbesitzer würdigte das mit einem erstaunten Blick, denn eigentlich, sagte er, ließ sich der Papagei von niemandem angreifen. Hatte er seinen Lebenspartner etwa in diesem Moment in Albert gefunden? Der Inhaber des Ladens überlegte eine ganze Weile und sagte dann, dass normalerweise so ein Vogel 1200 Euro kosten würde, er ihn aber zum Sonderpreis von 800 Euro hergeben würde, wenn er wüsste, dass der Vogel einen guten Platz erhalten würde. Er brauchte jemanden, der Zeit und Geduld für ihn aufbrachte und am besten immer in seiner Nähe war, denn er schmachtete nach der Zuwendung eines Menschen, wenn er allein gehalten wurde.

Albert, der genug Zeit hatte, zückte sofort seine Brieftasche und holte seine Master Card hervor.

Wieder erntete er einen verwunderten Blick. Ansonsten ließ sich Paul, so hieß der nette Mann, aber nicht anmerken, was er von seinem Kunden hielt. Er zeigte sich nur erfreut, dass Rocky, das war der Name des Vogels, ein Zuhause gefunden hatte. Natürlich musste Albert auch den Käfig und sämtliches Zubehör, das er noch für den gefiederten Mitbewohner brauchte, kaufen. Und auch die Näpfe und das Buch über Hunde fehlten noch.

Paul führte Albert und den Hund, der plötzlich wieder anstandslos mitging, durch den Laden. Als auch die restlichen Dinge ausgesucht waren, begaben sie sich zur Kassa und erledigten das Geschäftliche. Nun hatte Albert aber das Problem, dass er nicht wusste, wie er das alles in sein Zuhause schaffen sollte, aber Paul machte ihm das Angebot, dass er ihm die Einkäufe nach Ladenschluss auch nach Hause liefern könne. Dieses Angebot nahm Albert dankend an und er zeigte sich mit einem fetten Trinkgeld erkenntlich. Er erklärte Paul, wo er wohne, und verabschiedete sich dann von ihm.

Er und Nero verließen den Laden und machten sich auf den Nachhauseweg. In Alberts Hirn ging es rund. Einerseits weil er nun in binnen von zwei Tagen zu zwei Tieren gekommen war, und andererseits weil er sich fragte, was der Vogel gemeint hatte, als er mit dieser seltsamen Stimme zu ihm gesprochen hatte, und das hatte er tatsächlich. Aber wie war er drauf gekommen, diese Wörter aneinanderzureihen? Wo hatte der Vogel sie gehört? Denn eines wusste Albert aus einer Dokumentation, dass Papageien Wörter nur wiederholen können. Das hieß, Rocky musste sie einmal gehört haben. Schon seltsam. Über exotische Tiere wusste er besser Bescheid als über Hunde. Das sollte sich mit seiner neuesten Errungenschaft, dem Buch, ändern. Er beschloss, noch heute darin zu lesen, wenn ihn nicht der Vogel zu sehr ablenken würde.

Der Vogel, sein neues Haustier. Was ihn dazu bewogen hatte, diesen Spontankauf zu tätigen, wusste er selbst nicht genau. Aber der Hauptgrund war vermutlich, dass er das Gefühl gehabt hatte, der Vogel hätte ihm noch mehr zu erzählen.

Auf dem Nachhauseweg ging es zügiger voran als auf dem Hinweg. Vielleicht lag das daran, dass ihnen weniger Menschen begegneten, die den Hund streicheln wollten. Albert dachte daran zurück, dass auch Paul während der geschäftlichen Erledigungen gesagt hatte, dass Nero ein wunderschöner Labrador sei. Aber auch dass er zu dünn sei. Er hatte sich auch dafür interessiert, woher die Wunden auf Neros rechter Seite stammten, und Albert hatte wahrheitsgetreu entgegnet, dass er das nicht wisse. Damit war das Thema erledigt gewesen. Albert war so in seine Gedanken vertieft, dass er fast an seinem Hauseingang vorbeigelaufen wäre. Im letzten Moment bogen sie rechts ab in das Hochhaus und fuhren mit dem Lift in den fünften Stock.

Als sie wieder in seiner Wohnung waren, schaute Albert auf seine Armbanduhr. Kurz vor sechs, das hieß, Paul würde bald mit seinem neuen Familienmitglied ankommen. Er schuf inzwischen im Wohnzimmer einen Platz für Rockys Käfig und Nero lag zusammengerollt auf seiner Decke und beobachtete interessiert das Treiben seines Herrchens. So verging die Zeit und schon läutete es an der Tür. Das musste Paul sein. Albert fuhr mit dem Lift hinunter, ging vor die Haustüre und begrüßte ihn. Sie gingen zu seinem Lieferwagen und öffneten die Schiebetüre an der rechten Seite.
Darin befanden sich der große Käfig für den Vogel und die restlichen Einkäufe. Nur Rocky war in einem separaten kleinen Käfig, der mehr die Größe einer

Transportbox für kleine Hunde hatte, nur eben in Käfigform im Fahrgastraum auf dem Beifahrersitz untergebracht. Paul öffnete auch die Beifahrertür des Wagens und überreichte den Käfig samt dem Vogel Albert.

Rocky schien keineswegs verschreckt zu sein, sondern machte mehr einen interessierten Eindruck an seiner veränderten Umgebung. Hier im Freien leuchteten seine roten Schwanzfedern richtig und harmonierten aber auf ihre eigene Art und Weise völlig mit seinen grauen Federn, die er sonst am Körper trug und von denen er seinen Namen hatte.

Als Albert so den Vogel beobachtete, verspürte er schon wieder Freude. Machte er etwa eine Veränderung durch? Wohin würde ihn das alles führen? Würde er etwa verrückt werden, wenn er plötzlich wieder all seine Gefühle spüren könnte? Was, wenn die Mauer bräche?

Kapitel 4

Albert und Paul brachten all seine Einkäufe nach oben und Paul schien neuerlich erstaunt zu sein, als er die stilvoll eingerichtete Wohnung von Albert sah. Dieser wurde durch sein Äußeres immer wieder unterschätzt. Sie stellten den großen Käfig auf seinen Platz und übersiedelten dann den Graupapagei in sein vertrautes Heim. Nero saß daneben und schaute interessiert zu.

Sowie alles erledigt war und Paul sich von Albert verabschiedete, war es bereits 18.45h. Nun war Albert wieder allein mit den Tieren und er setzte sich auf die Couch und beobachtete den Vogel. Nero saß ebenfalls vor dem Käfig und starrte den Papagei an. Dieser saß auf einem Ast und versuchte mit der fremden Umgebung vertraut zu werden. Albert seinerseits versuchte sich an den Umstand zu gewöhnen, dass er nun zwei Tiere hatte. Zweimal Verantwortung. Ob er das schaffen würde?

Wie um ihm Mut zu machen, stand Nero auf, trottete zu ihm hin, setzte sich vor ihn und legte ihm den Kopf in den Schoß. Albert tätschelte ihm sanft den Kopf und tatsächlich fasste er wieder etwas Mut. Vielleicht war Nero wirklich der Retter, von dem der Papagei gesprochen hatte. Sein Retter! Aber was hatte er mit

„Tier alt!" gemeint? War das ebenfalls auf Nero bezogen gewesen? Dieser Gedanke war fast lächerlich wenn man bedachte, wie jung er wirkte. Er schien alles andere als alt zu sein. Woher um alles in der Welt hatte Rocky diese Wörter gelernt? Im Moment hatte er die Augen halb geschlossen und bewegte sich nicht. Vielleicht war das die Art, wie Vögel mit Stresssituationen umgingen. Einfach die Augen schließen, dann blieb alles Ungewohnte außen vor.

Nero hatte anscheinend genug von den Zärtlichkeiten, die Albert ihm entgegenbrachte, denn er stand auf, um sich wieder vor den Käfig zu setzen. Albert fragte sich, ob er das vielleicht tat, weil er Rocky als sein Futter ansah. Er klappte das Buch über Hunde auf, das auf dem Wohnzimmertisch lag, und begann darin zu lesen. Mittlerweile hatte der Papagei seine Augen völlig geschlossen und schien zu schlafen. Er rührte sich weiterhin keinen Millimeter und allmählich schien auch Nero sein Interesse an ihm zu verlieren, denn er ging federnden Schrittes zu seiner Decke und legte sich auf diese, um ebenfalls etwas zu schlafen. Das Buch über Hunde war sehr detailliert geschrieben und verfügte auch über Fotos und Skizzen, die die Körpersprache der Hunde behandelten.

Nachdem Albert eine Stunde gelesen hatte, beschloss er, noch etwas zu schreiben. Er ging zum Schreibtisch, schaltete den Computer erneut ein und öffnete die Datei, die er unter dem Namen Tagebuch gespeichert hatte. Bevor er zu schreiben begann, las er sich noch einmal durch, was er zuletzt geschrieben hatte. Nun galt es, auch den neuen Mitbewohner in den Text einzugliedern, denn Albert hatte spontan beschlossen, nicht nur über Nero, sondern auch über den Papagei Tagebuch zu führen. Er war wirklich gespannt, wohin ihn dieser Text führen würde. Einerseits versuchte er Spannung aufzubauen, und andererseits wollte er den Text lustig gestalten.

Er schrieb schon eine ganze Weile, als sich der Vogel bemerkbar machte. Er stieß in kurzen Intervallen einen hohen Pfeifton aus. Albert versuchte diese Pfiffe seinerseits zu beantworten, indem er begann, die Melodie eines bekannten Kinderliedes zu pfeifen. Das veranlasste Rocky dazu, interessiert zuzuhören. Albert ging zum Käfig und stellte sich vor diesen. Und dann passierte es wieder. Rocky meldete sich mit seiner Roboterstimme:

„Lauf weg! Lauf weg!"

Dann war er wieder leise. Nero bekam von all dem nichts mit, denn er schlief immer noch tief und fest und seine Läufe zuckten wieder, als würde Strom durch sie hindurchfließen.

Albert war fasziniert von dem Vogel und er freute sich bereits auf die kommenden Tage. Paul hatte ihm gesagt, dass es wichtig sei, dem Vogel auch Freiflüge im Wohnzimmer zu gönnen. Zuvor musste Albert aber noch herausfinden, wie der Hund auf solch einen Freiflug reagieren würde. Würde er den Papagei fressen wollen?

Für heute jedenfalls hatte Albert genug vom Vogel. Er drehte sich seinen abendlichen Joint, rauchte diesen und dann begab er sich stoned ins Schlafzimmer, um zu schlafen. Er legte sich samt Gewand ins Bett und schloss die Augen. Die Schlafzimmertür hatte er offen stehen lassen, damit Nero zu ihm ins Zimmer kommen konnte, wenn es ihm beliebte. Es dauerte nicht lange, bis Albert einschlief und zu träumen begann.

Er träumte davon, dass er und Nero aus einer Burgruine heraus in den Wald liefen. Über ihnen kreiste der Papagei und hinter ihnen drohte Gefahr. Wovon die Gefahr ausging, konnte er nicht sagen, aber dass sie böse war, konnte er fühlen. Im Traum lief ihm der Schweiß herunter und er atmete stoßweise. Nero, der neben ihm lief, hing die Zunge aus dem Maul und er hechelte. Albert konnte deutlich spüren, dass die Gefahr näher kam, aber er vermochte nicht noch schneller zu laufen. Plötzlich blieb Nero abrupt stehen, drehte sich um und begann zu knurren. Der Papagei kam vom Himmel her angeflogen und setzte sich auf Alberts Schulter, der ebenfalls stehen geblieben war. Das Letzte, was Albert hörte, bevor er aufwachte, war Rockys Stimme:

„Es kommt! Es kommt!"

Völlig verstört richtete Albert seinen Oberkörper im Bett auf. Am Leintuch, wo sein Rücken gelegen war, befand sich nun ein großer Schweißfleck. Er stieg aus dem Bett und schlurfte ins Wohnzimmer. Hier war alles ruhig. Der Vogel schlief und auch Nero lag immer noch auf seiner Decke.

Es war jetzt fünf Uhr und draußen war es bereits mehr Tag als Nacht.

Albert setzte sich auf die Couch und trank einen Kaffee. Während er das tat, überlegte er, was er heute anstellen konnte. Er beschloss, einen ausgiebigen Spaziergang mit Nero zu machen. Bis es so weit sein würde, wollte er aber noch darüber nachdenken, was als Nächstes im Tagebuch verewigt werden sollte. Er überlegte in hundert verschiedene Richtungen und wurde jäh aus seinen Gedanken gerissen, als er spürte, dass er neuerlich nicht alleine war.

Irgendetwas oder jemand befand sich mit ihm in diesem Raum. Auch Nero spürte die fremde Präsenz, denn er war plötzlich putzmunter und begann wieder zu knurren. Rocky saß in seinem Käfig und begann zu kreischen. Es klang, als würde er vor einem Raubtier warnen.

So schnell wie der Spuk begonnen hatte, hörte er auch wieder auf. Sie waren wieder alleine im Raum. Albert atmete erleichtert auf. Es war, als würde zwischendurch jemand zu ihnen kommen, um die Lage zu checken. Also konnte auch der Vogel den fremden Beobachter wahrnehmen. Hauptsache, dieses Etwas war wieder verschwunden und Alberts Herzschlag begann sich wieder zu beruhigen. Er dachte an seinen Traum zurück. Wo hatte er sich abgespielt?

Albert wurde das Gefühl nicht los, dass er diesen Wald kannte. Irgendwann war er schon einmal dort gewesen, aber er konnte sich nicht entsinnen, wo das gewesen war. Wälder gab es schließlich genug in seiner Umgebung. Natürlich außerhalb des Stadtgebietes, und Albert beschloss genau in solch einem mit Nero spazieren zu gehen. Aber um dorthin zu gelangen, würden sie einen Bus nehmen müssen und Albert machte sich Sorgen, dass Nero da nicht mitspielen würde.

Nun wurde auch Rocky aktiv und zum ersten Mal bewegte er sich von seinem Platz weg. Er kletterte mit Hilfe des Schnabels und der Krallen zur Futterschüssel und begann Körner zu knacken. Das war ein gutes Zeichen. Anscheinend hatte er sich nun mit seiner fremden Umgebung angefreundet.

Nero saß mittlerweile wieder vor dem Käfig, starrte den Vogel an und hechelte. Was er wohl denken mochte? Anscheinend wurde er davon hungrig, den Papagei beim Fressen zu beobachten, denn er stand unvermittelt auf und lief in die Küche. Albert bekam mit, wie auch der Hund Nahrung aufnahm, denn er hörte das Zermalmen des Trockenfutters bis ins Wohnzimmer. Endlich fraß Nero etwas mehr, denn er musste dringend an Gewicht zulegen.

Albert, der immer noch auf der Couch saß, begann seine Gedanken schweifen zu lassen, aber er landete beim Grübeln immer bei derselben Erinnerung. Dem Tag, als seine Frau gestorben war. Wann immer ihm diese Bilder in den Sinn kamen, versuchte er sie sofort wieder hinter seine eigens dafür errichtete Barriere zu stopfen. Aber auch wenn ihm das gelang, der bittere Geschmack von Schuld blieb an ihm hängen. Er war schuld an ihrem Tod. Er ganz alleine.

Vor Alberts geistigem Auge blitzten erneut die Bilder auf, die ihn so quälten. Das Letzte, was er zu ihr gesagt hatte, war, dass sie sich nicht wie ein Mädchen anstellen solle. Das hatte sie geärgert und sie hatte sich hinter das Steuer des Wagens gesetzt. Das war ihr beider Verderben gewesen.

Er wurde wieder aus seinen Gedanken gerissen, als der Vogel zu kreischen begann, als befände er sich im Urwald. Albert war sich sicher, dass sich seine Nachbarn nicht über diesen Lärm freuen würden. Vor allem nicht um diese Zeit, also stand er auf und versuchte den Papagei zu beruhigen. Daran hatte er beim Kauf nicht gedacht. An den Lärm, den so ein Graupapagei verursachen konnte.

Albert beschloss dem Vogel seinen ersten Freiflug zu gönnen. Er schloss die Türe zur Küche und sperrte Nero somit aus. Dann ging er zum Käfig und öffnete die große Tür an der Vorderfront. Er ging ein paar Schritte zurück und beobachtete, was Rocky jetzt tun würde. Der Vogel schaute mit schief gelegtem Kopf in die Freiheit. Nach ungefähr 30 Sekunden hangelte er sich mit Hilfe des Schnabels und der Krallen aus dem Käfig heraus. Er kletterte auf das Dach des Käfigs, setzte sich an den vorderen Rand und schaute sich um. Albert konnte hören, wie Nero vor der Tür winselte. Und dann flog Rocky die erste Runde in seinem neuen Heim. Er flog in einem großen Bogen durch das Wohnzimmer und landete dann elegant am Boden, wo er weniger elegant über das Parkett zu laufen begann. Das sah drollig aus.

Plötzlich flog die Küchentür auf und Nero kam herein gerannt. Albert blieb fast das Herz stehen, denn er sah schon kommen, wie der Hund den Papagei verspeisen würde. Aber nichts passierte. Nero blieb vor dem Vogel stehen und schnüffelte vorsichtig an ihm. Der Papagei seinerseits schien keine Angst zu haben, denn er machte keine Anstalten eines Fluchtversuchs. Nero ging ein paar Schritte rückwärts, setzte sich hin und in einem Meter Entfernung befand sich Rocky am Boden. Und selbst als dieser wieder zu seinem Käfig flog, versuchte er nicht ihn zu fangen.

Zumindest wusste Albert jetzt, dass der Hund den Vogel nicht als Beutetier ansah, und dass Nero Türen öffnen konnte, war ihm jetzt auch bekannt.

Albert ließ den Papagei fast vier Stunden im Freien, aber um neun kletterte der Vogel zufällig in den Käfig, um etwas zu fressen, und Albert nützte die Gelegenheit, um die Türe hinter ihm zu schließen. Der Vogel erheiterte ihn. Vor allem sein watschelnder Gang. In den vergangenen vier Stunden hatte sich der Vogel mit Nero angefreundet. Die zwei kamen sich immer näher. Selbst als der Vogel vom Käfig angeflogen kam, um auf Neros Rücken zu landen, spielte der Hund mit. Rocky hatte mindestens drei Minuten auf Nero gesessen und dieser hatte den Vogel gewähren lassen. Das war ein Bild für Götter gewesen. Jetzt saß Rocky wieder auf seinem Ast und meldete sich mit lieblicher Stimme zu Wort:

„Jaaa Rooocky. Komm her!"

Anscheinend sprach der Vogel auch mit sich selbst. Darüber musste Albert erneut schmunzeln. Sofort tauchte in seinem Kopf die Frage auf, wann er denn zum letzten Mal über etwas geschmunzelt hatte, und fand darauf keine Antwort. Die Tiere taten ihm eindeutig gut. Vielleicht war er ja doch fähig sich zu ändern. Jetzt war es jedenfalls Zeit, mit dem Hund spazieren zu gehen, und als er ihn anleinte, wedelte Nero wie verrückt.

Ein paar Minuten später, als sie ins Freie traten, stellte Albert zu seiner Zufriedenheit fest, dass die Temperaturen noch erträglich waren. Sie machten sich auf den Weg zur Bushaltestelle, und als sie dort ankamen, setzte sich Albert auf die Bank und wartete. Der Hund saß vor ihm und verzog den Mund zu einem Lachen. Ja, Hunde können lachen, auch wenn sie sich dieses Verhalten höchstwahrscheinlich vom Menschen abgeguckt haben. Und wieder musste Albert schmunzeln. Zum Glück saß er alleine an der Haltestelle und so entkam er den anklagenden Blicken anderer.

Als ein paar Minuten später der Bus kam, ging der Labrador anstandslos mit hinein. Nachdem Albert die Fahrkarte gelöst hatte, setzte er sich auf eine freie Zweiersitzbank. Die anderen Fahrgäste in seiner Nähe rümpften etwas die Nase, aber ansonsten bekam er nur ehrlich gemeintes Lob, das Nero galt. Ein Mann stand sogar von seinem Sitzplatz auf, um ihn zu streicheln. Nero erwiderte diese Zärtlichkeit mit heftigem Schwanzwedeln.

Mindestens eine halbe Stunde fuhren sie mit dem Bus durch die Stadt, und als sie außerhalb des Stadtgebietes ankamen, stiegen sie erleichtert aus dem Bus aus, denn die Luft in diesem war stickig gewesen, und auch die anderen Fahrgäste schienen erleichtert zu sein, die Quelle des Gestanks los zu sein. Albert und Nero machten sich auf den Weg zum Wald. Als sie dort ankamen, hatten die Temperaturen bereits wieder zugelegt und Albert war dankbar, im kühlen Schatten der Nadelbäume Schutz vor der Hitze suchen zu können. Auf Nero wirkten tausend verschiedene Gerüche ein und er schnupperte wie wild geworden am Boden. Außerdem zog er an der Leine und Albert hatte Mühe, mit ihm Schritt zu halten. Albert lotste den Hund auf einen Wanderweg, der den bewaldeten kleinen Berg emporführte. Für Albert war es äußerst entspannend, nichts als Vogelgezwitscher zu hören. Das und den eigenen Atem und den des Hundes, der mittlerweile wieder hechelte.

Albert versank wieder in seinen eigenen Gedanken. Was hatte ihn dazu bewogen, ausgerechnet hier mit Nero zu wandern? Er war nur einmal in seinem Leben auf diesem besseren Hügel gewesen und das lag ungefähr 20 Jahre zurück. Er konnte sich nur erinnern, dass ganz oben eine verfallene Burgruine stand. Brandenburg war ihr Name, wenn er sich richtig entsann. Wie diese ausgesehen hatte, konnte er sich nicht mehr erinnern, aber vielleicht war sie der Grund, warum er diesen Berg zum Wandern gewählt hatte. Vor seinem geistigen Auge entstand das Bild der Burgruine aus seinem Traum. Er wusste, dass er diese schon einmal gesehen hatte. Konnte es sein, dass es sich bei der Brandenburg um die Ruine aus seinem Traum handelte? Man würde sehen.

Zuerst musste er einmal oben ankommen. Nero war eindeutig fitter als Albert, denn dieser konnte immer noch kaum Schritt halten mit dem Hund. Die meiste Zeit hielt Nero den Kopf gesenkt und schnupperte am Boden. Was er wohl roch? Albert traute sich anfangs nicht, den Hund von der Leine zu lassen, doch als sie ungefähr die Hälfte des Weges hinter sich hatten und ihnen noch immer niemand begegnet war, leinte Albert Nero ab. Dieser lief übermütig den Weg entlang, kehrte aber, nachdem er etwa 20 Meter vorausgelaufen war, wieder zu Albert zurück. Dann wiederholte sich das Ganze. Das Gute war, dass Nero immer wieder zurückkam. Das funktionierte also schon einmal, aber er lief die Strecke, die Albert zurücklegte, mindestens sechsmal so oft, wurde davon aber nicht müde. Im Gegenteil, er fand sogar noch die Energie, an Albert hochzuspringen. Die Wunden taten ihm anscheinend nicht mehr sonderlich weh.

Nun ereignete sich aber etwas Seltsames. Als sie zwei Drittel der Strecke geschafft hatten, veränderte sich mit jedem ihrer weiteren Schritte die Stimmung der beiden. Ein trostloses Gefühl stieg in ihnen hoch. Nero verzichtete darauf vorauszulaufen und trottete plötzlich hinter Albert her. Je weiter sie den Weg emporstiegen, umso klammer wurde es Albert ums Herz. Plötzlich konnte er nicht mehr das Gezwitscher der Vögel genießen. Seit Atem veränderte sich. Er ging nun stoßweise wie unter heftiger Anstrengung. Daran war aber nicht der Weg schuld. Das hatte einen anderen Grund. Irgendetwas stimmte hier nicht.

Albert wurde es trotz der Hitze um ihn herum immer kälter. Auch Nero hatte anscheinend seine Probleme, denn er hatte seinen Schwanz zwischen den hinteren Läufen eingeklemmt und signalisierte damit Angst. Das wusste Albert bereits aus dem Hundebuch, das er gekauft hatte, und er leinte ihn vorsichtshalber wieder an aus Angst, dass er davonlaufen könnte. Seine eigene Stimmung wurde immer schlechter. Auch er verspürte Angst, ging aber trotzdem weiter. Ihn fröstelte und er hatte Gänsehaut und auf seiner Kopfhaut prickelte es merkwürdig, aber sie waren ihrem Ziel bereits sehr nahe, das konnte er spüren.

Kapitel 5

A ls sie endlich die Ruine erreicht hatten, befand sich ihre Stimmung auf dem Tiefpunkt. Alles in Albert schrie, er solle verschwinden von diesem Ort, aber Albert handelte widerwillig gegen seinen eigenen Instinkt und erkundete die Ruine, in der sie nun standen. Diese bestand aus kaum mehr als groben Steinen, die einmal das Fundament der Burg gebildet hatten. Aber man konnte erahnen, wie groß sie einmal gewesen sein musste.

Albert traf eine Erkenntnis wie ein Schlag. Das war tatsächlich die Ruine aus seinem Traum. Er war sich ganz sicher. Und auch das Gefühl, das er hatte, war in etwa dasselbe wie im Traum. Pure Trostlosigkeit und Angst vor dem Unbekannten. Angst, die einen lähmen konnte. Deswegen versuchte Albert, in Bewegung zu bleiben. Er wollte nicht so versteinert wie im Traum dastehen.

Vor Albert tat sich plötzlich ein schwarzes Loch im Boden auf. Es handelte sich dabei nicht um ein normales Schwarz. So ein Schwarz hatte Albert noch nie gesehen. Das Loch hatte in etwa einen Durchmesser von einem Meter, war pechschwarz und schien über eine spiegelnde Oberfläche zu verfügen, als bestände es aus schwarzer Tinte. Es war kaum weiter entfernt als einen Meter.

Plötzlich hörte Albert eine Stimme. Sie sprach mit lieblicher Stimme, die sich anhörte wie die seiner Frau, aus dem Loch zu ihm:

„Komm zu mir! Komm und lass dich von mir erneuern!"

Albert hatte sofort den Drang, ihr zu folgen, doch plötzlich fand Nero den Mut zu handeln. Er riss mit voller Kraft an der Leine und versuchte Albert vom Loch wegzuziehen. Dieser war nicht mehr bei Sinnen. Auch er riss an der Leine und versuchte, warum auch immer, dem Loch näherzukommen. Der Kampf dauerte kurz an, bis sie plötzlich beide von einer Sekunde auf die andere aufhörten, an der Leine zu ziehen. Etwas kam näher. Bald würde es aus dem Loch vor Albert heraussteigen. So zumindest vermutete er. Etwas Böses. Uraltes und Böses. Albert kam wieder zu Sinnen und wollte nun auch nichts wie weg.

Er und Nero begannen zu laufen. Der Hund, der sichtlich erleichtert war, dass seinem Besitzer nichts zugestoßen war, blieb ständig an seiner Seite. Je weiter sie den Weg hinunter kamen, umso besser wurde auch wieder ihre Stimmung. Die Angst hatte sich gelöst, und was blieb, war Neugierde. Woher war dieses Loch gekommen und was befand sich in diesem? Albert konnte sich noch gut an den Drang erinnern, ins Loch springen zu wollen. Wie tief wäre er gefallen und wäre er überhaupt jemals am Boden aufgeschlagen und was hatte im Loch gewartet?

Albert war sichtlich erleichtert, dass er und Nero keine Bekanntschaft damit geschlossen hatten, aber er war sich sicher, dass sie in Zukunft noch öfter mit dem Loch zu tun haben würden und somit auch mit dem, was es beherbergte. Wie und warum, wusste er nicht, aber er hatte das Gefühl, dass er eine Aufgabe zu erfüllen hatte. Beim Gedanken daran war ihm etwas mulmig zumute.

Nero hatte wieder zu seiner Fröhlichkeit gefunden und ging mit hoch erhobener Rute und federnden Schrittes neben Albert her. Natürlich auf der linken Seite, so wie es sich gehört. Den Weg nach unten legten sie viel schneller zurück als den Weg hinauf, und so kam es, dass sie sich wenig später wieder in bewohntem Gebiet befanden. Der Weg zur nächstgelegenen Bushaltestelle gestaltete sich kurz und auch die darauf folgende Busfahrt verlief ohne Zwischenfälle. Der Bus brachte sie bis zur Haltestelle an der Hauptstraße, keine 200 Meter vom Hochhaus, in dem Albert lebte, entfernt.

Als Albert kurz darauf vor seiner Wohnungstüre ankam, konnte er Rocky schon hören, wie dieser schrille Pfiffe übte. Albert sperrte die Tür auf und er und Nero betraten die Wohnung. Nero lief ohne Umwege ins Wohnzimmer und setzte sich wie am Vorabend vor den Käfig. Das brachte Rocky dazu zu verstummen.

Auch Albert ging ins Wohnzimmer und begrüßte den Papagei. Der Vogel legte wieder interessiert seinen Kopf schief und lauschte den Worten von Albert. Dieser öffnete die Käfigtüre und der Vogel kletterte ohne Umschweife heraus. Er kletterte wieder aufs Dach und sagte: *„Rocky komm!"*, und flog dann los, um im Wohnzimmer eine Runde zu drehen. Albert stand immer noch vor Rockys Käfig, und als der Vogel diesen ansteuerte, passierte es. Der Vogel flog einen Umweg und landete plötzlich auf Alberts Schulter. Das brachte Alberts Herz dazu, endgültig aufzutauen. Zumindest was Tiere betraf. Der Vogel begann auf Alberts Schulter einen Tanz zu vollführen. Er drehte sich im Kreis und stoppte nur kurz, um sanft in Alberts Ohrläppchen zu beißen, und flog dann zurück auf das Dach seines Käfigs. Albert war immer noch gerührt. Tiere verurteilen einen nicht. Selbst wenn man stank und aussah wie ein Penner.

Albert setzte sich auf die Couch und begann wieder zu grübeln. Er hatte bis zu diesem Moment damit warten müssen, seine Gedanken rund ums Erlebte schweifen zu lassen. Das Bild des Loches, das sich vor ihm aufgetan hatte, würde er nie wieder vergessen. Und auch nicht die Angst vor dem, was sich in ihm befand. Die Stimme, die zu ihm gesprochen hatte, klang wie die seiner verstorbenen Frau. Was imitierte sie da? Auf alle Fälle hatte ihn die Stimme tief in seiner Seele berührt mit dem, was sie gesagt hatte. Denn war es nicht genau das, was er wollte? Erneuert zu werden? Die alte Schale abzuwerfen, um ins Leben zurückzukehren? Fast wäre er der Stimme gefolgt. Gut, dass Nero ihn davon abgehalten hatte. Er war wie in Trance gewesen. Ständig hatte er versucht, in der Schwärze des Loches etwas zu erkennen, aber er hatte es nicht vermocht. Was wäre passiert, wenn er einfach hineingesprungen wäre? Hätte er das überlebt? Und worauf wäre er im Inneren gestoßen? Fragen über Fragen, die nach Antworten verlangten.

Albert kam zum Schluss, dass es vielleicht sinnvoll wäre, diese Gedanken aufzuschreiben. Er ging zu seinem Schreibtisch, schaltete den Computer ein und begann im Tagebuch zu schreiben. Mit so einer Wandlung in der Geschichte hatte er nicht gerechnet.

Er schrieb und schrieb, und als er für diesen Tag genug geschrieben hatte, speicherte er die Datei und fuhr den PC herunter. Wie immer wenn er geschrieben hatte, war er zufrieden. Keine andere Arbeit auf der Welt konnte ihm das geben, was ihm das Schreiben gab. Wenn er in einer Geschichte versank, war er glücklich.

Erst jetzt nahm er seine Umgebung wieder bewusst wahr. Rocky saß im Moment schlafend am Dach des Käfigs und Nero lag neben dem Schreibtisch auf seiner Decke. Ihn schien das Erlebte nicht zu beschäftigen, denn er machte einen entspannten Eindruck, wie er so dalag. Albert schaute auf die Uhr. Später Nachmittag. Was sollte er um diese Zeit noch anfangen? Immer noch kehrte er in Gedanken stets zu diesem Loch im Boden zurück.

Er beschloss sich abzulenken, indem er den Fernseher einschaltete. Er zappte durch die Kanäle und blieb an einem hängen, in dem hauptsächlich Sitcoms gezeigt wurden. Im Moment liefen die Simpsons, von denen Albert ein großer Fan war. Seine Lieblingsfigur war Homer mit seiner unbeschwerten Art. Homer hatte es zwar nicht unbedingt verdient, aber er war ein Glückspilz. Ein Egoist, der aber trotzdem von allen gemocht wurde, weil er sich seiner Schuld nicht bewusst war.

Albert war auch ein Egoist mit dem Unterschied, dass er keine Freunde hatte, da er genau wusste, dass er meistens zuerst an sich dachte. Heute folgte Albert der Geschichte, die sich im Fernseher abspielte, nur teilweise. Das Loch forderte zwischendurch seine Aufmerksamkeit. Er fragte sich, ob dieses Loch schon einmal jemand anderem erschienen war.

Meistens, wenn Albert geschrieben hatte, wurde er kurze Zeit darauf müde. So auch heute und er streckte seine Glieder auf der Couch aus. Er schloss die Augen und hörte dem lustigen Treiben im Fernseher zu. Da er die Folge, die lief, schon ein paar Mal gesehen hatte, entstanden in seinem Geist auch Bilder zu den Stimmen, die aus dem Fernseher drangen. Er trieb immer mehr weg von der Welt, die ihn umgab. Hinein ins Land der Träume, das auf einer anderen Ebene seines Geistes existierte, und schon bald umhüllte ihn diese Welt völlig. Er träumte, dass er sich hinter einem Baum in einem Wald versteckte und eine Gruppe aus Menschen beobachtete, von denen er schon einmal geträumt hatte. Wie damals standen sie in lange Kutten gehüllt im Kreis und sangen etwas vor sich hin. Was sich in deren Mitte befand, erschloss sich ihm auch heute nicht.

Plötzlich hörte er den kläglichen Schrei eines Tiers und wusste sogleich mit Sicherheit, dass dieser Schrei von Nero stammte. Albert war gerade im Begriff, ihm zu Hilfe zu eilen, als er abrupt aufwachte.

Nero saß neben der Couch und knurrte die Wand an. Was zur Hölle dachte sich der Hund dabei? Albert musste erst völlig munter werden, aber dann registrierte er, dass sie wieder nicht alleine im Raum waren. Es geschah schon wieder. Der Hund musste sehen, was sie beobachtete, und er war diesem etwas anscheinend nicht sehr wohl gesonnen. Nero, der Retter. Erst als Neros Geknurre die Lautstärke eines drohenden Wolfes entwickelt hatte, verschwand das Gefühl wieder, beobachtet zu werden. Albert, dem auffiel, dass der Papagei in seinen Käfig zurückgekehrt war, stand auf und schloss die Käfigtür. Genug Freiheit für heute.

Draußen war es schon dunkel, aber Albert war voller Tatendrang. Er musste sowieso noch eine Gassirunde mit Nero unternehmen, also zog er sich seine Schuhe an, uralte Flip Flops, nahm den Hund an die Leine und verließ Wohnung und das Haus. Er überlegte einen kurzen Moment, welche Richtung er nun einschlagen sollte, und marschierte dann los. Nero lief an seiner linken Seite und begann wieder zu grinsen. Die Zunge hing ihm aus dem Maul und schien am heutigen Abend extra lang zu sein. Alle paar Schritte tropfte ihm Speichel von der Zungenspitze und landete auf dem warmen Asphalt. Albert ging in Richtung Innenstadt. Wenn er sich recht entsann, war dort gerade ein Gauklerfest im Gange. Vielleicht lohnte es sich dort vorbeizuschauen.

Albert war dem Hund dankbar. Wäre dieser nicht gewesen, hätte er seine Wohnung wohl kaum verlassen, und er stellte fest, dass die Außenwelt gar nicht so bedrohlich war, wie er sie immer wahrgenommen hatte. Eigentlich verspürte er beim Spazieren fast so etwas wie Freude, und dieses Gefühl war seit dem Tod seiner Frau aus ihm verbannt gewesen. Nun kehrte es stückchenweise zu ihm zurück und er genoss das Gefühl und war dankbar dafür. Nero schnüffelte wieder eifrig am Boden, wenn er nicht gerade eine Laterne markieren musste. Albert fand es faszinierend, wie viel Urin in so einem Hund vorhanden war. Sein großes Geschäft erledigte er natürlich brav auf einem Stück Rasen, an dem sie vorbeikamen.

Nach ca. 25 Minuten Fußmarsch kamen die beiden in der Innenstadt an. Es herrschte heiteres Treiben. Ein Mann, der Fontänen aus Feuer spuckte, fuhr auf einem Einrad an Albert vorbei und jonglierte dabei fünf brennende Fackeln. Albert stellte fest, dass der Hund nicht verängstigt wirkte, und entschloss sich, weiter ins dichte Treiben vorzustoßen. Am Hauptplatz angelangt bewegten sie sich an einem Schlangenmenschen vorbei, der auf einem großen Teppich seine Kunststücke zum Besten gab.

20 Meter weiter säumten sich Verkaufsbuden am Rand des Platzes. Hier konnte man alles Mögliche kaufen. Von Süßigkeiten angefangen über Spielzeug und selbstgemachten Schmuck bis hin zu selbst hergestelltem Gewand, wie man es aus dem Dritte-Welt-Laden kannte. Am Ende dieser Buden befand sich ein Wohnwagenanhänger, aber bei diesem konnte man nichts kaufen außer vielleicht die Dienste von Madam Isaura, einer Wahrsagerin, wie das Schild über ihrer Tür verriet.

Plötzlich zog Nero mit aller Kraft an der Leine und versuchte, Albert zum Wohnwagenanhänger von Madam Isaura zu ziehen. Albert entschloss sich dazu, dem Hund seinen Willen zu lassen, und er folgte ihm zum Wohnwagen. Im Moment war die Tür aber geschlossen und ein Schild, das an der Türklinke hing, verkündete, dass sie gerade eine Kundschaft hätte.

Albert beschloss zu warten und Nero setzte sich brav neben ihn.

Nach etwa fünf Minuten sprang plötzlich die Türe auf und eine weinende Frau kam aus dem Anhänger gerannt. Um ein Haar wäre sie in Albert gelaufen. Sie verschwand im dichten Gedränge und Albert nahm wahr, dass sich die Wahrsagerin zu ihnen gesellt hatte. Sie stand in der Tür des Anhängers, spielte ihre Rolle perfekt und hatte etwas Mystisches an sich. Sie war in violette Tücher gehüllt und hatte sogar eines um den Kopf gewickelt, was sie orientalisch aussehen ließ. An ihren Ohrläppchen hingen lange Ohrringe, die aus lauter kleinen Federn bestanden, und ihre Schminke wirkte etwas übertrieben. Sonderlich groß war sie nicht, strahlte aber dennoch Macht aus.

Das alles registrierte Albert in Bruchteilen einer Sekunde. Die Wahrsagerin sagte:

„Leider gefällt es nicht jedem, in die Zukunft zu sehen. Wie sieht es mit Ihnen aus? Wollen Sie die Wahrheit über sich erfahren? Die einzige Wahrheit aus Vergangenheit, Gegenwart und Zukunft?"

Nero stand auf, ging zur Wahrsagerin und setzte sich vor diese. Dieses Verhalten kannte Albert schon vom Hund, und wenn er sich nicht irrte, bedeutete es, dass Nero Interesse an jemandem zeigte. Das und der Umstand, dass Albert wirklich gerne die Wahrheit über sich erfahren hätte, bewogen ihn dazu, der Wahrsagerin zu antworten:

„Aber wenn ich auch zu heulen beginnen sollte, möchte ich, dass das unser Geheimnis bleibt!"

Er grinste die Wahrsagerin an und sie deutete ihm an, dass er ins Innere des Wohnwagens kommen solle. Sie ging voraus und Nero und Albert folgten ihr. Albert schloss hinter sich die Tür und es schien, als hätte er eine fremde Welt betreten. Im Wohnwagen stank es fürchterlich nach Räucherstäbchen. Es brannte zwar Licht, aber dieses war so gedimmt, dass er das Gefühl hatte, sich in einer schmuddeligen Bar zu befinden.

Die Wahrsagerin setzte sich hinter einen Tisch und wies Albert an, auf der gegenüberliegenden Seite Platz zu nehmen. Nero legte sich brav neben Albert und machte den Eindruck, dass er müde sei. Auf dem Tisch, der sich zwischen ihnen befand, lagen die typischen Arbeitsutensilien einer Wahrsagerin. Da gab es eine Kristallkugel, Tarot-Karten, kleine Knochen und einen menschlichen Totenschädel. Auf diesem waren Muster eingraviert, die an die Arbeiten der Maori in Neuseeland erinnerten.

Albert sah sich im Wohnwagen um. Alle Fenster waren mit schweren Tüchern verhangen und am Boden lag ein gemütlicher grüner Teppich. Von der Decke hingen alle möglichen toten Viecher und Pflanzen, die allesamt wie ausgetrocknet aussahen, und hinter der Wahrsagerin saß ein ausgestopfter Rabe auf einem Ast und sah dabei irgendwie unheimlich aus, so leblos wie er dasaß. Gott sei Dank roch es im Wohnwagen nicht nach Verwesung, also mussten die Tierleichen irgendwie präpariert sein.

Albert konzentrierte sich wieder auf die Wahrsagerin. Diese rückte gerade ihr Arbeitsgerät zurecht und widmete sich Albert:

„Zuerst werde ich in die Kristallkugel schauen!",

und sie begann mit ihren Händen über der Kristallkugel zu kreisen. Albert starrte ebenfalls in die Kristallkugel, aber außer Nebel, der herumwirbelte, konnte er nichts erkennen. Nicht so die Wahrsagerin. Diese schien sehr wohl etwas zu sehen, denn sie wurde plötzlich kreidebleich und sah entsetzt aus. Kurz darauf spielte sie wieder ihre Rolle und ließ sich nicht mehr anmerken, was sie über das Gesehene wusste.

Jetzt war Albert neugierig. Was hatte sie so entsetzt? Die Wahrsagerin hörte von einem Moment zum anderen auf, in die Kugel zu schauen, und schob diese von sich weg, als würde sie sich vor ihr ekeln. Dann schaute sie Albert direkt ins Gesicht und er konnte einen Anflug von Mitleid in ihrem Blick erkennen. Aber wieder nur für ein paar Sekunden, dann setzte sie wieder ihre steinerne Maske auf. Albert konnte sich nicht zurückhalten und sagte:

„Was haben Sie gesehen? Was war so schlimm, dass es Sie zu Tode erschreckt hat?"

Die Wahrsagerin entgegnete mit theatralischer Stimme:

„Es gibt Dinge, über die spricht man besser nicht! Man zieht sonst nur Aufmerksamkeit auf sich von Wesen, die man lieber nicht kennenlernen will!"

Das konnte Albert so nicht hinnehmen und er entgegnete:

„Was für Wesen? Wovon reden Sie? Bitte, ich muss es wissen!" Die Wahrsagerin runzelte die Stirn und schien scharf nachzudenken.

„Ich habe gesehen, dass Sie ein Geist verfolgt. Ein Geist aus ihrer Vergangenheit. Etwas, das schon lange tot ist, ist an Ihrer Seite und wartet nur auf den richtigen Moment, sich zu zeigen. Und ich habe ein

74

*Tier wahrgenommen und Zähne und Blut. Das Tier
ist uralt. Mehr kann ich Ihnen nicht sagen!!! Außer
vielleicht noch, dass das Licht die Dunkelheit
umhüllen muss, um Sie zu erlösen!"*

Damit musste sich Albert wohl zufrieden geben.

Als er zahlen wollte, wies ihn die Zigeunerin barsch
ab. Sie wolle für diesen Dienst kein Geld, denn er täte
ihr leid. Dann zeigte sie mit ausgestrecktem
Zeigefinger auf die Tür des Wohnwagens und sagte
zu Albert, dass er nun gehen solle, da sie sich jetzt
dringend erholen müsse.

Kapitel 6

Albert und Nero verließen den Wohnwagen, obwohl er das Gefühl hatte, dass ihm die Wahrsagerin nicht alles gesagt hatte. Glaubwürdig war sie mit dem, was sie gesagt hatte, auf jeden Fall gewesen. Schon zum zweiten Mal hatte er nun von einem Tier gehört. War es das, was sich im schwarzen Loch im Verborgenen aufhielt? Was wollte dieses Wesen ausgerechnet von ihm?

Er und Nero hatten genug gesehen für den heutigen Abend und machten sich auf den Nachhauseweg. Albert, der völlig in seinen Gedanken versunken war, ließ sich heute von Nero führen. Dieser kannte den Weg genau und brauchte nur seiner eigenen Duftspur zu folgen.

Als sie zuhause ankamen, konnte Albert sich nicht daran erinnern, wie sie hierher gelangt waren. Widerwillig nahm er seine Umgebung wahr. Er hatte immer noch den Drang, über die Worte der Zigeunerin nachzudenken. Er ging zum Käfig von Rocky, sah, dass es sich dieser schon gemütlich gemacht und wohl schon geschlafen hatte, als Albert das Licht im Wohnzimmer eingeschaltet hatte. Nun war er munter. Albert beschloss, ebenfalls schlafen zu gehen. Vielleicht würde er wieder etwas Interessantes träumen. Er rauchte seinen Gute-Nacht-Joint und ging dann ins Schlafzimmer. Nero zog es vor, auf der Decke im Wohnzimmer zu schlafen. Das sollte Albert nur recht sein. So war er beim Nachdenken völlig alleine und wurde durch nichts abgelenkt.

Er legte sich samt Gewand ins Bett auf den Rücken und schloss die Augen. Der Joint tat seine Wirkung und Albert wurde müde. Dennoch ließ er seine Gedanken kreisen. Und so schlief er auch ein. Mitten während eines Gedankens. Fast nahtlos glitt er in die Welt der Träume.

Er befand sich in einem schwarzen Nichts und konnte seinen Körper nicht spüren. Er konnte nicht atmen und sehen konnte er auch nichts und dennoch blieb er am Leben. Es fühlte sich an, als würde er mit verbundenen Augen in der Schwerelosigkeit schweben. Das Einzige, was er bewusst wahrnahm, war die Stimme, die er hörte. Es handelte sich um die seiner Frau, Kathlen hatte sie geheißen, und dennoch wusste er irgendwie, dass sie von dem Wesen im Loch stammte oder gar seiner Fantasie entsprang.

„Komm zu mir! Lass dich erneuern!"

Das war eine seltsame Art von Traum, denn er wusste, dass er nur träumte, und dennoch fühlte es sich realer an als jeder Traum, den er jemals zuvor gehabt hatte.

Die Stimme war mächtig. Sie fesselte ihn nahezu. Sie schaffte es in einem Ton zu sprechen, der einen hypnotisierte. Albert wollte dieser Stimme näher kommen. Er öffnete seinen Geist, bereit dazu, alles aufzunehmen, was versuchte, in ihn einzudringen. Dann fiel ihm im Traum ein, was die Wahrsagerin vorher gesagt hatte, und das brachte ihn wieder auf den Boden der Tatsachen. Er verschloss seinen Geist wieder und sofort schien die Stimme wie von weit herzukommen.

„Du bist schuld an meinem Tod! Ich kann dich von dieser Schuld befreien. Du wirst nie wieder daran zurückdenken müssen!"

Das war das Letzte, was er hörte, bevor er sich wieder in der Realität befand. Es war mitten in der Nacht. Um genau zu sein 3.15 h, aber Albert fühlte sich ausgeschlafen. Er stand auf, ging ins Wohnzimmer und schaltete das Licht ein. Sofort öffneten der Papagei und Nero die Augen und der Hund führte im Liegen einen Trommelwirbel mit seinem Schwanz auf. Albert bückte sich, um den Hund zu streicheln, und ging dann in die Küche, um sich einen Kaffee zu richten. Danach setzte er sich samt Kaffeetasse auf die Couch und dachte an den Traum zurück.

Diese Schwärze, in der er geschwebt war. Das musste das gleiche Schwarz wie beim Loch in der Burgruine gewesen sein. Ergo hatte er sich im Traum im Loch befunden. Warum hatte er gewusst, dass er träumte, und hatte er wirklich nur geträumt? Was wäre, wenn genau diese Traumwelt die wahre Realität wäre und das Tier in der Lage gewesen wäre, ihn wirklich zu verletzen oder ihn zu töten? Die Träume, die er in letzter Zeit gehabt hatte, waren anders gewesen. Da hatte er sich nur als stiller Beobachter gefühlt. Aber heute war es gewesen, als wäre er der Hauptdarsteller im Traum, der wiederum seinerseits von etwas anderem beobachtet worden war?

Albert musste zur Burgruine zurückkehren. Gleich in ein paar Stunden würde er mit Nero denselben Weg wie gestern nehmen. Er musste unbedingt wissen, ob das Loch wieder erscheinen würde. Albert trank nachdenklich seinen Kaffee. Gedanken über Gedanken. Am besten war es, wie gestern am Tagebuch weiterzuschreiben. Vielleicht würde er dann etwas klarer sehen.

Wieso passierte das alles ihm? Die letzten paar Jahre hatte er das Gefühl gehabt, als wäre sein Leben bereits zu Ende und als würde er nur noch auf den richtigen Flieger warten, der ihn für immer mitnehmen würde in das, was man Tod nannte. Und jetzt? Er hatte zwei Tiere, um die er sich kümmern musste, und verließ sogar wieder seine Wohnung, auch wenn er keine Drogen brauchte. Musste man ihn da sofort mit allem möglichen Übersinnlichen konfrontieren? Die Zeiten, in denen ihn das interessiert hatte, lagen schon lang zurück.

Rocky und Nero machten nicht den Eindruck, als ob sie bereits ausgeschlafen wären. Der Papagei hatte die Augen wieder geschlossen und Nero lag immer noch faul auf seiner Decke. Albert war das nur recht, denn er wollte sowieso weiter in Ruhe nachdenken. Bald würde es hell werden und dann würde er mit Nero erneut zur Brandenburg aufsteigen. Im Moment hieß es aber, ein paar Stunden totzuschlagen.

Albert schnappte sich seinen Kaffee und setzte sich zum Computer. Er öffnete erneut das Tagebuch. Heute hatte er viel zu schreiben und sein Hirn arbeitete auf Hochtouren. Wie neulich floss ihm der Text nur so aus den Fingern und Albert hatte Mühe, beim Schreiben mitzuhalten. Er schrieb alle seine Gedanken auf zum Thema Loch, Tier und Zigeunerin. Die Wahrsagerin hatte Fangzähne gesehen und Blut. Zu wem hatten die Fangzähne gehört? Er verewigte diesen und zig andere Gedanken im Buch, war dabei wieder völlig weggetreten und bekam nichts von seiner Umgebung mit.

Als er den Text für heute zum Abschluss gebracht hatte, war es draußen hell. Erst jetzt fiel ihm auf, dass Rocky bereits damit beschäftigt war, sich mit den Vögeln im Freien zu unterhalten. Er ahmte ihr Gezwitscher nach und war dabei bestimmt der lauteste aller Vögel. Ein Wunder, dass sich Alberts Nachbarn noch nicht beschwert hatten. Vielleicht lag das daran, dass sie nichts mit einem Penner wie ihm zu tun haben wollten.

Albert war das nur recht, denn er wollte sowieso seine Ruhe und stand nicht auf Tratsch und Klatsch, wie er in einem großen Haus wie diesem zelebriert wurde. Er wollte weder wissen, wer in der Nacht besoffen in den Lift gekotzt hatte, noch wer ein Verhältnis mit einer Nachbarin angefangen hatte. Das einzige, was er wissen wollte, war, was in diesem schwarzen Loch lebte und welcher Geist aus der Vergangenheit ihn verfolgte. War es ein Dämon?

Sofort machte sich Albert wieder darüber Gedanken, ob er diesen Geist in seiner Zeit als Satanist heraufbeschworen hatte. Ja, ja, die schwarze Magie. Wenn man es geschickt anstellte, konnte man durch sie Macht erfahren, die schier unglaublich war. Wenn man aber Pech hatte so wie er, konnte man mit ihr Dämonen beschwören, die, einmal aus der Hölle heraußen, keine Anstalten machten, wieder in diese zurückzukehren. Zumindest vermutete Albert, dass es in seinem Fall so war.

Mittlerweile war auch Nero ausgeschlafen und er setzte sich vor Albert und legte ihm eine Pfote auf sein linkes Knie. Dieses Verhalten kannte Albert schon vom Hund. Es hieß entweder, dass er ein Geschäft erledigen oder dass er gern gestreichelt werden wollte. Dieses Mal wollte er wohl spazieren gehen.

Albert schaute auf die Uhr und stellte fest, dass es sowieso an der Zeit war, zur Bushaltestelle zu gehen. Er zog die Turnschuhe an und dann machten sie sich auf den Weg. Zuvor öffnete er aber noch die Tür des Käfigs, damit der Vogel in der Zwischenzeit umherfliegen konnte.

Als sich Nero und Albert bereits im Hof befanden, traf Albert fast der Schlag. Der Vogel war frei und das Fenster zum Balkon war geöffnet. Das hatte er total vergessen. Albert wollte gerade ins Haus zurückeilen, als es schon passierte. Rocky flog aus dem Fenster und flog in großen Kreisen über der Parkanlage, die zum Wohnhaus gehörte. Nachdem er ein paar Runden gedreht hatte, passierte erneut etwas Unglaubliches. Der Vogel erkannte Albert und Nero, kam angeflogen und setzte sich auf Alberts Schulter, als wäre das das Natürlichste auf der Welt.

Albert fiel ein riesiger Stein vom Herzen. Nicht nur dass der Vogel nicht gerade wenig gekostet hatte, Albert hatte ihn bereits in sein Herz geschlossen und sein Verlust hätte ihn hart getroffen. Nun stand er vor der Frage, was er nun anstellen sollte. Sollte er den Vogel nach oben bringen und erneut einsperren oder sollte er das Risiko eingehen und ihn einfach mitnehmen? Würde der Vogel bei ihm in Reichweite bleiben oder würde er plötzlich doch wegfliegen? Albert ging das Risiko ein und beschloss ihn mitzunehmen. Der Vogel saß weiterhin auf seiner Schulter.

Albert hatte einmal im Fernsehen einen Bericht gesehen von einem Graupapagei, der seinen Besitzer überallhin begleitete. Allerdings hatte man diesem Vogel die Federn der Flügel gestutzt, damit er nicht mehr fliegen konnte. Rocky besaß die Freiheit, jederzeit wegfliegen zu können.

Albert machte sich auf den Weg zur Bushaltestelle und seine tierischen Freunde begleiteten ihn. Als sie wenig später in den Bus einstiegen, staunten die Leute nicht schlecht. Ein Obdachloser mit Hund und Vogel. Das hatte wohl noch keiner der Fahrgäste gesehen. Die drei saßen in der letzten Sitzreihe des Busses und hatten viel Platz zur Verfügung. Nero saß hechelnd zu Alberts Beinen und der Vogel saß auf seiner Schulter und drehte sich ab und zu im Kreis, so wie er es auch neulich gemacht hatte, als er zum ersten Mal auf Alberts Schulter gesessen war.

Als sie eine halbe Stunde später aus dem Bus ausstiegen, machte Rocky weiterhin keine Anstalten, dass er flüchten wolle. Erst als sie am Fuß des kleinen Berges ankamen, wo der Wald begann, flog er mit einem Mal doch weg. Aber er drehte nur ein paar Runden über Albert und kehrte dann zu seiner Schulter zurück. Hatte er nicht davon geträumt, dass Rocky über ihm kreiste?

Albert und Nero begannen nun den besseren Hügel zu besteigen und Rocky zog es vor, weiterhin auf Alberts Schulter zu sitzen, aber er sah sich genau um und wirkte dabei sehr interessiert. Heute nahmen sie allerdings einen anderen Weg. Er ging am Hügel unten entlang, bis sie sich an seiner Seite befanden, und erst da begannen sie mit dem Aufstieg. Hier führte der Weg kerzengerade zum Gipfel und der

Ruine und Albert kam mächtig ins Schnaufen, was wohl an seinen nächtlichen Joints lag. Er war hellwach und aufgeregt, ob er denn wieder von bedrückenden Gefühlen übermannt werden würde. Und tatsächlich, je näher sie dem Gipfel kamen, umso mehr machte sich in Albert ein trauriges, verzweifeltes Gefühl breit.

Nero wich wie am Vortag keine Zentimeter von Alberts Seite und auch der Vogel flog nicht weg. Die letzten Meter zur Burgruine waren die Hölle, denn passend zum Gefühl, das er hatte, musste er ständig an Kathlen denken und den Unfall mit all seinen schrecklichen Bildern. Wie lange würden ihn diese noch quälen?

Als sie sich alle drei in den Überresten der Burgruine befanden, begann Albert erneut diese zu erkunden. Sehr groß war sie ja nicht gewesen und an der Stelle, an der sich gestern das Loch befunden hatte, war heute nur Gras zu sehen, das von der Sonneneinstrahlung bräunlich verfärbt war. Rocky setzte nun doch zu einem Rundflug an und kreiste kurze Zeit später am Himmel über der Ruine. Die hintere Wand der Burg hatte aus den natürlichen Felsen bestanden, die sich schon immer auf dieser Anhöhe befunden hatten, und Albert ging diese entlang. Es war kaum zu übersehen, dass diese Burgruine auch von jugendlichen Randalen aufgesucht worden war, denn der Fels war übersät von Graffitis.

Am meisten in seinen Bann zog ihn ein in 3D gearbeitetes verkehrtes Pentagramm. In der Mitte im Fünfeck des Pentagramms hatte der Sprayer den Kopf eines Ziegenbocks verewigt, was so wie das verkehrte Pentagramm ein Zeichen für Satanismus war. Hier war wohl eine dunkle Seele am Werk gewesen. Bestimmt wieder irgendein Jugendlicher, der gegen seine Eltern rebelliert hatte.

Albert fühlte sich schrecklich. Er war immer noch übermannt von Verzweiflung und Trauer, und je länger er herumschlenderte, umso übler wurde ihm, und als er kurz davor war sich zu übergeben, passierte es wieder. An derselben Stelle wie gestern tat sich im Boden ein schwarzes Loch auf. Nichts als Schwärze war darin zu sehen und je länger Albert in das Loch starrte, desto mehr bekam er das Gefühl, dass er gerne hineinspringen würde. Am besten mit einem Kopfsprung. Er stellte sich diese Schwärze butterweich vor, wusste aber nicht warum. Sein Körper sehnte sich danach, von ihr umschmeichelt zu werden und einfach im Nichts zu verschwinden. Dann hätten auch die Schuldgefühle wegen des Todes seiner Frau ein Ende.

Er machte einen Schritt auf das Loch zu, ohne es wirklich zu merken. Nero blieb hinter ihm und machte keine Anstalten, ihm zu folgen. Ganz im Gegenteil. Man sah ihm an, dass er überlegte davonzulaufen. Heute war er nicht an der Leine und konnte seinem Fluchttrieb folgen, wenn er wollte. Allerdings konnte er Albert auch nicht an der Leine fortziehen, wenn dieser in Gefahr war, und von diesem schwarzen Etwas ging Gefahr aus. Der Hund konnte das anscheinend riechen.

Alberts Gedanken wurden immer konfuser und waren irgendwie vernebelt. Das hatte zur Folge, dass er nicht mehr in der Lage war zu überlegen, ob es denn wirklich gescheit war, ins Loch zu springen, denn wie er von gestern wusste, wäre er im Loch nicht allein. Und dann hörte er wieder eine Stimme aus dem Loch. Plötzlich hörte er wieder die Stimme seiner verstorbenen Frau Kathlen, die ihm zurief, er solle zu ihr kommen. Nero saß völlig unbeteiligt da und schien nichts zu hören. Vielleicht befanden sich die Stimmen tatsächlich nur in seinem Kopf.

Rocky, der über dem Geschehen kreiste, kreischte, wie Albert es noch nie von ihm vernommen hatte.

Aber auch diese Warnung missachtete er und ging noch einen Schritt auf das Loch zu. Die Stimme seiner Frau hatte er schon sechs Jahre nicht mehr vernommen und das kam Albert wie sechs Jahrzehnte vor. Daher übte sie eine unheimliche Anziehungskraft auf ihn aus und verstärkte den Wunsch in ihm, ins Loch zu hüpfen, obwohl er nicht wusste, ob sie sich tatsächlich im Loch befand. Er lauschte der Stimme wie in Trance. Plötzlich veränderte sie sich. Man konnte die pure Angst aus ihr heraushören und sie rief um Hilfe.

Das hatte zur Folge, dass Albert mit Anlauf in das Loch sprang. Sofort wurden seine Gedanken wieder klar und er registrierte, dass er von Schwärze umhüllt war. Er schwebte in der Schwerelosigkeit, die im Loch herrschte, und sah die Hand vor Augen nicht. Er konnte seinen Körper nicht mehr spüren und hörte auch keine Stimme mehr. Traurig stellte er fest, dass hier keine Frau war, die er retten konnte. Es schien, als wäre er hier gefangen allein mit seinen eigenen Gedanken und das für alle Ewigkeit, wie er befürchtete, denn er hatte keine Idee, wie er wieder aus dem Loch kommen konnte.

Plötzlich hörte er doch wieder etwas. Und zwar hörte er jemanden oder etwas atmen. Der Atem ging röchelnd und stoßweise und Albert bekam Angst, da er irgendwie spürte, dass er von etwas stammte, das eventuell böse war. War das das Tier, von dem die Zigeunerin gesprochen hatte? Er wollte nicht gefressen werden. Andererseits, was sollte das Tier fressen? Wie es schien, hatte er ja keinen Körper mehr, also würde er die scharfen Zähne auch nicht spüren, aber er wurde nicht gefressen. Einmal hörte er den Atem hinter sich, dann wieder direkt neben ihm. Einmal näher, einmal ferner, und dann war er wieder ganz verschwunden. Konnte es sein, dass der Besitzer des Atems mit ihm spielte wie eine Katze mit einer Maus? Oder hatte er das Interesse an ihm verloren und duldete seine Anwesenheit? Vielleicht hatte es aber gerade keinen Hunger und würde später wieder zurückkommen, um ihn doch noch zu verschlingen.

Kapitel 7

Gedanken rasten durch Alberts Geist, als er plötzlich wieder aus der Schwärze ins Licht katapultiert wurde, als wäre er von dem Loch ausgespuckt oder ausgeschieden worden. Mit einem Mal befand er sich wieder in der Burgruine im hellen Tageslicht, welches ihn blendete. Im ersten Moment musste er mit der Hand die Augen abschirmen, um überhaupt etwas zu erkennen. Er hatte seinen Körper wieder und registrierte, dass Nero immer wieder wild wedelnd an ihm hochsprang. Der Papagei kam auch angeflogen und setzte sich auf seine Schulter. Als Albert sich zu der Stelle umdrehte, wo sich das Loch befunden hatte, stellte er fest, dass es wieder verschwunden war. Er hielt das verzweifelte Gefühl, das sich erneut in ihm ausbreitete, nicht mehr aus und beschloss umgehend den Heimweg anzutreten, leinte Nero an und machte sich dann samt Papagei auf der Schulter an den Abstieg.

Je weiter er nach unten kam, desto leichter wurde es ihm ums Herz. Wenn er jetzt so darüber nachdachte, hatte er sich wohl in Lebensgefahr befunden. Zumindest das Etwas, das er im Loch dargestellt hatte. Aber ohne Körper hatte ihn kein Adrenalin gedopt und er hatte auch nicht flüchten oder so etwas wie Angst verspüren können, und es schien, als hätte er nur noch aus Gedanken bestanden.

Auch Nero und Rocky merkte man an, dass sie sich wieder wohler fühlten, denn Nero ging federnden Schrittes neben ihm her und der Papagei plapperte irgendwas vor sich hin, das Albert aber nicht genau verstehen konnte. Er hörte immer nur das Wort „brav" heraus. Jedenfalls schien auch der Vogel wieder gut gelaunt zu sein.

Albert marschierte, so schnell er konnte, und deshalb dauerte der Abstieg auch nicht sehr lange. Je weiter er nach unten kam, umso normaler funktionierte sein Hirn wieder. Er dachte an das Gefühl zurück, wie es war, praktisch keinen Körper mehr zu haben und einfach nur noch mit seinen Gedanken allein sein. Etwas anderes war ihm nicht übrig geblieben, denn er war nicht in der Lage gewesen, das, was von ihm in der Schwärze existierte, irgendwie zu bewegen. Das war etwas völlig Neues für ihn gewesen, denn so lange er zurückdenken konnte, war er ständig vor irgendetwas geflüchtet. Immer wenn es unangenehm für ihn wurde, machte er die Fliege.

Als er sich schon fast wieder in bewohntem Gebiet befand, wurde der Wald immer lichter. Hier schaffte es die Sonne, zwischen den dichten Baumwipfeln durchzublinzeln, und der Wald sah aus wie ein Märchenwald. Der Boden links und rechts des Weges war gesäumt mit Farngewächsen und niederem Buschwerk. Albert war wie immer im Sommer mit einer kurzen Hose unterwegs und bekam Angst, sich eine Zecke einzufangen. Die letzte Schutzimpfung lag bei ihm nämlich schon so lange zurück, dass er bestimmt nicht mehr geschützt war. Nero machte sich darüber sicher keine Gedanken, denn er bewegte sich entschlossenen Schrittes mit hoch erhobener Rute und ließ die verschiedenen Gerüche auf sich wirken. Rocky saß die meiste Zeit auf seiner rechten Schulter und knabberte zärtlich an Alberts Ohrläppchen.

Als dieser schon fast die Straße erreicht hatte, sah er etwas so Haarsträubendes, dass er zweimal hinschauen musste, um sich sicher zu sein, dass es wahr war. Am Stamm einer mächtigen Tanne war eine Katze befestigt. Als er beim Baum anlangte, stellte er fest, dass die Katze tot war. Durch alle vier Pfoten war jeweils ein Nagel in den Baum getrieben worden und der Täter hatte der Katze mit irgendetwas ins Herz gestochen. Das Fell unter dem Stich war rot verfärbt von ihrem Blut. Das Bild erinnerte groteskerweise tatsächlich an die Bilder der Kreuzigung von Gottes

Sohn und die Katze ließ den Kopf auf die gleiche Weise hängen, wie er es getan hatte.

Albert war sich fast sicher, dass dies nicht das Werk von jugendlichen Satanisten war, denn dann wäre die Katze wohl mit dem Kopf nach unten angenagelt worden. Aber zu welchem Zweck war die Katze sonst auf diese Weise hingerichtet worden? Gab es Menschen, die so etwas aus Langeweile zum Zeitvertreib taten? Wenn Albert sich vorstellte, dass an Stelle der Katze Nero an den Baum genagelt worden wäre, wurde ihm leicht übel. Was sollte er nun tun? Er hatte keine Brechstange oder ähnliches bei sich, um die Nägel aus dem Baumstamm und den Pfoten der Katze zu ziehen. Aber hängen lassen wollte er sie auch nicht. Was, wenn ein Kind das grausame Bild sähe? Das bekäme davon sicher einen Schaden fürs Leben.

Ohne Hilfsmittel blieb ihm jedoch nichts anderes übrig, als die Katze in dieser grauslichen Pose hängen zu lassen. Allerdings beschloss er, möglichst bald wieder zu kommen mit dem erforderlichen Werkzeug, um die Katze zu befreien und zu begraben. Am besten hier irgendwo im Wald. Schon wieder interessierte ihn ein anderes Lebewesen mehr als seine eigene Wenigkeit, auch wenn dieses Lebewesen bereits tot war. Vielleicht wurde er bereits erneuert, weil er heute ins Loch gesprungen war. Warum das Tier ihm dieses Geschenk zukommen lassen sollte, wusste er aber selbst nicht und auch nicht, ob es tatsächlich dazu in der Lage war, wenn es wirklich das Tier gewesen war, das da zu ihm gesprochen hatte. Er hegte nur den Verdacht, dass diese fremde Präsenz eigentlich nichts Positives im Schilde führte, und er hatte Glück gehabt, dass ihm im Loch nichts passiert war.

Nero saß vor dem Baum und legte ein seltsames Verhalten an den Tag. Er stand an seinem Fuße und knurrte die Katze an. Wohlgemerkt die tote Katze, aber das war ihm egal. Vielleicht war er der Meinung, dass diese jeden Moment zum Leben erwachen und vom Baum springen könnte, um sich mit ihm eine wilde Verfolgungsjagd zu liefern. Anscheinend war er kein Katzenfreund. Albert zog ihn vom Baum weg und ging Richtung Straße.

Als er aus dem Schatten der Bäume auf den heißen Asphalt trat, wurde ihm wieder bewusst, dass im Moment noch der Sommer herrschte. Jedoch würde es nicht mehr lang dauern, dann würde der Herbst kommen. Die Jahreszeit, die mehr nach seinem Geschmack war. Die drei bewegten sich in Richtung der Bushaltestelle und Albert war wieder einmal in Gedanken versunken. Was hatte es mit der Katze auf sich? Wer war so grausam? Hatte die Katze noch gelebt, als sie an den Baum genagelt worden war? Letzteres wollte er eigentlich besser gar nicht wissen.

Als der Bus kam, war er mit demselben Busfahrer besetzt, der sie auch am Vormittag befördert hatte, und sie ernteten deshalb keine erstaunten Blicke seinerseits in Anbetracht von Alberts Erscheinung und den beiden Tieren, die er mit sich führte. Die Fahrgäste jedoch staunten wieder nicht schlecht und begannen miteinander zu tuscheln. Albert ignorierte die Blicke und fand in der vorletzten Reihe einen Sitzplatz.

Es dauerte nicht lange, und um ihn herum bildete sich ein Sicherheitsabstand von gut 2 Metern. Fahrgäste setzten sich weiter nach vorne, auch wenn diese der Meinung waren, dass sie das sehr diskret machten. Einem anderen Menschen wäre das vielleicht peinlich gewesen. Albert jedoch befand sich schon zu lange in diesem Zustand und hatte schon zu viele feindliche Reaktionen wegen seines Körpergeruches genossen, als dass ihn diese noch stören würden. Wenn doch einmal ein Gefühl von Peinlichkeit in ihm hochstieg, steckte er dieses wie immer hinter seine innere Barriere und dachte einfach an etwas anderes.

Hin und wieder jedoch fragte er sich selbst, warum genau er sich denn so gehen und seinen Körper Stück für Stück verkommen ließ. Vielleicht war seine verstorbene Frau der einzige Mensch auf der Welt gewesen, für den es sich gelohnt hatte, etwas aus sich zu machen. Für sich selbst sah er da keinen Grund. Irgendwie wollte er sich selbst quälen, aber er wusste nicht, warum das so war, und warum er sich unter aller Menschenwürde behandelte, wusste er auch nicht. Wahrscheinlich war er einfach so von Schuldgefühlen zerfressen, dass er all das Üble auf der Welt als seine Schuld ansah. Er ganz alleine war schuld daran, dass der Frosch keine Haare hatte, der Fisch so übel roch, und daran, dass seine Frau das Auto bei Schneefall gesteuert hatte, obwohl sie es gehasst hatte, bei solchen Witterungsbedingungen zu fahren.

Fast hätte Albert es verpasst, aus dem Bus auszusteigen. Als er sich kurze Zeit später wieder in seiner Wohnung befand, schloss er das Fenster, um den Lärm auszusperren, schaltete den Computer ein und setzte sich auf seinen Schreibtischsessel. Die tote

Katze hatte ihn auf eine Idee gebracht, die er im Tagebuch einfließen lassen wollte.

Als endlich die richtige Datei geöffnet war, fing er an wie wild zu schreiben. Er ignorierte es, dass es in der Wohnung heiß und stickig war, und auch den Schweiß, der ihm über den Rücken lief, missachtete er. Rocky saß weiterhin auf seiner Schulter und kackte Albert von Zeit zu Zeit aufs T-Shirt, was Albert auch nicht wirklich interessierte. Im Moment war nur das Schreiben wichtig. Schneller als sonst versank er in dem Buchstabenmeer, das sich vor seinen Augen zu einem Text mit Sinn formte. Er musste nicht viel tun. Er brauchte einzig und allein seiner inneren Stimme zu folgen und aufzuschreiben, was diese diktierte.

Als er alles aufgeschrieben hatte, was ihm auf dem Herzen lag, lehnte er sich entspannt zurück und schaute zufrieden auf die voll getippte Seite, die vor ihm am Computer-Bildschirm prangte. Das hatte er zustande gebracht und das machte ihn glücklich. Als er seinen Blick endlich vom Computer-Bildschirm lösen konnte, stellte er fest, dass Nero neben ihm auf seiner Decke lag, und Rocky saß mittlerweile auf seinem Käfig. Alberts Blick fiel auf seine Uhr und er stellte fest, dass es schon später Nachmittag war. Beim

Schreiben hatte er ganz vergessen, dass er noch eine tote Katze aus ihrer misslichen Lage befreien musste. In seiner Erinnerung sah er den tierischen Jesus vor sich, wie er am Baum hing und erbärmlich aussah. Sofort stand er auf und ging zur Abstellkammer, in der sich auch sein Werkzeug befand, und holte daraus ein kleines Brecheisen, das seinen Zweck erfüllen sollte, und eine zusammenklappbare Campingschaufel.

Albert wollte nicht wieder mit dem Bus fahren und er beschloss, sein klappriges altes Damenrad, das seiner Frau gehört hatte, aus dem Keller zu holen, um zu testen, ob sein Hund auf diesem Wege mit ihm Schritt halten konnte. Außerdem beschloss er, Rocky erneut mitzunehmen, da das am Vormittag so gut funktioniert hatte. Er stellte sich vor den Käfig und sagte:

„Rocky komm!",

und klopfte sich dabei auf die Schulter. Sofort flatterte der Vogel die kurze Distanz zu Albert und landete halbwegs elegant auf seiner Schulter. Das funktionierte ja prima. Gott sei Dank hatte der Vogel heute des Öfteren

„Rocky komm!"

gesagt, weswegen Albert wusste, dass man ihm das vorgesagt hatte, sonst hätte er diese Worte ja nicht gekannt. Albert hatte aus ihnen geschlossen, dass man den Vogel darauf trainiert hatte, auf Befehl zu kommen. Er musste sowieso bald in die Tierhandlung, um Futter zu kaufen, und dann konnte er Paul fragen, wer den Vogel trainiert hatte.

Nun war es aber vor allem wichtig, zur Katze in den Wald zu kommen, bevor es finster wurde, und er ging bepackt mit dem Werkzeug, das zum Teil aus einem kleinen Rucksack ragte, und in Begleitung seiner Tiere in den Keller und holte das alte City Bike, das völlig verstaubt in Alberts Kellerabteil logierte, heraus. Die Reifen hatten zu wenig Luft und das hieß, dass er diese noch aufpumpen musste. Er nahm die Fahrradpumpe und spendete den Fahrradschläuchen neue Luft zum Atmen. Als das erledigt war, schob er das Rad ins Freie und begutachtete es. Es schien völlig fahrtauglich zu sein, weswegen Albert sich auf den Fahrradsattel schwang und losfuhr.

Wie er gehofft hatte, lief Nero an locker hängender Leine neben ihm her. Rocky segelte gute 15m über ihnen und stieß ab und an einen schrillen Pfiff aus. Albert fuhr lauter Abkürzungen und so kam es, dass sie die Strecke viel schneller bewältigten als mit dem

Bus. Rocky hatte sich die ganze Fahrt über in unmittelbarer Umgebung befunden und saß mittlerweile wieder auf Alberts Schulter. Diesmal auf der Seite, die der Vogel noch nicht zugekackt hatte.

Albert stieg vom Rad ab und kettete es an eine Straßenlaterne. Der Hund schien geschafft zu sein, denn er hatte am laufenden Band gehechelt, während er neben Albert hergelaufen war. Auch jetzt hechelte er noch, obwohl er ruhig dasaß.

Albert hatte die Strecke zur toten Katze in seinem Kopf gespeichert und sie liefen los, um zu ihrem Ziel zu gelangen. Es dauerte nicht lange, bis sie an der richtigen Stelle ankamen. Die tote Katze hing immer noch am Baum. Er nahm das Brecheisen zur Hand und hebelte die Nägel aus dem Baum und den Pfoten der Katze und nahm sie vorsichtig ab. Als er sie in Händen hielt, stellte er fest, dass sich die Katze in der Leichenstarre befand, denn sie hielt weiterhin an ihrer Pose fest. Nero stand wieder da und knurrte die Katze an, weswegen Albert Nero an der Katze schnüffeln ließ, um ihm zu zeigen, dass von dem toten Tier keine Gefahr mehr ausging.

Tatsächlich beruhigte sich Nero, setzte sich hin und leckte seine Lefzen, da ihm die Katze sicher geschmeckt hätte. Albert packte mit der einen Hand das Werkzeug weg und hielt in der anderen Hand die tote starre Katze, die, wie er feststellte, ebenfalls von Flohbissen übersät war. Dann ging er los, um eine geeignete Stelle zu finden, an der er die Katze begraben konnte. Am besten eine Lichtung, in deren Erdreich er nicht nur auf Wurzeln stoßen würde.

Der Hund, der wieder abgeleint war, lief eifrig vor Albert her und tat so, als würde er genau wissen, wo sich ihr Zielort befand. Albert hatte Mühe, mit ihm Schritt zu halten. Nur der Vogel ließ sich tragen und musste sich nicht anstrengen. Albert fing zu schwitzen an, denn es herrschte eine derartige Schwüle, dass er fast das Gefühl hatte, in ihr zu ertrinken.

Sie liefen schon eine dreiviertel Stunde planlos durch den Wald, als sie endlich eine Lichtung erreichten. Um genau zu sein, war es die Lichtung, von der Albert schon geträumt hatte. Ihm blieb fast das Herz stehen. Hatte er denn tatsächlich prophetische Träume? Zuerst die Burgruine und jetzt diese Lichtung.

Immer noch verwundert begann er mitten auf der Lichtung ein Loch zu buddeln. Die Arbeit ging ihm aber nur schwer von der Hand. Erstens war die Schaufel viel zu klein und zweitens stieß er mit dieser immer wieder auf harte Hindernisse wie Wurzeln und

Steine. Die tote Katze lag neben ihm auf dem Rücken und starrte trübe in den Abend, während Albert schwitzte. Dieser hatte sich vorgenommen, das Grab so tief wie möglich auszuheben, damit es nicht von irgendwelchen Aasfressern geöffnet werden würde.

Sein Gewand war noch mehr verdreckt als sonst und vom Schweiß völlig durchnässt. Als die Sonne bereits hinter einem Berg verschwand, befand Albert das Loch endlich einer toten Katze als würdig. Ihm tat alles weh und er streckte seine schmerzenden Glieder. Das würde morgen einen schönen Muskelkater abgeben. Er füllte seine Lunge mit Luft, bis diese spannte, und genoss das Gefühl, den schwierigsten Teil der Arbeit hinter sich zu haben. Dann legte er die Katze in das Loch und begann sie einzugraben. Diese Arbeit war leicht und es dauerte nicht lange, bis sein Werk vollbracht war.

Gerade als er die Schaufel weglegen wollte, spürte er plötzlich, dass er beobachtet wurde. Aber nicht von dem Wesen, das er in seiner Wohnung des Öfteren spürte, sondern von einem Menschen. Albert sah sich um. Die Lichtung war von hohen Nadelbäumen begrenzt und der Spanner konnte praktisch überall sein. Albert fragte sich, ob er denn vielleicht von einem Jäger beobachtet wurde, der gleich herauskommen würde, um ihn zu stellen und anzuzeigen, denn das Vergraben von toten Tieren im Wald war nicht gerade legal.

Er wollte es nicht herausfinden, also schnappte er sein Zeug, leinte Nero an und marschierte los in Richtung des Fahrrades. Rocky, der zwischenzeitlich auf Erkundungsflug gegangen war, saß nun wieder auf seiner Schulter und knabberte an seinem Ohrläppchen, während Albert rhythmisch weitermarschierte.

Kapitel 8

Albert lief durch den Wald, in dem es schon ziemlich düster geworden war, und wurde immer panischer. Er fühlte sich weiterhin beobachtet und das bedeutete, dass ihn diese Person verfolgte. Ab und an hörte er es hinter sich im Gebüsch knacken und er begann schneller zu laufen. Den Tieren merkte man nicht an, dass Gefahr drohte. Im Gegenteil, Nero glaubte, sie würden einen Hindernislauf durch den Wald machen, und strengte sich an, als Erster durchs imaginäre Ziel zu laufen.

Albert stolperte ein paar Mal und hätte beinahe einen Bauchfleck gemacht, aber er fand noch im letzten Moment das Gleichgewicht wieder und lief weiter. Die anbrechende Nacht tat das Ihrige dazu und es wurde immer schwerer zu laufen, ohne über Hindernisse wie Wurzeln zu stolpern, da die Lichtverhältnisse alles andere als gut waren. Bald würde es völlig dunkel sein. Zwischenzeitlich war Albert sich nicht sicher, ob er den richtigen Weg nahm, denn es sah alles anders aus als untertags.

Dennoch erreichte er einige Zeit später völlig atemlos sein Fahrrad. Er fingerte hektisch am Schloss herum und war nicht in der Lage, es zu öffnen. Als er es endlich geschafft hatte, schwang er sich auf den Sattel und fuhr los, als wäre er von der Tarantel gestochen worden, auch wenn diese eigentlich biss. Erst einen Kilometer später beruhigte er sich allmählich. Er war entkommen. Vor wem auch immer.

Nun strampelte Albert ein ruhiges Tempo und dachte nach. Was hatte es mit diesem Berg auf sich, dass er schon von zwei Orten auf seiner Topographie geträumt hatte? Worin bestand die Verbindung zu ihm? Warum gab es diese Orte wirklich? Würde er noch mehr prophetische Träume haben? Irgendwie konnte er es heute kaum erwarten, schlafen zu gehen.

Nero hielt spielerisch mit Alberts Geschwindigkeit mit und er fragte sich, wie es kam, dass der Hund noch vor ein paar Tagen dem Tode nahe gewesen war und nun fitter als er war. Er schien überhaupt keine Schmerzen zu haben. Eigentlich hatte er ja erst in geraumer Zeit den Termin zum Ziehen seiner Nähte, aber Albert dachte darüber nach, die Tierärztin schon früher aufzusuchen. Für ihn sahen die Wunden nämlich bereits völlig verheilt aus, auch wenn das eigentlich nicht der Fall sein konnte. Nero war immer noch dünn, aber ansonsten wirkte er völlig fit.

Als die drei in der Hofeinfahrt von Albert Hochhaus ankamen, segelte Rocky vom Himmel herab und landete wieder auf Alberts Schulter. Dieser kettete das Rad penibel an, denn es wäre eine Tragödie, wenn es jemand stehlen würde. Immerhin hatte es Kathlen gehört und er wollte so lange damit fahren, bis sein eigenes Herz schlapp machen würde.

Kurze Zeit später, als sie sich wieder in der Wohnung befanden, war Albert geschafft. Das Graben und dann die Flucht durch den Wald hatten ihn angestrengt. Aber er fühlte eine Zufriedenheit, wie man sie nur hatte, wenn man etwas Sinnvolles zustande gebracht hatte. Und das hatte er. Erstens würde nun kein Kind die Gräueltat sehen, falls denn eines an diesem Baum vorbeilief, und zweitens hatte kein Lebewesen es verdient, so zu sterben, und da würde er diese Trophäe, die sie vielleicht für ihren Mörder darstellte, keinesfalls hängen lassen. Die Katze sollte ihre Ruhe finden in der Kühle der Erde. Was war auf diesem Berg zugange? Zuerst das Loch und nun dieser schändliche Akt.

Albert setzte den Vogel in seinen Käfig, ließ die Tür aber offen, damit er herausklettern konnte, wenn er das wollte. Dann setzte er sich wieder zum Computer, um zu schreiben, und jetzt hatte er viel zu schreiben. Nero trank so ziemlich den ganzen Wassernapf leer, fraß dann ein bisschen und legte sich anschließend neben Albert auf die Decke und schien zufrieden zu sein.

Albert versank wieder völlig im Manuskript und es wurde ihm während des Schreibens klar, dass er unbedingt zur Waldlichtung zurückkehren musste, um zu sehen, ob er dort die Personen aus seinem Traum finden würde. Aber nicht heute Nacht. Das Ganze bedurfte einer gewissen Planung, denn er hatte vor, im Wald ein Zelt aufzuschlagen und gleich mehrere Tage dort zu bleiben. Dann würde er vielleicht herausfinden, wer der Katze das angetan hatte.

Dazu musste er sich morgen aber zuerst ein Zelt kaufen, denn er ging zum ersten Mal campen. In die Tierhandlung und zur Tierärztin wollte er außerdem auch noch.

All diese Dinge konnte er am Vormittag machen, aber das hieß, dass er bald schlafen gehen musste, um morgen fit zu sein. Geradezu traurig machte ihn dieser Gedanke ja nicht, denn er hegte sowieso den starken Wunsch zu träumen. Albert speicherte und schloss die Datei und fuhr den Computer herunter. Dann ging er zur Couch, ließ sich darauf fallen und drehte sich einen Joint.

Während er rauchte, ließ er die Bilder des vergangenen Tages vor seinem geistigen Auge vorbeiziehen. Heute hatte er eine Menge erlebt und all das hatte er zuvor beim Schreiben in Text einfließen lassen. Seit er die beiden Tiere besaß, hatte er überhaupt schon viel erlebt. Wie gesagt, noch vor einer Woche hatte er seine Wohnung so gut wie überhaupt nie verlassen. Und jetzt war er den ganzen Tag beschäftigt, was sich irgendwie ziemlich gut anfühlte. Trotzdem war er sich sicher, dass er als bald wieder in einem Loch verschwinden würde. Aber diesmal in keinem fiktiven Loch, sondern in einem tatsächlichen bedrohlichen schwarzen Loch. Denn irgendetwas in dieser Art musste es sein, das Loch in der Burgruine. Ein Tor zum Nichts.

Als Albert fertig geraucht hatte und der Joint ausgetötet war, stand er auf, löschte alle Lichter und ging ins Schlafzimmer. Dort zog er sich aus, legte sich ungewaschen in sein Bett, das er das letzte Mal frisch bezogen hatte, als er ausnahmsweise einmal geduscht hatte. Also vor mindestens acht Wochen. Es war faszinierend, dass er sich nicht vor sich selbst ekelte, aber das tat er wirklich nicht. Wie lange würde es noch dauern, bis er Zahnschmerzen bekommen würde? Albert wusste es nicht, aber er war sich sicher, dass er es noch herausfinden würde.

Ein paar Minuten später schlief er tief und fest und bekam nicht mit, dass Nero neben seinem Bett stand und die leere Seite des Bettes anknurrte. Als Albert zu träumen begann, träumte er erneut davon, dass er sich im Loch befand. Er spürte wieder keinen Körper und wusste dennoch, dass er noch lebte. Sein Geist funktionierte problemlos und dadurch dass er von nichts mehr abgelenkt wurde, wahrscheinlich sogar besser. Aber was blieb ihm in dieser Stille anderes übrig als nachzudenken? Es war faszinierend. Im Loch dachte man vor allem über sein Leben nach und diese Gedanken waren je nach Leben nicht immer positiv. Trotzdem war sich Albert sicher, dass er erneut in dieses springen würde, wenn es sich denn wieder vor ihm auftun sollte.

Von einem Moment zum anderen hörte er den rasselnden Atem von dem Etwas, das ebenfalls im Loch hauste. Es schlich in der Dunkelheit um Albert herum und war einmal links von ihm und dann wieder rechts, dann hinter ihm und plötzlich direkt vor ihm. Wieder hatte Albert das Gefühl, dass das Wesen mit ihm spielte. Und dann vernahm er die Stimme seiner Frau:

„Bring mir den Hund! Er ist der Schlüssel, der in mir wirkt, und er gehört zu mir!"

Die paar Wörter seiner Frau hatten gereicht, um ihn wieder völlig aus der Fassung zu bringen. Die Stimme hörte sich eins zu eins an wie die von Kathlen, wenn diese versucht hatte, besonders lieblich zu klingen. Dieser Stimme wäre er überallhin gefolgt. Das erneute Verstummen von ihr trieb Albert in den Wahnsinn und er hätte alles gegeben, um sie wieder zu hören.

Aber anstatt sich wieder in ihrem vertrauten Klang zu verlieren, wachte er abrupt auf und befand sich mit einem Mal wieder in der Realität. Das schmerzte ihn und er versuchte, am Traum festzuhalten, doch dieser flog umhüllt von Nebelschwaden davon und war nicht mehr greifbar. Nur die Information, die er geliefert hatte, blieb vorhanden.

„Bring mir den Hund! Er ist der Schlüssel und dieser Schlüssel wirkt in mir! Er gehört mir!",

hatte sie gesagt. Erst jetzt war Albert völlig wach und dachte über diese Information nach. Warum sollte er dafür sorgen, dass Nero sich im Loch in Gefahr begab? Und von welchem Schlüssel redete die Stimme da? Er dachte auch über die Stimme an sich nach. Konnte es sein, dass das Wesen im Loch jedermanns

Stimme produzieren konnte und gar nicht seine Frau zu ihm gesprochen hatte? Aber woher kannte das Wesen die Stimme seiner Frau? Albert hatte das Gefühl, als hätte es diese Stimme aus seiner Erinnerung gesaugt. Konnte es denn in seinen Geist eindringen? Er würde es herausfinden und zwar schon bald.

Vor Alberts Fenster zwitscherten bereits die Vögel und es wurde langsam hell. Immerhin hatte er ein paar Stunden geschlafen, auch wenn es sich jetzt wie Minuten anfühlte. Wann hatte er zum letzten Mal mehr als vier Stunden geschlafen? Er wusste es nicht. Verschlafen torkelte er in die Küche und bereitete sich einen Kaffee zu. Außerdem füllte er Neros Napf erneut bis zum Rand mit Hundefutter.

Der Hund lag allerdings immer noch auf seiner Decke und weigerte sich anscheinend aufzustehen. Auch von Rocky war kein Laut zu vernehmen. Seltsam, denn die Tage zuvor hatte er es sich nicht nehmen lassen, mit den Vögeln vor Alberts Hochhaus zu kommunizieren. Albert sollte es nur recht sein. So verringerte sich die Chance etwas, dass sich ein Nachbar bei ihm beschweren würde.

Als der Kaffee fertig war, schnappte er sich die Tasse und ging ins Wohnzimmer, um sich auf die Couch zu setzten. Am Morgen ließ er seine Gedanken am liebsten schweifen. Da fühlte sich noch alles so frisch an und man hatte noch keine negativen Erlebnisse gehabt. Neuer Tag, neues Glück.

Allerdings war es noch sehr früh am Morgen. Was sollte er zu dieser Zeit anstellen? Vielleicht war es am besten, das tägliche Soll beim Schreiben zu erfüllen. Wenn alles wie geplant abliefe, würde er die nächsten Tage keine Zeit zum Schreiben haben, also konnte er ja auch bereits im Voraus schreiben. Vielleicht würde der Text dann wahr werden so wie in seinen prophetischen Träumen von der Burgruine und der Waldlichtung.

Was, wenn auch der heutige Traum Realität werden würde? Er hatte sich anders angefühlt als ein normaler Traum. Das brachte Albert dazu zu überlegen, ob Träume auf einer anderen Ebene ebenfalls real waren. Was, wenn er in seinen Träumen über Macht verfügte? Die Macht, sie zu steuern und zu kontrollieren. Er wusste, dass es Menschen gab, die von sich behaupteten, dass sie über diese Macht verfügten.

Albert setzte sich zum Schreibtisch, öffnete die Datei Tagebuch und wollte anfangen zu schreiben, aber auf der letzten Seite, die er geschrieben hatte, stand nun in hundertfacher Ausführung geschrieben:

„Erneuere mich!"

Wann hatte er das geschrieben? Gestern war die letzte Seite noch vollgeschrieben mit den Erlebnissen des Tages, aber jetzt war dem nicht mehr so. Diese Seite hatte er nie geschrieben. Oder etwa doch? Jemand anderer, auch wenn es so wirkte, konnte es nicht gewesen sein, denn die Wohnung war fest versperrt gewesen. Also musste er sie geschrieben haben. War er denn nun auch noch Schlafwandler? Oh Gott, er veränderte sich anscheinend wirklich. Wo sollte das alles noch hinführen?

Völlig verstört löschte Albert alles, was nicht auf die Seite gehörte, und dachte weiter nach, wie diese Worte ihren Weg auf den Bildschirm gefunden hatten. Zum Schreiben war ihm jetzt nicht mehr zumute und vielleicht war es sowieso klüger darauf zu warten, dass etwas passierte, das er aufschreiben konnte. Aber was sollte er nun sonst tun? Er überlegte noch einmal, in welcher Reihenfolge er die Orte aufsuchen würde, zu denen er musste, und als Erstes würde er wohl zur Tierärztin fahren. Ja, ja, die

Tierärztin. Irgendetwas hatte diese an sich, was ihm gefiel. Sie musste ungefähr in Alberts Alter sein. Sie hatte zwar ein paar Kilo mehr über dem Idealbereich, was aber nicht störte. Im Gegenteil. Es stand ihr ziemlich gut. Sie strahlte sehr viel Weiblichkeit aus.

Albert ertappte sich dabei, wie er überlegte, ob es denn sein konnte, dass die Tierärztin auch ihn sympathisch fand. Aber dann fiel ihm wieder ein, wie er aussah und dass er wohl nie wieder einer Frau gefallen würde. Mit einem Mal stand Albert auf und ging ins Schlafzimmer, wo er sein Gewand ablegte. Dann ging er ins Bad und stellte sich unter die Dusche. Er wusch sich gründlich mit extra viel Duschgel und auch die Haare erhielten die nötige Pflege. Haarshampoo und Balsam.

Als er endlich nach einer halben Stunde fertig war, stieg er aus der Dusche heraus und stellte sich vor den Spiegel. Der erste Teil der Arbeit war erledigt. Nun begann Phase zwei. Er begann, sich zu rasieren und den gewollten Bart zu stutzen, und dann putzte er noch gründlich die Zähne. Er sah sich mit einem breiten Lächeln im Spiegel und stellte fest, dass man nun nur noch an seinen Zähnen sehen konnte, dass er sich lange Zeit hatte gehen lassen. An den Zähnen, den Haarspitzen und an den Finger- und Fußnägeln.

Einen Teil davon konnte er allerdings ändern, und so gönnte er sich noch eine Maniküre und Pediküre im Badezimmer. Dann marschierte er nackt zurück ins Schlafzimmer und holte frisches Gewand aus dem Kleiderschrank. Aber nicht wie sonst unüberlegt, sondern sehr darauf bedacht, dass die Farben der verschiedenen Kleidungsstücke zusammenpassten. Warum hatte er sich ausgerechnet heute dazu entschieden, sich zu kultivieren? Lag das etwa an der Tierärztin? Die vergangenen Tage hatte er kaum an sie gedacht. Vielleicht lag das aber auch daran, dass er gar keine Zeit gehabt hatte, Gedanken dieser Art zuzulassen. Nun brauchte er nur noch die Haare zu fönen, Aftershave und Deo aufzutragen, und dann sah er fast wieder menschlich aus.

Als auch das erledigt war, ging er ins Wohnzimmer und präsentierte sich seinen Tieren. Die verhielten sich nicht anders als vor einer Stunde, als er noch dreckig gewesen war. Albert schaute auf die Uhr. Wenn er es langsam und entspannt anging, konnte er sich bereits auf den Weg zur Veterinär-Praxis machen. Er packte alles zusammen, was er brauchte, leinte Nero an und stellte sich vor den Vogelkäfig, wo er *„Rocky komm!"* sagte. Das veranlasste den Vogel dazu, auf seine Schulter zu flattern und dort sitzen zu bleiben. Hoffentlich würde er sein neues Shirt nicht gleich völlig mit Fäkalien bekleckern, aber dieses Risiko musste er eingehen.

Sie verließen die Wohnung und machten sich auf den Weg zum Rad. Dort angekommen, schwang sich Albert in den Sattel, nachdem er das Gefährt vom Kettenschloss befreit hatte, und trat in die Pedale. Man merkte Nero an, dass ihm die Bewegung gut tat, denn er japste ab und zu vor Freude und Rocky kreiste über den beiden und genoss sichtlich den Freiflug.

Mit dem Rad brauchten sie nicht lange, bis sie bei der Tierarzt-Praxis ankamen. Albert sperrte sein Rad ab und rief erneut *„Rocky komm!"*, woraufhin der Vogel angeflogen kam und dieses Mal auf Alberts Kopf zu sitzen kam. Albert konnte die spitzen Krallen auf seiner Kopfhaut spüren, was aber eher angenehm als schmerzhaft war.

Die drei betraten den Warteraum und Albert stellte fest, dass niemand darauf wartete, aufgerufen zu werden. Die Türe zum Behandlungsraum stand einen Spalt breit offen und Albert klopfte an die Tür. Sofort erschien der Kopf der Assistentin im Türspalt und bat ihn hereinzukommen. Die drei folgten der Assistentin und drinnen saß die Tierärztin am Schreibtisch und schaute auf den Computerbildschirm.

Als sie ihre Aufmerksamkeit auf Albert richtete, staunte sie nicht schlecht. Erstens sah er aus wie ein neuer Mensch und zweitens hatte er einen Papagei auf seinem Kopf sitzen, der vergnügt vor sich hin schnatterte. Ab und an vollführte er eine ganze Drehung auf Alberts Kopf und nickte heftig mit dem Kopf. Es sah aus, als wäre der Vogel Fan von Heavy-Metal-Musik, zu der er gerade headbangte. Sofort kam Albert mit der Tierärztin ins Gespräch. Sie wollte alles über den Vogel wissen und sagte zu Albert, dass er unheimliches Glück habe, dass der Vogel nach jedem Freiflug zu ihm zurückkehre.

Sowie sie ihre Neugierde in Bezug auf den Vogel befriedigt hatte, widmete sie sich Nero. Albert hob den Hund auf den Behandlungstisch und die Tierärztin sah sich Neros Nähte an. Die Wunden schienen tatsächlich völlig verheilt zu sein. So eine schnelle Wundheilung hatte sie noch nie gesehen. Auch der Flohbefall hatte sich erledigt und die Bisse, die er bereits gehabt hatte, waren zur Gänze verschwunden. Allerdings hatte Nero immer noch starkes Untergewicht, auch wenn er schon ein paar Deka zugenommen hatte. Die Tierärztin zog Nero die

Nähte und widmete sich dann Albert. Sie sagte zu ihm, dass sie das Gefühl habe, dass die Tiere bei ihm in guten Händen seien. Albert redete sie per Sie an und sie bot ihm darauf das Duwort an und stellte sich als Carmen vor. Sie sagte zu Albert, dass er, auch wenn die Wunden des Hundes verheilt seien, wieder kommen solle, um das Gewicht des Labradors zu überprüfen. Natürlich kostenlos. Albert ertappte sich dabei, dass ihn die Aussicht, die Tierärztin wiederzusehen, freute und das machte ihm gleichzeitig ein schlechtes Gewissen. Er fühlte sich immer noch seiner Frau verpflichtet, auch wenn diese schon sechs Jahre tot war.

Als Albert sich von Carmen verabschiedete, traute er sich nicht einmal, ihr richtig in die Augen zu schauen, denn sein Blick war mit Scham behaftet.

Kapitel 9

Albert, der Vogel und der Hund verließen die Praxis und in Alberts Kopf lief ein Film ab. Mit einem Mal hatte er das Selbstvertrauen, das ihm die Reinigung seines Körpers gegeben hatte, wieder verloren. Er dachte darüber nach, dass er seine große Liebe schon gehabt hatte und dass es daher sinnlos war, etwas Neues anzufangen. Niemand würde ihm je wieder das geben können, was er von seiner Frau einst erhalten hatte. Gedankenverloren schwang er sich auf seinen Drahtesel und wickelte Neros Leine um sein Handgelenk. Und dann strampelte er mit dem Hund an seiner linken Seite und dem Papagei auf dem Kopf, der aber einen Augenblick später losflatterte, um sich einen Freiflug zu gönnen, los. Obwohl er sich nur schwer konzentrieren konnte, fuhr er die Strecke zum Campinggeschäft, ohne sich zu verfahren.

Das Geschäft mit dem Namen „Camping Feder" führte außer Campingartikel noch Fischerei-, Tauch- und Jagdartikel und Fahrräder plus Zubehör sowie eine Menge Freizeitbekleidung und hatte im ganzen Land noch drei weitere Filialen.

Albert schlenderte in Begleitung seiner Tiere in die Campingabteilung und begann darin zu stöbern. Es dauerte nicht lang und ein übereifriger Verkäufer heftete sich an Alberts Fersen, um ihn zu beraten. Diesem war das nur recht, denn er hatte eh keinen Plan, wo sich die Zelte befanden. Der Verkäufer führte ihn durchs Geschäft zu den gewünschten Artikeln, und der Einkaufswagen, den zuvor der Verkäufer gebracht hatte, füllte sich immer mehr. Albert kaufte ein Zelt und einen Gaskocher, auf dem er sich Dosenfutter warm machen konnte, und einen Schlafsack. Er hatte überall qualitativ hochwertige Dinge genommen, weil ihm der Verkäufer mit deutschem Akzent erklärt hatte, *„Kaufste billig, kaufste teuer!"* Über diese Weisheit musste Albert schmunzeln, weil sie eine gewisse Wahrheit in sich barg. Aber es war klar, dass sie von einem Verkäufer stammte, der gern Umsatz machte.

Nun war er ausgerüstet, um sogar in einem Monsun trocken und warm zu bleiben, wusste aber wieder einmal nicht, wie er seine Einkäufe nach Hause bringen sollte. Es zahlte sich doch aus, sich von einer Fachkraft beraten zu lassen, denn der Verkäufer erkannte sofort die Lösung für dieses Problem und zeigte Albert Anhänger fürs Fahrrad. Von diesen war Albert sehr angetan, auch wenn sie nicht gerade billig waren. Aber er würde ihn nächster Zeit sicher öfters sperrige oder schwere Dinge liefern müssen. Zum

Beispiel den 12-Kilo-Sack mit Hundefutter, den er als Nächstes kaufen musste. Albert entschied sich, auch beim Fahrradanhänger zuzuschlagen, und bugsierte den Anhänger sowie den Einkaufswagen zur Kassa. Dass er dabei neugierige Blicke erntete, die hauptsächlich seiner tierischen Begleitung galten, war er mittlerweile schon gewohnt. Heute konnte es ausnahmsweise nicht an seinem Körpergeruch liegen und Albert war um ein Vielfaches entspannter als sonst. Er musste nur seinen Mund geschlossen halten, dann ging er fast als ein Mensch durch, der etwas auf sein Äußeres gab und sich pflegte.

Der Verkäufer war so nett und half ihm beim Montieren des Anhängers ans Fahrrad und somit war das ruck, zuck erledigt gewesen. Die Einkäufe sicher im Anhänger verstaut, machte er sich in langsamem Tempo auf zur Tierhandlung. Er fuhr hauptsächlich auf einem der Radwege, die es in der ganzen Stadt verteilt gab. Als er bei der Tierhandlung ankam, sperrte er das Fahrrad ab und nahm den Anhänger von der Kupplung ab, um ihn mit ins Geschäft zu nehmen, weil er sich sicher war, dass seine Einkäufe sonst auf wundersame Weise verschwunden wären.

Kaum hatten Albert und die Tiere das Geschäft betreten, wurden sie auch schon herzlich von Paul begrüßt. Dieser erkundigte sich nach dem Befinden von Albert und den Tieren und Albert begann zu erzählen. Er redete hauptsächlich über den Papagei und erkundigte sich, wer dem Papagei den Befehl *„Komm her"* beigebracht habe. Paul antwortete wahrheitsgemäß, dass er das nicht wisse. Er jedenfalls war es nicht gewesen. Allerdings hatte er den Papagei in sein Sortiment aufgenommen, als dieser schon ein Jahr alt gewesen war. Was der Züchter ihm zuvor beigebracht habe, wisse er nicht, und er fügte noch an, dass Rocky nie auf seine Schulter geflogen wäre, um dort zu sitzen. Albert könne stolz darauf sein, dass der Papagei in so kurzer Zeit so viel Vertrauen zu ihm aufgebaut habe und nicht davonflog.

Albert erzählte von Rockys Freiflügen und Paul hörte mit offen stehendem Mund zu. Allerdings warnte Paul Albert auch vor Raubvögeln, die es in diesem Teil der Welt gab und für die Rocky ein gefundenes Fressen wäre. Daran hatte Albert natürlich noch nicht gedacht und nur der Gedanke daran, dass Rocky etwas passieren könnte, fühlte sich schrecklich an. Als Paul versuchte, Rocky am Nacken zu kraulen, hackte Rocky mit dem Schnabel nach Pauls Finger, was schon mehr das Verhalten war, das er von Rocky gewöhnt war. Paul musste darüber aber immer noch schmunzeln, was hieß, dass er Rockys Attacken tolerierte, wie er es immer schon getan hatte. Er war eben nicht der Besitzer gewesen, sondern nur der Vermieter von Rockys Vogelkäfig, und dessen war sich der Vogel anscheinend bewusst.

Nero war während des ganzen Gesprächs vor Pauls Füßen gesessen und hatte ihn erwartungsvoll angesehen. Dieser kapierte erst sehr spät, was der Hund von ihm wollte, und war dadurch umso erfreuter, als er erkannte, dass Nero nichts anderes als ein Leckerli wollte. Immerhin stapelten sich hier darin die Leckereien. Schwanzwedelnd nahm Nero einen Streifen aus getrocknetem Entenfleisch entgegen und machte sich sofort gierig über diesen her.

Albert tätigte in der Zwischenzeit seine Einkäufe. Er kaufte einen großen Sack Hundefutter und eine Packung der Fleischstreifen, den Nero schon längst zur Gänze verdrückt hatte, und brachte alles zur Ladentheke des Geschäfts. Paul rechnete alles zusammen und gab Albert noch zehn Prozent Rabatt. Albert zahlte und dann verabschiedeten sie sich und Albert verließ samt Radanhänger und tierischem Anhang das Geschäft.

Als sie sich kurze Zeit später auf dem Heimweg befanden, war es schon Mittag und die Sonne stand hoch am Himmel. Albert kam beim Treten ins Schwitzen, da der Anhänger, wie er feststellte, nicht gerade leicht war, so beladen wie er war. Als sie gefühlte 20 Kilometer später zuhause ankamen, war Albert völlig verschwitzt und sein T-Shirt war wieder einmal klitschnass. Er trennte wieder den Anhänger vom Fahrrad und schob es in den dafür vorgesehenen Ständer, der im Hof des Hochhauses stand. Dort kettete er es an, denn er hatte gerade keine Lust, es in den Keller zu bringen, und widmete sich dann dem Anhänger. Er zog ihn vollbeladen in den Lift und musste dabei ständig darauf achten, dass Nero nicht mit dem Gefährt kollidierte.

Einen Augenblick später in Alberts Wohnung ließ er sich fürs Erste einmal auf die Couch fallen. Die Einkäufe im direkten Blickfeld vor ihm gönnten ihm diese Ruhe aber nicht und sie drängten darauf, ausgepackt und inspiziert zu werden. Albert erhob sich und gab diesem Drängen nach. Nur das Zelt, den Schlafsack und den Gaskocher ließ er gleich im Anhänger, da er vorhatte, noch heute in den Wald zu ziehen.

Jetzt musste Albert überlegen, was er denn alles mitnehmen musste. Das Wichtigste befand sich bereits im Anhänger. Er holte für sich ein Dutzend

Dosen mit essbarem Inhalt aus der Diele und packte diese zusammen mit Mini-Salamis und einem halben Laib Brot zum anderen Kram. Dann nahm er noch genügend Hunde- und Vogelfutter mit, um im Notfall länger als zwei Wochen im Wald bleiben zu können. Wie das Campen mit einem Papagei werden würde, wusste er selbst nicht. Kein Käfig, in dem er schlafen konnte. Es blieb ihm nichts anderes übrig, als am Boden mit Albert und Nero zu schlafen.

Albert ließ die Tiere einen Augenblick alleine, um in den Keller zu gehen und die Jogamatte zu holen, die Kathlen gehört hatte. Diese würde er als Schlafmatte verwenden. Als er zurückkam, bot sich ihm ein Bild für Götter. Nero lag auf seiner Decke, die er übrigens auch mitnehmen musste, und Rocky saß auf seinem Rücken und pfiff ein unbekanntes Lied, das er wohl selbst komponiert hatte. Es hatte Ähnlichkeit mit einem Jazzstück, das Albert kannte.

Nach und nach stapelten sich die Gegenstände in seinem Anhänger. Als er glaubte, endlich fertig zu sein und alles zu haben, war es bereits Mitte Nachmittag. Bald würde es vier Uhr sein und Albert musste sich beeilen. Immerhin musste er einen geeigneten Platz fürs Campen finden und das Zelt musste er auch noch aufbauen, bevor es dunkel werden würde. Noch einmal ließ er die Tiere alleine und brachte den vollbepackten Anhänger in den Hof zum Fahrrad, wo er ihn wieder mit diesem verband. Dann ging er zurück in die Wohnung, um die Tiere zu holen. Außerdem schloss er alle Fenster und ließ die Rollos herunter, damit die Morgensonne nicht die Wohnung aufheizen konnte.

Als das erledigt war, leinte er Nero an und brachte den Vogel dazu, sich auf seine Schulter zu setzen. Sie verließen die Wohnung und sperrten diese doppelt ab. Heute gingen sie ausnahmsweise einmal über die Treppe nach unten, anstatt sich vom Aufzug befördern zu lassen.

Im Stiegenhaus war es angenehm kühl, dafür war es draußen umso heißer. Die Hitze verschluckte sie sofort zur Gänze, als sie das Freie betraten, und gab ihnen das Gefühl, darin zu ertrinken. Wie gerufen, hatte der Wetterfrosch eine Kaltfront mit viel Regen angekündigt. Die nächsten Tage sollten vom Schlechtwetter beherrscht sein. Gott sei Dank war Alberts Zelt wasserdicht bis zu einer Wassersäule von 3000mm. Soviel würde es wohl auch nicht regnen. Die Bauern jedenfalls würden sich über den Regen besonders freuen, denn der Boden lechzte nach Wasser.

Albert brachte Rad, Anhänger und Tiere in Startposition und fuhr los. Sofort setzte sich auch Nero in Bewegung und lief neben ihm her. Er kannte die Strecke bereits und brauchte eigentlich keine Führung mehr, aber Albert war es lieber, dass er angeleint blieb. Rocky kreiste über den beiden und stieß wie immer erfreute Pfiffe aus. Erneut merkte Albert das Gewicht des Anhängers und fing wieder an zu schwitzen. Und wie das mit dem Schweiß so war, würde er auch bald wieder stinken. Seine Haare würden wieder fettig werden und sein Gewand wieder verdreckt. Das würde passieren, wenn er nichts dagegen tat. Und vielleicht war es aber an der Zeit, etwas zu tun.

„Erneuere mich"

Das hatte hundertfach in seinem Manuskript gestanden. Vielleicht konnte ihm das aber niemand abnehmen und er musste selbst den Willen aufbringen, etwas zu tun. Jetzt beim Campen blieb ihm nichts anderes übrig, als sich am Bach zu waschen, der vom Berg herunterplätscherte, und er war nicht gerade erfreut beim Gedanken daran. Irgendwie musste er lernen, auch einmal Dinge zu tun, die ihn nicht freuten. Dies fiel ihm unsagbar schwer und es gehörte ebenfalls in die Kategorie seines Drangs zu flüchten, wenn es unangenehm wurde. Alles Dinge, die es zu ändern galt, und das hieß, dass es ihm nicht langweilig werden würde in seinem Campingurlaub und auch nicht danach in seinem Leben. Im Moment fühlte sich aber alles viel zu schwer an, um sich zu erheben, doch der Wunsch nach Veränderung war bereits vorhanden und wurde mit jedem Tag stärker. Bald würde er sich diesem Drang nicht mehr widersetzten können, und wer weiß, wer dann aus ihm werden würde.

Im Moment galt es aber, das Fahrrad sicher zu steuern. Irgendwann dann gegen fünf erreichten sie den Waldrand. Albert kettete sein Fahrrad an einer Laterne an und auch den Anhänger kettete er mit einem eigenen Schloss an diese. Einem großen Bolzenschneider würden die Ketten nicht standhalten, aber wer sollte wohl ein altes Damenrad klauen? Da war der Anhänger schon interessanter, auch wenn man diese nicht sehr häufig auf der Straße antraf und die Nachfrage danach anscheinend nicht sehr groß war, aber man konnte sich ja nie sicher genug sein.

Die meisten Gegenstände, die er mit sich führte, hatte er in einem riesigen Rucksack verstaut. Sogar die Jogamatte und den Schlafsack hatte er außen am Rucksack befestigen können. Nur das Zelt war zu schwer und zu unhandlich und aus diesem Grund musste er es so tragen. Nun hatte er auf der linken Schulter Rocky sitzen, der sich auch wieder einmal blicken hatte lassen, und auf der rechten Schulter hing der Trageriemen der Zelttasche, der unnachgiebig nach unten zog und in die Schulter einschnitt.

Gott Sei Dank war der Fußmarsch zur Lichtung nicht allzu lang und Albert erreichte diese genau zum richtigen Augenblick, als der Schmerz in seiner Schulter unerträglich wurde. Er wollte sein Zelt so nah wie möglich an der Lichtung aufbauen und doch weit genug weg, um nicht von eventuellen Teufelsanbetern, die auf dieser laut seinen Träumen ihr Unwesen trieben, entdeckt zu werden.

Albert sah sich um und marschierte dann in Richtung Norden auf den Rand der Lichtung zu. Hier sah der Wald besonders verwachsen aus. Er leinte Nero ab und der Hund lief voraus mitten in den Wald. Kaum fünf Gehminuten entfernt fand er eine passende Stelle, an der er sein Zelt aufbauen konnte. Hier wuchs zwischen den Bäumen dichtes Buschwerk, das als natürlicher Sichtschutz dienen würde. Mitten zwischen den Büschen lag eine kahle Stelle, die groß genug war, um das Zelt darauf aufzuschlagen.

Erleichtert ließ Albert Zelt wie Rucksack auf den Boden gleiten und setzte sich neben sein Hab und Gut. Nun musste er erst einmal verschnaufen. Lange gönnte er sich jedoch keine Pause, und schon nach ein paar Minuten stand er wieder auf, um das Zelt zu errichten, denn bald würde die Dunkelheit hereinbrechen.

Die Aufbauanleitung war nicht sehr detailliert und Albert musste immer wieder probieren, bis er selbst auf die Lösung kam. Nachdem er sich etwa eine dreiviertel Stunde abgemüht hatte, stand das Zelt endlich in voller Größe vor ihm. Die Schnüre waren gespannt und die Heringe im Boden versenkt, welche einem Sturm standhalten sollten. Dieses Zelt sollte auf jeden Fall groß genug sein, um ihnen allen drei als Schlafplatz zu dienen.

Albert verstaute den Rucksack im Zelt und bereitete sich sein Nachtlager. Er hatte auch Neros Decke mit, die er neben den Schlafsack legte. Nero steckte neugierig den Kopf ins Zelt, sah sich um und hechelte. Er machte einen interessierten und fröhlichen Eindruck. Konnten Hunde überhaupt einen fröhlichen Gesichtsausdruck zur Schau stellen? Albert wusste es nicht. Wie schon öfters erwähnt, kannte er sich mit Hunden nicht gut aus. Als er noch mit seiner Frau zusammengelebt hatte, hatten sie immer nur Katzen gehalten, obwohl sie auch Hunde geliebt hatte. Katzen kannte er, aber er wusste auch nicht, was er von diesen halten sollte. Diese Stubentiger waren sehr eigen. Man fühlte sich leicht als ihr Diener, wenn sich die Katzen von ihrer herrischen Seite zeigten. Da waren Hunde schon anders, das hatte er schon selbst in dieser kurzen Zeit begriffen.

Als Albert alles im Zelt verstaut hatte, kroch er wieder aus diesem heraus und stellte sich neben Nero. Dieser hatte den Kopf hoch erhoben und schnüffelte all jene fremden Gerüche, die der Wind herantrug. Rocky, der während des Zeltaufbaus auf einem niederen Ast einer Fichte gesessen war, kam angeflogen und setzte sich wieder auf Alberts linke Schulter, denn anscheinend hatte er diese nun zu seinem Stammplatz erwählt. Rocky biss Albert zärtlich ins Ohrläppchen und sagte mit seiner Roboterstimme:

„Das Tier! Das Tier!",

dann war er wieder still. Heute hatten seine Worte keinen warnenden Tonfall, sondern hörten sich vergnügt an, als würde er sich über das Tier freuen, wenn es das denn wirklich geben sollte. Darüber war sich Albert ja noch nicht im Klaren. Irgendwie hatte er aber das Gefühl, dass es sich beim Tier um das Wesen im Loch handeln dürfte.

Das Loch! Darum wollte er sich morgen kümmern. Jetzt wollte er dringend zur Waldlichtung, um diese zu beobachten. Wenn sich darauf dann das Gleiche wie in seinem Traum abspielen würde, wüsste er mit Sicherheit, dass er tatsächlich prophetische Träume hatte, die er ruhigen Gewissens ernst nehmen konnte.

Kapitel 10

Alberts Lagerplatz war wirklich nicht weit entfernt von der Lichtung und Albert erreichte diese kurze Zeit später. Er sah sich um, wo denn der perfekte Platz für sein Versteck sein konnte, und bemerkte dabei einen Hochsitz, der als Lauerplatz für Jäger errichtet worden war und den er fast übersehen hätte, so gut getarnt wie er zwischen den Bäumen stand. Das war der perfekte Ort, um die Lichtung im Auge zu behalten, ohne dass man dabei gleich gesehen wurde. Das einzige Problem war, dass er Nero nicht mit auf den Hochsitz nehmen konnte. Albert stieg trotzdem die Leiter hoch und Nero saß am unteren Ende und blickte ihm sehnsüchtig nach. Der Hochsitz war in seinem Inneren nicht gerade luxuriös ausgestattet. Aber er diente seinem Zweck perfekt. Und was noch wichtiger war, er wurde nicht gesehen, wobei er das eventuelle Treiben auf der Lichtung bestens sehen würde.

Albert ließ seinen Blick über die Lichtung schweifen, während sich der Tag dem Ende zuneigte. Im Hochsitz wurde es noch schneller düster als im Freien. Nero hatte sich am Fuße der Leiter zusammengerollt und döste vor sich hin. Er war schwarz und fiel daher im Dickicht nicht auf und das war gut so.

Als Albert auf seine Uhr schaute, stellte er fest, dass es schon fast 21 Uhr war. Rocky saß immer noch auf seiner Schulter und bewegte sich nicht. Albert tat schon alles weh vom Sitzen und er beschloss, mit Nero eine Runde durch den Wald zu spazieren. Er stieg die Leiter hinunter und wurde von Nero freudig begrüßt. Das war wieder einer dieser Momente, an denen er begriff, dass es schön war, einen Hund zu besitzen. Rocky flog los ins Geäst einer Fichte und beobachtete Albert, wie er sich mit Nero durchs Dickicht kämpfte. Wenn die zwei außer Sichtweite gerieten, flog er ihnen nach in die Richtung, in die sie verschwunden waren, und wenn er sie dann eingeholt hatte, setzte er sich wieder auf irgendeinen Ast über ihnen. Albert, der ein T-Shirt anhatte, war schon völlig zerkratzt auf seinen Armen von den gnadenlosen Dornen, die die Büsche teilweise trugen, und er war dankbar dafür, dass er wenigstens eine lange Hose trug.

Mittlerweile sah er wahrscheinlich wieder wie ein Obdachloser aus. Er war völlig verschwitzt und dreckig. Vor allem im Gesicht und sein T-Shirt hatte sicher auch schon bessere Tage erlebt. Er beschloss, zum nahe gelegenen Bach zu wandern, um sich wenigstens waschen zu können, um seine guten Vorsätze nicht gleich wieder über den Haufen zu werfen, und Nero würde das kalte klare Wasser sicher auch schmecken. Wahrscheinlich sogar besser als das stille Mineralwasser, das Albert für ihn dabei hatte.

Indessen war es allerdings dunkel geworden im Wald, und Albert musste sein Stirnlämpchen aufsetzten und einschalten, das sich in seiner Hosentasche befunden hatte. Er hatte wirklich an alles gedacht. Nero hielt sich immer in der Nähe von Albert auf, und Rocky saß mittlerweile wieder auf seiner linken Schulter und verzichtete freiwillig auf einen Freiflug. Die Stirnlampe konnte nicht alles ausleuchten und an ihren Rändern wirkten die Schatten schwärzer als zuvor ohne Licht. Albert gruselte sich. Dennoch kämpfte er sich weiter durch den Wald. Als sie den Bach erreicht hatten, ließ sich Albert dankbar an dessen Rand nieder. Er zog sich Schuhe und Socken aus und stieg vorsichtig in den Strom aus kühler Flüssigkeit. Das eiskalte Wasser war eine Wohltat für seine Füße und er zog auch noch sein T-Shirt aus, um sich zu waschen. Die Temperatur des Wassers veranlasste Albert dazu, hellwach zu sein. An Schlafen würde die nächsten Stunden wohl kaum zu denken sein.

Rocky hatte während der Waschung Platz auf Neros Rücken genommen und kehrte wie selbstverständlich auf Alberts Schulter zurück, als dieser wieder mit dem T-Shirt bekleidet war. Wohlgemerkt mit dem verschwitzten T-Shirt, denn er hatte vergessen, eines auf seine Nachtwanderung mitzunehmen. Egal, er lernte immer dazu und morgen würde ihm das nicht mehr passieren. Vorausgesetzt seine guten Vorsätze würden halten.

Albert, den es gerade fröstelte, sah sich um. Irgendwie wirkte der Wald bei Nacht bedrohlich. Nichts als Schatten und Schemen und Umrisse. Er beschloss, zurück zum Hochsitz zu gehen, um wieder die Waldlichtung ins Visier zu nehmen. Vielleicht waren dort in der Zwischenzeit Menschen aufgetaucht.

Er nahm die gleiche Strecke zurück, auf der er auch gekommen war, und erreichte die Waldlichtung genau zum richtigen Zeitpunkt. Auf der Lichtung stand eine Gruppe von Menschen in Roben gehüllt, die völlig ruhig im Kreis standen und kein Geräusch verursachten. Albert zählte sie durch. Es waren nur zwölf Menschen, anders als in seinem Traum, in dem es dreizehn gewesen waren. Die Gesichter waren nicht zu erkennen, da es völlig dunkel war und die Männer die Kapuzen aufhatten. Das einzige Licht lieferten die Sterne und eine schmale Mondsichel. Albert versteckte sich hinter einem dicken Baum im Wald und beobachtete sie.

Nero war wirklich ein kluger Hund, denn er schien sofort verstanden zu haben, dass sie sich im Moment ruhig verhalten mussten. Er saß neben Alberts linkem Bein und lehnte sich gegen dieses. Das war ein gutes Gefühl und stärkte Albert tatsächlich derart den Rücken, dass dieser völlig angstfrei beobachtete, was auf der Lichtung vor sich ging.

In diesem Moment schien sich etwas zu tun. So viel konnte Albert auch in diesen Lichtverhältnissen erkennen. Er sah, dass eine dreizehnte Person aus dem Wald heraus auf die Gruppe von Menschen zuging. Diese Person hatte irgendeine Art Sack über die Schulter geworfen, in dem etwas Lebendiges sein musste, denn es sah aus, als würde im Sack jemand kraftvoll strampeln. Nichts Großes, aber vielleicht ein Tier in der Größe einer Katze oder eines kleinen Hundes.

Albert hielt die Luft an. Er war keine 50m von der Gruppe entfernt und bekam nun doch Panik, dass er entdeckt werden könnte. Er war aber viel zu neugierig, um sich in den Wald zurückzuziehen, also blieb ihm nichts anderes übrig, als auszuharren und das möglichst geräuschlos. Die dreizehnte Person integrierte sich in den Kreis und legte den sich bewegenden Sack außerhalb des Kreises ab. Dann stimmten sie einen Sprechgesang an, der fast eine hypnotische Wirkung hatte. Dieser nahm an Lautstärke zu und Albert erkannte, dass es sich dabei um eine ihm unbekannte Sprache handelte. Je lauter sie sangen, desto bedrohlicher wirkte die Situation, und das Einzige, das ihn noch hier festhielt und ihn davon abhielt zu flüchten oder Dümmeres zu tun, war der körperliche Kontakt zu Nero. Das Gefühl an seinem linken Bein erdete ihn irgendwie. Zumindest so weit, dass er nicht auf die Gruppe der Personen zulief, um sie zum Schweigen zu bringen.

Im Moment war Albert in derselben Situation wie in seinem Traum. Er konnte nicht sehen, was in der Mitte des Kreises vor sich ging. Plötzlich flog Rocky von seiner Schulter und machte sich auf in den Himmel. Er flog über die Gruppe von Menschen weg und begann über diesen zu kreisen. Anscheinend erweckte der Vogel nicht ihr Misstrauen, denn sie fuhren unbekümmert fort, ihre Verse zu singen.

Nun tat sich wieder etwas. Die Person, die den Kreis als Letzte betreten hatte, widmete sich nun dem Sack, den sie mitgebracht hatte. Sie öffnete ihn und holte daraus tatsächlich eine Katze. Diese zappelte, aber die

Hand der Person hielt sie unnachgiebig am Nackenfell gepackt. Dann warf die Person die Katze in die Mitte des Kreises und stimmte wieder in den Sprechgesang mit ein. Die Katze war entweder versteinert vor Angst und lief deswegen nicht davon, oder sie war bereits verschwunden, denn Albert hegte einen Verdacht. Und zwar den, dass sich in der Mitte des Kreises ebenfalls das gleiche Loch wie in der Burgruine befand. Und das hieß, die Katze wäre tatsächlich verschwunden und zwar im Nichts. Konnte das Loch denn den Ort, an dem es erschien, beliebig verändern? Und was sangen sie da, das das Loch dazu veranlasste zu erscheinen?

Rocky kam plötzlich von seinem Rundflug zu Albert zurück, der fast von diesem verraten worden wäre. Wie gut, dass die Kapuzenmänner derart beschäftigt waren, aber warum taten sie das, was sie dort machten? Albert begriff, dass sie fertig waren, als sich der Kreis aufzulösen begann. Sie hatten aufgehört zu singen und bewegten sich in alle möglichen Richtungen der Lichtung in den Wald und waren alsbald von der Bildfläche verschwunden. Die Katze war ebenfalls verschwunden und das bestätigte Albert in seiner Vermutung von zuvor. Rocky, der vorab damit beschäftigt gewesen war, an Alberts

Ohrmuschel zu knabbern, wiederholte sich, indem er aufgebracht sagte: *„Das Tier! Das Tier!"*, dann war er wieder leise.

Albert verharrte in seiner Position und traute sich erst Minuten später wieder zu rühren. Er war fertig mit der Welt, denn auch heute war wieder ein Traum von ihm wahr geworden. Nun war er sich sicher, dass er prophetische Träume hatte. Ihm kam sein Tablet in den Sinn, das er inklusive einem Powerpack zum Laden dabei hatte, und er beschloss, dass er sich später der Datei Tagebuch widmen würde. Tatsächlich hatte er heute nämlich einiges zu berichten. Kein Wunder dass er so geschwitzt hatte, als er das alles durch den Wald getragen hatte. Schließlich hatte er fast seinen gesamten Hausrat mit. Nur an frischem Gewand hatte er gespart, denn dafür war dann doch kein Platz mehr im Rucksack gewesen. Die Sachen von heute konnte er schon einmal waschen, und das hieß, dass er auf sein Reservegewand achtgeben musste.

Albert schlich mit Nero über die Lichtung zu der Stelle, an der zuvor die Gruppe gestanden war, und sah sich den Boden genau an. Er konnte aber nicht erkennen, dass diesem etwas Besonderes anhaftete, und aus diesem Grund machte er sich in Richtung seines Zeltes auf den Weg. Im Wald schaltete er wieder seine Stirnlampe ein und nahm wie früher alles, was sich außerhalb des Lichtkegels befand, als bedrohlich wahr. Das war der Grund, warum er sein Schritttempo kontinuierlich steigerte. Der Papagei saß auf seiner Schulter und Nero hielt mühelos Schritt mit ihm.

Albert hatte den Weg zum Zelt gar nicht so lange in Erinnerung, aber irgendwann erreichten sie es dann doch noch. Erleichtert öffnete Albert das Zelt und sah etwas, das ihm das Blut in den Adern gefrieren ließ. Auf seinem Schlafsack lag die tote Katze, die er gerade erst auf der Lichtung begraben hatte. Er wusste, dass er sich nicht irrte, da die Katze eine besondere Zeichnung gehabt hatte, die er sich genau eingeprägt hatte. Außerdem wies sie immer noch die Verletzungen der Kreuzigung und die Flohbisse auf, und man sah auch den Stich ins Herz, der sie vermutlich endgültig das Leben gekostet hatte.

Mittlerweile hatte die Katze zu riechen begonnen und Albert wurde von einem Moment auf den anderen schlecht. Er musste so schnell wie möglich weg, aber zuvor musste er noch die Katze wegschaffen. Ständig in Gefahr sich zu übergeben, packte er diese beim Schwanz und zog sie aus dem Zelt. Draußen legte er sie weit genug vom Zelt ab, um sich nicht mehr an ihrem Geruch zu stören. Dann ließ er sich mit dem Rücken auf einem Baum gelehnt zu Boden sinken, um durchzuatmen. Er sog die kühle Luft ein und es wurde ihm schnell wieder besser. Wer hatte ihm diesen makabren Scherz angetan? Die Personen von der Lichtung konnten es nicht gewesen sein, oder etwa doch? War jemand von ihnen zufällig auf seine Lagerstätte gestoßen? Das würde allerdings nicht erklären, warum dieser Jemand wusste, dass es sein Zelt war und dass er die Katze begraben hatte. Es war ein Hinweis darauf, dass dieser Jemand völlig krank sein musste und ihn beobachtete, wo es doch umgekehrt der Fall sein sollte.

Albert begann zu frösteln und er beschloss, sich nun doch ins Zelt zurückzuziehen. Er krabbelte nur auf allen dreien ins Zelt, da er eine Hand brauchte, um dem Vogel einen Platz zum Sitzen zu bieten. Nero kam direkt hinter Albert ins Zelt gekrochen und Albert schloss die Zeltplane hinter sich und setzte auch Rocky auf den Boden. Sonderlich wohl war ihm hier nun nicht mehr zumute, jetzt, wo er wusste, dass jemand die Zeltstätte gefunden hatte. Er schaltete eine kleine Campingleuchte an und begann das Innere des Rucksacks zu inspizieren. Schnell fand er darin sein Tablet und er zog es heraus, da er es heute noch brauchen würde. Die Geschichte, die er schrieb, verästelte sich immer mehr und er konnte es kaum erwarten weiterzuarbeiten.

Zuerst sah er sich aber die Stelle an, an der die Katze zuvor gelegen war, aber der Schlafsack schien sauber zu sein. Nur eine Spur Erde haftete ihm an, die Albert aber sofort mit der Hand wegwischen konnte. Danach schaltete er die Campingleuchte aus und das Tablet ein. Dieses würde ihm gleichzeitig als Lichtquelle dienen, die stark genug war, um die Hand vor Augen zu sehen. Zuerst musste er sich aber einmal völlig beruhigen, denn sonst war nicht an Schreiben zu denken.

Er beschloss zuerst durchzulesen, was er die letzten Male geschrieben hatte, und fand sich bald wieder in der Geschichte ein. Er begann in einem stockenden Rhythmus zu schreiben und es dauerte, bis das Geräusch des Tippens zur Musik wurde. Dafür war Albert nun nicht mehr zu bremsen. Er hämmerte regelrecht auf die Tastatur ein und war froh, diese Beschäftigung zu haben, denn nach der Geschichte mit der Katze wäre ihm sonst sicher mulmig zu Mute gewesen.

Als er zwei Stunden später alles aufgeschrieben hatte, was sich ereignet hatte, speicherte er die Datei und fuhr das Tablet herunter. Dann atmete er erleichtert durch. Nun war er wieder in der Lage, ganz sachlich an die Sache mit der Katze zu denken. Nach einer Weile merkte Albert, dass seine Gedanken langsamer wurden, und er beschloss zu schlafen, ohne einen Joint zu rauchen. Er war hundemüde und es dauerte nicht lange, bis er einschlief, aber die Qualität des Schlafes ließ zu wünschen übrig.

Ein paar Stunden später erwachte er und es tat ihm alles weh. Er hatte das Gefühl, völlig ausgelaugt zu sein. Sofort wurde ihm klar, dass er nicht geträumt hatte. Keine prophetischen Träume. Konnte das daran liegen, dass er keinen Joint geraucht hatte? Schade eigentlich. Albert streckte sich und kroch aus seinem Schlafsack. Dann öffnete er die Zeltplane und krabbelte ins Freie.

Im Wald hatte bereits der Tag begonnen. Die Vögel zwitscherten und auch das eine oder andere Insekt brummte schon durch die Luft. Albert drehte sich im Kreis und sah sich um. Schön war es hier, wenngleich ihn auch kurz nach diesem Gedanken Panik ergriff.

Die Katze befand sich nicht mehr an der Stelle, an der er sie gestern abgelegt hatte. Dafür entdeckte er sie am Hals mit einem Seil aufgeknüpft von einem Ast der großen Tanne hängend. Nun war Alberts Panik berechtigt, denn das hieß, dass, während er geschlafen hatte, jemand hier gewesen war. Vielleicht wurde er tatsächlich beobachtet und nicht umgekehrt. Das war nicht der Plan gewesen.

Albert musste sich strecken, aber er schaffte es, die Katze am Schwanz zu fassen zu bekommen und zog sie samt Ast ein Stück näher. Dann schnitt er sie mit seinem scharfen Klappmesser ab und legte sie wieder auf die Stelle, auf die er sie schon gestern gelegt hatte. Albert setzte sich vor seinem Zelt auf den Boden und atmete erneut durch. Erst als er sich wieder beruhigt hatte, holte er den Gaskocher aus dem Zelt und brachte Wasser in einer Blechtasse zum Brodeln. Zum Campen hatte er extra Pulverkaffee mitgenommen, den er jetzt ins heiße Wasser schaufelte. Dann begann er an der Tasse zu nippen und beobachtete Nero, wie dieser das Revier vor dem Zelt beschnüffelte. Rocky saß wieder auf einem der vielen Äste und pfiff munter ein Lied, das Albert nicht kannte. Einige der Töne klangen irgendwie schräg und fehl am Platz, doch Rocky schien es zu gefallen. Albert sah sich um, denn er hatte irgendwie das Gefühl, dass er auch in diesem Moment beobachtet wurde. Vielleicht waren das nur paranoide Gedanken, die er aufgrund der Geschichte mit der Katze hatte, aber es war trotzdem klüger, achtsam zu bleiben.

Er fing an sich darüber Gedanken zu machen, wie er heute den Tag verbringen sollte. Auf der Lichtung würde sich untertags sicher nicht viel tun, sodass er sich anderwärtig beschäftigen konnte. Gott sei Dank hatte er die Schaufel mitgenommen. Manchmal war es also doch gut, auf seine Intuitionen zu hören. Er beschloss, die Katze heute aber an einem anderen Ort zu begraben, der weit von der Lichtung weg sein würde.

Kapitel 11

Albert, der seinen Kaffee zu Ende getrunken hatte, stand auf und holte einen der Müllbeutel aus dem Zelt und ließ die Katze darin verschwinden. Gut, dass der Müllsack schwarz und blickdicht war, denn so musste er sich nicht weiter das erbärmliche Bild, das sie abgab, ansehen. Er legte den Sack vorsichtig auf den Boden, als würde die Katze noch etwas spüren, und dann verschloss er das Zelt. Fressen konnten seine zwei tierischen Freunde, wenn sie am Abend oder besser gesagt in der Nacht wieder im Zelt waren. Trotzdem hatte Albert in der einen Hosentasche eine Handvoll Vogelfutter und in der anderen Hundefutter.

Er packte die Schaufel und den Sack mit der Katze und marschierte los. Er ging in etwa die Strecke, die sie gestern in der Nacht zum Bach genommen hatten, denn er glaubte sich zu entsinnen, dass er da im Schein seiner Stirnlampe eine gute Stelle fürs Ausheben eines Grabes gesehen hatte.

Er merkte aber schnell, dass hier untertags alles anders aussah als in der Nacht. Der Wald hatte zwar seine Bedrohlichkeit verloren, aber dafür auch seine Schlichtheit. Jetzt prasselten hundert verschiedene

Eindrücke auf ihn ein, die er in der Nacht überhaupt nicht bemerkt hatte.

Irgendwann kamen die drei aber trotzdem beim Bach an und Albert schöpfte mit der Hand Wasser, aus der er gierig trank. Auch Nero stillte seinen Durst und Rocky beobachtete ihn dabei interessiert. Als das Verlangen nach Wasser erst einmal gestillt war, sah sich Albert um. Eigentlich war es egal, wo er zu graben begann, denn Wurzeln gab es hier überall. Der einzige Vorteil war, dass er im Schatten der Bäume graben konnte und nicht wie auf der Lichtung in der prallen Sonne, die derzeit noch schien. Noch, denn für den heutigen Tag waren schwere Unwetter vorhergesagt. Zumindest stellte Albert fest, dass es bereits eine sehr hohe Luftfeuchtigkeit hatte, und das war der ideale Nährboden für Gewitter.

Er suchte sich willkürlich eine Stelle aus und begann zu buddeln. Auch heute war diese Aufgabe schweißtreibend und Albert begann vor sich hin zu fluchen. Mittlerweile klebte ihm Erde auf der schweißnassen Stirn und sein Gewand war bereits wieder dreckig. Das war die zweite Garnitur, die er ruiniert hatte, und das hieß, dass er die erste dringend waschen musste, um überhaupt noch etwas Sauberes zu haben. Andererseits hatte er jetzt lange genug seine Kleidung wochenlang getragen und es hatte ihn nicht die Bohne interessiert, also warum sollte er ausgerechnet hier mitten im Wald eine Affäre daraus machen, dass er wieder schmutzig war?

Er stieß immer wieder auf Wurzeln, die ihn bei der Arbeit aufhielten, kam aber trotzdem erstaunlich schnell voran. Er beschloss das heutige Grab nicht ganz so tief wie das letzte zu graben, denn wer wusste schon so genau, ob die Katze nicht wieder von der unbekannten Person ausgegraben werden würde. Es war schon irre, dass das einmal geschehen war. Er sah sich wieder kurz um, aber seines Wissens nach wurde er nicht beobachtet. Dieses Gefühl hatte er auch gestern gehabt.

Als er einige Zeit später endlich fertig war mit dem Ausheben, legte er die Katze, die in den Müllsack eingewickelt war, ins Grab und begann es wieder zuzuschaufeln. Noch einmal schwitzte er Bäche, aber dieser Schritt ging ihm schneller von der Hand, weswegen er bald damit fertig war. Sowie die letzte Schaufel Erde im Grab gelandet war, schmiss er das Werkzeug weg und setzte sich auf den Boden, um durchzuatmen. Nero lag gut anderthalb Meter entfernt auf dem Waldboden und schielte Albert von der Seite an. Dieser verstand den Hund nun immerhin schon ein bisschen und er griff in seinen Hosensack und holte ein paar Brocken Hundefutter heraus. Nero, der den Geruch sofort erkannte, kam freudig zu Albert getappt und setzte sich dann artig vor ihm hin. Albert überließ ihm Stück für Stück und Nero verschluckte sie im Ganzen. Dass der Hund auch kaute, konnte man nicht sehen, und Albert stellte erfreut fest, dass sie schon wieder eine Gemeinsamkeit hatten, denn er verschlang sein Essen auch oft, ohne jeden Bissen zu kauen. Nudelgerichte konnte er sowieso im Ganzen hinunterwürgen, ohne auch nur einmal zuzubeißen. Rocky, der das Geschehen vom Ast aus beobachtet hatte, kam nun auch angeflogen und forderte seinen Teil des Ganzen. Albert griff in den anderen Hosensack und holte ein Paar Sonnenblumenkerne daraus hervor, die Rocky am liebsten mochte. Dieser freute sich über die Überraschung und knackte einen Kern nach dem anderen.

Nun war Albert ausgeruht genug und er stand vom Boden auf und setzte Rocky auf seine Schulter. Dann stieg er zum Bach und wusch sich Gesicht und Arme, so gut er konnte. Er packte die Schaufel und machte sich auf den Weg zurück zum Zelt, um sie dort zu verstauen. Nero lief ohne Leine immer wieder vor und zurück und wartete artig, wenn Albert stellenweise etwas länger brauchte. Und Rocky ließ sich bequem auf der Schulter sitzend tragen.

Plötzlich hörte Albert ein nahes Donnergrollen. Er versuchte auszumachen, aus welcher Richtung es gekommen war, aber blieb dabei ohne Erfolg. Immerhin legte er jedoch beim Marschieren einen Gang zu, denn er hatte nicht vor, sich von einem Unwetter überraschen zu lassen. Schneller als die ersten Male legte er die Strecke zurück und kam völlig ausgepowert beim Zelt an. Hier schien alles in Ordnung zu sein bis auf den Umstand, dass die Luft vibrierte. Er hatte das Gefühl, die elektrische Ladung spüren zu können, und es würde sicher nicht mehr lange dauern, bis es rund ging am Himmel.

Albert überprüfte noch einmal die Schnüre des Zeltes, die er gespannt hatte, und rüttelte vorsorglich an jeder einzelnen. Alles schien fest verankert zu sein und er öffnete die Zeltplane und krabbelte ins Zelt hinein. Rocky hielt sich mit dem Schnabel an Alberts Ohrläppchen fest, was gerade noch zu ertragen war. Nero kam hinter den beiden her und ließ sich auf die Decke fallen. Irgendwie wirkte der Hund angespannt und Albert fragte sich, ob auch er wahrnehmen konnte, dass die Luft vibrierte.

Und wie zur Bestätigung gab es einen riesigen Knall, und dann regnete es von einer Sekunde auf die andere derart heftig, dass Albert das Gefühl hatte, der Himmel würde einstürzen. Das Geprassel auf der Zelthaut war so laut, dass Albert keine anderen Geräusche mehr wahrnahm bis auf die Donnerschläge, die fast in gleichmäßigen Intervallen einsetzten. Er hatte das Gefühl, als würde bereits der Abend hereinbrechen, so düster war es. Noch hielt das Zelt, was es versprach, denn es kam kein Wasser ins Innere. Rund ums Zelt tobte nun auch der Wind und brachte dieses trotz gespannter Schnüre gehörig zum Wackeln. Das war Nero anscheinend unheimlich, denn er drängte sich an Albert und winselte leise. Nur Rocky konnte das Geschehen nicht aus der Ruhe bringen. Er saß auf Alberts Knie und ließ sich von diesem Sonnenblumenkerne zustecken, deren Schalen er knackte, um ans leckere Innere zu gelangen. Wieder ein Blitz, dessen Aufflackern sogar im Zelt zu sehen war, und fast im gleichen Moment gab es auch einen Donnerschlag, dass man das Gefühl hatte, als würde der Boden vibrieren.

Alles in allem mochte Albert Gewitter und auch heute fand er die Stimmung total aufregend. Sogar noch mehr als sonst, denn heute saß er in einem Zelt und nicht in einer sicheren Wohnung. Er bemerkte, dass er Hunger hatte, aber mit dem Zubereiten einer Dose auf dem Gaskocher musste er wohl warten, bis es aufhörte zu regnen, denn er hatte ein ungutes Gefühl dabei, im Zelt mit Gas und Feuer zu hantieren. Wenn schon er nicht essen konnte, so sollten das wenigstens Nero und Rocky können. Er richtete ihnen ihr Futter und Nero machte sich trotz des Gewitters gierig darüber her. Nur Rocky zog es vor, weiterhin die Sonnenblumenkerne aus Alberts Hand entgegenzunehmen, anstatt sie aus der Futterschüssel zu picken, wie er das normalerweise tat.

Albert bemerkte, dass der Regen, der zuvor noch mit lautem Getöse auf dem Zelt Schlagzeug gespielt hatte, schwächer geworden war, und auch zwischen Blitz und Donner lagen nun schon einige Sekunden, was hieß, dass sich das Gewitter entfernte. Sollte das etwa schon alles gewesen sein? Nicht dass er gerade darüber traurig war, immer noch knochentrocken zu sein, aber er hatte sich mehr erwartet. Immerhin hatten sie im Radio eine Unwetterwarnung ausgesprochen. Nun ließ auch der Wind nach, und die Böen, die es zuvor gegeben hatte, waren schon fast zur Gänze verschwunden. Es wehte nur noch ein laues Lüftchen und Albert öffnete den Reißverschluss der

Zeltplane und streckte seinen Kopf ins Freie. Sofort strömte kühle Luft ins Zelt. Die Außentemperatur hatte in der letzten Stunde um mindestens zehn Grad abgenommen. Er atmete dieselbe Luft ein, die auch seine nackten Arme umschmeichelte und dafür sorgte, dass er für einen kurzen Moment Gänsehaut bekam. Die Temperatur war nun eine Wohltat nach der Hitzewelle, die das Land eisern im Griff gehabt hatte. Er verschwand für einen kurzen Moment im Zelt und kam dann mit einer Regenhaut zwischen den Zähnen aus diesem zurück.

Als er vollständig im Freien angelangt war, stand er auf und warf sich die Regenhaut über und setzte die Kapuze auf. Nun regnete es nur noch ganz feine Tropfen, die bald in ein Nieseln übergingen. Er schaute in den Himmel. Er war immer noch Grau in Grau anzusehen und machte nicht den Eindruck, dass er völlig aufhören würde, Wasser zum Boden zu schicken.

Albert schaute auf die Uhr. Es war 13.50h und er beschloss, dass er nun zur Burgruine aufsteigen wollte. Er schlug mit der flachen Hand auf seinen Oberschenkel und das klatschende Geräusch, das dabei entstand, veranlasste Nero dazu, angerannt zu kommen und sich vor Albert auf den Boden zu setzen. Es dauerte nicht lang, und auch Rocky kam aus dem Zelt gewatschelt und flog auf Alberts Schulter. Er schloss den Reißverschluss des Zeltes und machte sich auf den Weg zur Burgruine.

Diesen Weg hinauf hatten sie noch nie genommen und er führte sehr steil nach oben, was Albert kräftig zum Schnaufen brachte. Sogar Nero hatte es aufgegeben, vor- und zurückzulaufen, und er trottete mit hängender Zunge neben Albert her. Allzu weit konnte es nun aber nicht mehr sein, denn das trostlose Gefühl, das er in der Burgruine immer hatte, begann ihn erneut zu übermannen. Mit jedem weiteren Schritt wurde es schlimmer. Albert hatte eigentlich keinen Plan, was ihn dazu bewegte, weiterzugehen, aber ganz tief in seinem Inneren spürte er, dass er erneuert werden wollte, so wie es die Stimme versprochen hatte.

Als er einige Zeit später bei der Ruine ankam, hatte er eigentlich das Gefühl, dass er ganz schnell abhauen sollte, aber er musste wissen, ob wieder die Stimme seiner Frau aus dem Loch ertönen würde. Er schlenderte auf die Stelle zu, auf der das schwarze Loch das letzte Mal erschienen war. Verdammt, wenn er nur wüsste, wie man das Loch dazu brachte aufzutauchen. Die fremdsprachigen Verse der Gruppe von gestern hatte er weder verstanden noch hatte er sich diese gemerkt. Hier in der Ruine nahm er den Hund an die Leine, denn er wollte nicht, dass er davonlief, und genau diesen Eindruck machte er. Nämlich dass er kurz davor war, Reißaus zu nehmen.

Und dann erschien das Loch wieder vor den beiden, ohne dass Albert etwas getan hatte, was dies erklären könnte. Es erschien einfach so plötzlich wie das Licht, wenn jemand den richtigen Schalter betätigte. Zwischen dem Rand des Loches und Albert gab es einen Abstand von höchstens 2m und das Loch schien sich immer noch auszubreiten. Nero saß eng anliegend hinter Alberts Beinen und zitterte. Nur Albert war wieder völlig fasziniert und schien fast unter Hypnose zu stehen. Er wirkte wieder völlig apathisch. Rocky saß auf einem der vielen Äste der Bäume, die sich an den Rand der Burgruine drängten, und beobachtete die Lage von oben. Auch er musste das trostlose Gefühl verspüren, denn er stieß schrille Pfiffe aus, die so klangen, als würde er klagen. Alberts Gedanken drehten sich wie in einer Spirale und er konnte keinen einzigen klaren fassen.

Dann ertönte wieder die Stimme seiner verstorbenen Frau: *„Bring mir den Hund! Ich will ihn jetzt! Er ist der Retter!"*

Dieses Mal klang sie aber fordernd und auf ihr Recht pochend. Als Albert diese Stimme vernahm, machte er automatisch einen Schritt auf das Loch zu, denn sein Herz hatte bei ihrem Klang einen Luftsprung gemacht, obwohl sie heute nicht lieblich geklungen hatte. Das veranlasste Nero aufzustehen und an der Leine in die entgegengesetzte Richtung zu ziehen, aber Albert blieb standhaft. Im Gegenteil, er machte noch einen Schritt auf das Loch zu und zerrte den Hund mit sich. Nero zog nun mit aller Kraft, was dazu führte, dass Albert die Leine einfach losließ. Nun war Nero eigentlich frei und konnte davonlaufen, aber er blieb bei seinem Besitzer und fing damit an, an Alberts Hosenbein zu ziehen. Albert schüttelte ärgerlich den Fuß, in dessen Hosenbein sich Nero verbissen hatte, was aber nur dazu führte, dass er aus dem Gleichgewicht kam und fast umgefallen wäre.

Dann erklang die Stimme wieder, diesmal noch lauter und bestimmter:

„Bring ihn mir! Jetzt will ich ihn!"

Albert brachte Nero dazu, den Stoff seiner Hose loszulassen, und war dann mit drei großen Schritten beim Loch und sprang hinein. Sofort war er wieder eingehüllt von Schwärze und befand sich körperlos in der Schwebe. Er konnte nichts fühlen, aber sein Geist war hellwach. Er versuchte zu schreien, aber ohne Stimmbänder funktionierte auch das nicht. Hier gab es nur seine Gedanken. Dann hörte er wieder die Stimme seiner Frau, die sagte:

„Wieso hast du den Hund nicht mitgebracht? Er ist der Schlüssel!"

Albert dachte ganz konzentriert an das, was er sagen würde, wenn er einen Körper hätte, nämlich dass das sein Hund sei, und das Wesen, das diese Stimme erzeugte, schien seine Gedanken zu lesen, denn die Stimme wurde wieder bedrohlicher, als sie sagte:

„Bring ihn mir!!!",

dann verstummte sie und Albert war wieder allein mit seinen Gedanken, die hier im Loch ordentlich funktionierten.

Er dachte darüber nach, was die Stimme gesagt hatte, und verspürte sofort einen Kloß im Hals. Freiwillig würde er den Hund nie hierherbringen, denn er wusste aus seiner Beobachtung von letzter Nacht, dass die Tiere nicht mehr zurückkehrten aus dem Loch. Schließlich war die Katze auch verschwunden gewesen und nicht wieder aufgetaucht. Außerdem wusste er ganz tief in seinem Inneren, dass die Stimme, die er gehört hatte, nicht wirklich zu seiner Frau gehörte. Aber allein ihr Klang bewirkte, dass er sich wohl fühlte und ihr überallhin folgen würde, doch das, was sie von ihm verlangte, war trotzdem unmöglich. Er würde Nero keiner Gefahr aussetzen und hier war er in Gefahr, das konnte Albert spüren. Er war nicht allein hier und er fragte sich, warum ihm bis jetzt nichts geschehen war. Beim letzten Mal, als er hier gewesen war, war er nur aus Neugierde beobachtet worden wie es schien. Aber als mögliche Beute war er wohl nicht für gut befunden worden.

Und dann wurde Albert plötzlich wieder ausgeschieden aus dem Loch und es zog sich zusammen wie ein After nach dem Ausscheiden von Fäkalien und verschwand dann ganz. Von einer Sekunde auf die andere befand Albert sich wieder in der Realität, wenn sie es denn wirklich war. Er nahm wahr, dass Nero erleichtert bellte und vor ihm auf und ab sprang wie ein Gummiball und dass Rocky bereits wieder auf seiner Schulter saß. Kaum aus dem Loch heraus, übermannte ihn auch wieder das trostlose Gefühl und er begann sich auf den Weg zum Zelt zu machen.

Der Weg dorthin führte erneut steil hinab, aber seine Laune besserte sich von Schritt zu Schritt. Er war dankbar, dass er die Regenhaut anhatte, denn jetzt regnete es wieder stärker.

Der Weg hinab führte teilweise über glitschiges Terrain und Albert hatte Mühe, nicht auszurutschen. Nur Nero mit seinem Vierradantrieb und seinen Krallen sauste wieder vor Albert hin und her und auf und ab und es schien so, als würde sich seine Laune auch bessern. Rocky genoss den Regen auf seinen Federn, plusterte sich auf und pfiff zwischendurch ein fröhliches Lied auf seiner Schulter.

Mittlerweile hatte sich Alberts Stimmung wieder normalisiert und der Weg führte nicht mehr ganz so steil nach unten. In seinem Kopf hörte er immer noch die Forderung seiner Frau oder dem Wesen, das sie imitierte. Im Loch war es Albert so vorgekommen, als würden seine Gedanken und Erinnerungen gelesen werden wie eine ungesicherte Festplatte. Das Ding darin wusste sicher alles von ihm. Irgendwie war es aber auch befreiend, wenn man völlig transparent war. Dann hatte es keinen Sinn zu lügen, und man war genau das, was man war, und nicht mehr oder weniger. Dann blieb einem nichts anderes übrig, als völlig authentisch zu sein.

Die letzten Meter bis zum Zelt ging er sehr rasch, denn er war neugierig, ob seine Zeltstätte erneut besucht worden war. Draußen gab es schon einmal nichts Auffälliges zu sehen, also öffnete Albert den Reißverschluss der Zeltplane und lugte in dieses hinein. Ihm fiel ein Stein vom Herzen, denn auch im Zelt war alles normal, weshalb Albert hineinkroch mit Rocky auf der Schulter, und Nero ihnen folgte. Als alle drei im Zelt waren, verschloss Albert wieder den Eingang und streifte die Regenhaut ab. Hier fühlte er sich halbwegs sicher, wenngleich er nicht wusste, ob sein Zelt von einem der Kapuzenmänner observiert wurde.

Kapitel 12

Nun war es bereits später Nachmittag und Albert war noch viel hungriger als vor Stunden. Er beschloss, das Risiko einzugehen und doch im Zelt mit dem Gaskocher zu hantieren. Er nahm ihn zur Hand und drehte den Gashahn auf. Dann brachte er den Gasstrom mit dem eingebauten Zünder zum Brennen. Erleichtert stellte Albert fest, dass nichts explodierte. Sicherheitshalber öffnete er aber den Reißverschluss des Zelteingangs ein Stück, um dafür zu sorgen, dass im Zelt ein Luftaustausch stattfinden konnte. Danach stellte er eine geöffnete Büchse Ravioli mit Tomatensauce auf den Gaskocher, bis das Innere der Büchse auf Esstemperatur erwärmt war. Als das der Fall war, drehte er den Gashahn der Kochers zu und wartete darauf, dass die Büchse nicht mehr so heiß war und er sie angreifen konnte. Das fiel Albert schwer, denn er hatte bereits so großen Hunger, dass ihm schon leicht übel war.

Als die Dose abgekühlt war, nahm er sie in die linke Hand und begann mit einer Gabel gierig deren Inhalt zu essen. Wie schon erwähnt, schluckte er Nudeln, ohne sie zu kauen, und die Tomatensauce erleichterte diesen Vorgang noch dazu. Nero lag neben Albert und machte keinerlei Anstalten zu betteln. Er war wirklich ein wohlerzogener Hund, und weil das so war, spendierte er ihm auch ein Ravioli, das er direkt von der Gabel schnappte.

Sowie Albert fertig gegessen hatte, stellte er fest, dass er immer noch nicht satt war, und er überlegte, was er nun tun sollte. Die Dosen waren rationiert, und es stand ihm pro Tag nur eine zur Verfügung, also beschloss er, das Hungergefühl zu ignorieren, und widmete sich seinem Tagebuch. Noch hatte das Powerpack genügend Saft, um das Tablet zu laden, wenn sein Akku zu schwächeln beginnen würde.

Albert versuchte, sich so schnell wie möglich im Text, den er schon geschrieben hatte, einzufinden, und das gelang ihm heute schneller als die Tage davor. Heute ließ er besonders viele seiner Überlegungen in den Text einfließen und wurde sich während des Schreibens immer klarer darüber, dass er Nero niemals ins Loch mitnehmen würde, denn dieser hatte eine Heidenangst davor, das hatte Albert gemerkt. Woran lag das? Er hatte sich doch noch nie im Inneren befunden. Oder etwa doch? Die Stimme hatte von ihm gesprochen, als würde sie ihn genau kennen. Was hatte der Hund alles erlebt, bevor er zu Albert gekommen war? In einem Müllcontainer hatte er ihn gefunden und er wusste bis heute nicht, wie er dorthin gelangt war oder was seine Verletzungen verursacht hatte, nur dass sie von einem sehr großen Tier stammen mussten. Das wusste er. Konnte es sein, dass Neros Wunden von dem Tier im Loch kamen? Aber wie war es ihm gelungen zu flüchten, wenn das denn wirklich der Fall gewesen war? Oder war er vielleicht ein Opfer der Bande geworden, die auf der Lichtung ihr Unwesen trieben. Würden die Kapuzenmänner auch heute bei Regen kommen?

Außerdem überlegte er, ob er denn heute Lust dazu hatte, die Lichtung zu beobachten. Gut, im Hochsitz hatte er ein Dach über dem Kopf, aber es hatte mittlerweile so stark abgekühlt, dass sich Albert sicher war, dass er frieren würde. Er konnte jetzt schon spüren, dass seine Nase kalt war.

Als Albert fertig war mit dem Schreiben, legte er das Tablet weg und zog sich ein Sweatshirt an, das er ebenfalls mitgebracht hatte. Was sollte er nun tun? Er motivierte sich selbst und streifte sich wieder die Regenhaut über. Dann schlüpfte er ins Freie, aber seine tierischen Freunde machten keinerlei Anstalten, ihm in den Regen zu folgen. Albert musste mehrmals ihre Namen rufen, bis sie sich endlich dazu bequemten, aus dem Zelt zu kommen. Er verschloss das Zelt und leinte Nero an. Rocky flatterte auf seine Schulter und Albert marschierte los.

Im Wald roch es nach nasser Erde und die Luft schien wie gefiltert vom Regen und fühlte sich einfach gut und sauber an in der Lunge. Albert achtete besonders darauf, nicht auf Wurzeln zu treten, denn ihre Rinde war glitschig, und da sich die Lichtverhältnisse immer mehr verschlechterten, musste er sich sehr konzentrieren, um diese zu sehen. Er hatte zwar seine Stirnlampe eingesteckt, aber wollte die Batterien sparen, bis es wirklich völlig dunkel war.

Als die drei die Lichtung erreichten, stellten sie fest, dass es auf dieser um einiges heller war als im Wald. Albert schlich sich am Rand der Lichtung entlang, bis er den Hochsitz erreicht hatte. Auch die Leiter, die hinaufführte, war nass und rutschig, aber Albert kam unversehrt oben an und setzte sich auf die Bank in seinem Inneren. Rocky saß auf seiner Schulter und war völlig stumm. Albert lugte aus der Öffnung, die nach unten führte, und stellte fest, dass Nero es sich am Fuß der Leiter bequem gemacht hatte. Albert schaute über die Lichtung auf die Stelle im Wald, an der der dreizehnte Kapuzenmann das letzte Mal die Lichtung verlassen hatte. Er musste der Anführer der Gruppe sein.

Noch tat sich nichts auf der Lichtung und Albert stellte fest, dass er müde war. Er war heute schon viel marschiert und auch sein Geist war hellwach gewesen und ständig konzentriert. Er lehnte sich zurück an die Rückwand des Hochsitzes und schloss die Augen. Eigentlich wollte er ihnen nur einen Moment Ruhe gönnen, aber das hatte zur Folge, dass er eindöste.

Als er aufwachte, stellte er fest, dass die Männer wieder auf der Lichtung standen. Er schaute durch das Loch im Boden, das aus dem Hochsitz führte, und stellte erleichtert fest, dass Nero immer noch unten am Fuß der Leiter lag und auch dass Rocky auf seiner Schulter saß. Sein Regenponcho war auf der linken Schulter völlig zugekackt, aber das war Albert wieder einmal egal. Er war von einem Moment auf den anderen hellwach. Noch standen die Männer mit den langen Roben unsortiert auf der Lichtung herum, aber von einem Moment auf den anderen begannen sie wieder einen Kreis zu bilden.

Genau wie neulich waren es zwölf an der Zahl und die dreizehnte Person kam wieder aus dem Wald auf die Lichtung und ging zu ihren Kollegen, um den Kreis zu vervollständigen. Auch heute trug er einen Sack auf der Schulter, der wieder ein zappelndes Etwas beinhaltete. Alles lief ganz gleich ab wie letzte Nacht.

Der Sack lag außerhalb vom Kreis und die Männer stimmten wieder ihren Sprechgesang an. Heute konnte Albert vom Hochsitz aus in einen Teil des Kreises blicken und stellte fest, dass in seinem Inneren ein Loch erschien. Der Gesang wurde lauter und dann widmete sich der dreizehnte Mann dem Sack, der hinter ihm lag. Er öffnete ihn und zerrte einen kleinen Hund aus ihm, der zappelte und Laute der Angst ausstieß. Der dreizehnte Kapuzenmann hielt den Hund am Nackenfell und ließ ihn von einem Moment zum anderen ins Loch fallen. Der Hund war verschwunden und die Zeremonie somit beendet. Jede Person machte zwei Schritte rückwärts und vergrößerte somit den Kreis, aber auch die Lücken, die zwischen ihnen klafften. Dann lösten sie sich völlig aus ihrer Formation und gingen auf den Wald zu. Der dreizehnte Kapuzenmann nahm den leeren Sack und ging mit den anderen mit.

Woher hatte er die Tiere? Auf jeden Fall musste Albert höllisch aufpassen, dass seine Tiere nicht in falsche Hände gerieten. Er saß sicherheitshalber noch weitere fünf Minuten im Hochsitz und wartete, ob sich auf der Lichtung noch was tun würde. Nach dieser Wartezeit kletterte er die Leiter hinunter und begrüßte einen freudig wedelnden Hund. Nero drehte sich im Kreis und ließ sich tätscheln und Rocky saß immer noch auf seiner linken Schulter und machte keinerlei Anstalten, diese zu verlassen.

Es war bereits dunkel und die Lichtung wurde nur von Mond und Sternen erhellt, aber Albert sah super bei diesen Lichtverhältnissen. Er ging auch heute über die Lichtung zu der Stelle, an der die Personen gestanden waren, und sah sie genau an. Nichts als von der Sonne verbranntes Gras, aber keine Spur vom Loch. Warum erschien es auch hier? Albert hatte leider wieder nicht verstanden, was die Männer sangen, und er beschloss, sich beim nächsten Mal hinter einem Baum in einem Stück Wald, das den Kapuzenmännern am nächsten gelegen war, zu verstecken. Er hoffte, dass er dann etwas verstehen würde, denn er hatte ebenfalls Interesse daran, das Loch nach Belieben erschaffen zu können.

Er beschloss, dass er für heute genug spioniert hatte und dass es an der Zeit war, zum Zelt zu gehen, und machte sich auf den Weg, umgeben von seinen Tieren, und war dabei sehr nachdenklich. Im Moment dachte er hauptsächlich über das Geschehen auf der Lichtung nach. Woher nahmen sie die Tiere? Er beschloss, morgen zur Tierärztin zu radeln, um sie zu fragen, ob in letzter Zeit viele Tiere als vermisst gemeldet worden waren. Natürlich hing das auch vom Wetter ab, denn wenn es gerade in Strömen regnete, würde er sich diese Dusche ersparen.

Mittlerweile kannte Albert sich in der Topographie des Waldes aus. Das war ein großer Vorteil. Als sie wenig später beim Zelt ankamen, fand er alles so vor, wie er es verlassen hatte. Zumindest im Freien. Im Zelt musste er erst nachschauen und das tat er auch gleich. Er öffnete den Reißverschluss und sah sich im dunklen Zelt um. Irgendwas lag da schon wieder auf seinem Schlafsack. Albert wurde sofort nervös. Er zog mit zitternden Händen die Stirnlampe aus seiner Hosentasche und schaltete sie ein. Er verwendete sie wie eine Taschenlampe und setzte sie erst gar nicht auf den Kopf, sondern hielt sie in der Hand.

Wie schon einmal sah Albert wieder die tote Katze auf seinem Schlafsack liegen. Sie war immer noch voller Erde, aber der Müllsack, in den er sie gepackt hatte, war verschwunden. Albert rutschte das Herz in die Hose und er hielt den Atem an, weil im Zelt ein übler Geruch von Verwesung vorherrschte. Warum konnte diese Katze nicht endlich in Frieden ruhen? Wer war es, der das nun schon zum wiederholten Male gemacht hatte? Gut, nun hatte er endlich den Grund für das makabre Spiel. Der Verursacher musste krank sein.

Das war gewiss. Wahrscheinlich war er selbst schuld daran, denn er hatte die Katze aus ihrer grauslichen Pose befreit. Aber warum wusste diese Person das? Wurde er ständig beschattet? Dabei hatte Albert ja immer zuhause das Gefühl, beobachtet zu werden, und hier eigentlich nicht und doch war es anscheinend der Fall.

Ihm fiel auf, dass er bei diesen Gedanken völlig paranoid wurde, und deswegen versuchte er, an etwas anderes zu denken und sich abzulenken. Zuerst musste er sowieso einmal die Katze aus dem Zelt schaffen, denn sie stank fürchterlich. Albert konnte Maden in ihren Augenhöhlen herumkriechen sehen. Die Verwesung war bereits in vollem Gange. Er nahm sie beim Schwanz, zerrte sie nach draußen und legte sie weit genug vom Zelt weg, um sich nicht an ihrem Geruch zu stören. Fürs Erste jedenfalls konnte er nicht im Zelt bleiben, denn dafür stank es im Inneren zu sehr. Im Freien war es nun aber schon sehr kalt und Alberts Nase begann zu tropfen. Er wischte sich den Rotz mit der Hand weg, aber er kam immer wieder von neuem. Albert hüpfte am Stand auf und ab und versuchte so, sich warm zu springen. Viel nutzte das aber nicht und er beschloss, sich am nächsten

Tag, wenn es immer noch so kalt wäre, seine Winterjacke von zuhause zu holen.

Als gute zwanzig Minuten vergangen waren, steckte er seinen Kopf ins Zelt und schnupperte. Der Geruch war immer noch leicht wahrnehmbar, aber Albert wusste, dass es gänzlich unmöglich war, den Geruch völlig aus dem Zelt zu bekommen. Das würde viel länger dauern. Trotz des Geruchs beschloss Albert, nun ins Zelt zu gehen, da er schon zu zittern anfing. Er schleppte sich durch den Eingang und Nero folgte ihm. Rocky flatterte von seiner Schulter und setzte sich vor seinen Futternapf, wo er sofort anfing, genüsslich Kerne zu knacken und ihr Inneres zu verspeisen. Albert wischte wieder einmal Erdreste, die der Katze immer noch anhafteten, von seinem Schlafsack, und setzte sich dann auf diesen. Nero saß vor ihm und legte ihm seine Pfote aufs linke Knie und sah ihm direkt in die Augen. Anscheinend hatte er Hunger und Albert füllte seinen Fressnapf mit Futter. Der Hund wedelte kurz mit dem Schwanz und machte sich dann über diese Köstlichkeit her. Die Schüssel wurde immer leerer und Nero verringerte die Geschwindigkeit des Fressens. Nun wirkte er nicht mehr ganz so toll wie ein Staubsauger, der alles, was vor ihm lag, wegsaugte.

Albert, der seine Essensration für heute schon aufgebraucht hatte, drehte sich einen Joint. Den hatte er sich heute redlich verdient, außerdem hoffte er, dass der Grasgeruch den Verwesungsgeruch überdecken würde. Er inhalierte tief und ließ dann seine Gedanken schweifen. Wenn er gekifft hatte, kamen ihm immer die besten Ideen. Heute dachte er hauptsächlich darüber nach, ob es denn hier gefährlich war. Er war sein Leben lang geflüchtet und auch jetzt hatte er das Gefühl, dass er am liebsten wegrennen würde. Sein altes Problem. Für heute wollte er aber alle negativen Gedanken aus seinem Geist verbannen und er dachte an seinen morgigen Besuch bei der Tierärztin. Ob sie ihm wohl immer noch gefallen würde? Albert war sich nämlich nicht sicher, ob er denn schon bereit war, etwas Neues anzufangen. Irgendwie dachte er ständig an seine verstorbene Frau und das würde keiner lebendigen Frau gefallen, auch nicht der Tierärztin. Albert bekam immer mehr das Gefühl, dass er eventuell einmal mit jemandem reden musste, dem er alles erzählen konnte, was ihn plagte. Aber er musste Vertrauen zu der Person haben, sonst konnte er sich dieser nicht öffnen.

Die Wirkung des Joints war himmlisch und Albert legte sich auf den Rücken und starrte nach oben. Seine Gedanken waren jetzt kaum noch zu begreifen, so vernebelt waren sie. Aber das war nicht schlimm. Albert war immer noch kalt und er schlüpfte in den Schlafsack und drehte sich zur Seite. Nero rückte eng an ihn und Rocky hüpfte auf die Hüfte von Albert und machte sich auch bereit zum Schlafen. Hoffentlich würde Albert ihn nicht zerquetschen, wenn er sich im Schlaf drehte.

Als er schon halb eingeschlafen war, hörte er ein Geräusch und war von einem Moment zum anderen hellwach. Da schlich irgendjemand oder etwas ums Zelt herum, denn Albert hörte Zweige knacken und Laub rascheln. War das der Jemand, der die Katze schon zum wiederholten Male ausgebuddelt hatte, um Albert zu ängstigen? Würde er die Katze nun wieder auf einem Ast aufknüpfen wie letztens? Albert überlegte, was er nun tun sollte. Sollte er die Person stellen? Dazu musste er das Zelt verlassen, und bei diesem Gedanken grauste es ihn. Und die andere Möglichkeit, und die beliebte ihm schon eher, war sich tot zu stellen, um sich am Morgen von einer toten Katze überraschen zu lassen, die eventuell wieder an einem Seil über seinem Zelt baumeln würde.

In Alberts Kopf ging es rund und jetzt begann auch noch Nero tief aus der Kehle zu knurren. Er wurde dabei immer lauter und Albert war sich sicher, dass das auch die Person hören musste, dass ein Hund im Zelt war. Aber das wusste sie sicher sowieso, wenn sie ihn denn wirklich beschattet hatte. Albert überlegte einen Moment, ob er denn einfach die Zeltplane öffnen sollte, um Nero ins Freie zu lassen, aber das war ihm zu gefährlich. Was, wenn der Verursacher der Geräusche zu der Gruppe auf der Lichtung gehörte? Dann war es wahrscheinlich, dass er Nero eventuell entführen würde, wenn der Hund nicht gerade zum Wolf mutierte und sich dagegen zur Wehr setzte. Da Nero aber eigentlich jedem Menschen wohl gesonnen war, konnte es auch sein, dass das Lebewesen vor dem Zelt überhaupt nicht menschlich war. Was, wenn es sich doch nur um ein Tier handelte? Dieser Gedanke beruhigte Albert aber eher, als ihn zu erschrecken. Ein Tier würde sie im Zelt zufrieden lassen, ein Mensch konnte dieses öffnen.

Plötzlich hörte Nero wieder auf zu knurren und von draußen drangen keinerlei Geräusche außer die des Regens mehr ins Zelt. Albert, der unwillkürlich die Luft angehalten hatte, schnaufte durch. Anscheinend war er wieder allein. Trotzdem hatte er nicht vor, heute noch nach dem Rechten zu schauen, was draußen vielleicht auf ihn wartete. Das konnte bis morgen warten.

Kapitel 13

Albert legte sich wieder auf den Rücken und entspannte sich. Als er sich ein paar Minuten später auf den Bauch legte, schlief er sofort ein. Es war ein traumloser Schlaf, der ihn da übermannte, und er dauerte die ganze Nacht an, ohne dass Albert auch nur einmal erwachte. Erst als es draußen hell war und die Vögel zwitscherten, wurde Albert munter. Er sah auf seine Armbanduhr. Bereits 8 Uhr. Er setzte sich auf und öffnete den Reißverschluss, der sich seitlich am Schlafsack befand, um sich anschließend herauszuwinden. Aus dem Schlafsack heraus stellte er fest, dass es immer noch arschkalt war, aber zumindest regnete es nicht. In einer Stunde würde bereits die Tierärztin die Praxis öffnen. Genug Zeit, um in Ruhe einen Kaffee zu trinken.

Zuerst war Albert aber neugierig, was ihn vor dem Zelt erwartete. Er öffnete den Reißverschluss und steckte seinen Kopf hindurch. Aus diesem Winkel fiel ihm nichts Besonderes auf, also schlüpfte er völlig aus dem Zelt und drehte sich im Kreis. An der Nordseite des Zeltes stand eine große Fichte und Albert entdeckte sofort die Katze, die daran festgenagelt war. Nun reichte es Albert. Wer spielte da mit ihm? Das Nageln hätte Lärm produziert, den er gehört hätte. Aber anscheinend war das ohne jegliches Geräusch passiert. Oder hatte er es einfach überhört beim Lärm, den der Regen beim Aufprallen auf die Zelthaut verursacht hatte? Fragen über Fragen und Albert blickte bei diesen nicht mehr durch. Immerhin handelte es sich bei der Katze um dieselbe, die er verbuddelt hatte, und das hieß, dieses Mal hatte niemand Schmerzen erlitten.

Was sollte er tun? Sollte er die Katze erneut befreien aus ihrer gotteslästerlichen Pose, um damit zu riskieren, dass die Person wiederkehren würde? Dort hängen lassen wollte er sie aber auch nicht, da ihm ihr Anblick wehtat. Die Katze hatte Besitzer, die sie liebten, und die waren im Moment sicher schmerzerfüllt aufgrund ihres Verschwindens.

Plötzlich hatte Albert Gefühle in sich, die er vorher nicht gekannt hatte. Er konnte sich jetzt in alle anderen Besitzer von Tieren versetzen und ihren Schmerz mitfühlen. Nun war es gewiss. Er machte eine Veränderung durch. Aber warum ausgerechnet jetzt? Er hatte seit dem Tod seiner Frau gelebt wie ein Einsiedler und andere Menschen hatten ihn kaum bis gar nicht interessiert, geschweige denn, dass er Interesse an ihren Gefühlen gezeigt hätte.

Er widmete sich wieder dem Problem mit der Katze und stellte fest, dass er ausgerechnet das Brecheisen nicht mithatte, und genau dieses hätte er gebraucht, um die Katze zu befreien. Also musste er damit noch warten, bis er von seinem Besuch der Tierärztin und dem Aufsuchen seiner Wohnung zurückkehren würde. Er beschloss, auf einen Kaffee zu verzichten, und rief seine Tiere herbei, um los in Richtung Fahrrad zu gehen, wenn es denn noch nicht geklaut worden war.

Die Dreierformation setzte sich in Bewegung und Albert war sehr dankbar dafür, dass es nicht regnete. Trotzdem war der Himmel bedeckt und die Sonne versteckte sich hinter den Wolken. Albert nahm den Weg, der an der Lichtung vorbeiführte, und sah sich noch einmal die Stelle an, an der er die Katze zum ersten Mal verbuddelt hatte. Der Psychopath hatte, nachdem er den Katzenkadaver aus dem Grab entfernt hatte, sogar noch den Elan gehabt, die Erde wieder ins Loch zu schaufeln, wo sie nun einen sanften Hügel bildete. Welcher Grund dafür verantwortlich war, war ihm ein Rätsel.

Albert verließ die Lichtung an der Stelle, an der die Kapuzenmänner sie verlassen hatten. Er wollte nachprüfen, wohin genau sie verschwanden. Nero lief mit hoch erhobener Rute neben ihm her und Rocky saß auf seiner Schulter und plapperte vor sich hin. Hauptsächlich sprach er mit der Stimme von Albert, und wenn er „*Nero!*" rief, klang das tatsächlich eins zu eins wie er.

Er durchforschte das Stück Wald, konnte aber keine brauchbare Fährte finden, die verraten hätte, wohin genau sie gelaufen waren. Also verließ er den Wald wieder und marschierte über die Lichtung in Richtung seines Drahtesels. Bis er sein Ziel erreichen würde, musste er aber noch einen Fußmarsch durch den Wald bewältigen. Immerhin führte der Weg immer leicht abwärts, und so kam es, dass er einige Zeit später fast ausgeruht beim Rad seiner Frau und dem Anhänger ankam.

Erleichtert stellte Albert fest, dass beide nicht geklaut worden waren. Er leinte Nero an und öffnete dann die beiden Schlösser. Dann koppelte er den Anhänger wieder ans Fahrrad, stieg auf und fuhr los. Rocky gönnte sich einen Freiflug und Nero lief sichtlich erfreut neben dem Rad her und man merkte ihm an, dass er noch ein junger Hund war. Wie alt genau, hatte ihm auch die Tierärztin nicht sagen können.

Und da waren wir schon beim Thema. Wie sollte er sich heute der Ärztin gegenüber verhalten? Immerhin sah er heute wieder aus wie ein Penner, der Bekanntschaft mit Erde und Vogelkot geschlossen hatte. Nicht gerade die besten Voraussetzungen, um einer Frau zu imponieren. Außerdem wusste er ja noch immer nicht, ob er überhaupt etwas von ihr wollte. Sein Optimismus von neulich war nämlich zur Gänze verschwunden. Albert beschloss, es bei unverfänglichem Smalltalk zu belassen. Er brauchte noch Zeit, um sich tatsächlich im Klaren darüber zu sein, was er sich denn wünschte. Trotzdem freute er sich auf ein Wiedersehen und trat in die Pedale.

Als sie bei der Praxis ankamen, brannten Albert die Oberschenkel, so gefordert hatte er sich. Er stieg ab und sperrte sein Gespann ab. Dann betrat er mit Nero an der Leine und dem Papagei auf der linken Schulter den Warteraum. Wieder war der Raum leer und die Tür des Behandlungszimmers war lediglich angelehnt. Albert klopfte an diese und wie neulich erschien der Kopf der Assistentin im Türspalt, welche Albert und seine Tiere sofort erkannte und ihn bat, einen kleinen Augenblick zu warten. Albert setzte sich erst gar nicht auf einen der Stühle an der Wand, die in einer Reihe nebeneinander standen und Farben hatten, die in den Augen schmerzten. Wie versprochen, dauerte es auch tatsächlich nur einen

Moment, bis sie die Türe ganz öffnete und ihn hereinbat.

Dr. Kofler Carmen stand beim Behandlungstisch und lächelte Albert entgegen, was Albert sichtlich freute, denn er lächelte zurück. Natürlich mit geschlossenem Mund, denn seine Zähne wollte er keinesfalls entblößen. Sofort begannen die beiden miteinander zu sprechen. Zuerst gab es da das übliche Geplänkel, wie das werte Wohlbefinden sei und wie es den Tieren gehe. Albert brachte aber sehr bald zur Sprache, warum er hier war. Er fragte sie, ob in letzter Zeit viele Vermisstenanzeigen von Tieren hereingekommen seien. Bei dieser Frage runzelte Carmen die Stirn und sah Albert verwundert an. Um sich herauszuwinden, sagte Albert, dass ihm nur die Anzeigen draußen im Wartezimmer aufgefallen waren, als er letztens hier war. Sichtlich beruhigt sagte sie ihm, dass tatsächlich viele Tiere als vermisst gemeldet worden waren. Hunde wie Katzen und keiner wisse, was mit ihnen geschehen sei. Die Hunde wurden direkt aus den Vorgärten der Besitzer gestohlen, die allesamt eingezäunt gewesen waren. Und die Katzen waren einfach nicht mehr von ihren Freigängen nach Hause gekommen. Mittlerweile sei sogar die Polizei eingeschaltet und es gehe das

Gerücht um, dass die Tiere von einer Art Mafia gefangen worden seien, die versuchte, Kapital aus ihnen zu schlagen. Carmen äußerte aber sofort, dass diese Theorie hinke, denn einige der Tiere waren Mischlinge gewesen, und die brachten kein Geld auf dem Schwarzmarkt. Nein, es musste einen anderen Grund geben, warum die Tiere gestohlen worden waren. Albert fragte sie, ob sie denn eine eigene Theorie hätte, aber das musste sie leider verneinen. Zuerst habe sie gedacht, dass man vielleicht die Besitzer erpressen wollte, um ihnen Geld aus der Tasche zu ziehen. Da sich die Entführer aber nie bei den Besitzern gemeldet hatten, konnte auch das nicht der Grund sein. Auf alle Fälle hoffe sie, dass die Entführer die Tiere nicht zum Spaß quälten, denn in der heutigen Zeit, wo es so viele Tierhasser gebe, wüsste man ja nie.

Je länger sie miteinander redeten, umso mehr fiel Albert auf, wie sehr ihn ihre Stimme umschmeichelte. Sie war sanft und warm und es passierte nicht oft, dass der Klang einer Stimme ihn so verzauberte. Eigentlich war das zum letzten Mal passiert, als seine Frau aus dem Loch zu ihm gesprochen hatte, denn sie hatte einfach die perfekte Stimme, und so sehr ihm auch die Stimme von Carmen Kofler gefiel, es war trotzdem nicht die seiner Frau. Er brauchte nur daran zu denken, was passierte, wenn die Stimme aus dem Loch drang.

Wieder überlegte Albert, ob es denn geschickt wäre, sich jemandem völlig zu offenbaren, um eine fremde Meinung zu hören. Albert überlegte, ob er sich ihr gegenüber öffnen sollte, erkannte aber sofort, dass dies der falsche Ort zur falschen Zeit war. Denn immerhin befand sich auch die Assistentin mit ihnen im Raum und hörte zu, wenngleich sie sich auch beschäftigt gab. Sie stellte Nero auf die Waage und fütterte ihn dann mit Leckerlis, weil er so brav mitgearbeitet hatte. Darüber zeigte sich Nero sichtlich erfreut, denn er wedelte jedes Mal mit dem Schwanz, wenn sie ihm eine neue Belohnung vor die Schnauze hielt.

Albert bekam mit, dass sich nun draußen im Wartezimmer etwas tat. Er hörte einen kurzen Beller und das Geräusch, das Krallen auf Laminat verursachten, wenn ein Hund auf und ab lief, bis der Besitzer des Vierbeiners diesen lautstark dazu brachte, sich brav hinzusetzen, und das Geräusch der Krallen verstummte.

Carmen versuchte nun, Rocky zu kraulen, doch dieser zeigte sich schüchtern und wich den Berührungen aus. Albert fand, dass der Hund draußen nun lange genug gewartet hatte, und er verabschiedete sich mit dem Versprechen, dass er wiederkommen würde. Carmen geleitete ihn zur Tür und Albert versuchte so schnell wie möglich aus der Praxis hinauszukommen, da er nicht wusste, was Nero von diesem fremden Hund halten würde. Er hielt ihn an der kurzen Leine und zog ihn nach draußen. Man merkte Nero an, dass er gerne am Hintern des Hundes geschnüffelt hätte, doch solche Perversität wollte Albert nicht unterstützen. Draußen befreite er sein Gespann von den Schlössern, setzte sich auf seinen Drahtesel und brach mit den Tieren in Richtung seiner Wohnung auf. Mit dem Rad kam er gut voran, weshalb sie auch bald dort ankamen.

Als er sich kurze Zeit später wieder in seiner Wohnung befand, stellte er fest, dass es darin nach abgestandenem Tabakrauch muffelte. Sofort öffnete er die Fenster, um durchzulüften, und setzte sich dann auf seine Couch. Es war schön, ein bequemes Möbelstück unterm Arsch zu haben. Das fehlte ihm beim Campen, wo er äußerst minimalistisch lebte. Natürlich könnte er sich einen zusammenfaltbaren Campingstuhl kaufen, aber der Anhänger seines Rades hatte auch nicht ewig viel Platz und er hatte ja schon vieles in den Wald geliefert, und von dort würde er es auch irgendwann wieder mitnehmen müssen. Er überlegte kurz, wie lange er eigentlich vorhatte, im Wald zu campen, stellte aber fest, dass er das einfach nicht planen konnte, da er nicht wusste, was sich noch ereignen würde.

Er stand von der Couch auf und packte alles zusammen, was er mitnehmen wollte. Da war einmal das Wichtigste, sein Brecheisen, und gleich danach kam eine warme Jacke. Ansonsten brauchte er nicht viel. Nicht einmal sauberes Gewand nahm er mit, da es im Wald sowieso wieder dreckig werden würde. Dafür nahm er etwas mit, in dessen Besitz er eigentlich nicht sein sollte. Irgendwann hatte er sich am Schwarzmarkt einen Revolver ohne Seriennummer gekauft. Warum, hatte er damals eigentlich nicht gewusst, aber ihn faszinierten Waffen, schon seit er ein Kind gewesen war. Ob er denn im Ernstfall auf einen Menschen schießen könnte, wusste er nicht, aber ganz tief in seinem Inneren fand er die Bestätigung, dass die Waffe nützlich sein konnte.

Er lud die leeren Kammern mit Patronen und packte auch die restliche Munition ein. Dann war er auch schon wieder fertig mit dem Packen und setzte sich erneut auf die Couch, um seine Gedanken schweifen zu lassen. Er dachte darüber nach, was er denn heute anstellen sollte. Zuerst galt es einmal, die Katze vom Baum abzunehmen, und dann konnte er eigentlich wieder zur Brandenburg aufsteigen, um zu schauen, ob auch heute wieder das schwarze Nichts erscheinen würde. Schwarzes Nichts. So hatte seine Frau das Negligee genannt, das sie ab und zu im Bett getragen hatte.

Albert wollte in dieser Erinnerung schwelgen, doch zuerst würde er jetzt die Gunst der Stunde ausnützen und hier an seinem Schreibtisch am Tagebuch weiterzuschreiben. Den USB-Stick mit der Datei befand sich in seinem Hosensack und Albert fuhr den Computer hoch, steckte den Stick in die dafür vorgesehene Öffnung an der Vorderfront des Towers und öffnete das Manuskript.

Zuerst las er durch, was er gestern geschrieben hatte. Schnell stellte er fest, dass er heute nicht in Bestform war. Immer wieder veränderte er Sätze, die er bereits am Vortag geschrieben hatte, oder löschte sie zur Gänze. Trotzdem kamen auch immer wieder Sätze dazu, aber das ging heute eher spärlich vonstatten. Er brauchte fast doppelt so lang wie sonst, bis er fertig war, und er stellte fest, dass er dafür äußerst zufrieden mit sich war. Mehr noch als sonst. Immerhin hatte er trotz Schwierigkeiten eine Seite gefüllt.

Albert speicherte und zog dann den USB-Stick aus dem USB-Port und ließ ihn wieder in seiner Tasche verschwinden. Und dann spürte er, dass er wieder unter Beobachtung stand. Wie auf Kommando fing Nero an zu knurren und Albert bekam eine Gänsehaut. Welcher Geist marterte ihn da? Albert stand mitten im Raum und begann zu schreien. Er tobte, ohne sich dafür zu interessieren, was die Nachbarn davon halten mochten. Er brüllte, der Geist solle ihn allein und in Ruhe lassen. Nero stand neben ihm und fletschte die Zähne. So hatte Albert ihn noch nie gesehen. Man konnte sehen, dass auch dieser Hund scharfe Zähne hatte. Als Nero auch noch anfing zu bellen, verschwand die fremde Präsenz wieder und Nero beruhigte sich sofort. Hatte der Hund den Geist oder was immer er war, erneut vertrieben? Wohl kaum. Was sollte einen Geist ängstigen? Da gab es eigentlich nichts, denn in seiner Form konnte man ihn nicht angreifen oder verletzen, und am Leben hing er auch nicht mehr, da er dieses bereits verloren hatte. So zumindest die Theorie von Albert. Jetzt erst merkte er, dass er die letzten Tage genossen hatte, in denen er nicht von diesem Wesen beobachtet worden war. Andererseits wurde er im Wald auch beobachtet und schwebte dort vielleicht viel mehr in Gefahr, Bekanntschaft mit dem Bösen zu schließen. Trotzdem beschloss Albert, die Wohnung umgehend zu verlassen, um sich wieder zum Wald zu begeben.

Als er eine halbe Stunde später am Waldesrand ankam, sperrte er sein Gespann auf die gleiche Weise ab, wie er es auch zuletzt getan hatte, und ging wieder den gleichen Weg durch den Wald, den er auch am Vormittag genommen hatte. Er machte nur einen kurzen Stopp auf der Lichtung stellte aber fest, dass es dort nichts Interessantes zu sehen gab. Also ging er direkt weiter zu seinem Zelt und der toten Katze am Baum, die wie ein Mahnmal aussah. So etwas wollte er nicht neben seiner Schlafstätte haben, und er begann, die Katze mittels Brecheisen zu befreien. Als er den letzten Nagel aus dem Baum und der hinteren Pfote gezogen hatte, fiel ihm die Katze schon entgegen und Albert fing sie geschickt mit der rechten Hand auf. Sie stank wie die Pest und war immer noch voller Erde. Für einen ganz kurzen Moment stieg in Albert Ekel auf, aber der war so schnell verschwunden, wie er gekommen war. Er legte die Katze auf die Stelle, auf der er sie auch das letzte Mal abgelegt hatte, und brachte sich vor dem Gestank in Sicherheit. Er wusste absolut nicht, was er mit der Katze anfangen sollte. Irgendwie hatte er keine Lust mehr, sie erneut zu verbuddeln.

Albert starrte das tote Tier an und grübelte nach, wie er nun vorgehen sollte. Währenddessen zeigte sich Nero äußerst interessiert am Katzenkadaver. Er stand einen Meter entfernt davon und schnüffelte mit hoch erhobener Schnauze den Geruch des Todes. Als er Anstalten machte, endgültig zur Ursache des Gestanks zu laufen, verwehrte Albert ihm diesen Wunsch und rief ihn herbei. Nero leckte sich kurz über die Lefze, folgte aber nach kurzem Überlegen der Aufforderung von Albert und trottete zu diesem hin, um sich brav vor seine Füße zu setzen. Ein Glück, dass dieser Hund anscheinend eine gute Ausbildung genossen hatte, denn Albert musste ihm eigentlich nichts mehr beibringen.

Er legte den Kopf in den Nacken und versuchte, zwischen den Baumwipfeln den Himmel zu erspähen. Die kleinen Flecken, die er sehen konnte, waren wolkenverhangen, wenngleich es auch nicht regnete. Aber sonderlich stabil wirkte die Wetterlage nicht, weswegen Albert zuerst die Winterjacke und dann die Regenhaut anzog. Er hatte vor, zur Burgruine aufzusteigen, solange das Wetter mitspielte. Wenn die Sonne herauskäme, würde ihm mit der Winterjacke zwar heiß werden, aber es war besser, sie dabei zu haben, als wieder zu frieren, wenn das nicht der Fall sein sollte.

Kapitel 14

Albert ließ die Katze links liegen und marschierte los. Nero ging Fuß, obwohl er nicht an der Leine war, und Rocky flog über ihnen und ließ sich vom Aufwind tragen. Wie üblich veränderte sich ihr Gemütszustand während des Aufstiegs. Es begann damit, dass Albert anzweifelte, welchen Sinn das alles haben sollte. Je weiter er nach oben kam, desto sicherer war er sich, dass er ein nutzloser Taugenichts war. Und dann kamen die tiefe bittere Traurigkeit und kurz darauf der Wunsch zu fliehen, nur um wieder ein anderes Gefühl in sich zu tragen.

Je trostloser und trauriger alles wurde, desto sicherer war sich Albert, dass er gleich am Ziel sein würde, und kurz darauf befand er sich tatsächlich wieder in der Burgruine oder was noch von ihr übrig war. Er schaute sich um und stellte fest, dass er alleine war. Das war hier ein Glücksfall, denn es gab genug Einheimische, die in diesen Wäldern wanderten und bei dieser Gelegenheit auch oft der Burgruine einen Besuch abstatteten. Dass er in den letzten Tagen immer alleine gewesen war, war reiner Zufall.

Albert ging zu der Stelle, an der das letzte Mal das Loch erschienen war, und senkte den Kopf. Wieder wusste er nicht, wie er das Loch heraufbeschwören sollte. Er versuchte sich zu erinnern, was er gedacht hatte, als es ihm das letzte Mal erschienen war, fand aber nichts in seinen Erinnerungen, was der Auslöser fürs Erscheinen gewesen sein könnte.

Sich darüber Gedanken zu machen, war sowieso sinnlos, da das Loch erneut von ganz alleine erschien. Es tauchte so plötzlich auf, dass Albert erschrocken einen Schritt nach hinten machte, und als er wieder die Stimme seiner Frau aus dem Loch dringen hörte, fand er seine Fassung erst nach einem Moment wieder. Die Stimme sagte:

„Ich kann dich erneuern, wenn du es zulässt! Du musst mir nur den Hund bringen und ich kann alles für dich tun!"

Die Stimme kippte während dieses Satzes und nahm einen verzweifelten Unterton an. Dieses Schauspiel brachte ihm allerdings Gewissheit, dass irgendetwas im Loch Meister darin war, Stimmen nachzuäffen. Er hatte jetzt ein paar Mal Glück gehabt, aber war es denn tatsächlich notwendig, dass er sich auch heute wieder ins Loch stürzen sollte? Wieder bemerkte Albert, wie seine Gedanken immer konfuser wurden. Er hatte das Gefühl, er hätte den stärksten Joint seines Lebens geraucht. Nur vom Denken her natürlich. Das wohlige Gefühl, das er hatte, wenn er bekifft war, fehlte aber leider und Albert war kurz davor, in Tränen auszubrechen. Noch immer verzweifelt, meldete sich erneut die Stimme seiner Frau zu Wort:

„Es wird mir wehtun, wenn ich ihm nicht den Hund bringe. Bitte bring mir den Hund!"

Der letzte Teil des Satzes ging in Schluchzen unter. Albert, der nicht mehr klar denken konnte, sprang erneut ins Loch, um der Stimme näher zu sein mit dem Wunsch, ihr zu helfen. Er würde die Finsternis hinnehmen, wenn er ihr nur nahe sein konnte.

Im Loch war alles beim Alten. Die Traurigkeit löste sich in Luft auf und er konnte wieder klar denken. Albert trieb körperlos in der Schwärze des Nichts und war hellwach. Vielleicht war er eine Spur zu wach, denn er fühlte sich wie eine gespannte Gitarrenseite. Plötzlich sagte die Frauenstimme:

„Wieso bringst du mir nicht den Hund? Nur er kann uns retten! Du ganz alleine bist dazu nicht in der Lage! Bitte bring mir den Hund!"

Auch heute war sich Albert darüber klar, dass er dieser Aufforderung nicht nachkommen würde. Nero war sein Freund und er musste ihn beschützen. Während Albert genau diesen Gedanken hatte, wurde er wieder ausgeschieden aus dem Loch und befand sich wieder in der Burgruine. Auch dieses Mal stand Nero vor ihm und bellte empört. Wahrscheinlich war er sauer, dass Albert ihn allein gelassen hatte. Rocky kam von einem Ast angeflogen und setzte sich auf seine linke Schulter. Nein, er würde keinem seiner Tiere etwas zustoßen lassen. Da konnte es hundert Mal die Stimme seiner Frau sein. Er wusste eigentlich, dass sie nicht von ihr stammen konnte. Das war das Tier oder was immer es war.

Seine Frau befand sich nicht in diesem schwarzen Loch, sondern in einem Grab, und wahrscheinlich hörte er ihr Organ nur in seinem Kopf. Wenn es einen Himmel gab, war er sich sicher, würde seine Frau dort auf einer Wolke sitzen und Eistee trinken, während sie kleine Engel in Menschlichkeit unterrichtete. So war seine Frau gewesen. Jeden Tag eine gute Tat, heißt es bei den Pfadfindern. Daran hatte sich auch seine Frau gehalten, wenngleich sie doch mehrmals am Tag eine gute Tat vollbracht hatte und gar nicht Mitglied der Pfadfinder gewesen war. Wenn wir von wahren Christen sprechen wollen, an ihr könnten sich viele Glaubensbrüder ein Beispiel nehmen, wenn sie denn noch am Leben wäre.

Albert fragte sich, ob er von ihr beobachtet wurde. Und wenn, was würde sie von seinem Lebensstil halten? Wie gerne hätte er ihr tausend Fragen und noch mehr gestellt. Aber zuerst musste er einmal diesen Ort verlassen, da er sich hier früher oder später umgebracht hätte. Er begann wieder mit dem Abstieg und seine Tiere wichen nicht von seiner Seite. Rocky sowieso nicht, denn er saß auf seiner Schulter und Nero lief so nahe neben Albert, dass er immer wieder mit seinem linken Fuß zusammenstieß. Das und der Umstand, dass Albert während des Marschierens ganz schön heiß war in seiner Jacke, nervten ihn.

Erleichtert stellte er fest, dass sich seine Stimmung immer mehr besserte, je weiter er nach unten kam, und als er bei seiner Zeltstätte angelangt war, war er wieder ganz der Alte. Die Katze lag Gott sei Dank noch auf ihrem Platz, was bedeutete, dass sie sich nicht auf oder noch schlimmer in seinem Schlafsack befand. Trotzdem verpestete sie hier die Luft und gehörte endgültig bestattet. Albert kam beim Wort Bestattung eine Idee. Was wäre, wenn er der Katze heute eine Feuerbestattung bereiten würde? Dann konnte sie eigentlich nicht mehr wieder gebracht werden von wem auch immer.

Zuerst aber warf er einen Blick ins Zelt. Dort war alles beim Alten. Albert versteckte seinen Revolver und die Munition im Schlafsack und kroch dann wieder ins Freie. Er überlegte, wie viel Holz er für den Scheiterhaufen brauchen würde, und kam schnell zum Entschluss, dass er sich zügig auf die Suche nach Holz machen musste, wenn das heute noch etwas werden sollte. Er gönnte sich keine Verschnaufpause und machte sich sofort auf, um Zweige, die halbwegs trocken waren, zu finden. Zuerst suchte er rund um die Zeltstätte und hatte Glück, denn nicht weit entfernt vom Zelt lag ein Haufen abgestorbener Äste, die dort von irgendjemandem aufgeschichtet worden waren. Höchstwahrscheinlich von Forstarbeitern, die im Wald für Ordnung sorgten.

Albert schleifte immer 2 lange Äste auf einmal zur Zeltstätte und kam gehörig ins Schwitzen. Als der Haufen vor dem Zelt groß genug war, begann er die dünnen Äste auseinanderzubrechen und zu einem Haufen aufzuschichten. Er hatte Glück, denn das Holz war nur äußerlich nass und innen staubtrocken. Das hieß, dass es schon eine ganze Weile dort gelegen war. Als alle dünnen Zweige übereinander geschichtet waren, legte er noch dickere Äste darauf und ganz oben die Katze. Er spendete dem Haufen noch einen ordentlichen Schuss Feuerzeugbenzin, das er auch mithatte, um sein Zippo zu füllen, und dann zündete er das Holz an. Zuerst die dünnsten Äste unten, denn diese würden am schnellsten brennen, und die Flammen würden sich mit der Zeit auf die dickeren Äste ausbreiten. Schneller als gedacht fing der ganze Haufen an zu lodern, rauchte dabei wie ein Vulkan und Albert stellte fest, dass er noch mehr Holz benötigte, um den Haufen für längere Zeit am Brennen zu halten.

Als die Flammen die Haare der Katze erreichten, verursachten diese einen beißenden Gestank, während die Katze lichterloh brannte. Albert machte sich auf den Weg, um noch mehr Äste anzuschleppen, und Nero blieb beim Feuer, um es mit Argusaugen zu bewachen. Angst hatte er anscheinend keine davor, aber dafür einen Heidenrespekt. Zumindest Rocky saß auf seiner Schulter und begleitete ihn, wenngleich er auch nicht helfen konnte.

Wieder schleppte er mehrmals Äste zum Zeltplatz und legte sie dort neben dem Zelt ab. Nun hatte er für ein paar Stunden eine Beschäftigung. Die Haare der Katze waren schon zur Gänze verschmort und die Haut schwarz verbrannt. Es hatte den Anschein, als würde sie dünner werden, aber das lag wahrscheinlich daran, dass die Flüssigkeit im Körper verdampfte. In ein paar Stunden sollte von der Katze nichts mehr übrig sein. Die Frage war, ob das Holz bis dahin ausreichen würde.

Albert stand am Lagerfeuer und wärmte sich auf. Es strahlte eine ganz schöne Hitze ab und er fragte sich, ob es denn gescheit gewesen war, das hier nicht weit entfernt vom Zelt zu machen, aber nun konnte er eh nichts mehr daran ändern. Er nahm seine Verpflichtung als Hüter des Feuers sehr ernst und er war ständig damit beschäftigt, nachzulegen und Äste im Feuer zurechtzurücken, wenn diese Anstalten machten, aus dem brennenden Haufen herauszufallen. Er war so eingeteilt, dass die zwei Stunden, die das Feuer brannte, wie im Flug vergingen. Von der Katze war nichts mehr zu sehen, weshalb er damit aufhörte nachzulegen. Nun sollte das Feuer ruhig in sich zusammenfallen, bis nur noch glühende Holzkohlen davon übrig waren. Das musste Albert nicht mehr zwingenderweise beaufsichtigen, denn es ging kein bisschen Wind, der die Glut durch die Luft tragen konnte und somit etwas anderes zum Brennen bringen könnte.

Albert war zufrieden mit seiner Arbeit. Nun sollte es kein unverhofftes Wiedersehen mehr mit der Katze geben. Mittlerweile war es schon später Nachmittag und Albert kroch ins Zelt, um sich ein wenig auf dem

Schlafsack auszustrecken. Nero folgte ihm und auch Rocky befand sich mit ihnen im Zelt. Schnell stellte Albert fest, dass die Waffe im Schlafsack schmerzhaft auf die Wirbelsäule drückte, da er darauf lag, und er holte sie heraus, um sie neben sich zu legen. Er fragte sich, ob sie ihm überhaupt nützlich sein würde und ob er in der Lage war, auf ein Lebewesen zu schießen, aber trotzdem beruhigte ihn das Gefühl, die Waffe dabei zu haben.

Sein Gesicht glühte immer noch von der Hitze des Feuers und zumindest für den Moment konnte er behaupten, dass ihm wohlig warm war, und er genoss dieses Gefühl. Er wusste, dass er bald wieder zur Lichtung aufbrechen würde, um diese zu beobachten. Dann würde er wieder in der Kälte auf dem Hochsitz sitzen und bibbern. Zumindest hatte er heute seine Winterjacke dabei, die ihm eigentlich Schutz bieten sollte vor den Außentemperaturen.

Albert beschloss, noch etwas die Augen zu schließen, bevor er aufbrechen würde. Die geschlossenen Augen und das wohlig warme Gefühl, das er hatte, waren der Grund, warum er eindöste. Lang schlief er allerdings nicht und er wurde von Neros Gebell munter. Völlig schlaftrunken setzte Albert sich auf und lauschte. Draußen war es bereits düster und das Licht im Zelt dementsprechend schwach. Albert nahm allen Mut zusammen, schnappte sich seinen Revolver und öffnete die Zeltplane, um ins Freie zu kriechen.

Als er vor dem Zelt stand, schaute er sich um und stellte fest, dass er nichts Besonderes sehen konnte. Plötzlich hörte Albert hinter sich ein verdächtiges Geräusch. Es klang, als würde jemand durchs Unterholz schreiten, denn er hörte Zweige brechen und Laub rascheln. Albert hob seinen Revolver und ging rasch in die Richtung, von der die Geräusche gekommen waren. Er musste sich zwischen Büschen durchzwängen, aber als er aus diesen heraus war, sah er ein gutes Stück vor sich einen Ellbogen hinter einem Baum herausragen. Da versteckte sich jemand, und Albert schlich mit erhobenem Revolver auf das rot gekleidete Körperteil zu, denn er hatte Interesse daran, den Jemand kennenzulernen, der ihn beobachtete.

Albert war voller Adrenalin und er hatte Mühe, seine Atmung unter Kontrolle zu halten, denn er hatte das Gefühl, dass er zu wenig Luft bekäme. Gleich würde er das Versteck stürmen und er hatte Angst, dass seine stoßweise Atmung vom Beobachter gehört werden könnte und diesen warnen würde. Nun stand er direkt auf der gegenüberliegenden Seite des

Baumes und lauschte. Anscheinend hatte der Beobachter nichts von seinem Anpirschen mitbekommen, denn er stand stramm auf der anderen Seite des Baums, der zu dünn war, um den Fremden zur Gänze zu verdecken. Wenn er ein Stück weit neben dem Baum vorbeilugte, konnte er seinen Ellbogen sehen. Seine Sinne arbeiteten auf Hochtouren. Er überlegte scharf, was er nun tun sollte.

Und dann ging alles ganz schnell, Albert sprang zum Ellbogen, packte den Spanner am Arm und drehte diesen auf seinen Rücken, was dieser mit einem schmerzvollen Aufstöhnen kommentierte. Mit der freien Hand hatte er den Revolver gepackt und hielt dessen Mündung an die Schläfe des Mannes. Langsam drückte er ihn auf den Boden, während er Druck auf den verdrehten Arm ausübte und ihn damit dazu brachte, sich hinzulegen.

Die Tiere waren völlig aus dem Häuschen. Der Hund schnupperte am Fremden und der Papagei krächzte zum wiederholten Mal:

„Gute Nacht, gute Nacht!",

da er glaubte, die Person hätte sich zum Schlafen niedergelegt. Albert wies ihn mit rauer Stimme an, liegen zu bleiben, ließ den Arm los, entfernte sich einen halben Meter vom Fremden und zielte währenddessen ständig auf den Kopf vor sich. Jetzt erst nahm er sich die Zeit, die Person am Boden genauer anzuschauen. Sie sah jung aus. Der Mann konnte höchstens 17 Jahre alt sein. Er hatte kurze schwarze Haare und eine sehr dunkle Hautfarbe. Albert vermutete, dass er ein Flüchtling aus Afrika war. Gekleidet war er eher ärmlich mit einer alten Jacke und auch seine Jeans war schon ziemlich verschlissen. Von seinen Schuhen wollen wir erst gar nicht reden, so voller Schrammen und abgetragen waren sie.

Alberts Atmung ging immer noch stoßweise und er zog es vor, eine Zeit lang nicht zu reden. Dafür meldete sich die liegende Person mit einem starken Akzent zu Wort und flehte um Gnade. Er war der deutschen Sprache mächtig, wenngleich sie etwas holprig klang. Er versicherte, dass er nichts Böses im Sinn gehabt habe. Er sei nur neugierig gewesen, wer da in einem Zelt lebte und samt seinen Tieren den Zirkel auf der Lichtung beobachtete, denn dabei habe er das Trio schon beobachtet.

Als Albert, der wieder normal sprechen konnte, fragte, warum er so gut deutsch sprechen könne, antwortete dieser, dass seine Nanny aus Deutschland gewesen sei. Über viele Jahre hinweg habe sie seiner Familie gut gedient. Leider sei sie nun schon eine ganze Weile tot, denn sie war ebenfalls im Haus seiner Eltern gewesen, als dieses von einer Bombe getroffen worden war. Von ihr habe er einiges gelernt, was die deutsche Sprache betraf. Er sagte Albert, dass auch er Interesse an diesem Geschehen auf der Lichtung habe und dass er ihm helfen könne. Er wisse Sachen, die für Albert von großer Bedeutung sein könnten.

Albert wies ihn daraufhin an, sich aufzusetzen und gegen den Baum zu lehnen, weil er neugierig wurde. Dankbar rutschte der Fremde zum Baum und ruhte seinen Rücken daran aus. Er sah völlig verängstigt aus, aber vorsichtshalber hielt Albert den Revolver dennoch auf den jungen Mann gerichtet. Dieser stammelte jetzt etwas vor sich hin, was Albert überhaupt nicht verstehen konnte. Aber es klang, als würde er in einer fremden Sprache beten.

Kapitel 15

Albert überlegte, was er nun machen sollte. Er konnte nicht ewig die Waffe auf ihn richten. Aber zumindest eine Weile, denn er wollte wirklich sicher gehen, ob von der Person irgendeine Gefahr ausging. Nero zumindest schien nichts gegen ihn zu haben, denn er trottete zum sitzenden Burschen, der etwas größer war als Albert, und leckte ihm das Gesicht ab, was der Fremde mit einem überraschten Blick quittierte, aber richtig zur Wehr setzte er sich auch nicht.

Wenn Nero den Fremden mochte, sollte eigentlich keine Gefahr von ihm ausgehen. Der Fremde sagte ihm nun unsicher, dass er Mojo heiße und ein Flüchtling aus Westafrika sei, der ein paar Kilometer entfernt in einem Zelt mit vielen anderen Flüchtlingen untergebracht sei. Dort habe man an die 40 Zelte extra für sie auf dem Polizeisportplatz errichtet. Er sagte, dass er sich das Leben in Österreich anders vorgestellte habe. Zumindest ein Dach über dem Kopf in einem richtigen Haus habe er sich erwartet.

Albert wusste, dass das Thema Flüchtlinge zurzeit in allen Medien war, aber er hatte es nicht genug verfolgt, um eine eigene Meinung dazu zu haben.

Jedoch davon, dass die Flüchtlinge in seiner Stadt in Zelten untergebracht wurden, hatte sogar er gehört und er fand es schade, dass seine Stadt so abweisend mit den Flüchtlingen umging.

Das war aber nicht das, was Albert im Moment interessierte. Er wollte viel lieber wissen, inwieweit er für ihn nützlich war und was er wusste. Albert setzte nun absichtlich einen freundlichen Gesichtsausdruck auf und fragte, warum er das seltsame Geschehen auf der Lichtung beobachte. Mojo sagte, dass das eine längere Geschichte sei und dass er in ihrer Erzählung nicht vorgreifen wolle. Er müsse ganz am Anfang anfangen und das tat er dann auch.

Zuerst erzählte er von seinem Leben in Westafrika. Dort war es im Moment wie im Schlund der Hölle. Er erzählte, dass seine Schwester die einzige Person aus seiner Familie sei, die noch lebte. Alle anderen waren tot. Mit ihr habe er sich auf den beschwerlichen Weg nach Österreich gemacht. Sie hatten dafür eine Schleuserbande bezahlt, sie nach Europa zu bringen.

Die Reise sei äußerst beschwerlich gewesen. Mit zig anderen Flüchtlingen hatten sie im Frachtraum eines viel zu kleinen Schiffes gestanden und nicht einmal den Platz gehabt, sich hinzusetzen, so vollgestopft war der Frachter mit Menschen im Rumpf des Schiffes gewesen. Sie hatten weder zu essen noch zu trinken. Eine alte Frau, die ebenfalls unter den Flüchtlingen war, sei gestorben, weil sie völlig dehydriert war. Auch ein 4 Jahre altes Kind hatte es erwischt gehabt.

Nichts hatten sie unternehmen können. Tatenlos hatten sie zusehen müssen, wie sie gestorben waren. Mojos Schwester schien es Gott sei Dank gut zu gehen, denn sie war nun sein Vormund, da sie 9 Jahre älter war als er. Also gute 25 Jahre. Mojo hatte nicht direkt neben ihr gestanden, da sie ganz zu Anfang, als sie in den Rumpf geklettert waren, in der Meute auseinandergerissen worden waren. Mit der Zeit habe er kein Gefühl mehr in den Beinen gehabt vom ewig langen Stehen. Und dann waren sie noch in einen Sturm geraten, denn das Schiff habe so geschaukelt, dass Mojo schlecht geworden sei. Nach einiger Zeit rauer See habe er seinem Vordermann auf den Rücken gekotzt, da er so eingezwängt war von schwitzenden Leibern, denn es war außerdem schwül und stickig im Schiff gewesen.

Die Überfahrt übers Meer habe sich angefühlt wie eine Ewigkeit und sie alle stießen Stoßgebete aus, als sie endlich in Italien angekommen waren. Sie wussten von den Erzählungen anderer, die es geschafft hatten, nach Europa zu fliehen und dann übers Internet mit den Hinterbliebenen Kontakt aufgenommen hatten, dass deren Überfahrt übers Meer noch viel mehr Tote gefordert hatte, wenn nicht gleich das Schiff mit allen an Bord untergegangen war.

Somit hatten sie eigentlich Glück gehabt. In Italien hätten sie sich dann zu Fuß auf den Weg gemacht zum nächstgelegenen Bahnhof und dort angekommen hätten sie festgestellt, dass es am Bahnsteig, in der Halle und vor dem Bahnhof nur so gewimmelt habe von Flüchtlingen und das habe bedeutet, wieder ewig warten zu müssen, bis sie sich endlich im heiß begehrten Zug nach Österreich befinden würden.

Mojo und seine Schwester, die auf den schönen Namen Ashanti höre, hätten kurzzeitig den Mut verloren, aber was wäre ihnen anders übrig geblieben, als sich der Situation zu fügen und zu verharren in einem Moment, wo sie am liebsten zu Fuß nach Österreich gelaufen wären.

Mojo wurde immer sicherer beim Sprechen und sein Akzent klang irgendwie reizvoll, als er plötzlich stockte und aufhörte zu sprechen. Stattdessen weinte er so plötzlich los, dass Albert völlig überrumpelt war. Ihm flossen die Tränen über die Wangen und er presste die Lippen zusammen. Einerseits sah er bockig aus, andererseits völlig aufgelöst. Albert schwieg ebenfalls und wartete geduldig darauf, dass er sich beruhigte.

Als er aufgehört hatte zu weinen, sah er nur noch bockig aus. Irgendetwas quälte ihn. Etwas, das ihn zornig und traurig zugleich machte. Albert zog es vor nicht nachzubohren, sondern darauf zu warten, dass Mojo wieder anfangen würde zu erzählen. Er setzte sich ebenfalls auf den Waldboden und legte seinen Revolver zur Seite. Eigentlich war sein Gegenüber fast noch ein Kind, wenngleich er versuchte, sich wie ein Erwachsener zu benehmen, und Kinder bedrohte man nicht mit einer Waffe. Mojo, der das sehr wohl mit einem dankbaren Blick würdigte, nahm das Sprechen wieder auf, wenn auch seine Stimme nun wieder brüchig klang. Er erzählte, wie sie dann doch endlich einen Platz in einem der Züge ergattert hätten.

Irgendeinen Teil hatte er in seiner Erzählung aber bewusst ausgelassen, das konnte Albert spüren. Vielleicht würde er ja später erzählen, was sich noch ereignet hatte, bevor sie in den Zug gestiegen waren, denn genau da musste sich etwas Schlimmes ereignet haben. Vielleicht sollte genau dieser Flüchtling derjenige sein, mit dem er sein momentanes Leben teilen sollte, und eventuell würde er ihm ja auch seine Geschichte erzählen.

Albert fragte ihn, wo sich seine Schwester momentan aufhielte, und bekam zur Antwort, dass sie wie die meisten anderen Frauen in den Zelten auf dem Polizeisportplatz aufzufinden sei. Da auch sie deutsch zu sprechen gelernt hatte, versuche sie so gut wie möglichen zwischen Helfern und Flüchtlingen zu vermitteln. Er sagte auch, dass sie sich im Moment bestimmt Sorgen mache um ihn, aber er müsste einfach wissen, was hier im Wald weiter vor sich ging.

Dann führte er die Geschichte fort, die er zu erzählen hatte. Er stieg erneut bei der Stelle ein, an der sie sich endlich im Zug nach Österreich befunden hatten. Im Zug war es nicht ganz so schlimm wie im Schiff gewesen, wenngleich sie auch hier wie die Ölsardinen saßen und standen. Die Klimaanlage im Zug arbeitete nicht korrekt und so kam es, dass es auch im Zug heiß und schwül war. Zumindest saß ihm Ashanti hier gegenüber und er konnte beruhigend auf sie einwirken, da sie sehr aufgebracht war. Warum, wollte er auch jetzt noch nicht offenbaren. Aber Albert mutmaßte, dass sie beide an dem Ereignis zu knabbern hatten, nicht nur seine Schwester.

In seiner Erzählung hatten sie ihr Ziel nun fast erreicht. Er erzählte, dass sie, als sie endgültig in Villago angekommen waren, bereits von einer Horde Polizisten empfangen worden waren, die sie zum Zeltlager gebracht hatten. Aber nur ein Teil der Flüchtlinge war in Villago ausgestiegen, denn die meisten anderen hatten Deutschland als ihr Ziel ausgesucht. Diese mussten weiter im Zug garen.

Die Polizisten waren nicht unfreundlich und auch Dolmetscherinnen waren immer dabei, die versuchten, die sprachliche Barriere von Polizisten und Flüchtlingen zu überbrücken und verständlich zu machen. Das war nicht so einfach, denn die Flüchtlinge kamen aus den unterschiedlichsten Regionen in Afrika und sprachen daher alle unterschiedliche Sprachen und Dialekte, welche nicht immer verstanden wurden. Hätten Mojo und seine Schwester nicht Deutsch gekonnt, hätten sie sich zum Beispiel gar nicht verständigen können, denn es hatte keinen Dolmetscher gegeben, der sie verstanden hätte.

Als er in seiner Erzählung im Zeltlager angekommen war, setzte er stellenweise mit dem Reden aus, als würde es Wichtigeres zu denken geben als das, worüber er berichtete. Mojo sah Albert in die Augen und dieser konnte seinen Schmerz darin erkennen. Albert wollte sein Schweigen nun doch beenden und fragte gerade heraus, was er mit den Personen auf der Lichtung zu tun habe. Mojo sah ihn kläglich an und sagte unsicher, dass er ebenfalls Mitglied dieser Gruppe gewesen sei. Aber nicht freiwillig, sondern unter Zwang. Aber zuerst müsste er noch erzählen, was sich beim Warten auf den Zug ereignet hatte.

Man sah ihm an, dass vor seinen Augen ein Film ablief. Ein Film, der nicht der Unterhaltung diente, sondern direkt aus den tiefsten Winkeln seines Hirns entsprang und ihn jedes Mal marterte, wenn er ablief. Mojos Stimme veränderte sich. Sie klang nun monoton und fast wie die Stimme eines Roboters. Er starrte vor sich auf den Boden und ließ dabei seine Schultern hängen. Nun kamen sie zum Knackpunkt seiner Geschichte.

Er erzählte, dass seine Schwester im Bahnhof auf die Toilette hatte gehen wollen. Die Schlange vor der Damentoilette war endlos gewesen, und seine Schwester hatte gewusst, dass sie ihren Harndrang nicht so lange unterdrücken konnte, bis sie endlich an der Reihe gewesen wäre, sich zu erleichtern. Sie war es gewesen, die zu Mojo gesagt habe, dass sie sich schnell einen anderen Ort suchen müsse, um zu urinieren.

Sie waren auf den Bahnsteig gegangen und hatten sich umgesehen. Ein gutes Stück vom eigentlichen Bahnsteig entfernt war eine Reihe Waggons auf einem Abstellgleis gestanden, die anscheinend auf irgendetwas Unbestimmtes warteten, und Ashanti hatte gesagt, dass sie sich vielleicht zwischen den Wagons niederhocken könne, um zu urinieren. Natürlich war sie von Mojo begleitet worden, denn er musste ja Acht geben auf seine Schwester als einziger Mann in der Familie.

Er erzählte, wie sie bei den Waggons angekommen waren. Schnell habe seine Schwester eine geeignete Stelle gefunden, habe sich die Unterhose nach unten gezogen, den Saum ihres Kleides hochgerafft und sich niedergehockt, um sich endlich zu erleichtern. Mojo hatte es plätschern hören können und dann war alles ganz schnell gegangen. Plötzlich waren sie umgeben gewesen von Männern, die ebenfalls zu den Flüchtlingen gehörten. Sie waren aus einem der Waggons hervorgekommen und waren zu siebent gewesen. Einer der Männer habe Ashanti bei den Haaren gepackt und mit heruntergelassenem Höschen zum Waggon gezerrt, wo er sie gegen die Wand gepresst und ihr Kleid hochgezogen habe. Mojo, der ihr natürlich sofort zur Hilfe hatte eilen wollen, sei sofort von zwei der Männer an den Armen gepackt worden, die ihn nahezu bewegungsunfähig gemacht hätten. Seine Schwester habe vor Angst gewimmert und um Gnade gefleht. Auch Mojo habe sich devot gegeben, da alles andere reiner Selbstmord gewesen wäre. Er habe aufgehört, sich zu wehren in der Hoffnung, dass man ihn dann wieder loslassen würde.

Mojo sagte, dass ihm aufgefallen sei, wie die Blicke der Männer auf dem nackten Unterleib seiner Schwester geruht hätten, und er sei deshalb nervös geworden. Er habe sich gefragt gehabt, ob sie sie vergewaltigen würden? Der Mann, der sie an den Haaren gehalten habe, hätte mit ihr in seiner Muttersprache gesprochen, die zufällig auch die von Mojo und Ashanti war. So viel konnte Albert aus den Wörtern heraushören, wenngleich er mit seinem Hirn nicht zusammenfügen wollte, was durch sein Innenohr in der Schaltzentrale anlangte. Dies war zu widerlich.

Der Glatzkopf, der Ashanti gequält habe, sei um die 40 Jahre alt gewesen und habe ausgesehen wie jeder andere Flüchtling. Hautfarbe schwarz, Augenfarbe ebenfalls, groß, hager und völlig ausgemergelt von der Flucht. Nur eines habe ihn unterschieden von den anderen. Seine Augen wären voller Hass gewesen. Dieser Mann sei das pure Böse gewesen. Er habe den Kopf rasiert gehabt und sein Schädel habe geglänzt. Auf seine Stirn sei das Zeichen des allsehenden Auges tätowiert oder gemalt gewesen, das habe Mojo nicht erkennen können.

Die Männer, die Mojo gehalten hatten, hätten sich ebenfalls auf diesen Mann konzentriert. Anscheinend sei er der Kopf der Bande gewesen und Albert hatte dieser Umstand nicht gewundert. Der Mann habe leise auf seine Schwester eingeredet und diese habe einen qualvollen Ausdruck in den Augen gehabt, während sie von Zeit zu Zeit genickt habe, als würde sie der Stimme des Mannes zustimmen. Er habe ein großes Messer in der Hand gehalten, dessen Spitze er leicht an die Stelle von Ashantis Unterleib gedrückt habe, wo sich ihr Kitzler befand. Ob Ashanti in diesem Moment auch körperliche Schmerzen gehabt habe, habe Mojo nicht gewusst, aber er hätte sich stark konzentriert gehabt, um etwas von dem zu verstehen, was der Glatzkopf mit Ashanti geredet hatte.

Allerdings war er dabei erfolglos geblieben. Es war ihm nichts anderes übrig geblieben, als in seiner Position zu verharren und darauf zu warten, wieder Teil des Geschehens zu werden. Und tatsächlich habe sich Ashantis Peiniger kurze Zeit später an Mojo gewandt. Er habe ihn angegrinst und dabei seine weißen Zähne entblößt. Sie und das Weiße in seinen Augen hätten umgeben von der sonst schwarzen Hautfarbe hervorgestochen wie Sperma auf einem schwarzen Leintuch.

Wieder stockte Mojo in seiner Erzählung, hörte diesmal aber nicht auf zu reden. Er erzählte, wie ihm Ashantis Peiniger gesagt habe, dass Mojo nun sein Diener sei und alles zu tun habe, was er ihm anschaffen würde. Es gäbe da etwas, wobei er seine Hilfe benötigen würde. Wenn er sich gegen seine Anweisungen wehrte, würde er seine Schwester beschneiden, wie es sich für eine afrikanische Frau gehören würde, und sie anschließend mit dem Messer ficken. Er habe das gesagt, als hätte er darauf gehofft, dass Mojo sich gegen seine Anweisungen wehren würde, um sich mit Ashanti vergnügen zu können.

Mojo habe sich weiterhin devot gegeben und habe zu allem zustimmend genickt, was der Glatzkopf gesagt habe. Zum Schluss habe dieser noch gemeint, dass sie sich in Villago wiedersehen würden. Zum richtigen Zeitpunkt am richtigen Ort. Bis dahin solle sich Mojo entscheiden, was ihm lieber sei. Seine Freiheit oder die Unversehrtheit der Genitalien seiner Schwester.

Dann ließ er von Ashanti ab und ging seines Weges. Die Männer, die Mojo gehalten hätten, hätten ihn losgelassen und seien ihrem Anführer gefolgt. Ashanti sei sofort in Tränen ausgebrochen und Mojo erzählte, wie er zu ihr geeilt sei. Er habe bereits zu diesem Zeitpunkt gewusst gehabt, wie er sich entscheiden würde. Er würde dem Glatzkopf helfen, wobei auch immer. Hauptsache, seiner Schwester würde nichts geschehen. Mojo schaute Albert mit glasigen Augen an. Das war es also gewesen, was ihn sichtlich quälte. Nun interessierte Albert aber, wie die Geschichte weitergegangen war.

Mojo nahm seine Erzählung wieder auf und stieg an der Stelle ein, an der sich er und seine Schwester im Zeltlager eingefunden hatten. Die Zelte waren kläglich eingerichtet gewesen und boten nur das Notwendigste. Zumindest hatten sie hier im Zeltlager gebrauchtes Gewand bekommen, das unter den Flüchtlingen aufgeteilt worden war, und auch warme Bettdecken waren verteilt worden. Mojo und Ashanti waren getrennt in verschiedenen Zelten untergebracht worden, da in der Zeltstadt Trennung zwischen Männern und Frauen herrschte, selbst wenn diese verheiratet oder verwandt waren.

Nun musste Albert Mojo in seiner Erzählung unterbrechen, denn ein Gedanke drängte sich ihm auf. War seine Schwester nicht in Gefahr, wenn er dem Glatzkopf nicht mehr diente? Mojo grinste und sagte, dass der dreizehnte Kapuzenmann der Meinung sei, er wäre verschollen im Loch, das auch Albert kannte, und wahrscheinlich für immer dort gefangen. Denn als er zum letzten Mal an der Zeremonie teilgenommen hatte, habe ihn der Glatzkopf, den Albert den dreizehnten Kapuzenmann nannte, ins Loch gestoßen, da er der Meinung war, dass Mojo sich nicht enthusiastisch genug einbrachte ins Geschehen.

Mojo erzählte, wie auch er in der Schwärze des Lochs geschwebt sei. In dieser Dunkelheit sei alles friedlich und ruhig gewesen. Er habe sich im Loch seltsamerweise geborgen gefühlt. Er hatte keine Angst gehabt ganz anders als an der Erdoberfläche vor dem Loch. Gerade als er gedacht habe, dass er es hier wohl ewig aushalten würde, wäre das passiert, bei dem er Albert in der Burgruine beobachtet habe. Er sei aus dem Loch ausgeschieden worden und sei in der Ruine weit weg vom Geschehen auf der Lichtung gelandet. Das wäre sein Glück gewesen und er glaube fest daran, dass es seine Aufgabe sei, den Zirkel auf der Lichtung zu zerstören.

Kapitel 16

Der Gefangene hielt wenig später in seiner Erzählung inne und fragte Albert, wieso er die Männer beobachte, und Albert überlegte kurz, ob er ihm darauf antworten solle, entschied aber nach kurzer Bedenkzeit, dass er noch immer nicht wusste, ob der junge Mann vertrauensselig sei. Er schmetterte die Frage mit einem kurzen Kopfschütteln ab und stellte eine Gegenfrage. Was war nun mit seiner Schwester? Schwebte sie nicht in Gefahr und wäre es nicht besser, sie zu holen? Mojo sagte Albert, dass das sein größter Wunsch sei und dass er nicht persönlich ins Zeltlager gehen könne, da sonst die Männer mit den Kapuzen wissen würden, dass er nicht mehr im Loch gefangen war. Das würde für Aufsehen sorgen, wenn er wieder erscheinen würde, denn die Männer waren der Meinung, dass dies unmöglich sei für einen Menschen. Zumindest hatte das der Glatzkopf immer gepredigt. Mojo sagte verzweifelt, dass er wirklich nicht wisse, was er nun tun solle.

Bevor Albert nicht noch mehr über Mojos Tätigkeit im Zirkel erfahren würde, wollte er seine Hilfe bei der Sache nicht anbieten, wenngleich er jetzt schon spürte, dass der Zeitpunkt dafür kommen würde. Er fragte Mojo, was es denn nun auf sich habe damit, dass der Glatzkopf jedes Mal ein Tier in das Loch warf, wenn es erschien.

Mojo erzählte Albert alles, was es über das Ritual zu wissen gab. Der Zirkel war der Meinung, dass es im Loch ein großes Raubtier gab, das man füttern musste. Ein Tier mit schier endloser Intelligenz, das es darauf anlegte, sich jeden zum Untertan zu machen. Und das konnte es, indem es einfach in den Geist seines Opfers eindrang und ihn so lange manipulierte, bis er das tat, was es von ihm wollte. Allerdings nur dann, wenn man es anbetete.

Niemand wusste, wie es tatsächlich aussah. Das Einzige, was man wusste, war, dass es Tiere brauchte, wozu auch immer. Darum das Fangen und Opfern der Tiere. Wie der Glatzkopf zu dieser Religion gekommen war, wusste Mojo nicht, nur dass er fanatisch in ihrer Ausübung war und diese schon in Afrika ausgeübt hatte. Anscheinend brauchte man dazu zwölf Jünger und einen Hohepriester. Also dreizehn Männer an der Zahl. Er wollte gern wissen, ob der dreizehnte Kapuzenmann wusste, dass das Loch auch einen zweiten Ausgang hatte.

Manchmal war es passiert, dass das Loch das Tier, das man ihm geopfert hatte, wieder ausgespuckt hatte. Niemand wusste genau, wieso das passierte, aber sie vermuteten, dass mit dem Opfertier irgendetwas nicht stimmte. Einer der Jünger wurde dann immer damit beauftragt, das Tier an einen Baum zu nageln und zu töten als Mahnmal für alle, die sich dem Willen des Tieres widersetzen würden.

Mojo offenbarte nun auch, dass er Alberts Hund genau kannte. Er war eigentlich der Grund dafür, dass der Hund im Müllcontainer gelegen war. Er erzählte, dass er an dem Tag, an dem er ins Loch gestoßen worden war, sich dieses Los mit Alberts Hund geteilt hatte. Und dieser Hund war es gewesen, der noch vor Mojo aus dem Loch in die Burgruine ausgeschieden worden war, denn als Mojo in der Ruine gelandet war, hatte er den Labrador vor sich am Boden liegen sehen. Mit riesigen Wunden auf seiner Seite. Der Hund war entweder bewusstlos oder tot, denn er bewegte sich nicht und atmete, wenn überhaupt, dann so flach, dass man keine äußeren Anzeichen dafür finden konnte.

Mojo erzählte, wie er ihn hochgehoben und den ganzen Weg nach Villago getragen hatte. Sein Plan war gewesen, den Hund vor einer Tierarztpraxis abzulegen, da er kein Geld hatte, um diesen Dienst in Anspruch zu nehmen. Darauf freute er sich, denn man muss bedenken, dass der Hund nicht gerade leicht war, wenn man ihn länger trug, und es kam noch dazu, dass Mojo sich in dieser Stadt noch nicht auskannte. Dass es hier in Österreich genug solche Praxen gab, wusste er bereits von Erzählungen.

Der Weg vom Waldrand bis in die Innenstadt dauerte zu Fuß eine Stunde und mit einem Hund über der Schulter noch länger. Er hatte nur den Weg gekannt, wie man vom Zeltlager zum Wald und wieder zurückgehen musste, denn diesen Weg war er als Mitglied des Zirkels einige Male gegangen.

Mojo erzählte, wie ihm die Kräfte langsam ausgegangen waren und er dennoch weitergegangen war. Er war dabei den Anweisungen der Schilder, die den Weg in die Innenstadt markierten, gefolgt, denn er hoffte inständig, dass er dort einen Tierarzt finden würde. In der Innenstadt hatten ihn die andern Passanten verwundert angesehen und teilweise auch feindselig. Gott sei Dank hatte ihn niemand auf den verwundeten Hund angesprochen.

Als er über einen Platz gegangen war, der Kaiser Franz Joseph Platz geheißen hatte, waren zwei Polizisten auf ihn aufmerksam geworden. Sie hatten am anderen Ende des Platzes gestanden und hatten sich in Richtung von Mojo in Bewegung gesetzt. Mojo hatte gewusst, dass er fliehen musste, um keine

Probleme zu bekommen, und auch er war schnellen Schrittes in eine Gasse, die zum Hauptplatz der Stadt führte, marschiert. So zumindest hieß es auf den Wegweisern. Mojo hatte sich ständig nervös umgedreht und war immer schneller geworden. Er hatte den Hund loswerden müssen. Dann hatte er bereits ihre Schritte gehört und gewusst, dass sie ihn bald einholen würden, denn mit dem Hund war er viel zu langsam gewesen. Er hatte blitzschnell überlegt, was er nun tun sollte. Und dann hatte er den einzigen Ausweg gefunden. In einer Nische der Gasse war ein großer Müllcontainer gestanden und er hatte den Hund schweren Herzens in diesen hineinbefördert. Dann hatte er begonnen zu rennen. Er hatte die Polizisten hinter sich rufen hören können, die ihm angewiesen hatten stehen zu bleiben.

Ohne Hund war Mojo schnell wie ein Sprinter gewesen und er war aus der Gasse auf den Hauptplatz der Stadt gelaufen und hatte sich zwischen den vielen Menschen hindurchgeschlängelt, ohne dabei an Geschwindigkeit zu verlieren. Erst als er am oberen Ende des Platzes angekommen war, hatte er sein Tempo verlangsamt und war in einen lockeren Laufschritt verfallen. Die Polizisten hatte er abgehängt und er hatte sich gefragt, ob er sich zurück auf den Weg zum Hund hätte machen sollen, dann aber entschieden, dass das Risiko, erneut von Polizisten entdeckt zu werden, zu groß war, und er machte sich zurück auf den Weg in den Wald. Bald hatte er den Weg erreicht, den er bereits gekannt hatte, und war nun schnell vorangekommen. Seine Gedanken waren immer wieder zum Hund im Müllcontainer geschweift und er hatte sich gefragt, was nun aus ihm werden würde. Er hatte gehofft, dass bald jemand den Müll wegwerfen und dabei auf den Hund stoßen würde. Wenn er dann noch lebte, denn Mojo war sich beim Tragen oft nicht sicher gewesen, ob der Hund nicht bereits gestorben war. Leider wäre seine ganze Rettungsaktion dann sinnlos gewesen, aber zumindest hatte er versucht, dem Hund zu helfen. Wahrscheinlich, hatte er angenommen, wäre er sowieso gestorben, während er mit ihm in die Innenstadt gelaufen war.

Allerdings gab es da noch etwas, das er erwähnen musste. Er erzählte, dass er sich während seiner Flucht noch einmal umgedreht und zur Mülltonne gesehen hatte, und dabei war ihm aufgefallen, dass ein grelles Licht aus der Mülltonne, die nicht ganz verschlossen gewesen war, gestrahlt hatte. Das konnte er sich einfach nicht erklären, aber er hatte keine Zeit gehabt, sich das näher oder länger anzusehen, denn die Polizisten waren ihm auf den Fersen gewesen. Vielleicht hatte er sich das Ganze nur eingebildet, vielleicht aber auch nicht.

Mojo hörte auf zu erzählen und sah Albert in die Augen. Nun wusste Albert endlich, wie Nero in den Müllcontainer geraten war. Und er wusste nun, dass von Mojo keine Gefahr ausging. Im Gegenteil, er war der Grund dafür, warum Nero noch lebte, und gehörte freundlich und respektvoll behandelt. Nero saß ebenfalls vor Mojo und fixierte diesen mit einem interessierten Blick. Ob er wohl wusste, dass er vor seinem Retter saß? Laut Erzählung war er ja während der ganzen Rettungsaktion bewusstlos oder gar halbtot gewesen.

Fürs Erste hatte Albert nun genug erfahren von Mojo, und nun war er an der Reihe zu erzählen. Er erzählte ihm alles, was sich in den letzten Tagen und Wochen ereignet hatte. Hauptsächlich erzählte er aber von den Geschehnissen im Wald und auf der Lichtung. Es dauerte nicht lange, bis Albert in seinen Ausführungen zu dem Punkt kam, der im Moment am wichtigsten war. Mojos Schwester Ashanti. Denn wenngleich der Glatzkopf der Meinung war, dass Mojo verschollen war, hieß das noch lange nicht, dass er Ashanti unversehrt lassen würde.

Albert merkte, wie Mojo bei diesem Thema nervös wurde, und er fragte ihn geradeheraus, ob er ihm helfen könne. Das war nur fair, denn immerhin hatte Mojo Nero gerettet. Er war sehr froh über dieses Angebot und Albert besprach mit ihm, wie er denn Kontakt zu ihr aufnehmen könne, und Mojo erzählte ihm alles, was er über den Tagesablauf seiner Schwester wusste. Albert war der Meinung, dass es klug war, sie noch heute aus dem Zeltlager herauszuholen, und er schmiedete einen Plan mit Mojo. Dieser war nur am Rande daran beteiligt, da er ja nicht gesehen werden durfte.

Plötzlich kam Albert ein Gedanke, den er fast vergessen hatte. Wenn nicht Mojo dafür verantwortlich gewesen war, dass die tote Katze immer wieder von neuem aufgetaucht war, wer dann? Albert, der zuerst gedacht hatte, es wäre klug, Ashanti hier in den Wald zu bringen, änderte seinen Plan. Ashanti musste aus der Schusslinie gebracht werden, und das gelang am ehesten, wenn er sie in seiner Wohnung unterbringen würde. Denn seinem Wissen nach kannte diesen Ort nur er.

Albert wies Mojo an, eine Nachricht für seine Schwester zu schreiben, und händigte ihm zu diesem Zweck eine Seite eines Notizblocks und einen Kugelschreiber aus, die sich im Zelt befunden hatten. Die Nachricht brauchte er, damit Ashanti überhaupt erst mit ihm mitgehen würde. Da es aber sein konnte, dass seine Schwester vermuten könnte, dass Mojo die Nachricht unter Zwang geschrieben haben könnte, verriet Mojo Albert noch ein Detail aus ihrer Kindheit, das nur er und seine Schwester wussten. Dass Albert dies wusste, sollte ihr eigentlich zeigen, dass Albert ein Verbündeter war.

Während Mojo schrieb, kümmerte sich Albert um Rocky, der nach Aufmerksamkeit verlangte. Er saß auf seiner Schulter und knabberte zärtlich an Alberts Ohrläppchen. Nero lag zwischen Mojo und Albert und ruhte sich aus. Mojo, der nicht geübt darin war zu schreiben, brauchte dementsprechend lang, um damit fertig zu werden.

Als er sein Werk endlich vollbracht hatte, wurden die Lichtverhältnisse bereits immer schlechter und Albert sagte, dass sie sich nun umgehend auf den Weg machen mussten. Er packte das Nötigste zusammen und das Vierergespann machte sich auf den Weg. Nero lief an der Leine zwischen Mojo und Albert und freute sich sichtlich über den Spaziergang. Auf dem Weg durch den Wald händigte Mojo Albert ein Bild seiner Schwester aus, damit er diese auch erkennen konnte.

Als sie aus dem Wald heraus waren, wurde es bereits richtig düster. Ein neuer Gedanke drängte sich Albert auf. Würde es heute überhaupt noch eine Möglichkeit geben, ins Zeltlager vorzudringen, denn wie Mojo berichtete, wurde das Lager Fremden gegenüber in der Nacht abgeriegelt. Das zumindest, wenn die Wachen an der Schranke aufmerksam waren.

Albert merkte, wie Mojo von einem Moment auf den anderen der Mut verließ. Vielleicht war es nicht klug, noch heute zu erledigen, was es zu erledigen gab. Morgen war auch noch ein Tag und heute würde Ashanti wohl nichts mehr zustoßen. Immerhin war sie im Zeltlager laut Mojo ständig umgeben von einer Traube aus Menschen, die unbedingt von ihr Deutsch lernen wollten. Das und die hereinbrechende Nacht waren der Grund dafür, warum Albert beschloss, für heute Nacht das Lager in seiner Wohnung aufzuschlagen. Eine Nacht in einem richtigen Bett konnte nicht schaden und dort konnte er gefahrlos mit Mojo reden, ohne dass sie dabei belauscht werden konnten. Aber es war ein weiter Weg zu seiner

Wohnung, wenn man zu Fuß unterwegs war, und Albert beschloss, Mojo auf dem Rad mitzunehmen.

Rad und Anhänger waren immer noch versperrt, als sie endlich dort ankamen, und Albert löste die Ketten. Dann bat er Mojo, auf dem Gepäcksträger Platz zu nehmen, wickelte sich Neros Leine um das Handgelenk und radelte mit Rocky auf seiner Schulter darauf los. Er hoffte inständig, dass sie nicht von einer Polizeistreife aufgehalten werden würden, und beschleunigte sein Tempo, so gut es ging, wenn man noch eine zweite Person hinter sich sitzen hatte, die keinen Teil zur Fortbewegung beitrug.

Vor Alberts Wohnhaus angekommen, stieg Albert vom Rad ab und seine Oberschenkel jubelten, da sie endlich von ihrer anstrengenden Aufgabe befreit waren. Nun mussten sie ihn nur noch zu seiner Couch tragen. Er sperrte Rad und Anhänger ab und sie gingen ins Haus und fuhren mit dem Lift nach oben. Mojo hatte Angst in engen Räumen und schien der Sache nicht ganz zu trauen, so viel konnte Albert seinem Blick entnehmen.

Als sie aus dem Lift ausstiegen, schien Mojo sichtlich erleichtert zu sein. Albert sperrte die Wohnungstüre auf und alle vier betraten das traute Heim. Rocky flatterte von Alberts Schulter ins Wohnzimmer und kletterte sofort in seinen Käfig, um zu fressen. Nero legte sich auf seinen Platz neben dem Schreibtisch, auch wenn hier im Moment keine Decke lag, da sich diese im Zelt im Wald befand. Für heute Nacht sollte er sich nicht daran stören.

Mojo stand im Wohnzimmer und schaute sich um. Er war überwältigt von so viel Platz für einen allein und kam aus dem Staunen nicht mehr heraus, als Albert ihm auch noch den Rest der Wohnung zeigte. Zwar hatte Mojo auch in einem Haus gelebt, aber da hatte er sich den Platz mit vielen anderen geteilt, wenn man auch die Angestellten hinzuzählte.

Albert bat Mojo, in der Küche am Tisch Platz zu nehmen, da er vorhatte, für sie beide etwas zum Essen zuzubereiten. Er durchforschte den Kühlschrank und zauberte aus diesem eine Familienpackung gefrorene Lasagne heraus, die er zubereiten konnte, packte diese in die Mikrowelle und setzte sich zu Mojo an den Tisch. Er sah Mojo an, dass in seinem Kopf ein Film ablief, und er traute sich zu wetten, dass es in diesem um Ashanti ging.

Als die Lasagne fertig war, richtete Albert sie auf zwei Tellern an und stellte die heiße Köstlichkeit vor Mojo auf den Tisch. Es war zum ersten Mal, dass Mojo solch eine italienische Leckerei verspeiste, und er schaufelte das Gericht mit einem Wahnsinnstempo in sich hinein. Anscheinend hatte er riesigen Hunger und Albert fragte ihn, wann er denn zum letzten Mal etwas gegessen habe. Mojo, der sich seit Tagen im Wald versteckt hatte, antwortete, dass das schon einige Zeit lang her sei.

Albert verzichtete darauf, sich eine zweite Portion anzurichten, und überließ alles Mojo. Es war eine Freude, ihm beim Essen zuzusehen, und Albert genoss es, Konversation zu treiben. Wie lange hatte er schon nicht mehr mit einem wahrhaftigen Menschen zusammen gegessen? Während Mojo die Reste der Lasagne verschlang, stellte Albert ihm Fragen über seine Schwester. Er musste sich erst einen Plan überlegen wie er morgen vorgehen würde. Das wichtigste Utensil war die Nachricht, die Mojo für Ashanti geschrieben hatte, und das pikante Detail aus ihrer Kindheit, das er ihm verraten hatte. Trotzdem war es klug, noch über weiteres Wissen zu verfügen, das Albert nur von Mojo erhalten konnte.

Mojo erzählte von Afrika und Albert hörte interessiert zu. Er holte zwei Energy-Drinks aus dem Kühlschrank und stellte einen davon vor Mojo auf den Tisch. Zu Alberts Verwunderung kannte Mojo dieses Getränk bereits. Ein anderer Flüchtling hatte ihm ein solches angeboten, als er mit diesem ins Gespräch gekommen war, und hatte bereits damals festgestellt, dass ihm dieses picksüße Gesöff schmeckte.

Ohne auch nur einmal die Dose abzusetzen, trank er sie in ein paar Zügen aus, was zur Folge hatte, dass er plötzlich laut rülpste. Albert tat es ihm gleich und beide vergaßen kurz ihre Probleme und fingen an zu lachen. Nero kam aus dem Wohnzimmer angetrottet, um zu überprüfen, warum man lachte und ob man beim Essen auch an ihn gedacht hatte. Kein Futternapf stand an seiner üblichen Stelle, also setzte er sich vor Albert hin und legte ihm eine Pfote aufs Knie. Albert, der sofort verstand, was der Hund von ihm wollte, stand auf und richtete ihm sein Futter in einer kleinen Schüssel an, die er aus der Küchenkredenz geholt hatte. Der richtige Futternapf befand sich immer noch im Zelt.

Und da waren sie schon beim Thema. Geplant war, dass sie Ashanti hier in der Wohnung unterbringen würden, um danach wieder in den Wald zurückzukehren. Das Zelt war groß genug für vier Personen und sollte also genug Platz bieten, um noch eine weitere Person neben den Tieren zu beherbergen. Allerdings wusste Albert ja von einer weiteren Person, die ihn beobachtete. Und zwar von derjenigen, die die Katze immer wieder ausgebuddelt und im Zelt deponiert hatte. Wenn also Mojo ebenfalls mit ihm dort campte, würde das Geheimnis, dass Mojo wieder frei war, nicht mehr lange ein solches bleiben. Trotzdem ließ sich Mojo nicht davon abbringen, ihn, wenn die Zeit gekommen war, in den Wald zu begleiten. Was genau für einen Sinn es machte, die Kapuzenmänner zu beobachten, wussten beide nicht. Zu zweit konnten sie gegen dreizehn Männer wohl nicht viel ausrichten. Aber vielleicht...vielleicht konnten sie den Zirkel ja doch irgendwie zerschlagen.

Kapitel 17

Von Mojo wusste Albert nun, dass die anderen Mitglieder freiwillig an der Sache beteiligt waren. Sie waren vom Glatzkopf glaubend gemacht worden, dass ihnen Macht und Ehre zuteilwerden würde, wenn sie dem Tier dienten. Mojo erzählte, dass es außer ihm noch ein Mitglied gegeben hatte, das vom Glatzkopf ins Loch gestoßen worden war. Das hatte der dreizehnte Kapuzenmann nur aus einem Grund getan, um zu zeigen, dass er hier der Boss war. Er hatte ihnen erzählt, dass ein Mensch im Loch ewig lange Qualen erfahren würde. Allein in der Dunkelheit umgeben vom Tier. Menschen spuckte das Loch laut seiner Erzählung nicht wieder aus.

Dieser Präventivschlag zeigte Wirkung, denn die anderen Kapuzenmänner gaben sich fortan demütig ihrem Herren gegenüber. Er ersetzte den Verstoßenen einfach durch ein neues Mitglied, damit sie wieder komplett waren. Mojo tat seine Meinung kund, dass die zwölf Kapuzenmänner, die täglich an der Zeremonie beteiligt waren, nichts weiter als Marionetten des Glatzkopf waren. Geistige Intelligenz konnte man nicht erwarten von ihnen, dafür boten sie aber teilweise Muskelpakete, die angsteinflößend waren. Wenn die beiden irgendetwas unternehmen wollten gegen den Glatzkopf, galt es zuerst, seine Schergen auszuschalten. Wie sie das bewerkstelligen sollten, war Albert allerdings ein Rätsel.

Albert fragte Mojo, ob denn alle Kapuzenmänner im Zeltlager hausten. Da sie aber immer Kapuzen getragen hatten, wusste Mojo nicht, wie sie aussahen. Ihm war der Weg in den Wald nur einmal vom Glatzkopf gezeigt worden, und er war von diesem Zeitpunkt an alleine zum Wald gewandert und hatte sich, sobald er in diesem versteckt war, ebenfalls die Robe angezogen, die er von Glatzkopf erhalten hatte. Außer der Robe hatte Mojo wie alle Mitglieder des Zirkels den Text, den sie im Chor sangen, auf einem Blatt Papier erhalten, damit sie ihn auswendig lernen konnten. Dieser bestand aus Lauten in einer fremden Sprache geschrieben und war kaum auszusprechen.

Getroffen hatten sie sich immer erst auf der Lichtung, und wenn sie diese wieder verließen, zerstreuten sie sich sofort im Wald, um weiterhin inkognito zu sein. Der genaue Zeitpunkt für ihr Treffen wurde ihm immer untertags vom Glatzkopf mitgeteilt. Einmal anhand einer Nachricht, die auf Mojos Feldbett gelegen war, und ein anderes Mal vom Glatzkopf persönlich überbracht. Aber der Zeitpunkt für ihr Treffen war jedes Mal ein anderer gewesen. Das war vonnöten, wie der Glatzkopf erklärt hatte, um nicht so leicht beobachtet werden zu können.

Wenn sie mit dem Ritual fertig waren, verließen sie den Wald in unterschiedliche Richtungen, was nahelegte, dass die anderen nicht im Zeltlager wohnten. Vielleicht gingen sie aber auch auf Umwegen zu diesem. Das hieß, dass Albert und Mojo ein Problem hatten. Wie sollten sie die Gefolgschaft des Dreizehnten erledigen, wenn sie nicht einmal wussten, wie sie unter der Kapuze aussahen? Eigentlich hieß das, dass sie zu einer Zeit zuschlagen mussten, in der sich alle im Wald befanden. Und es war notwendig, alle auszuschalten, denn hätten sie nur einen davon erledigt, würde dieser sofort wieder nachbesetzt werden. Das war auch kein Wunder, denn die Flüchtlinge wollten alle Macht und Ehre erlangen. Immerhin besaßen sie so gut wie gar nichts.

Und dessen war sich Mojo fast sicher. Alle Mitglieder des Zirkels waren Flüchtlinge und er sagte, dass er sich frage, ob ein Teil der anderen Mitglieder die Männer waren, mit denen er und seine Schwester am Bahnsteig Bekanntschaft geschlossen hatten. Allerdings waren das nur sieben Personen gewesen. Also nicht genug für den Zirkel.

Albert fragte Mojo, ob es denn immer der Glatzkopf gewesen sei, der die Tiere herbeigeschafft habe, und dieser antwortete, dass dies der Fall gewesen war. Er hatte die Tiere aus den Vorgärten der Häuser gestohlen oder er hatte sie in seinen Sack gesteckt, wenn sie ihm auf ihren Freigängen begegnet waren. Er hatte erklärt, dass es wichtig sei, Tiere zu stehlen, die geliebt worden waren von ihren Besitzern, denn auf diese Weise würde er Schmerz über den Verlust hinterlassen, und das war es, was das Tier wollte. Böse Taten, die andere schmerzten. War vielleicht das der Grund, warum Nero wieder ausgespuckt worden war, und wollte ihn das Tier jetzt wieder haben, weil Albert Nero liebte? Das war vielleicht weit hergeholt, aber vielleicht steckte ja in dieser Theorie ein Funken Wahrheit. Eines stand fest. Was das Tier einmal markiert hatte, sah es anscheinend als sein Eigentum an.

Aber dieses Eigentum hatte seinen Besitzer gewechselt, wenngleich das Tier das nicht wahrhaben wollte. Vielleicht war es ja wie bei einem kleinen Kind. Die meisten Spielsachen werden erst dann interessant, wenn gerade ein anderer mit ihnen spielt. Trotzdem fragte sich Albert, warum das Tier Nero nicht gleich getötet, sondern ihm nur tiefe Wunden beigefügt hatte. Konnte es sein, dass Nero sich seinem Schicksal nicht ergeben hatte wollen und sich gewehrt hatte? Hatte ein Kampf zwischen ihnen stattgefunden oder war Nero schier vom Tier überwältigt worden? Fragen über Fragen, auf die Albert wahrscheinlich nie eine Antwort finden würde. Er beschloss so bald wie möglich ins Loch zurückzukehren. Natürlich ohne Mojo und Nero.

Nun war es an der Zeit, einen Joint zu rauchen, und er verschwand im Wohnzimmer, um das Gras zu holen. In der Küche setzte er sich wieder zum Tisch und begann mit dem Gras und dem Tabak eine Rakete zu bauen, die sie direkt in den Himmel schießen würde. Als Albert ihn fragte, ob er denn schon einmal Marihuana geraucht habe, schüttelte dieser bloß den Kopf, sagte aber, dass man diese Droge selbst im armen Afrika finden könne und dass er dort Freunde gehabt habe, die berichtet hatten, diese Droge schon einmal konsumiert zu haben. Alles in allem schien Mojo aber nicht uninteressiert daran, mit Albert zu rauchen.

Während Albert den Joint anzündete, hatte Nero ebenfalls fertig gefressen und quittierte das Ganze mit einem lauten, Rülpser. Wieder mussten beide lachen. Nero, dem es gefiel, für Erheiterung zu sorgen, wedelte mit dem Schwanz und trottete dann zurück ins Wohnzimmer. Albert reichte den Joint Mojo und dieser zog vorsichtig daran. Ein Sekunde später wurden seine Augen groß und er verfiel in einen Hustenkrampf, weigerte sich aber dennoch, den Joint wieder abzugeben. Er zog erneut und musste diesmal bereits bedeutend weniger husten als nach dem ersten Zug. Nach dem dritten Zug musste er nur noch hüsteln und dann setzte die Wirkung vom Gras ein. Mojo sackte ein Stück weit in sich zusammen. Er begann zu grinsen, hatte vom Joint aber so weit genug, dass er ihn wieder an Albert zurückgab.

Plötzlich begann er laut zu lachen, und als Albert ihn fragte, was ihn so amüsiere, antwortete er, dass das Tier vielleicht seinen Penis gesehen habe und sich vor diesem so erschrocken habe, dass es ihn wieder ausgespuckt habe. Vielleicht war er einfach zu groß für dieses Loch.

Albert, der sich über diesen unter Drogeneinfluss entstandenen Geistesblitz amüsierte, begann ebenfalls zu lachen. Er sehnte sich nach einer bequemeren Sitzgelegenheit, ging mit Mojo ins Wohnzimmer und setzte sich mit ihm auf die Couch. Rocky, der anscheinend satt war, saß auf seinem Stammplatz am Ast und beobachtete die zwei.

Zu Alberts Verwunderung lehnte er den Joint nicht ab, den er ihm erneut darbot. Er zog daran und schaffte es diesmal, überhaupt nicht zu husten. Vielleicht steckte in der Theorie, dass Schwarze ein Gen besitzen würden, das sie praktisch immun machte gegen die Wirkung von THC doch ein Funken Wahrheit. Man merkte ihm zwar an, dass er leicht high war, aber noch lange nicht so, wie er es sein sollte beim ersten Mal Kiffen.

Albert, der ja jeden Tag Gras rauchte, war wie immer nur leicht benebelt und konnte dennoch scharf nachdenken, wenngleich er den Drang hatte, seine Gedanken schweifen zu lassen, wie es immer der Fall war, wenn er etwas rauchte.

In diesem Zustand führten ihn seine Gedanken heute zu einem Punkt, an den er bis jetzt gar nicht gedacht hatte. Warum hatte ihn Mojo bis jetzt nicht auf sein Erscheinungsbild angesprochen? Er war völlig verdreckt von den paar Tagen im Unterholz. Vielleicht lag das daran, dass man in Afrika Wasser nicht zum Waschen verschwendete. Dort war man froh, wenn man etwas zu trinken hatte, denn meistens musste man das kostbare Nass von weit weg heranschaffen, wenn die Eltern von einem nicht gerade so wohlhabend waren, wie es bei Mojo der Fall war. Es war schön, nicht verurteilt zu werden für etwas, von dem man selbst nicht wusste, warum man es tat oder besser gesagt eben nicht tat. Außerdem war sich Albert sicher, dass auch Mojo dreckig war, aber das konnte man auf seiner dunklen Haut nicht so gut sehen wie auf Alberts bleicher.

Er wurde langsam müde und stand auf, um Mojos Nachtlager vorzubereiten, und holte dazu aus dem Schlafzimmerschrank eine Wolldecke. Polster lagen eh genug auf der Couch herum, die er als Kopfunterlage verwenden konnte. Mojo, der nun ebenfalls müde schien, streckte sich auf der Couch aus und Albert wünschte ihm eine gute Nacht. Dann verschwand er im Schlafzimmer.

Als er wohlig eingebettet unter seiner Decke lag, wurden ihm bereits die Augen schwer und er schloss sie. Statt der üblichen Schwärze zogen heute Bilder an ihnen vorbei. Er sah die Männer auf der Lichtung, wie sie gesungen hatten, während der dreizehnte Mann Nero ins Loch geworfen hatte. Nun war Albert völlig klar, warum Nero eine solche Panik vor dem Loch hatte. Darin hatte er mit etwas Bekanntschaft geschlossen, dem man eigentlich lieber nicht begegnet wäre.

Wieder stellte er sich die Frage, warum ihm im Loch nichts passierte und warum er aus diesem ausgespuckt wurde. Hatte der Glatzkopf seine Jünger nur ängstigen wollen, als er gesagt hatte, dass Menschen im Loch verschollen blieben? Nun gab es bereits zwei lebende Beweise, die diese Theorie zunichte machten.

Aber was, wenn Mojo und er wirklich die einzigen Menschen waren, die aus dem Loch entkommen waren? Mojo einmal und Albert bereits mehrmals. Mojo hatte Albert von seinem Aufenthalt im schwarzen Nichts erzählt. Ihn quälten darin anscheinend keine schlimmen Erinnerungen. Gab es in Mojos Leben vielleicht nichts, das er bereute oder das ihn belastete? Immerhin kam er aus einem Kriegsgebiet und hatte fast alle Menschen verloren, die er liebte. Gut, er war erst siebzehn Jahre alt und schon bald achtzehn, aber in seiner geistigen Reife war er gleichaltrigen Europäern weit voraus.

Das passierte fast mit allen Afrikanern, denn das Leben auf diesem Kontinent war hart und beschwerlich und zeitweise lebensgefährlich. Kein Wunder, dass sie aus allen Himmelsrichtungen des Kontinents herbeigeströmt kamen. Albert konnte ihnen das nicht einmal verübeln, denn er wäre wahrscheinlich der Erste gewesen, der geflüchtet wäre.

Alberts Gedanken zu diesem Thema wurden immer langsamer und langsamer und dann schlief er ein. Heute war er bloß von Schwärze eingehüllt, ohne dass er träumte. Das Schwarz in seinem jetzigen Zustand war nicht mit der Schwärze im Loch zu vergleichen, weil diese eigentlich einzigartig war.

Zumindest quälten ihn heute keine Bilder vom Tod seiner Frau und er schlief bis 7 Uhr in der Früh durch und wachte erholt auf. Als er ins Wohnzimmer ging, stellte er fest, dass Mojo ebenfalls munter war, und er begab sich in die Küche, um ihnen beiden einen Kaffee zuzubereiten. Als er mit zwei dampfenden Tassen des heißen Gebräus ins Wohnzimmer zurückkam, stellte er erstaunt fest, das Rocky auf Mojos Hand saß und ihm dabei zärtlich in den Daumen biss. Nero saß vor den beiden und es schien so, als würde er dafür sorgen, dass Rocky nichts geschah.

Albert stellte die Kaffeetassen auf den Tisch und Rocky flatterte von Mojos Hand auf Alberts Schulter. Albert, der sich ebenfalls setzte, begann sofort mit dem dringlichsten Thema. Ashanti und wie man sie aus dem Zeltlager locken könnte. Eigentlich wiederholten sie nur noch einmal, was sie bereits gestern besprochen hatten. Albert hatte den Brief und er wusste nun genug von ihrem gemeinsamen Leben, um Ashanti dazu zu bringen, mit ihm zu gehen. Nur etwas änderten sie im Plan. Albert war wohler, wenn Mojo mit den Tieren zuhause blieb, da das Risiko, dass man ihn entdeckte, zu groß war. Nach kurzer Bedenkzeit willigte Mojo ein.

Albert, der immer noch übel aussah, stand auf und ging ins Schlafzimmer, um neues Gewand zu holen und um sich im Bad zu waschen. So wollte er keinesfalls Ashanti begegnen. Als er aus dem Bad ins Wohnzimmer zurückkehrte, sah er aus wie ein neuer Mensch. Nun würde er bald aufbrechen, um Ashanti zu holen, aber zuerst musste er noch mit Nero eine Runde drehen.

Albert verließ mit dem Hund die Wohnung und Mojo blieb mit Rocky zurück, um auf sie zu warten. Als die beiden vor dem Haus waren, sog Albert die Morgenluft ein, als würde er sie zum letzten Mal schmecken können. Dann drehten die beiden eine Runde um den Block und Nero hob emsig alle paar Meter das Hinterbein, um sein Territorium zu markieren, wenngleich das auf dieser Strecke täglich von dutzenden Hunden gemacht wurde.

Als Nero fertig war, gingen die beiden wieder hoch in die Wohnung. Mojo saß immer noch auf der Couch und Rocky hatte es sich auf seiner Schulter bequem gemacht, was Albert fast eifersüchtig machte. Er hatte gedacht, dass nur er dieses Privileg genießen durfte. Er zog sich seine Schuhe gar nicht mehr aus, da er sich gleich auf den Weg ins Flüchtlingslager machen wollte. Er verabschiedete sich von Mojo, der ihm viel Glück wünschte, und begab sich dann nach unten zu seinem Rad, mit dem er gleich losradelte. Es war ganz ungewohnt, ohne Tiere unterwegs zu sein, und das, obwohl er die beiden noch nicht lange hatte. Er trat in die Pedale und nutzte es aus, nicht auf Nero Acht geben zu müssen.

Der Weg zum Polizeisportplatz war nicht weit, weshalb er bald dort ankam. Er sperrte das Rad ab und versuchte wie selbstverständlich auf den Platz zu gehen, wurde aber sofort von Polizisten aufgehalten, die vor dem Eingang Wache schoben. Damit hatte Albert fast gerechnet und er begann seine vorbereitete Rede für diesen Fall abzuspulen. Er erzählte ihnen, dass er zu den Helfern gehöre, die den Flüchtlingen Deutsch beibrachten. Er sagte das mit so einer Selbstverständlichkeit, dass ihm die Polizisten glaubten und ihn passieren ließen.

Auf dem Platz angekommen, sah er sich um und stellte fest, dass es hier nur so von Menschen wimmelte, die zwischen unzähligen Zelten standen oder umhergingen. Albert nutzte die Gelegenheit und hielt den erstbesten Flüchtling auf, um ihn nach Ashanti zu fragen. Dieser verstand aber kein Wort Deutsch, weshalb Albert sich mit Händen und Füßen verständigen musste. Er zeigte dem Flüchtling ihr Foto und dieser schüttelte nur den Kopf und ging einfach weiter. So leicht sollte es also nicht sein, zu Ashanti vorzudringen.

Albert gab den Mut nicht auf und fragte als Nächstes eine ältere Frau, die an ihm vorbeiging. Sie war bereits völlig faltig im Gesicht und trug ein Kopftuch in bunten Farben. Dieses Mal versuchte Albert erst gar nicht die Frau auf Deutsch nach Ashanti zu fragen. Er zeigte ihr einfach das Foto und auch sie schüttelte den Kopf und ging weiter. So bekannt war Ashanti hier anscheinend doch nicht.

Kapitel 18

Er zeigte das Foto weiteren fünf Flüchtlingen, bis endlich eine Frau zu verstehen gab, dass sie wisse, wer Ashanti sei. Sie winkte Albert heran, ihr zu folgen, und dieser folgte ihr dicht auf den Fersen durch die Reihen zwischen den Zelten. Dann kamen sie bei einem Zelt an, in und vor dem es nur so von Frauen wimmelte, und Albert wusste instinktiv, dass das das richtige Zelt sein musste. Es überraschte ihn nicht, als seine Führerin vor diesem Zelt Halt machte und mit dem Zeigefinger ins Innere deutete. Albert faltete die Hände und machte eine kleine Verbeugung vor der Frau, um seine Dankbarkeit zu zeigen. Diese Geste sollte überall auf der Welt verstanden werden. Dann schlüpfte er an der Menschentraube vorbei ins Innere.

Auch hier wimmelte es nur so von Personen, die sich dicht an den Hotspot im Zelt drängten. Dieser Hotspot war eindeutig Ashanti, das erkannte er sofort. Auch sie hatte dunkle Haut, sah aber alles in allem heller aus als Mojo. Ihre Nase war schmäler als die Seine und sie hatte langes gekräuseltes Haar, das sie zu einem Dutt geformt hatte. Viel faszinierender waren aber ihre Augen. Diese waren riesig, gleich dunkel wie die Mojos und passten toll zu ihren vollen

Lippen. Alles in allem war sie eine dunkelhäutige Schönheit, wie Albert sie überhaupt noch nie gesehen hatte, und sie wirkte äußerst sympathisch. Sie wiederholte zusammen mit den Frauen im Zelt deutsche Wörter und übersetzte diese in ihre Landessprache. Dabei handelte es sich um Wörter wie bitte oder danke, also alles Wörter, die sie in ihrem tatsächlichen Leben hier gebrauchen konnten.

Albert musste warten, bis sie im Unterricht eine Pause machte, denn derzeit befanden sich einfach zu viele Menschen im Zelt, um vertraulich mit ihr sprechen zu können. Sie schaute durch die Runde und ihr Blick blieb auf Alberts Gesicht hängen. Für ein paar Sekunden hatten sie intensiven Augenkontakt, als würden sie sich gut kennen. Das war nicht so ein flüchtiger Blick, wie man ihn Menschen zuwarf, die man nur kurz registrierte, ohne sie wirklich genauer zu mustern oder sich für sie zu interessieren. Nein, dieser Blick hatte etwas Magisches an sich. Fast so, als gebe es eine Brücke, die zwischen Alberts und Ashantis Geist errichtet worden war, über die Ashanti nun ging, um Alberts Gedanken zu lesen.

Doch auch dieser Blick endete, als Ashanti abrupt das Gesicht abwendete und ins Leere schaute. Irgendwie wirkte sie beunruhigt, als würde sie wissen, dass es um ihren Bruder ging. Als sie sich wieder an die Frauen im Zelt richtete, sprach sie in ihrer Muttersprache zu ihnen. Anscheinend hatte sie ihnen gesagt, dass sie nun allein sein wolle, denn die Frauen verließen plötzlich das Zelt, bis nur noch Albert und Ashanti darin waren. Sie saß auf ihrem Feldbett, stand aber sofort auf, als wolle sie in der Lage sein, flüchten zu können, wenn dies notwendig sein sollte. Man merkte ihr an, dass sie unsicher war, als sie Albert fragte, warum er hier sei. Ihr Deutsch war sehr gut mit einem süßen exotischen Akzent.

Albert holte den Brief heraus, den Mojo geschrieben hatte, und händigte ihn Ashanti aus. Diese riss das Blatt Papier an sich, als hätte sie schon ewig darauf gewartet. Ihre Augen flogen nur so über die geschriebenen Zeilen, und als sie fertig war damit, wirkte sie aufgeregt. Sofort fragte sie Albert, wo Mojo im Moment sei, und Albert beruhigte sie etwas, als er ihr seinen Aufenthaltsort mitteilte. Albert sagte ihr, dass er sie zu ihm bringen würde, und sie solle geschwind das Notwendigste zusammenpacken.

Plötzlich hielt Ashanti inne und sagte zu Albert, dass es möglich sei, dass Mojo diesen Brief unter Zwang geschrieben habe und ob er irgendeinen Beweis habe, dass er nicht mit dem Glatzkopf unter einer Decke stecke? Albert, der fast damit gerechnet hatte, dass das passieren würde, verriet das Detail aus ihrer Kindheit, das Mojo ihm erzählt hatte. Und zwar handelte es sich dabei um ein Erlebnis, das Ashanti und Mojo hatten, als dieser gerade einmal sechs Jahre alt gewesen war. Damals hatte Ashanti ein Loch gebuddelt, in das sich Mojo hineingestellt hatte. Ashanti hatte ihn bis zur Brust eingegraben und Mojo hatte versucht, sich daraus zu befreien. Das war ihm nicht gelungen, so sehr er auch versuchte, sich freizuwinden. Und dann war plötzlich eine Spinne über den sandigen Boden gekrabbelt direkt auf Mojo zu. Es war eine fette Spinne mit langen Beinen und vielen Haaren und sie sah giftig aus. Mojo, der Angst hatte vor Spinnen, hatte zu schreien begonnen und Ashanti war mit der Schaufel angelaufen gekommen und hatte die Spinne mit einem Hieb ins Jenseits befördert. Danach hatte sie Mojo geholfen, sich freizubuddeln, der völlig aufgelöst und voller Sand aus dem Loch gestiegen war, seine Schwester umarmt und zu ihr gesagt hatte, dass sie eine richtige Heldin sei.

Als Albert fertig erzählt hatte, merkte man ihr an, dass ihre Anspannung nachließ und sie sich nun sicher war, dass von ihm keine Gefahr ausging, denn dieses Erlebnis aus ihrer Kindheit war ihr Geheimnis, denn es war Mojo peinlich und er erzählte es normalerweise niemandem. Sie fing wieder an zu packen, war aber bald damit fertig, da sie kaum etwas besaß. Sie fragte Albert, ob mit Mojo alles in Ordnung sei, und dieser legte sofort seinen Zeigefinger auf die geschlossen Lippen, um ihr zu signalisieren, dass sie leise sein solle. Er war sich nämlich nicht sicher, ob er ein verdächtiges Räuspern vor dem Zelt gehört hatte. Schuldbewusst senkte sie den Kopf und die Stimme und sagte, dass sie nun fertig und aufbruchsbereit sei.

Zusammen verließen sie das Zelt und machten sich auf den Weg zum Ausgang. Es waren immer noch viele Menschen zwischen den Zeltreihen unterwegs, aber die beiden wurden von niemandem angesprochen. Albert sah sich immer wieder besorgt um, ob er den Glatzkopf sehen könne, stellte aber fest, dass er niemanden sah, auf den die Beschreibung, die Mojo ihm gegeben hatte, passte. Als er am Ausgang bei den Polizisten vorbeikam, nickte Albert ihnen nur kurz zu und ging dann wie selbstverständlich zu seinem Rad, um das Schloss zu entfernen, schob es dann aber neben sich her, anstatt damit zu fahren, und machte sich auf den Heimweg.

Ashanti ging ein gutes Stück weit hinter ihm, da sie nicht mit ihm in Verbindung gebracht werden wollte.

Sie waren einfach zwei Personen, die kurz nacheinander das Zeltlager verließen, ohne miteinander zu tun zu haben. Erst als bereits ein gutes Stück hinter ihnen lag, gingen sie nebeneinander her.

Nun konnte Ashanti endlich alles fragen, was ihren Bruder betraf, ohne dass sie sich dabei Sorgen machen mussten, dass sie belauscht wurden. Albert erzählte Ashanti alles, was sich ereignet hatte, und diese hörte gespannt zu. Er machte ihr das Angebot, dass sie mit dem Rad fahren könnten, um schneller bei Mojo zu sein, aber Ashanti lehnte dieses Vergnügen ab. Sie trug ein langes blaues Kleid, das sich mit Sicherheit in den Speichen verheddert hätte. Aber die beiden gingen schnellen Schrittes und machten so Meter auf dem Weg zu Mojo. Albert stellte fest, dass Ashanti fast gleich groß wie er war. Im Moment hatte sie einen strengen Blick aufgesetzt und wirkte alles in allem wie eine afrikanische Kriegerin. Zumindest strahlte sie die gleiche Stärke und Sicherheit mit ihrem Auftreten aus.

Als deren beider Fußmarsch am Ziel anlangte, hatten sie bereits ein langes Gespräch miteinander geführt und Ashanti hatte festgestellt, dass er bestens informiert war über Mojos und Ashantis Leben.

Albert sperrte das Rad ab und die beiden gingen ins Stiegenhaus, um den Lift zu holen. Selbstsicher betrat sie die kleine Liftkabine, und als die Türen sich hinter ihnen schlossen und sich der Aufzug in Bewegung setzte, stellte Albert fest, dass er Ashanti riechen konnte. Ihr Geruch war nicht unangenehm. Sie roch nach exotischen Gewürzen, überlagert von einem süßlichen Duft. Genau, sie roch wie ein Weihnachtpunsch. Fruchtig und süß, und man bekam Lust, ein Stück von ihr abzubeißen. Albert hätte diesen Duft noch Stunden eingeatmet, aber schon kam die Aufzugskabine im richtigen Stockwerk an und die Türen öffneten sich. Er schlüpfte an Ashanti vorbei zu seiner Wohnungstür und diese folgte ihm.

Kaum hatte er die Wohnungstür aufgemacht, kam auch schon Nero angaloppiert und hüpfte wie verrückt an Albert hoch. Dann tapste er zu Ashanti hin und begrüßte diese zurückhaltend, als würde er wissen, dass ihr Hunde eigentlich nicht geheuer waren. Einen kurzen Moment später stand Mojo im Türrahmen des Wohnzimmers und Ashanti lief zu ihm hin und schloss ihn in die Arme. Sie redete in ihrer Muttersprache auf ihn ein und ließ ihn gar nicht mehr los, während sie seinen Kopf streichelte.

Mojo ließ die Streicheleinheiten seiner Schwester über sich ergehen und freute sich, diese unversehrt wieder zu haben. Albert, der der Begrüßung beiwohnte, hielt sich im Hintergrund, bis die zwei bereit waren, sich wieder loszulassen, was schon einen Moment später der Fall war. Ashanti drehte sich zu Albert um und sagte mit Tränen in den Augen danke zu ihm. Albert, der fand, dass ihm kein Dank gebühre, nickte ihr nur anerkennend zu und versuchte das Thema zu wechseln, um aus der peinlichen Situation zu entkommen. Er fragte die beiden, ob sie zur Feier des Tages einen Kaffee trinken wollten, was sie bejahten, und so begab er sich in die Küche und stellte einen besonders starken auf.

Während das fast schwarze Getränk in die Kaffeekanne floss, nahm er auch noch eine Packung Kekse aus der Küchenkredenz und richtete die Backwaren appetitlich in einer Glasschüssel an. Dass das die Schüssel war, aus der Nero zu Anfang getrunken hatte, würde er ihnen verschweigen.

Er stellte alles auf ein Tablett und ging zu Mojo und Ashanti ins Wohnzimmer, wo es sich die beiden bereits auf der Couch bequem gemacht hatten und aufgebracht miteinander redeten. Für Albert hörte sich ihre Sprache wie eine Salve aus einem

Maschinengewehr an. Er musste schmunzeln, als er die beiden beobachtete. Anscheinend gab es überall auf der Welt das Phänomen, dass Frauen gerne redeten.

Er setzte sich neben Mojo auf die Couch und begann an seiner Kaffeetasse zu nippen, während er seine Gedanken schweifen ließ. Was sollte er auch anderes tun? Er verstand nicht, was sie da redeten. Als hätte Ashanti seine Gedanken gelesen, fing sie plötzlich an deutsch zu reden. Sie erzähle ihrem Bruder gerade, was sich alles zugetragen habe in der Zeit, in der er sich im Wald versteckt hatte.

Im Großen und Ganzen war nichts Großmächtiges geschehen. Am ersten Tag, als ihr Bruder nicht zurückgekehrt war von der Zeremonie, war ein Zettel auf ihrem Feldbett gelegen, auf dem gestanden war, dass ihr Bruder jetzt im Loch sei und dass man sich nun bald um ihr Loch kümmern würde. In welchem Loch war ihr Bruder? Etwa in dem, dass sie immer zum Erscheinen brachten, was ihr Mojo erzählt hatte.

Ashanti war offen für so übernatürliches Zeug, aber er hatte ihr auch erzählt, dass man als Mensch nie aus dem Loch zurückkehren würde. Er hatte ihr auch das Blatt Papier gezeigt, auf dem der Text für ihr zeremonielles Lied stand. Auch sie hatte nicht gewusst, welche Sprache das war. Kein Wunder, denn in Afrika gibt es unzählige Sprachen und Dialekte je nach Region, woher man kam. Diese Sprache jedoch war besonders kompliziert und im Text waren einige Zungenbrecher versteckt.

Mojo erzählte ebenfalls auf Deutsch, dass sie dieses Lied auswendig hatten lernen müssen, denn auf den Zettel zu schauen war während der Zeremonie verboten gewesen. Außerdem hätte er sowieso wenig gesehen, so tief wie er sich die Kapuze immer ins Gesicht gezogen hatte. Auch die anderen Gesichter hatte man nie zur Gänze sehen können, und so blieb jedes Mitglied für sich und anonym. Was man aber sehen konnte, war, dass sie allesamt schwarz waren. Nur der Glatzkopf schien nicht interessiert daran, anonym zu bleiben, denn es war häufig vorgekommen, dass er seine Kapuze überhaupt nicht aufgesetzt hatte.

Während Mojo erzählte, wanderte Alberts Blick immer wieder zu Ashanti hin. Sie hatte ein Gesicht, das in Alberts Augen perfekt war. Nur einmal hatte ihn ein Gesicht so fasziniert, und das hatte seiner Frau gehört. Zuerst die Stimme von Dr. Carmen Kofler und nun dieses Gesicht. Als wolle ihn irgendjemand in Versuchung bringen, seiner verstorbenen Frau untreu zu werden. Bei diesem Gedanken wendete er den Blick von Ashanti ab und starrte vor sich auf die Platte des Couchtisches. Immer diese Gedanken an seine verstorbene Frau. Er würde sie nie wiedersehen. Zumindest nicht auf dieser Welt. Vielleicht konnte er ja nach seinem Tod wieder mit ihr zusammen sein, aber hier war es an der Zeit, etwas Neues zu probieren.

Das sagte ihm seine Vernunft, aber sein Herz sagte etwas anderes. Warum nur konnte er sich nicht lösen von ihr? Wieder wanderte sein Blick zu Ashanti. Sie war erst 25 und sah noch so frisch aus, als wäre sie gerade erst aus einer Beautyfarm gekommen. Ganz anders als Albert mit seinen verschwollenen Augenringen. Zwischen ihnen existierte ein ziemlicher Altersunterschied, aber das war eigentlich nicht wirklich von Belang oder sollte es zumindest nicht sein.

Es war sowieso egal, denn Ashanti würde sicher nie mit einem abgefuckten Penner zusammen sein wollen. Sie interessierte sich wahrscheinlich für Typen in ihrem Alter, die ebenfalls noch jung und knackig waren. Schwarze Männer bevorzugt, da sie sicher keine Freundin von Vanille war. Oder waren das nur Vorurteile, die er da hatte?

Was war mit dem Blick, den sie sich im Zelt zugeworfen hatten? Wie dachte sie über dieses Ereignis, oder war ihr dieser Moment nicht so wichtig erschienen wie ihm? Allmählich wurde es peinlich, dass Albert Ashanti derart anglotzte, und eigentlich sollte sie sein Interesse registriert haben, aber sie ließ sich nichts anmerken. Vielleicht geschah das so oft, dass sie mittlerweile völlig abgestumpft war und nicht mehr registrierte, wenn etwas in der Luft lag. Sie benahm sich äußerst höflich und versuchte immer wieder, Albert ins Gespräch mit einzubeziehen. Dieser war trotzdem sehr schweigsam, da seine Gedanken rasten und er das eigentliche Geschehen nur am Rande mitbekam.

Plötzlich, von einem Moment zum andern, stellten sich Alberts Haare an den Armen auf und seine Kopfhaut kribbelte. Der Beobachter befand sich plötzlich mit ihnen im Raum. Wie zum Beweis stellte auch Nero die Nackenhaare auf und begann immer lauter werdend zu knurren. Mojo und Ashanti, die im Gespräch innehielten, merkten anscheinend auch, dass etwas vor sich ging, aber sie wirkten in keinerlei Hinsicht verängstigt. Neros Knurren hatte mittlerweile einen bedrohlichen Unterton angenommen und hielt an. Erst gute drei Minuten später hatte Albert das Gefühl, wieder ungestört zu sein, und er richtete sich an Mojo und Ashanti. Was dachten sie über das eben Erlebte? Hatten auch sie gemerkt, dass irgendetwas mit ihnen im Raum gewesen war? Angsteinflößend war das Erlebnis nicht gewesen für sie, das merkte Albert, denn sie hatten lediglich einen fragenden Ausdruck im Gesicht. Er ließ sich nicht länger bitten und erzählte ihnen alles, was er über dieses Phänomen wusste. Er berichtete ihnen, dass Nero auch irgendetwas sehen konnte, denn er knurrte sicher nicht ohne Grund.

Ashanti sagte, dass auch sie eine fremde Energie wahrgenommen habe, aber dass sie eigentlich spüren könne, dass diese Energie positiver Natur war. An diese Möglichkeit hatte Albert bisher noch gar nicht gedacht. Warum Nero dann knurrte, war ihm ein Rätsel. Ashanti verstand auch nicht, warum Albert das Gefühl hatte, dass er unter Beobachtung stand und dass der Beobachter böse oder negativ gepolt war, und warum ihm diese Tatsache wahnsinnig machte. Sie hatte das Geschehen durchaus als gut empfunden.

Plötzlich fing Rocky an zu miauen. Wie er auf diese Idee kam, war Albert ein Rätsel, denn seinem Wissen nach hatte Rocky noch nie eine Katze miauen gehört. Er stand auf einem Bein auf dem obersten Ast im

Käfig und knabberte an den Krallen des anderen Beins und machte alles in allem einen verlegenen Eindruck. Warum auch immer, denn er hatte nichts getan, was dieses Verhalten erklären würde.

Albert musterte den Vogel noch einen Moment ganz genau und widmete seine Aufmerksamkeit dann wieder den beiden Geschwistern. Diese diskutierten gerade darüber, was sich ihrer Meinung nach ereignet hatte, und waren verbal richtig in Fahrt. Trotzdem unterbrach Albert sie und lenkte das Thema auf das Geschehen auf der Lichtung. Wie sollte es nun weitergehen? Albert wusste, dass er auch im Wald unter Beobachtung stand. Allerdings von jemand ganz anderem als hier in der Wohnung. Dieser Jemand würde Mojo mit ihm zusammen sehen und Albert wusste nicht, ob Mojo dann in Gefahr sein würde. Deshalb tat er seine Überlegung kund, dass es vielleicht besser wäre, wenn auch Mojo hier in der Wohnung bleiben würde. Dieser protestierte aber sofort lautstark und Albert merkte, dass er gegen die Energie des Jungen keine Chance haben würde und dass dieser mit in den Wald gehen würde, das war so sicher wie das Amen im Gebet.

Albert respektierte den Willen des Jungen und fing an, mit ihm zu besprechen, was er vorhatte. Bei diesem Plan konnte er in der Umsetzung Mojo gut gebrauchen und er war ihm dankbar für diesen Mut. Ashanti schien es nicht zu gefallen, dass Mojo sich erneut in Gefahr brachte, aber sie äußerte sich nicht zu diesen Thema. Sie fragte nur, wann sie das nächste Mal bei ihr vorbeischauen würden, und Albert versprach, untertags mit Mojo in der Wohnung zu sein und nur abends und in der Nacht im Wald. Damit konnte Ashanti leben und sie stimmte dem Plan zu.

Kapitel 19

Albert fragte sich, was sie nun untertags in der Wohnung machen sollten. Er stellte den beiden die Frage, ob es denn ok wäre, wenn er nun etwas an seiner Geschichte weiterschreiben würde, und die beiden hatten nichts dagegen, weswegen Albert den USB-Stick, den er natürlich dabei hatte, in den Computer steckte und diesen hochfuhr.

Mojo und Ashanti verfielen beim Reden wieder in ihre Muttersprache und Albert widmete seine Aufmerksamkeit seinem Schreibprogramm. Als er die gespeicherte Datei öffnete, traute er kaum seinen Augen. Wieder waren mehrere Seiten völlig zugetextet mit Wörtern, die sich immer wieder wiederholten. Da stand in hundertfacher Ausführung:

„Bitte hilf mir! Lass los!"

Wie zur Hölle war das auf dem USB Stick gelandet und was genau war damit gemeint? Hatte er das wieder im Schlaf geschrieben, als er noch im Zelt im Wald gehaust hatte? Das war allerdings eine reine Vermutung, die er nie beweisen können würde.

Alberts Blick wanderte wieder über den Bildschirm und er begann die Wörter zu löschen, bis nichts als die Geschichte, die er bis jetzt geschrieben hatte, darauf zu lesen war. Jetzt fühlte er sich etwas besser.

Wie immer las er nochmals durch, was er zuletzt geschrieben hatte, um sich erneut im Schreibfluss einzufinden. Dann legte er los. Er grenzte die Maschinengewehrsalben, die Mojo und Ashanti produzierten, aus und lebte nun wieder im Text auf dem Bildschirm. Es hatte sich eine Menge ereignet, worüber er schreiben konnte.

So war es ihm am liebsten, wenn auch er wie ein Maschinengewehr klang, indem er über die Tastatur fegte. Wieder einmal verlor er jedes Gefühl für die Zeit und hatte das Gefühl, sich gerade auf einer anderen Ebene seines Bewusstseins zu befinden. Er schrieb in einem durch, ohne auch nur einmal abzusetzen, und füllte schneller eine pralle Seite, als ihm lieb war. Nun hätte er auch einfach damit beginnen können, eine zweite Seite zu schreiben, aber in Alberts Glauben war fest verankert, dass man sich auf keinen Fall überanstrengen soll, und daher war er für heute mit dieser einen Seite zufrieden.

Er speicherte, fuhr den PC herunter und widmete sich wieder dem Geschwisterpaar, das anscheinend immer noch Gesprächsstoff fand. Als die beiden bemerkten, dass auch er da war und ihnen zuhörte, fingen sie auch prompt damit an, wieder Deutsch zu reden. Es war ein Wahnsinn, wie sehr sie diese Sprache beherrschten, und sie mussten wohl eine Menge Zeit mit dem deutschen Kindermädchen verbracht haben.

Sie übersetzten Albert im Groben, was sie zuvor geredet hatten, und Albert hörte interessiert zu. Alles in allem hatten sie sich über den Glatzkopf unterhalten und seine Vorliebe für geliebte Haustiere. Besser hätte es für Mojo gar nicht kommen können, als ins Loch gestoßen zu werden. Nun war er frei und sogar seine Schwester befand sich in Sicherheit. Albert fragte Ashanti, ob die Tiere bei ihr bleiben könnten, wenn er und Mojo erneut in den Wald gingen, und diese hatte nichts dagegen. Im Gegenteil, man merkte ihr an, dass sie sich freute, nicht völlig allein zu sein.

Auch Nero fand Ashanti äußerst sympathisch, wenn auch auf eine andere Art und Weise als Albert. Er saß vor Mojo und Ashanti und himmelte die beiden mit seinen braunen Labradoraugen an. Ashanti, die ihre Angst vor Hunden bei Nero vergaß, tätschelte geistesabwesend seinen Kopf und konzentrierte sich völlig auf Mojo und Albert. Und da war es wieder. Sie schaute ihm direkt in die Augen und er hatte das Gefühl, als würde sein Körper zu vibrieren beginnen. Auch Mojo schien aufzufallen dass hier etwas vor sich ging, und er runzelte seine Stirn und sah alles in allem misstrauisch aus.

Als Alberts und Ashantis Blicke sich wieder trennten, räusperte sich Albert verlegen und führte das Gespräch an der Stelle fort, an der sie es unterbrochen hatten. Nun war es Ashanti, die auf die Tischplatte vor sich starrte und wie versteinert wirkte. Mojos Blick hatte sich wieder erhellt und die beiden Männer redeten darüber, dass auch Mojo eine Waffe brauchte. Schusswaffe konnten sie so auf die Schnelle keine besorgen, aber Waffen für den Nahkampf sehr wohl, also beschlossen sie, noch heute einem Jagdgeschäft einen Besuch abzustatten. Geld hatte Albert ja genug, um sich diese Ausgabe leisten zu können.

Zu diesem Zeitpunkt war es schon Nachmittag und Albert zeigte Ashanti erst jetzt, wo sie schlafen könne, und diese gab sich dankbar, weil er ihr einen ganzen Raum zu Verfügung stellte. Er und Mojo würden im Wohnzimmer schlafen. Wieder trafen sich für einen Moment ihre Blicke und Albert fühlte sich wie in seine Pubertät zurückversetzt. Er war der Teenager, der keine Ahnung hatte, wie man eine Frau eroberte. Und war es denn das, was er wirklich wollte? Immerhin kannte er sie noch nicht lange.

Albert, der sich von seiner reinlichen Seite zeigte, legte ihr frische Bettbezüge aufs Bett, damit sie es neu beziehen konnte, und wollte dann das Schlafzimmer verlassen, aber als er schon fast bei der Türe raus war, fiel ihm ein, dass es vielleicht höflicher wäre, wenn er ihr beim Beziehen helfen oder diese Arbeit sogar allein erledigen würde, und er machte am Absatz kehrt, um dem Gedanken Taten folgen zu lassen. Ashanti lächelte verlegen und die beiden bezogen das Bett wie ein eingespieltes Team.

Als sie fertig waren, lächelte auch er und verließ nun endgültig das Schlafzimmer, um zurück zu Mojo ins Wohnzimmer zu gehen. Ashanti holte nur kurz ihre Sachen aus dem Wohnzimmer und begab sich dann zurück ins Schlafzimmer, um auszupacken. Nun waren die Männer unter sich. Der Junge und der alte Sack. Da war es wieder. Warum machte sich Albert so oft über sich selbst lustig?

Plötzlich musste Albert an die Tierärztin denken. Sein Interesse an ihr war in dem Moment verschwunden, in dem er Ashanti zum ersten Mal gesehen hatte. Er hatte sich in ihrem Blick verloren und auf eine andere Art und Weise wiedergefunden. Diese Tatsache machte ihm aber gleichzeitig ein schlechtes Gewissen, da immer noch seine verstorbene

Frau in seinem Kopf herumspukte und ihn nicht losließ. Vielleicht waren seine Schuldgefühle daran schuld, dass er sich ihr so tief verpflichtet fühlte. Wäre Albert nicht gewesen, würde sie wahrscheinlich immer noch leben und sich bester Gesundheit erfreuen.

Für einen kurzen Moment blitzt vor seinem inneren Auge das Bild des geschrotteten Autos auf, das sich praktisch um einen Baum gewickelt hatte. Er sah, wie der Kopf von Kathlen auf dem Lenkrad ruhte. Starr und ohne jede menschliche Regung. Das Einzige, was sich bewegte, war das Rinnsal Blut gewesen, das ihr aus dem Ohr und dem Mundwinkel geflossen war.

Die Katze, wegen der sie bei diesen Witterungsbedingungen aus dem Haus gegangen waren und sich ins Auto gesetzt hatten, machte ebenfalls keine Regung in ihrer Transportbox, die es durchs Auto geschleudert hatte, und lag irgendwie völlig verdreht darin. Und das Schlimme an der Sache war, dass ihm so gut wie gar nichts passiert war. Wäre er wenigstens in Lebensgefahr geschwebt, hätte er vielleicht einen Teil seiner Schuld gesühnt, aber Gott hatte ihn beschützt und seine Frau zu sich gerufen.

Mit dieser Tatsache wollte er eigentlich nicht leben. Hätte er damals nicht viel zu viel Bier getrunken, wäre er mit Sicherheit selbst gefahren. Noch dazu hatte er seiner Frau auch noch eine Schnauze angehängt und sie gehänselt, weil sie nicht fahren wollte bei Schneefall. Die erste Zeit nach dem Unfall hatte er die schrecklichen Bilder ständig vor sich gesehen und sein einziger Ausweg war wieder einmal die Flucht gewesen. Die Flucht in sein Inneres, in dem er alle seine Gefühle abschottete, um dem Schmerz zu entkommen. Klar hatte sich seit kurzem einiges getan. Er konnte wieder so etwas wie Liebe für seine Tiere empfinden und es war gut, dass er nicht mehr den ganzen Tag über sich selber nachdachte, sondern abgelenkt war.

Er wurde jäh aus seinen Gedanken gerissen, als Mojo zu ihm sagte, dass er hungrig sei. Er fragte Albert, ob er etwas für ihn zu essen habe, und Albert ging in die Küche, um den Kühlschrank zu durchforsten oder besser gesagt das Gefrierfach. Leider war die Lasagne das Letzte gewesen, das der Kühlschrank beherbergt hatte, und Albert blieb nichts anderes übrig, als einkaufen zu gehen. Er ging zurück ins Wohnzimmer, in dem sich nun auch Ashanti aufhielt, und sagte zu Mojo, dass sie einkaufen gehen müssten und dass sie das gleich mit dem Besuch im Jagdladen verbinden könnten. Mojo war einverstanden und Ashanti auch, also zogen sich beide Männer im Raum die Schuhe an und die Frau blieb auf der Couch sitzen.

Als sie kurze Zeit später im Hof standen, bat Albert Mojo, hier zu warten. Er ging in den Keller und kehrte mit einem Mountainbike aus diesem zurück. Das war eigentlich sein Rad, aber er hatte es seit dem Tod seiner Frau nicht mehr benutzt. Er war immer lieber mit ihrem Rad gefahren. Albert übergab Mojo das Rad und sagte zu ihm, dass er es ihm schenken wolle. Mojo bekam große Augen und war sprachlos. Er konnte es gar nicht wirklich glauben, dass er nun wieder Besitzer eines Rades war. Flüchtlinge, die ein Rad hatten, wurden von den anderen immer neidisch angesehen.

Er stieg auf und fuhr ein Stück damit, dann kehrte er zu Albert zurück, stieg vom Rad ab und umarmte Albert. Dieser fühlte sich einen kurzen Moment überrumpelt, genoss dann aber die Geste. Das Rad, das er Mojo soeben geschenkt hatte, besaß ebenfalls ein Schloss und Albert händigte Mojo den Schlüssel dazu aus. Dann sperrte er das Schloss seines Rades auf und machte sich zur Abfahrt bereit. Gut, dass Nero und Rocky heute zuhause geblieben waren, denn sie hätten den Weg mit Rad nur unnötig verkompliziert.

Albert fuhr los und Mojo verfolgte ihn vergnügt mit seinem neuen Rad. Irgendwie hatte das Geschwisterpaar es ihm angetan. Jeder von ihnen auf eine einzigartige Weise. Er stellte sich kurz vor, wie es wäre, wenn er die beiden zu seiner Familie machen würde, und fühlte sich irgendwie wohl bei dem Gedanken. Dann holte ihn wieder die Realität ein und erinnerte ihn daran, dass er nicht einmal wusste, ob Ashanti Interesse an ihm hatte. Er wusste nur, dass er seinerseits sehr wohl Interesse an ihr hatte. Das gestand er sich mittlerweile ein. Kathlen hin oder her. Nun musste sich Albert aber aufs Fahren konzentrieren, denn auf dem Radweg gingen immer wieder Fußgänger, die es zu umsteuern galt. Mojo fuhr selbstsicher und ohne Probleme und Albert vermutete, dass er das Radfahren bereits in Afrika betrieben haben musste.

Als sie am Ziel ankamen, glänzte Mojo wie ein neuer Euro. Sorgsam kettete er das Rad an eine Laterne und betrat dann mit Albert das Jagdgeschäft. Hier wimmelte es von Waffen. Es gab Gewehre zur Jagd und Angeln in zigfacher Ausführung. Außerdem hing etwas an der Wand, was Albert sofort in seinen Bann zog. Beim Gegenstand seiner Wahl handelte es sich um eine kleine Armbrust, die ca. 15 Zentimeter lange

Bolzen verschießen konnte und die auf die richtige Art und Weise verwendet, mit Sicherheit tödlich sein konnte.

Albert wollte sie gerade von der Wand nehmen, als auch schon der Besitzer des Ladens angewuselt kam, um ihn zu beraten. Irgendwie sah dieser gruselig aus. Er hatte ein Glasauge und das richtige Auge hatte eine derart seltsame Farbe, wie Albert sie noch nie gesehen hatte. Es wirkte fast so, als hätte er einen silbernen Ring um seine Pupille, was unnatürlich aussah. Die Farbe des Glasauges sah um einiges natürlicher aus. Er war relativ klein und kam sich mit Sicherheit nur dann groß vor, wenn er ein Gewehr in der Hand hielt.

Das waren allerdings nur reine Vermutungen, denn Albert kannte den Mann ja nicht. Dieser nahm die Armbrust von der Wand und zeigte Albert, wie sie funktionierte. Albert war überzeugt und sagte, dass er die Armbrust kaufen wolle. Der Verkäufer legte sie auf den Tresen und fragte, ob er denn mit noch etwas behilflich sein könne. Albert fiel auf, dass Mojos Interesse einer anderen Waffe galt. Ein langer Speer mit Verzierungen, die ihn an seine Heimat erinnern mussten. Mit solchen Speeren gingen die Eingeborenen Afrikas auf die Jagd. Albert fragte den

Verkäufer, ob dieser Speer nur Zierde oder ob er wirklich für die Jagd tauglich sei. Dieser antwortete, dass er es nicht wisse, da er den Speer im Moment zum ersten Mal sehe. Er müsse hereingekommen sein, als sein Angestellter den Laden geführt habe. Er ging zum Speer und schaute sich das Etikett mit dem Preis an. 199 Euro stand darauf, allerdings in einer Handschrift, die nicht der des Angestellten glich, wie er erstaunt vor sich hinmurmelte. Für einen Moment sah der Ladenbesitzer misstrauisch aus, aber dann fragte er, ob Albert den Speer ebenfalls kaufen wolle. Dieser willigte ein, auch den Speer zu kaufen, und sagte außerdem noch, dass er alle Bolzen kaufen würde, die in die Armbrust passten.

Als er schon zahlen wollte, fielen ihm noch zwei Jagdmesser auf, die er auch noch erstand. Dann verließ er mit Mojo den Laden und ging schwer bewaffnet zu den Fahrrädern, um die Waffen im Anhänger zu verstauen. Alles bis auf den Speer. Dieser war zu lang. Mojo sagte, dass er ihn wie ein Ritter eine Lanze in der linken Hand halten würde. Das wäre kein Problem. Daran, dass es hier Polizisten gab, die damit vielleicht ein Problem haben würden, dachte er nicht, aber was blieb ihnen anderes übrig, als den Speer auf diese Weise zu transportieren. Sie fuhren los, machten aber 300 Meter später halt am Parkplatz des Supermarktes, um Lebensmittel zu kaufen. Albert ging aber alleine in den Markt, damit Mojo währenddessen auf die Räder und die Waffen aufpassen konnte.

Albert tätigte einen Großeinkauf, und als er 35 Minuten später aus dem Markt kam, war er schwer beladen mit Einkäufen. Er verstaute die Sachen im Anhänger bei den Waffen und hatte Glück, dass er alles unterbrachte. Dann machten sie sich schwer beladen auf den Heimweg. Zum Glück wurde kein Polizist auf sie aufmerksam und auch der Strom an Fußgängern, an denen sie vorbei mussten, hielt sich in Grenzen, was dazu führte, dass sie schneller zuhause ankamen als erwartet. Wieder bat Albert Mojo, dass er unten bei den Rädern warten solle. Er wolle nur kurz die Einkäufe verstauen, um sich dann mit Mojo in den Wald zu begeben. Mojo konnte ja in der Zwischenzeit seine Wurstsemmel essen, die Albert ihm gekauft hatte.

Er fuhr mit dem Lift in das fünfte Stockwerk und ging vollgepackt in die Wohnung. Dort schaffte er es nicht, die Einkäufe in die Küche zu bringen, weil Nero wie ein Verrückter auf und nieder sprang und den Weg blockierte. Im Türrahmen der Wohnzimmertür stand Ashanti und Albert war endlich alleine mit ihr, wusste aber nicht, was er mit dieser Tatsache anfangen sollte, also zog er es vor, nichts zu sagen, sondern nur freundlich zu lächeln. Ashanti lächelte zurück und endlich war auch der Weg in die Küche frei, denn Albert bekam schon lange Arme vom Gewicht der Einkaufstaschen. Er stellte diese auf der Küchenkredenz ab und zeigte Ashanti ihren Inhalt.

Als alle Lebensmittel, die gekühlt werden mussten, im Kühlschrank verstaut waren, widmete Albert seine Aufmerksamkeit wieder Ashanti. Diese schien peinlich berührt zu sein von der Tatsache, dass es außer Mojo noch jemanden gab, der sich um sie sorgte. Albert sagte zu ihr, dass er sich nun mit Mojo in den Wald begeben würde, denn es wurde bereits Zeit dafür. Ashanti sagte, dass sie mit Nero spazieren gehen würde, und wünschte Albert viel Glück und vermittelte den Eindruck, dass sie sich ebenfalls um ihn sorgte, was ihn sehr freute, wenngleich ihre Angst bestimmt eher Mojo galt.

Schon wieder war es passiert. Albert erlaubte sich gar nicht, Glück zu haben, und es hatte damit angefangen, dass er immer alles negativ sah. Das musste er ändern. Er verabschiedete sich von Ashanti und ging noch schnell in den Keller, um Mojo einen Schlafsack zu holen.

Als er mit diesem bei Mojo ankam, erinnerte sein Anblick tatsächlich an einen Krieger, der mit seinem Speer still stand, was wieder ein Beweis dafür war, dass er mit seiner Schwester blutsverwandt war, denn auch diese hatte die Ausstrahlung einer Kriegerin, wenn sie mit hocherhobenem Kopf dastand mit steinerner Miene und dabei den Eindruck machte, als könne sie nichts und niemand verletzen.

Dass Mojo erst siebzehn war, sah man ihm eigentlich nicht an. Er hatte die Figur und das Aussehen eines Erwachsenen.

Kapitel 20

Albert verstaute wenig später den Schlafsack im Anhänger und setzte sich dann aufs Rad von Kathlen. Mojo tat es ihm gleich und die beiden fuhren los. Mojo fuhr etwas versetzt zu Albert, damit er diesem nicht den Speer in den Rücken rammen würde, falls dieser eine Vollbremsung machte.

Als sie beim Wald und dem Fuße des Brandenberges ankamen, war es bereits später Nachmittag. Sie ketteten die Räder und den Anhänger an die übliche Laterne und gingen dann, bis an die Zähne bewaffnet, in den Wald. Gott sei Dank hatte die Kaltfront ein Ende gefunden, weshalb keiner der beiden fror, wenn es auch dennoch nicht so warm war im schattigen Wald, dass man ins Schwitzen kam. Für Albert war es direkt seltsam, einmal ohne seine Tiere da zu sein, aber auch das hatte seinen Reiz. So musste er nicht dauernd darauf Acht geben, was diese taten.

Als sie endlich am Lagerplatz von Albert ankamen, traf diesen fast der Schlag, denn an jedem einzelnen Baum, der um Alberts Zelt herum in direkter Nähe wuchs, war ein Tier angenagelt. Er sah mehrere Hunde mittlerer Größe und auch ein paar Katzen. Albert wurde fast schlecht bei diesem Anblick und das Seltsame war, dass alle Tiere keine Haare mehr hatten. Wer war verrückt genug, um so etwas zu tun? Auch Mojo stand wie versteinert da und betrachtete das Werk des Irren.

Nun war der Spaß aber endgültig vorbei und in Albert wuchs der Wunsch heran, denjenigen, der das getan hatte, Bekanntschaft mit seinem Revolver schließen zu lassen. Aber was dann? Dann wäre er ein Mörder, der bei seinem Glück sicher gefasst werden würde. Mojo sagte zu Albert, dass das nur von einem der Männer des Zirkels gemacht worden sein konnte. Er wisse aber nicht, wer von ihnen, denn jeder Einzelne war auf seine Art und Weise wahnsinnig, dessen war sich Mojo bewusst. Wer sonst würde freiwillig bei der Fütterung mitmachen? Das Tier, dem sie huldigten, war brandgefährlich, das hatte der Glatzkopf seinen Jüngern erzählt, wie er von Mojo wusste, und man musste schon ein Idiot sein, wenn man diesem den Weg in unsere Welt ebnete.

Mit entschlossenem Gesichtsausdruck holte Albert die Brechstange aus dem Zelt und wollte gerade damit beginnen, die nackten Tiere von den Bäumen abzunehmen, als ihm etwas klar wurde, und zwar, dass es keinen Sinn machte, sie zu verbuddeln oder sie zu verbrennen, denn sie würden mit Sicherheit immer wieder nachbesetzt werden. Das Verbrennen der

Katze war eine gute Idee gewesen, aber Albert war sich nicht sicher, ob diese Aktion vielleicht die Horde der toten Katzen und Hunde von heute heraufbeschworen hatte. Irgendjemand verlangte von ihm, dass er die toten Tiere hängen ließ als Mahnmal, um ihn daran zu erinnern, wer hier die Macht hatte. Als Albert gedankenverloren seine Hand auf die schrecklich zur Schau gestellte Leiche eines Hundes legte, stellte er geistesabwesend fest, dass die Leiche gefroren war, und das waren auch alle anderen Tierleichen.

Mojo half Albert in seinen Überlegungen und sie kamen zum Schluss, dass dieser Haufen zu groß war, um ihn zu verbrennen, also würde er die Tiere dieses Mal hängen lassen, um zu verhindern, dass noch mehr Tierleichen den Weg an die Erdoberfläche finden würden. Nackte Tierleichen mit verdrehten Köpfen. Das Feuer, das sie für diese Aktion machen müssten, liefe außerdem mit Sicherheit in Gefahr, unkontrollierbar auszuarten und den Wald ebenfalls in Brand zu stecken. Es blieb ihnen nichts anderes übrig, als sich einen anderen Zeltplatz zu suchen. Albert dachte einen Moment an die armen Besitzer der verschwundenen Tiere, und dieser Gedanke stimmte ihn traurig. Dennoch mussten sie von diesem Platz so schnell wie möglich verschwinden.

Er dachte kurz nach, wie er vorgehen musste, und begann dann das Zelt auszuräumen. Er legte sein ganzes Hab und Gut auf dem Waldboden ab und begann dann, das Zelt abzubauen. Mojo half ihm, so gut er konnte, was die Sache beschleunigte, und der Abbau des Zeltes ging um einiges schneller als der Aufbau. Gut, da war Albert allein gewesen, weshalb das zwei grundverschiedene Dinge waren. Das war, als würde man Birnen mit Äpfeln vergleichen.

Als das Zelt in all seine Einzelteile zerlegt und zusammengepackt war, stellten die beiden fest, dass sie nun viel zu schleppen hatten. Albert stellte sich die Frage, was es ihnen bringen würde, wenn sie auf einen anderen Platz im Wald umzögen, denn er war sich sicher, dass auch dieser Ort vom Beobachter gefunden werden würde, aber irgendetwas mussten sie tun. Albert wollte nicht mit den Tierkadavern vor dem Zelt schlafen, die noch dazu völlig haarlos waren, was irgendwie gruselig war.

Welchem Zweck das dienen sollte, war Albert ein Rätsel. Er erinnerte sich daran, dass er in seiner Pubertät ein Buch gelesen hatte, in dem die Theorie nähergebracht worden war, dass die magische Energie in den Haaren der Magier gespeichert ist, weshalb die meisten Magier die Haare lang trugen. Was, wenn die Tiere alle rasiert waren, weil der Täter irgendetwas in den Haaren vermutete? Eventuell auch eine Art Energie? Albert merkte, dass er gedanklich abdriftete, und holte sich selbst wieder in die Realität zurück. In diesem Moment war es nur wichtig, von diesem Ort zu verschwinden, um einen anderen ausfindig zu machen, der vielleicht eine Zeit lang unentdeckt bleiben würde.

Die beiden beluden sich mit allem, was am Boden lag, und sahen schnell wie Packesel aus, aber sie schafften es, alles zu tragen. Sie kämpften sich durch den Wald und suchten einen geeigneten Platz, wo sie das Zelt aufschlagen konnten wurden aber nicht fündig. Einerseits wollte Albert nicht allzu weit von der Lichtung entfernt sein, andererseits durfte es aber auch nicht zu nahe sein, um nicht versehentlich entdeckt zu werden. Immerhin wusste er, in welche Richtung die Männer immer verschwanden und welche Richtung es daher zu meiden galt.

Er und Mojo schleppten sich durch den Wald und waren bestimmt schon eine Stunde unterwegs, als sie endlich einen geeigneten Platz fanden. Wieder handelte es sich um einen Platz, der zwischen hohen

Tannen lag und groß genug war, das Zelt zu verstecken. Am Rand dieser Minilichtung standen mehrere Büsche, die das Zelt zusätzlich tarnten. Erleichtert warfen die beiden ihre Last ab und begannen nach einer kurzen Verschnaufpause damit, das Zelt wieder aufzubauen.

Diese Arbeit ging schnell vonstatten und Albert war erleichtert, als ihre Herberge wieder aufgebaut war. Er verstaute seine Sachen wieder im Zelt und ließ sich danach auf den Waldboden sinken. Er legte sich auf den Rücken, schloss die Augen und konzentrierte sich auf die Gerüche, die seine Nase wahrnahm. Als er die Augen wieder öffnete, registrierte er, dass Mojo beunruhigt aussah. Er fragte ihn, was los sei, und Mojo sagte, dass es nun an der Zeit wäre, zur Lichtung aufzubrechen. Albert schaute auf seine Uhr und stellte erstaunt fest, wie spät es schon war. Mojo hatte Recht. Es war an der Zeit aufzubrechen.

Die beiden sammelten die Waffen vom Waldboden auf, die Albert nicht ins Zelt geräumt hatte, und sahen damit wie Berufssöldner aus. Sie hatten beide ein Messer, Mojo den Speer und Albert die Armbrust und den Revolver. Der Revolver besaß mehr Durchschlagskraft als die Armbrust, dafür machte die

Armbrust aber keinen Lärm und man konnte sie unentdeckt abfeuern.

Albert stellte sich erneut für einen kurzen Moment die Frage, ob er denn auch in der Lage war, jemanden zu töten oder zu verletzen, aber er kam zum Schluss, dass er auf diese Frage keine Antwort finden würde bis zum Moment, in dem es um etwas ging. Um etwas, das ihm am Herzen lag und für das es sich lohnte eingebuchtet zu werden.

Er konzentrierte sich wieder auf das Jetzt und stellte fest, dass er im Autopilotmodus hinter Mojo nachging. Er funktionierte auch, wenn sein Hirn abgelenkt war, was gut zu wissen war. Er widmete seine Aufmerksamkeit wieder der Realität und versuchte genauso geräuschlos wie Mojo zu schleichen, was ihm aber zwischendurch nicht gelang.

Als sie bei der Lichtung ankamen, stellten sie fest, dass sie noch rechtzeitig gekommen waren, denn es war noch keiner der Kapuzenmänner hier. Nun übernahm Albert die Führung und schlich sich auf die Seite der Lichtung, auf der sich der Hochsitz befand. Zwar konnte er auf ihm nicht verstehen, was die Männer sangen, aber immerhin hatte er ja den Text auf einem Blatt Papier gesehen, den ihm Mojo gezeigt hatte, und es war nicht mehr notwendig, sie zu belauschen.

Sehen konnte er von hier aus wunderbar. Die beiden, die auf den Hochsitz geklettert waren, stellten fest, dass dieser auch groß genug für zwei Personen war. Albert schaute erneut auf die Uhr, und als er sich wieder auf die Lichtung konzentrierte stellte er fest, dass gerade die zwölf Kapuzenmänner aus dem Wald kamen und an der üblichen Stelle einen Kreis bildeten.

Ein paar Minuten später kam auch schon der Glatzkopf aus dem Wald, der wieder einmal keine Kapuze aufhatte und auch heute einen zappelnden Sack über die Schulter geworfen hatte. Er machte den Kreis komplett und legte den verschnürten Sack hinter sich. Albert und Mojo sahen, wie die Männer rhythmisch ihre Oberkörper hin und her wippten, was hieß, dass sie mit dem Lied begonnen hatten. Einen Moment später tat sich auch schon ein großer schwarzer Fleck innerhalb des Kreises auf, als hätte jemand ein großes Fass Tinte verschüttet.

Wie zum Beweis griff die Dreizehn hinter sich und holte den Sack hervor. Sie öffnete ihn und schüttelte dann den Inhalt in die schwarze Fläche, die den Hund, um den es sich dabei handelte, verschluckte. Vielleicht zwanzig Sekunden später passierte etwas, was Albert bis zu diesem Zeitpunkt nie beobachtet hatte. Der Hund wurde wieder ausgespuckt oder ausgeschieden aus dem Loch und dieses verschwand so schnell, wie es aufgetaucht war.

Sofort machte jeder der Kapuzenmänner einen Schritt nach vorn, um die Lücken im Kreis zu schließen. Dann versuchten alle, den Hund zu fangen, was auch sofort gelang, da er ja völlig eingekreist war. Der Kapuzenmann, der den Hund am schnellsten am Nackenfell gepackt hatte, hielt ihn in die Höhe, um den anderen zu zeigen, dass er derjenige war, der den Hund gefangen hatte. Der Hund, ein Australian Shepard, zappelte im Griff des schwarzen Kolosses und stieß Laute der Angst aus.

Alles in Albert schrie, er solle den Hund retten, aber die Vernunft hielt ihn davon ab. Mojo war kreidebleich, denn er wusste, was nun passieren würde. Sie würden den Hund in den Wald schleppen und ihn auf einen Baum nageln. Wenn sie barmherzig genug waren, würden sie ihn töten, was aber selten der Fall war. Viel lustiger fanden sie es, das Tier in seinen Qualen zu beobachten und sich an seinem Schmerz zu laben.

Sie verschwanden samt Beute im Wald und Albert und Mojo kletterten vom Hochsitz und verfolgten sie. Als sie allerdings an der Stelle ankamen, an der sie in den Wald gelaufen waren, waren die Kapuzenmänner aber bereits verschwunden. Trotzdem nahmen sie die Verfolgung auf. Sie hasteten durch den Wald, ohne darauf zu achten, ob sie geräuschlos waren.

Dann plötzlich hörten sie ein Tier schrill aufschreien, und Mojo und Albert wussten, dass sie bereits zu spät kamen, um etwas zu unternehmen. Nun konnten sie nur noch hoffen, dass sie den Baum finden würden, an dem der Hund festgenagelt war. Sie verringerten etwas ihr Tempo und dann sahen die beiden schon die Horde von Kapuzenmännern. Sie standen alle vor dem Baum, an dem der Hund angenagelt war. Irgendjemand hatte ihn von seinen Qualen erlöst, denn er ließ Kopf und Zunge hängen und machte keinen Zappler mehr.

Nun war es auch für Mojo und Albert Zeit abzuhauen, denn sonst wären sie noch entdeckt worden, so nahe waren sie den Männern. Sie schlichen sich weg und trauten sich erst wieder normal zu laufen, als sie bereits weit weg waren von den selbsternannten Richtern über Leben und Tod. Sie machten sich auf den Weg zum Zelt, denn ohne Brecheisen konnten sie den Hund nicht befreien. Und war es überhaupt das, was sie wirklich wollten? Albert war sich sicher, dass auch dieser Hund wieder und wieder erscheinen würde, und was dann? Er konnte nicht seine ganze Zeit damit verbringen, Tiere zu bestatten.

Warum überhaupt hatte das Loch den Hund wieder ausgespuckt? War er denn kein würdiges Opfer gewesen? Aus welchem Grund hatte es ihn verschmäht? Wurde auch dieser Hund nicht geliebt? Auch Nero war wieder ausgespuckt worden, aber weit weg vom Loch auf der Lichtung. Was hatte das zu bedeuten? Was war an Nero anders als an diesem armen Tier? Fand das Wesen im Loch in seinem Fell nicht das, was es gesucht hatte?

Eines hatten die zwei Hunde doch gemeinsam. Auch der Shepard war gleich abgemagert, wie Nero es war, und Albert war sich sicher, dass auch dieser Hund nicht von seinen Besitzern geliebt worden war. Was, wenn es das war, worauf das Tier aus war? Vielleicht war die Liebe der Besitzer über Berührungen auf das etwaige Tier übergegangen und diese Liebe war vielleicht das, was das Tier wollte? Beweisen würde er diese Theorie allerdings nicht können, doch es war schön, etwas zu denken, was dem Tier etwas von seiner düsteren Seite nahm.

In seinen Gedanken versunken und völlig aufgewühlt, ging er wieder hinter Mojo her, der sich völlig sicher war, den richtigen Weg zu gehen.

Tatsächlich kamen sie auch irgendwann beim Zelt an. Vor dem Zelt schien alles beim Alten zu sein, aber Albert wollte sich zuerst vergewissern, was im Zelt lag, denn er wusste aus Erfahrung, dass es auch passieren konnte, darin Überraschungen vorzufinden. Heute war dem nicht so und Albert kroch erleichtert ins Innere des Zeltes. Mojo folgte dicht hinter ihm und er verschloss die Zeltöffnung.

Albert knipste die Campingleuchte ein und sofort war das Zelt erleuchtet von einem gemütlichen Schein. Jetzt erst begann er mit Mojo zu reden. Sie sprachen über das, was sich gerade ereignet hatte, und erzählten sich gegenseitig Theorien zu diesem Thema. Albert fragte Mojo, ob er denn das Blatt mit dem Text, den sie sangen, dabei hatte, was Mojo aber verneinen musste. Das war aber nicht schlimm, denn er brauchte ihn eh erst in seiner Wohnung, um ihn mit Hilfe des Internets zu übersetzen, denn er wusste immer noch nicht, welche Sprache es war, um die es sich dabei handelte. Eventuell konnte es sein, dass nicht einmal das Internet wissen würde, was für Laute das waren, aber er musste sich vergewissern, ob es nicht doch weiterhelfen könnte. Vielleicht war es aber gar nicht wichtig, den Text zu übersetzen, denn wichtig war nur, was er heraufbeschwor.

Während sie redeten, baute Albert nebenbei einen Joint, was Mojo mit Argusaugen beobachtete. Albert zündete den Joint an und inhalierte den Rauch tief ein. Er nahm noch ein paar Züge, während Mojo bereits gierig auf den Joint linste. Als Albert ihn an Mojo weiterreichte, verhielt sich dieser bereits äußerst professionell und musste kein einziges Mal husten. Allerdings hatte er bereits nach ein paar Zügen genug und langte den Joint an Albert zurück.

Mojo, der seinen Schlafsack bereits im Zelt ausgebreitet hatte, legte sich auf diesen und verschränkte die Arme hinter dem Kopf. Anscheinend hatte ihn der Joint umgehauen. Albert dachte zurück an die Zeit, als er zu kiffen begonnen hatte. Ihn hatte es auch jedes Mal von den Beinen geworfen. Das war mit dem, was er heute spürte, wenn er Gras rauchte, nicht zu vergleichen. Heute spürte er nur noch eine sanfte Welle, die ihn trug und entspannte.

Albert konnte Mojo ansehen, dass in diesem ein Grasrausch tobte, denn er war wieder äußerst schweigsam und sah aus, als würde er sich gerade in einer anderen Ebene seines Geistes befinden. Albert ließ ihn in Ruhe, damit er seine momentane Befindlichkeit auch genießen konnte. Er tat es Mojo gleich, legte sich auf den Rücken und begann damit, seine Gedanken schweifen zu lassen. Er stellte sich die Frage, warum sie eigentlich nicht auch des Nachts in Alberts Wohnung schliefen. Irgendwie hatte er aber das Gefühl, dass sich hier eines Nachts doch noch etwas ereignen würde, bei dem er nicht fehlen durfte. Hatte er etwa eine Aufgabe zu erfüllen, und wenn, welche?

Albert schloss die Augen und ließ sich sanft in den Schlaf schaukeln von den Wellen, die das Marihuana produzierte. Er schlief ein, obwohl er nicht im, sondern auf dem Schlafsack lag. Als er zu träumen begann, sah er dieses Mal seine Tiere. Zuerst war da ein riesiger Papagei in Menschengröße, der immer wieder höflich *„Guten Morgen!"* sagte und bei dem es sich nur um Rocky handeln konnte.

Als Albert sich im Traum auf den Papagei zubewegte, um ihn zu streicheln, macht der Papagei ein paar Schritte rückwärts, als würde er Angst vor Albert haben. Selbst im Traum verletzte ihn dieses Verhalten. Das Bild des Vogels verpuffte ebenso schnell, wie es erschienen war. Nun sah Albert Nero, wie er unentwegt bellte. Er bellte Albert an und dieser konnte das Verhalten des Hundes nicht deuten. Er fragte sich im Traum, was er von ihm wollte, kam aber nicht darauf.

Nero forderte ihn auf, ihm zu folgen. Das tat er, indem er immer wieder auf Albert zulief und dabei bellte, um dann in die entgegengesetzte Richtung zu laufen, als wolle er Albert etwas Wichtiges zeigen. Albert erkannte, dass es wichtig war, die Verfolgung aufzunehmen, konnte sich aber plötzlich nicht mehr bewegen. Es war, als wäre er im Loch. Er versuchte und probierte seine Beine zu bewegen, doch in diesem Traum fehlten sie zur Gänze.

Kapitel 21

Das Gefühl, dass er etwas verpasste, was sehenswert war, ließ ihn aufwachen. Er stellte fest, dass Mojo gemütlich schlummerte und dass ihm kalt war. Sofort schlüpfte er in seinen Schlafsack und zog ihn bis zum Kinn hoch. Es war mitten in der Nacht und Albert hellwach. An Schlafen war jetzt nicht mehr zu denken, so weit kannte er sich schon und er setzte sich auf.

Albert, der den USB-Stick auch dieses Mal dabei hatte, beschloss, etwas zu schreiben. Er fuhr das Tablet hoch und stieg ins Schreibprogramm ein. Dann öffnete er die Datei und scrollte mit der Maus bis zur letzten geschriebenen Seite. Wieder stellte er fest, dass irgendjemand sich an seinem Werk vergangen hatte, denn es stand erneut in hundertfacher Ausführung:

„Lass los! Bitte lass los!".

Albert kam plötzlich der Gedanke, dass diese Nachrichten von seiner verstorbenen Frau geschrieben wurden. Zu ihr würde dieser Text passen, denn er musste sie wirklich loslassen. Er stellte sich die Frage, ob die fremde Präsenz denn vielleicht die seiner Frau war, die ihn dauernd in der Wohnung aufsuchte. Woanders war das nämlich noch nie passiert. Lag das daran, dass sie hier so lange zusammen gewohnt hatten?

Aber wenn es sich um den Geist seiner Frau handelte, warum fühlte er sich dann unwohl, wenn sie im Raum war, und warum bellte Nero sie an? Wenn ihre Stimme aus dem Loch drang, verspürte er nämlich immer für einen Moment lang Freude. Handelte es sich dort vielleicht auch um ihren Geist? Aber wenn, wie war sie dort hingelangt? Nein, er war sich sicher. Das Etwas im Loch war nicht seine Frau. Vielleicht sprach die Stimme nur in seiner Einbildung. Er löschte im Manuskript wieder alles bis zu der Stelle, an der er zu schreiben aufgehört hatte. Der Bildschirm des Tablets erhellte das Innere des Zeltes so, dass Albert sehen konnte, welche Tasten er auf der Tastatur drückte.

Heute wollte er sich nicht so recht im Textfluss einfinden, denn seine Gedanken schweiften immer wieder zu seiner toten Frau. War er etwa wirklich dafür verantwortlich, dass sie auf der Erde festhing? Das hätte er nämlich niemals gewollt. Er hatte gehofft, dass sie bereits auf einer weißen Wolke sitzen würde, um sich das Schauspiel auf dem blauen Planeten von dort aus anzusehen. Aber wie sollte er sie loslassen? Es war ihm nicht einmal bewusst, dass er sie hier festhielt, also wie sollte er das bewerkstelligen?

Vielleicht würde es helfen, wenn er sich auf die Suche nach einem würdigen Ersatz für sie machte. Andererseits brauchte er das nicht zu tun, da die richtige Person für ihn vielleicht schon in sein Leben getreten war. Ashanti! Er konnte sich nicht vorstellen, dass es eine lebende Frau gab, die besser aussah als sie. Die dunkelhäutige Perle aus Afrika. Wenn Albert daran dachte, was der Glatzkopf mit ihr vorhatte, entbrannte heiße schwelende Wut in ihm.

Albert gab es auf, heute noch etwas Sinnvolles zu schreiben, und er fuhr das Tablet herunter. Dann legte er es weg und steckte den USB-Stick ein, damit er ihn immer dabei hatte, wenn er ihn brauchte, und legte sich anschließend auf den Rücken. Die Augen hielt er geöffnet, wenngleich sie nur starr nach oben gerichtet waren, als würden sie dort etwas sehen. Er ließ seine Gedanken kreisen wenn sie auch immer zur gleichen Thematik zurückkehrten. Er dachte übers Loslassen nach. Irgendwie hatte er das Gefühl dass er sie erst loslassen konnte, wenn er sich bei ihr entschuldigt haben würde. Das nächste Mal, wenn wieder die fremde Präsenz in seiner Wohnung erschiene, würde er den Versuch starten, eine

Entschuldigung vorzutragen. Er musste endlich sein schlechtes Gewissen bereinigen, aber das konnte er nur, wenn er sich sicher war, dass seine verstorbene Frau ihm nicht böse war.

Albert kam der Gedanke, ob er vielleicht über den Computer mit ihr kommunizieren könnte, und er beschloss, es auf einen Versuch ankommen zu lassen. Wenn das nächste Mal etwas in seinem Text erscheinen würde, das nicht er geschrieben hatte, würde er versuchen, mit Hilfe der Tastatur zu antworten. Vielleicht konnte man mit Verstorbenen einfach so schreiben, wie man es von einem Chat gewohnt war.

Heute war es schon zu spät dafür, denn er hatte die Nachrichten zur Gänze gelöscht, aber Albert stellte fest, dass er sich bereits auf eine nächste Nachricht von ihr freute, wenn es denn wirklich sie war, die diese produzierte. Wieder schaute er einen Moment zu Mojo hin, der immer noch tief und fest schlief. Anscheinend frönte er dem Schlaf der Gerechten. Wie musste es dort schön sein? Albert erhielt nur den Schlaf der Schuldigen, der ihn ständig aufwachen ließ und die Nacht in die Länge zog. Zwischen den beiden lagen fein säuberlich die Waffen, bis auf den Speer, da dieser zu lang war, aufgebreitet und Albert musste den Arm kaum bewegen, um den Revolver mit der Hand zu greifen. Er schloss die Augen und hoffte, dass sie die Waffen heute Nacht nicht brauchen würden.

Er schlief nicht ein, aber er rutschte in einen Bewusstseinszustand, der einer Trance glich, und war unfähig, sich zu bewegen oder auch nur einen Finger zu rühren, wenn es darauf ankommen würde. Er ging in Gedanken langsam die Ereignisse der letzten Tage durch und sah sich noch einmal genau an, was sich ereignet hatte. Besonders die Bilder vom Australian Shepard verfolgten ihn und erzeugten Übelkeit in seinem Magen. Außerdem dachte er an die nackte Haustierschar, die an seinem alten Zeltplatz lag und dort vor sich hin verweste. Er hoffte inständig, dass sie in ihrem neuen Zeltlager sicher waren vor solchen Überraschungen.

Albert schaute auf die Uhr. Es würde nicht mehr lange dauern, bis der Morgen grauen würde, was ihn freute, denn wenn sie munter waren, würden sie bald zu Ashanti und den Tiere aufbrechen. Er wusste nicht, auf wen von den beiden Spezies er sich mehr freute. Den Menschen oder das Tier. Diese Frage war schwer zu beantworten, denn die Tiere hatten in seinem Universum dieselben Rechte wie er, womit er sie vermenschlichte. Ob das richtig und gut war, wusste er nicht, aber er konnte es sowieso nicht ändern. Gott sei Dank war Nero bereits so gut erzogen, denn um einem Hund etwas beizubringen, musste man auch einmal scharf sprechen, was Albert nicht lag. Er lehnte jede Form von Gewalt ab. Ob nun körperliche oder psychische, das war egal. Er versuchte, immer friedlich zu sein und niemandem weh zu tun, vor allem auch sich selbst nicht.

Es war aber gut und gern möglich, dass er bald gegen seine Grundsätze würde verstoßen müssen, denn ohne Gewalt würde er nicht in der Lage sein, den Zirkel zu sprengen, wobei er immer noch keine Ahnung hatte, wie er das anstellen sollte. Es war schon ein Wunder, was mit ihm passierte. Er wandelte sich von einer selbstsüchtigen Person zu einem mitfühlenden Menschen, der seit kurzem mehr Verantwortung trug als all die Jahre davor. Und eigentlich meisterte er diese Pflichten ganz gut. Bis jetzt! Er fragte sich, ob ihm diese zu viel werden könnten, und er befürchtete, dass er dann alles hinschmeißen würde.

Mojo fing an, sich im Schlaf zu winden, was Albert wieder in die Gegenwart beförderte. Nun würde es wohl nicht mehr lange dauern, bis Mojo auch aufwachen würde. Albert hatte keine Lust mehr zu liegen und schlüpfte möglichst geräuscharm aus seinem Schlafsack heraus und kroch aus dem Zelt ins Freie. Es war kalt in den Morgenstunden und Albert fröstelte es, während er in der Stille stand und alles auf sich wirken ließ. Der Sommer verlor an Macht und der Herbst krönte sich bereits als neuer Herrscher. Albert war das egal. Er mochte jede Jahreszeit und freute sich bereits auf sein gemütliches Heim, während es draußen kalt sein würde. Zumindest wenn er noch so lange lebte.

Er schlang die Arme um sich und beschloss, sich einen heißen Kaffee zu brauen. Zu diesem Zweck kroch er nochmal ins Zelt, um die nötigen Utensilien dafür zu holen. Kurze Zeit später hielt er bereits eine dampfende Tasse in der Hand und genoss die Wärme, die sie abstrahlte in seinen kalten Händen.

Der Kaffee wärmte auch sein Inneres und Albert genoss die Ruhe. Die Nacht verlor bereits an Schwärze und Licht machte sich breit. Er befand sich im Zwielicht, wo sich immer die tollsten Erlebnisse ereigneten. So zumindest dem Aberglauben zufolge, den Albert erfunden hatte und an dem er akribisch festhielt. Wie er auf diese Weisheit gekommen war, wusste er selbst nicht mehr. Er hörte es hinter sich rascheln, und als er sich umdrehte, kroch gerade Mojo aus dem Zelt. Sie wünschten sich einen guten Morgen und Albert reichte auch Mojo eine Tasse mit Kaffee. Gut, dass er zwei Tassen dabei hatte. Zumindest war diese im Set enthalten gewesen, da es für ein Paar ausgelegt war.

Albert war froh, dass Mojo morgens auch nicht sonderlich gesprächig war, und er konnte ungestört seinen eigenen Gedanken folgen. Als er damit weitgehend fertig war, durchbohrte er die Stille, indem er Mojo fragte, ob er nach dem Kaffee aufbruchsbereit wäre, was dieser bejahte. Nun hatte bereits das Tageslicht die Herrschaft übernommen, denn es wurde schon hell.

Albert holte den Revolver aus dem Zelt, denn dies sollte die einzige Waffe sein, die sie mitnehmen würden. Es war einfach zu auffällig, mit dem ganzen Arsenal unterwegs zu sein. Der Speer allerdings lag vor dem Zelt, denn er war zu groß gewesen, um ihn mit ins Innere mitzunehmen.

Mojo, der nun ausgetrunken hatte, übergab die leere Tasse Albert und ging dann ein Stück weit weg vom Zelt, um zu urinieren. Das war eine wundervolle Idee, denn plötzlich konnte Albert spüren, dass auch seine Blase drückte. Also tat er es Mojo gleich und erleichterte sich an einem Baum.

Als sie damit fertig waren, ihr Revier zu markieren, machten sie sich auf den Weg zu ihren Rädern. Auch diesen Weg bewältigten sie weitgehend schweigend. Sowie sie bei den Rädern und dem Anhänger ankamen, merkte man Mojo an, dass er erst jetzt wirklich munter war. Sie schwangen sich auf ihre Drahtesel und fuhren los. Auch die Heimfahrt verlief schweigend und Albert stellte sich gerade die Frage, ob mit Mojo alles in Ordnung sei, als dieser Albert überholte, stehen blieb und ihn aufhielt, um ihm leise mitzuteilen, dass er das Gefühl habe, dass man sie verfolge.

Albert wurde sofort hellhörig und sah sich um. Er konnte niemanden entdecken, aber auch er hatte plötzlich das Gefühl, dass ein fremder Blick auf ihnen ruhte. Da sie bereits bei Alberts Haus angekommen waren, sah Albert hoch zu den Fenstern seiner Wohnung und fragte sich, ob es gescheit war, jetzt dort hochzufahren. Vielleicht war es besser, den möglichen Verfolger in die Irre zu führen und dann abzuhängen, wenn sich die Möglichkeit dazu bieten würde.

Er gab Mojo das Zeichen, ihm zu folgen, und fuhr los, als hätten sie sich gerade eben nur eine Verschnaufpause gegönnt. Albert fuhr Richtung

Innenstadt, genauer gesagt zum Einkaufszentrum, das sich dort befand. Er hatte schon einen Plan, wie sie ungesehen entkommen konnten. Da sie von Minute zu Minute schneller wurden, fingen Alberts Oberschenkel an zu brennen und er war froh, als sie beim Einkaufzentrum ankamen.

Dort fuhren sie mit den Rädern in die Tiefgarage und stiegen erleichtert ab. Von hier aus konnte Albert die Abfahrt der Tiefgarage überblicken. Sein Plan war, hier einige Zeit zu warten und dann mit dem Lift nach oben zu fahren, um endgültig den Heimweg anzutreten. Das sollte eigentlich alle Verfolger verwirren und abhängen. Gott sei Dank funktionierte der Lift, auch wenn das Center geschlossen war, denn die Tiefgarage wurde auch von Dauerparkern genutzt.

Als sich Albert etwas erholt hatte, fragte er Mojo, ob er denn jemanden gesehen habe, der ihnen gefolgt sei. Das musste dieser verneinen. Es handelte sich lediglich um ein Gefühl, das er gehabt hatte. Albert fragte sich, ob er vielleicht nur aufgrund seines erstmaligen Graskonsums paranoid war, aber es war immer besser, zu vorsichtig zu sein, als volle Kanne ins Verderben zu laufen oder jemanden an einen Ort zu führen, der geheim bleiben sollte.

Als sie gute zwanzig Minuten gewartet hatten, begaben sie sich mit den Rädern zum Aufzug. Sie stiegen ein und fuhren nach oben, und als sie im Erdgeschoss stehen blieben, stiegen sie aus und schoben die Räder aus dem Gebäudekomplex. Draußen angekommen sahen sie sich um und konnten nichts Verdächtiges ausmachen, weshalb sie sich nun endgültig auf den Weg zu Ashanti und den Tieren machten. Dieses Mal fuhren sie langsamer und kamen gut ausgeruht vor Alberts Hochhaus an. Sie sicherten die Räder und den Anhänger und fuhren danach mit dem Lift ins fünfte Stockwerk.

Schon als Albert den Schlüssel ins Schloss steckte, konnte er hören, wie Nero angerannt kam. Er öffnete die Tür und wurde sofort von dem Hund angesprungen, der wedelte, als hätten sie sich wochenlang nicht gesehen. Mojo schlüpfte an Albert und Nero vorbei und ging ins Wohnzimmer, wo er hoffte, seine Schwester anzutreffen. Diese schien sich aber immer noch im Schlafzimmer zu befinden, denn das Wohnzimmer war leer. Nero, der sich allmählich beruhigte, ließ von Albert ab und lief stattdessen zu Mojo, um sich die nächsten Streicheleinheiten abzuholen. Albert ging ebenfalls ins Wohnzimmer und begrüßte auch Rocky, der bereits fleißig plapperte.

Albert konnte verstehen, dass er immer wieder *„Guten Morgen!"* sagte. Papageien waren wirklich verdammt kluge Tiere und sie verstanden um einiges mehr, als man vermuten würde.

Als auch diese Begrüßungszeremonie vollendet war, ging Albert mit Rocky auf der Schulter in die Küche, um sich und Mojo sowie Ashanti einen Kaffee zu machen. Eigentlich tat er das, damit Ashanti sich vielleicht freuen würde, aber das konnte er sich nicht eingestehen. Mojo, der sich in der Zwischenzeit ins Schlafzimmer begeben hatte, kam aus diesem mit einer gut ausgeschlafenen Ashanti zurück.

Als Albert sie erblickte, schien sie innerlich zu leuchten und ihr Anblick fesselte ihn. Er musste seinen Blick mit Gewalt von ihr losreißen und ging schnell in die Küche mit der Ausrede, dass er den Kaffee holen würde. Der eigentliche Grund war aber, dass seine Knie weich wurden und er schnell woanders hingehen wollte, wo das nicht auffiel.

Als er mit den Kaffeetassen aus der Küche zurückkehrte, hatten seine Beine wieder die nötige Steifheit, um stehen und gehen zu können. Sie alle setzten sich auf die Couch und nippten an ihren

Tassen. Albert beeilte sich etwas mehr beim Trinken, denn er musste dringend mit Nero nach unten.

Kaum hatte er ausgetrunken, war er auch schon bereit aufzubrechen. Mojo sagte, dass er mitgehen würde, was Nero sicher guthieß. Er war eben ein geselliger Hund mit einer Seele, die sich über Gesellschaft freute. Wenn es den perfekten Menschen gäbe, wäre er wie dieser Hund. Natürlich nur vom Charakter her, denn die Eier würde sich dieser Mensch dennoch nicht lecken können. Je mehr Freunde um Nero waren, umso wohler fühlte sich dieser.

Sie gingen aus der Wohnung, sperrten ab und fuhren dann mit dem Lift nach unten. Draußen war es immer noch relativ kalt und sie beschleunigten ihre Schritte, um sich warm zu laufen. Das funktionierte aber nicht, da sie ständig stehen bleiben mussten, weil Nero dringend sein Bein heben wollte und wie wild am Boden schnüffelte. Schließlich war er endlich leer gepinkelt und sie machten sich wieder auf den Rückweg.

Kapitel 22

Als sie kurze Zeit später mit dem Lift nach oben fuhren, konnte Albert bereits im Lift hören, wie Rocky kreischte. Das war kein normales Kreischen. Angst stieg in Albert hoch und er zwängte sich aus dem Lift, noch bevor die Türen völlig geöffnet waren, und wurde in seiner Befürchtung bestätigt. Etwas war passiert, denn die Wohnungstüre war gewaltsam geöffnet worden. Sie war zwar geschlossen, aber man sah sofort, dass das Schloss beschädigt war. Albert riss die Türe auf, während Rocky kreischte, und lief zusammen mit Nero und Mojo ins Wohnzimmer. Dort sah er gerade noch, wie sich im Boden das gleiche schwarze Loch wie in der Burgruine und auf der Lichtung zusammenzog und verpuffte.

Das Zweite, das er sah, schockierte ihn zutiefst. Rocky war mit weit ausgebreiteten Schwingen an die Wand neben seinen Käfig genagelt. Von Ashanti fehlte jede Spur. Der Papagei musste unerträgliche Schmerzen erleiden, denn sein Geschrei hatte die Lautstärke eines Presslufthammers. Albert lief zu Rocky, um diesen zu befreien, und Mojo suchte in der Wohnung Ashanti, blieb dabei aber erfolglos.

Alberts Hände zitterten und er hatte Angst. Angst um Rocky und Ashanti. Er lief in die Abstellkammer und holte aus dieser eine Rohrzange. Damit eilte er zu Rocky. Jeder Flügel war an einem Punkt mit einem großen Nagel durchbohrt und Albert zog die Nägel aus der Wand und dann aus dem jeweiligen Flügel. Auch das musste Rocky höllisch wehtun, denn er musste die Nägel herausmergeln, und Albert blutete das Herz.

Was sollten sie nun tun? Ashanti war weg. Mit Sicherheit war sie entführt worden und Rocky war schwer verletzt. Für Ashanti konnten sie im Moment nichts tun, da sie nicht wussten, wo sie sich befand, aber Rocky konnte geholfen werden. Albert eilte ins Bad und wickelte ein Handtuch um Rocky, nahm ihn vorsichtig in die Hände und sagte dann zum ebenfalls verzweifelten Mojo, dass er sich umgehend zu Carmen aufmachen würde, was er auch tat.

Mojo war kreidebleich und wirkte fast apathisch, aber er folgte Albert dennoch. Er konnte nichts tun, was die Lage ändern würde. Auch er hatte das Loch im Wohnzimmerboden gesehen, bevor es wieder völlig verschwunden war. Eigentlich hätte sich unter diesem die untere Wohnung befinden müssen, doch von dieser hatte man nichts gesehen. Nur Schwärze, die es nicht noch einmal gab auf der Welt. Die Farbe war einfach einzigartig, wenngleich es eigentlich keine Farbe war.

Eigentlich war klar, wer ihnen das angetan hatte. Es musste der Glatzkopf gewesen sein, denn wer sonst hätte das Loch zum Erscheinen gebracht und das auch noch in einer Wohnung? Es stellte sich auch die Frage, warum er die Tür gewaltsam geöffnet hatte. Eigentlich hätte er ja nur das Loch in der Wohnung erscheinen lassen müssen, um in diese zu gelangen. Konnte der Glatzkopf das Loch etwa nur an einem Ort erscheinen lassen, wo er sich bereits befand? Und warum war er überhaupt allein dazu in der Lage? Mussten es etwa nicht dreizehn Mann sein? Auf alle Fälle würde sich Albert dafür rächen, was er Rocky angetan hatte, und auch für das, was er mit Ashanti vorhatte, falls Albert und Mojo es nicht verhindern konnten.

All diese Gedanken hatte er, während er sich im Autopilotmodus auf dem Weg zur Tierärztin befand. Im Moment nahm er nichts von seiner Umgebung wahr, denn in seinem Kopf tobte ein Sturm. Er fuhr mit dem Rad und hatte Rocky hinten im Anhänger auf seiner Jacke weich gebettet. Der Papagei hatte aufgehört mit dem Gekreische und lag nun mit halbgeschlossenen Augen da. Albert konnte aber sehen, dass seine Atmung sehr schnell war. Es schien, als würde der Papagei um sein Leben kämpfen, und es war ein Wunder, dass sein Herz noch mitspielte, denn Vögel konnten leicht einen Infarkt erleiden in Stresssituationen. Albert war sich fast sicher, dass die Verletzungen nicht lebensbedrohlich waren, denn so viel Blut hatte der Vogel nicht verloren. Viel größer war die Gefahr, dass er einen Schock erleiden würde. Und das konnte wiederum ebenfalls zum Tod führen.

Albert fuhr wie der Wind mit dem Rad und interessierte sich im Moment auch nicht dafür, ob Mojo ihm folgte, was er jedoch gemeinsam mit Nero tat. Bei der Praxis angekommen, blieb er stehen, sperrte das Rad zum ersten Mal seit Jahren nicht ab, nahm aus dem Hänger Rocky, der immer noch ins Handtuch eingewickelt war, und eilte mit ihm zur Eingangstür. Diese war allerdings verschlossen, was Albert wie ein Schlag traf. Mojo, der nun neben ihm stand, zeigte auf die Information, die an der Türe an die Scheibe geklebt worden war und auf der die Telefonnummer der Ärztin stand, unter der man sie bei Notfällen erreichen konnte.

Albert gab das Bündel mit Rocky Mojo und fingerte hektisch sein Smartphone aus der Tasche. Er wählte mit zittrigen Händen die Nummer der Tierärztin, und einen Augenblick später meldete sich auch schon ihre Stimme. Albert teilte ihr mit, worum es sich handle und wer er sei, worauf die Tierärztin sagte, dass sie sich schleunigst auf den Weg zu ihnen machen würde. Dann legte er hektisch auf und ließ das Telefon wieder in seiner Hosentasche verschwinden. Er nahm Rocky wieder an sich und hielt ihn, wie man es mit einem Neugeborenen tun würde. Außerdem marschierte er nervös auf und ab, wie man es vielleicht mit einem schreienden Baby machen würde.

Jetzt war es Rocky, der apathisch wirkte, und Albert bekam Panik, was ihn dazu veranlasste, noch schneller auf und ab zu gehen. Dann kam auch schon die Tierärztin um die Ecke. Anscheinend wohnte sie direkt hinter der Praxis, hatte aber lange gebraucht, da sie sich gerade geduscht oder gebadet hatte, denn ihre Haare waren immer noch nass und ungekämmt, sosehr hatte sie sich anscheinend beeilt. Sie schloss die Türe der Tierarztpraxis auf und bat Mojo und Albert herein. Danach öffnete sie die Türe des Behandlungsraums und ging schnurstracks zum Tisch, auf dem sie die Tiere untersuchte.

Albert wickelte den Papagei aus dem Handtuch aus und setzte Rocky auf den Tisch. Immerhin konnte er noch stehen oder besser gesagt hocken. Dr. Carmen

Kofler schaltete die Lampe über dem Tisch ein, damit sie die Wunden besser inspizieren konnte. Dazu breitete sie nacheinander die Flügel des Vogels aus, was diesem sichtlich und hörbar weh tat, denn er fing wieder an zu kreischen. Sie fing trotzdem mit der Versorgung des Vogels an und sah dabei sehr nachdenklich aus.

Als Rocky die Tortur endlich überstanden hatte, wirkte er immer noch apathisch. Auch seine Augenlider waren immer noch halb geschlossen, aber seine Atmung ging nicht mehr ganz so schnell und auch sein Herz hatte sich wieder beruhigt, was ein gutes Zeichen war. Albert nahm den Vogel und wickelte ihn wieder ins Handtuch ein, sodass nur noch der Kopf aus dem Bündel herausschauen konnte. Das tat er, damit Rocky nicht eventuell mit den Flügeln schlagen konnte, denn das hätte ihm unsagbare Schmerzen bereitet. Es war ein reines Wunder, dass der Vogel noch lebte. Seine Flügel waren mit einem Verband umwickelt und waren fürs Erste versorgt.

Mojo, der die ganze Zeit neben den beiden gestanden war, wurde erst jetzt richtig registriert von der Ärztin und Albert. Dieser wusste, was nun folgen würde. Eine ewig lange Erklärung an die Ärztin, wie das passiert war. Albert wusste, dass das ein langes

Gespräch werden würde, denn er würde ihr alles anvertrauen müssen, was sich in letzter Zeit so ereignet hatte. Vielleicht war das gut, so aber würde sie ihn vielleicht auch für verrückt halten.

Er fing trotzdem an zu erzählen, als würde er aus einem Buch lesen. Er fing an der Stelle an, an der er noch kein Tier sein Eigen genannt hatte, und arbeitete sich dann bis zu der Stelle vor, an der er Rocky festgenagelt vorgefunden hatte. Immer wenn Albert das schwarze Loch erwähnte, schaute sie nachdenklich und etwas skeptisch. Dennoch fiel sie Albert an keiner Stelle ins Wort, was bedeuten konnte, dass sie zumindest in Erwägung zog, dass etwas an der Geschichte daran sein konnte.

Als Albert eine gute Stunde später in seiner Erzählung endete, schaute Dr. Carmen Kofler Albert direkt in die Augen und erklärte ihm, dass sie ihm gerne glauben würde, wenn sie das Loch mit eigenen Augen sehen würde, und aus diesem Grunde würde sie beim nächsten Besuch des Loches dabei sein. Das sagte sie sehr bestimmt, und Albert traute sich nicht, ihr zu widersprechen. Sie sagte, sie hätte immer schon gehofft, Teil einer magischen Welt zu sein, und jetzt hätte sie die Gelegenheit dazu. Darüber musste nun Albert nachdenken, und er zog sich ein Stück weit in sich zurück, um allein zu sein bei diesen Überlegungen.

Währenddessen redete Mojo mit Carmen. Sie hatte ihm gleich zu Anfang das Du angeboten, was Mojo gerne angenommen hatte. Sie fragte ihn hauptsächlich über seine Flucht aus Afrika aus und nach den Details, die er in der Zeit im Zirkel erlebt hatte. Carmen war sichtlich erzürnt über die Tieropfer und sagte, dass sie alleine aus diesem Grund dabei sein wolle, wenn die zwei sich in den Wald aufmachen würden. Außerdem war es gut, in dieser Zeit eine Tierärztin an der Seite zu haben.

Nun war es Albert, der etwas misstrauisch war, denn er hatte nicht damit gerechnet, dass Carmen so offen und zugänglich für Übernatürliches war, denn das war es, was Albert über das Loch dachte. Es war magisch und das Wesen darin höchstwahrscheinlich auch. Immerhin konnte es in den Geist der Menschen eindringen, ihn nach brauchbaren Erinnerungen durchforsten, um dann diese gegen das Opfer selbst zu richten. So wie bei der Stimme seiner Frau, die aus dem Loch drang, denn das war die Stimme, die das Wesen nachgemacht hatte. Das Produkt eines Täuschers. Wenn, befand sich der Geist seiner Frau in seiner Wohnung, denn nur dort hatte er fremde

Blicke auf sich gespürt, und eventuell war sie es, die ihm über den Computer Nachrichten schickte. Das allerdings hatte er Carmen verschwiegen, denn es wäre vielleicht zu viel gewesen für sie.

Den Kampf, den er innerlich ausfocht, verschwieg er auch. Er schwankte immer wieder zwischen den Gedanken an Ashanti und den Schuldgefühlen, die er seiner verstorbenen Frau gegenüber hatte, hin und her. Der Gedanke an Ashanti erinnerte ihn daran, dass sie nun schnellstens handeln mussten. Sie mussten sich aufmachen, um etwas zu unternehmen. Was genau, wusste Albert jedoch nicht. Mojo hatte recht gehabt. Der Kidnapper musste der Glatzkopf sein. Deswegen wurde Albert immer zappeliger vom Herumstehen, wo er doch aktiv sein sollte. Also waren sie doch verfolgt worden.

Albert unterbrach das Gespräch, das Mojo und Carmen führten, und sagte, dass er sich nun dringendst zur Burgruine aufmachen musste, um nachzuschauen, ob Ashanti sich immer noch im Loch befand. Mojo, der sowieso ständig an seine Schwester dachte, gab ihm erleichtert Recht, weswegen sie sich umgehend auf den Weg zur Brandenburg aufmachten. Carmen hatte ein Schild in die Tür gehängt, auf dem stand, dass die Praxis wegen Urlaubs geschlossen sei, und hatte sich dann ebenfalls auf ihr Rad geschwungen, das hinter der Praxis gestanden war. Jetzt fuhren sie schon als Trio mit ihren Rädern und Albert fühlte sich fast etwa so, wie sich Mitglieder einer Motorradgang fühlen mussten. Er fühlte Zusammenhalt und Stärke in diesem Moment.

Nun musste er fast jede freie Minute an Ashanti denken. Wo war sie und war sie noch unversehrt? Er dachte an das Leuchten, das ihr innewohnte, und ihre makellose Haut. Nein, ihr durfte nichts geschehen und er beschleunigte sein Rad noch ein Stück weit, musste sich jedoch gleich wieder einbremsen, da Mojo vor ihm fuhr.

Carmen war sehr gut in Form, denn sie begann weder zu schnaufen noch zu schwitzen, während sie den beiden folgte. Da erging es Albert ganz anders, denn er fühlte bereits, dass er sein Limit an sportlicher Energie erreicht hatte. Nur Nero war noch voller Energie und er lief angeleint neben Albert her.

Rocky lag immer noch im Anhänger und schien ein Schläfchen zu halten, denn er hatte die Augen geschlossen. Er sah schon arm aus mit den dicken Verbänden an seinen Flügeln und Albert hoffte, dass er nicht zu sehr litt, wenngleich er in diesem Moment nicht den Eindruck machte, dass es so wäre. Gott sei

Dank hatte der Glatzkopf die Nägel durch die dünne Haut der Flügel gehämmert und nicht durch Knochen oder Gelenke, was gute Heilungschancen prognostizierte. Da hatte er noch einmal Glück gehabt.

Albert, der in der Mitte der Gruppe fuhr, nahm die Realität erst wieder wahr, als sie beim Wald ankamen und von den Rädern stiegen. Dieses Mal sperrte Albert Rad und Anhänger wieder ab und sie machten sich auf den Weg zur Burgruine. Alle drei gingen zielstrebig, ohne zu reden, voran. Das war auch gut so, denn Albert brauchte seine Luft derzeit anderwärtig. Wie immer strengte ihn der Weg an und es wurde noch schlimmer, als sie allmählich wieder vom trostlosen Gefühl überwältigt wurden, was immer passierte, wenn man sich der Burgruine näherte. Unten beim Loch auf der Lichtung war das nicht der Fall, wie Mojo erzählt hatte. Womit das zusammenhing, wusste Albert nicht, und er würde es wohl nie erfahren.

Vielleicht war es so, dass das Gefühl das Loch in der Burgruine schützte, so wie man den Hintereingang sichert, um zu vermeiden, dass man unbemerkt angegriffen wird. Albert war sich nämlich sicher, dass das Loch in der Burgruine genau das war. Ein

Hintereingang, und er stellte sich wieder die Frage, ob der Glatzkopf von diesem wusste. Wenn nicht, konnte sich das zu ihrem Vorteil erweisen.

Trotz der Niedergeschlagenheit, von der sie angegriffen wurden, gingen sie stetig weiter und kamen erschöpft bei der Burgruine an. Carmen sah sich neugierig um, denn es war das erste Mal, dass sie an diesem Ort war. Albert schlenderte durch das, was einmal der Innenhof der Burg gewesen war, und starrte dabei auf den Boden. Hoffentlich würde das Loch auch heute erscheinen, denn er wusste nicht, was er sonst tun konnte.

Immer wieder kontrollierte er, ob mit Rocky alles in Ordnung war, denn er hatte den Vogel natürlich mitgenommen und nicht im Anhänger gelassen. Dieser saß im Moment zum ersten Mal nach der Attacke des Glatzkopfes auf Alberts Schulter und hielt sich aufrecht. Das Handtuch hatte Albert entfernt, aber der Vogel war so gescheit, nicht mit den verbundenen Flügeln zu schlagen.

Mojo und Carmen standen direkt an den Überresten der Burgmauer und beobachteten Albert. Dieser hatte beim Erreichen der Burgruine die Leine von Nero in die Hand Mojos gedrückt, die er immer noch brav in der Hand hielt. Nun setzte er auch noch Rocky auf

Mojos Schulter, damit er sich frei bewegen konnte, ohne dass er Rücksicht auf die Tiere nehmen musste.

Als er bereits eine gefühlte Viertelstunde umherschlenderte, passierte das, womit Albert fast nicht mehr gerechnet hatte. Das Loch erschien. Zuerst hatte es nur gute dreißig Zentimeter im Durchmesser, schwoll aber schnell an und erreichte bald einen Durchmesser von zwei Meter. Albert vergrößerte den Abstand zum Loch, blieb aber dann wie angewurzelt stehen. Was würde nun passieren? Würde er wieder eine Stimme hören und war es diesmal die von Ashanti? Nein, es erklang wieder die Stimme seiner Frau und sagte in einem schmeichlerischen Tonfall:

„Wirf den Hund ins Loch! Nur er kann uns retten!!!"

Wieder stellte Albert fest, dass ihn die Stimme fesselte, wenngleich er auch enttäuscht war, nichts von Ashanti zu hören. Mojo und Carmen schienen die Stimme nicht gehört zu haben, denn sie beobachteten das Geschehen von außen, ohne eine Miene zu verziehen. Sie schienen nur das Loch zu sehen, denn dieses durchbohrten sie mit ihren Blicken. Albert beschloss, sich im Loch selbst zu vergewissern, ob Ashanti dort war, obwohl das keinen Sinn machte, denn er konnte dort sowieso nichts sehen oder ausrichten. Aber vielleicht konnte er sie zumindest hören.

Ohne Vorwarnung machte er ein paar Schritte auf das Loch zu und sprang dann in dieses hinein. Wie immer war er sofort ohne Körper und schwebte in der Dunkelheit. Zumindest sein Geist funktionierte wie immer und dieser würde vielleicht wahrnehmen, wenn Ashanti auch im Loch war. Immerhin hatte er das Wesen, das im Loch lebte, auch wahrgenommen. Im Moment war er aber anscheinend alleine hier.

Warum auch hätte der Glatzkopf Ashanti im Loch lassen sollen, denn Albert war sich sicher, dass dieser Ashantis Körper brauchte, um ihr beizubringen, was richtige Schmerzen waren, und das konnte er nur außerhalb des Loches. Wieder kam ihm seine Exfrau in den Sinn und er hatte sofort wieder ein schlechtes Gewissen ihr gegenüber. Es fiel im sofort wieder der Unfall ein, an dem er nicht ganz unschuldig war. Wieder blitzen Bilder vor seinem geistigen Auge auf. Bilder, die nicht schön waren und die ihn verfolgten. Er begann gerade zu verzweifeln, als es passierte. Plötzlich spürte Albert seinen Körper wieder und fiel. Er fiel eine ewig lange Treppe hinunter und war nicht in der Lage, seinen Sturz abzubremsen, bis er endlich am Fuß der Stiege liegen blieb.

Dort lag er auf dem Rücken und versuchte zu lokalisieren, an welchen Stellen er Schmerzen hatte. Er stellte fest, dass er sich nur Prellungen zugezogen und eine kleine Platzwunde an der Seite des Kopfes hatte, da er das Blut fühlen konnte, das seine Haare verklebte. Nichts, was wirklich schlimm war. Carmen war aber sicher in der Lage, diese zu nähen, wenn es denn erforderlich sein sollte.

Alle seine Sinne arbeiteten auf Hochtouren, wenngleich es immer noch finster war, und er war froh, wieder einen Körper zu haben, obwohl er dadurch auch wieder Schmerzen spüren konnte. Als Nächstes konnte Albert Nero nicht weit entfernt bellen hören. Es hatte den Anschein, dass er die Treppe heruntergerannt kam.

Kapitel 23

Dann wurde es plötzlich hell im Loch. Das Leuchten, wie Albert nun sehen konnte, ging von Nero aus, der jetzt in Sichtweite war, und er leuchtete strahlend. Das Licht schien flüssig zu sein, denn es floss aus seinem Inneren und verbreitete sich von dort über den ganzen Körper des Hundes, bis er als Ganzes leuchtete wie ein Signalfeuer. Nero verlor seine übliche Gestalt und sah nun aus wie ein runder Lichtkörper, von denen Albert schon gehört hatte. Aber er hatte nie damit gerechnet, dass er mit einem solchen Bekanntschaft schließen könnte.

Erst jetzt nahm Albert seine Umgebung wahr, die Nero durch sein Leuchten sichtbar machte. Sie befanden sich in einer Art Höhle mit einem Durchmesser von gut dreißig Meter, deren Wände aus Erde und Stein bestanden. Aus der Höhle führte ein Tunnel mit einem Durchmesser von gut drei Metern, der wieder in der Dunkelheit verschwand, da das Licht, das aus Nero kam, nicht so weit vordringen konnte.

Nun stellte sich die Frage, was machte der Hund oder was immer er war, hier? Genau das hatte er vermeiden wollen und nun war es doch geschehen. Was ihn aber viel mehr interessierte, war, wer er im Moment war?

Das Lichtwesen mit einem Schein, der einen wärmte und ein Gefühl von Geborgenheit erzeugte. Wer war dieses Wesen und was würde als Nächstes passieren?

Albert rappelte sich vom Boden auf und dachte nach. War er jetzt für immer hier gefangen oder gab es einen Ausweg? Sein Blick blieb an der schmalen Treppe aus behauenem Stein hängen, über die er gefallen war und die steil nach oben durch die Erde in ein schwarzes Nichts führte. Das musste wohl der Ausgang sein, denn immerhin war er auch von dort gekommen genauso wie Nero.

Albert rief Nero und der Hund bewegte sich in seiner Lichtgestalt zu ihm und blieb vor ihm in der Luft schwebend stehen, aber doch weit genug weg, um zu gewährleisten, dass ihn Albert nicht berühren konnte. Dieser wünschte sich eine Sonnenbrille herbei, denn er wurde geblendet von Nero. Im Moment konnte Albert nicht wahrnehmen, dass sie sich in Gefahr befanden, aber das konnte sich bald ändern.

Was, wenn der Bewohner dieser Höhle auftauchte? Albert ging mit Nero an seiner Seite zur schmalen Treppe und begann nach oben zu steigen. Nero, das Lichtwesen, hatte sich an seine Fersen geheftet und schien knapp über den Treppen zu schweben. Seine Form erinnerte immer noch an die einer Kugel, wenngleich man eine gute Phantasie dazu brauchte, die Albert aber besaß, da die Kugel in ihrer Form instabil war und waberte wie das Wachs in einer Lavalampe. Über ihnen befand sich eine Decke, die aus Erde und Steinen bestand.

Je weiter sie nach oben stiegen, umso mehr veränderte sich das Material, das sie umgab. Der Stein um sie herum begann zu schwitzen, als hätte er Wasser gespeichert wie ein Schwamm. Albert begann kräftig zu schnaufen und er wünschte sich, dass er es auch so einfach haben würde wie Nero. Dieser hatte wieder die Form eines Hundes angenommen, obwohl er immer noch hell leuchtete, und er schwebte über den Stufen und schien dafür keine Energie aufwenden zu müssen.

Als Alberts Beine schon völlig lahm waren, erreichten sie das Ende der Treppe. Sie führte direkt in eine schwarze Pfütze, die an der Decke klebte und auch nicht von Nero erhellt wurde. Sie schluckte einfach das Licht des strahlenden Hundes. Das musste eine Art Schleuse sein, die vermutlich an die Erdoberfläche führte, denn um sie herum wuchsen Wurzeln durch die Erde ins Innere des Tunnels.

Das hieß, dass sie der Erdoberfläche nahe sein mussten. So zumindest hoffte er. Er nahm allen Mut zusammen und sprang ins Schwarze, durchbrach es und einen Augenblick später stand er wieder neben Mojo und Carmen, die ebenfalls am Rand des Loches standen. Nero sprang als schwarzer Hund mit Fell und Knochen aus dem Loch und schien äußerlich wieder der Alte zu sein. Das Loch zog sich zusammen und verschwand dann zur Gänze, und erst jetzt merkte Albert, dass Mojo weinte und den Kopf gesenkt hielt. Warum das so war, mussten sie später klären, denn Albert wollte nun so schnell wie möglich von hier verschwinden. Alle Fragen, die es zu klären galt, mussten bis später warten.

Albert marschierte los und Carmen und Mojo gingen ihm nach. Er hatte Rocky wieder auf seine linke Schulter gesetzt und Nero lief neben ihm her. Er lief mit der Motivation eines Marathonläufers und kam bald in Gefilde, die dem Wohlbefinden besser taten. Albert, der sich schnell besser fühlte, ging raschen Schrittes voran und die beiden menschlichen Begleiter folgten ihm.

Als sie beim Zelt ankamen, blieb Albert erleichtert stehen und schnaufte durch. Mojo sah immer noch völlig aufgelöst aus und vermied jeglichen Blickkontakt. Albert drehte sich zu den beiden um und fragte nun zum ersten Mal, wie es kam, dass Nero im Loch gelandet war. Carmen schaute Mojo an und

Albert wurde klar, dass er ihm etwas zu beichten hatte, was er auch tat.

Er erzählte, während Albert seine Wunde am Kopf von Carmen behandeln ließ, mit gesenktem Blick, dass er die Leine locker gehalten hatte und dass Nero sich plötzlich einfach losgerissen habe. Es sei seine Schuld, dass der Hund im Loch gelandet war, und es täte ihm unendlich leid. Noch mehr leid tat es ihm, dass er nicht den Mut gehabt hatte, ins Loch hinterherzuspringen, außerdem hätte er dort ohne Körper eh nichts anrichten können.

Er hielt den Blick immer noch gesenkt und Albert erlöste ihn aus seinen Schuldgefühlen, indem er berichtete, was sich im Loch zugetragen hatte und dass es sogar gut war, dass das passiert war, denn nun konnten sie Ashanti im Loch tatsächlich suchen, wenn sie sich dort befand. Vorausgesetzt Nero würde wieder mitkommen und als Lichtquelle dienen.

Sofort drängte sich ihm aber die Frage auf, ob es gut wäre, den Hund wieder ins Loch mitzunehmen, denn eigentlich hatte er gedacht, dass das etwas war, was er nie tun würde. Nun hatte sich die Situation aber geändert. Er hatte jetzt selbst einen Körper in der Welt unter dem Loch und war dadurch in der Lage, für Nero zu kämpfen, wenn es erforderlich sein sollte.

Außerdem ging es um Ashanti und somit musste er alles einsetzen, was zur Verfügung stand.

Als er in der Höhle mit dem Gang ins Schwarze gestanden war, war ihm klar geworden, dass das hier unten doch das perfekte Versteck für Ashanti war, falls der Glatzkopf und sie hier ebenfalls einen Körper hatten. Albert befürchtete nämlich, dass der Glatzkopf über diese Macht verfügte, was aber gleichzeitig vermuten ließ, dass er auch diese Treppe ins Freie kannte. Oder waren die unterirdischen Gänge und Höhlen etwa so verzweigt und lang, dass man nicht alles kennen konnte? Das allerdings würde die Chance verringern, Ashanti zu finden.

Albert fragte sich, wie man vom Loch in der Burgruine zum Loch auf der Lichtung gelangen konnte, und was noch wichtiger war, wie man zum Loch in seinem Wohnzimmer kam, denn dort hinein war Ashanti wahrscheinlich gezerrt worden. Führte dieses Loch ebenfalls ins Innere der Höhle? Wenn es tatsächlich eine Art Schleuse war, konnte diese einen praktisch überallhin bringen. Wie schaffte es der dreizehnte Kapuzenmann, etwas zu sehen? Leuchtete für ihn ebenfalls ein Lichtwesen?

Albert wurde klar, dass er bald wieder zur Burgruine aufbrechen würde. Wahrscheinlich sogar noch heute.

Nun stellte sich die Frage, wer ihn alles begleiten würde. Würde er Carmen und Mojo mitnehmen? Darüber musste er noch nachdenken. Im Moment war es vor allem wichtig, dass er Nero dabei hatte. War das der Grund, warum die Stimme seiner Frau ständig nach Nero verlangt hatte? Die Stimme, die eigentlich vom Tier stammte, wie er vermutete, oder gar nur seiner Einbildung entsprang. Auch diese Möglichkeit gab es.

Wer war Nero, dass er so wichtig war für das Wesen im Loch? Es hatte schon einmal mit ihm zu tun gehabt, und da hatte es ihn verletzt. Wie war er entkommen oder warum war er nicht gleich getötet worden? Und warum um alles in der Welt hatte er heute beschlossen, ebenfalls erneut ins Loch zu springen? Bisher hatte er immer panisch gewirkt wenn er sich nur in seiner Nähe befunden hatte. Hatte er etwa auch etwas gehört, was ihn dazu veranlasst hatte, oder war Albert möglicherweise in Gefahr gewesen? All diese Gedanken schnellten durch seinen Kopf und er begann zu verzweifeln. Oder hatte der Hund gespürt, dass Ashanti dort unten war und Hilfe brauchte?

Albert merkte, dass er eigentlich einen Scheißdreck wusste, und er stellte nur Vermutungen an, die allesamt erst bewiesen werden mussten. Er stellte wieder einmal fest, dass Gedanken einen tatsächlich in den Wahnsinn treiben konnten und dass sie in Momenten, in denen sie eigentlich klar und strukturiert sein sollten, im Kopf umherschossen wie Forellen in einen Teich.

Albert riss sich von ihnen los und schenkte seine Aufmerksamkeit Carmen und Mojo, der sich wieder beruhigt hatte und gerade mit Carmen sprach. Beide wirkten aufgebracht und Albert bekam mit, dass sie sich ebenfalls über das Loch unterhielten. So viel wusste Mojo nun über den Glatzkopf. Dieser hatte alle Kapuzenmänner belogen, und Mojo erzählte Carmen nun von den Lügen. Albert fühlte sich, als würde ein ständiger Fluss an Strom durch ihn hindurchfließen, und er fand nicht die Ruhe, um sich zu setzen, also ging er auf und ab, was dazu führte, dass er verwunderte Blicke von Carmen und Mojo erntete.

Sein Blick fiel auf Nero und sofort fragte er sich wieder, wer der Hund sei, denn ein normaler Hund war er nicht, wie er kürzlich gemerkt hatte. Umsonst verlangte das Tier nicht nach ihm. Warum konnten Mojo und Carmen nichts hören, was aus dem Loch drang? War Albert etwa auch jemand Besonderer in diesem Spiel, das sie spielten? Er hatte sich nie besonders gefühlt, aber gehörte das vielleicht ebenfalls zum Plan, der sich Albert nicht offenbaren wollte? Schon beim Gedanken daran, dass eine schwere Aufgabe auf ihn warten könnte, fühlte er sich unwohl und bekam sofort wieder den Drang, einfach zu flüchten, aber so einfach sollte es diesmal nicht sein, denn dafür steckte er zu tief im Geschehen darinnen.

Aus diesem Grund beschloss er, Mojo und Carmen ins Loch mitzunehmen, was bedeutete, dass auch Rocky mit musste. Er wollte ihn nicht zu Hause einsperren in dem Zustand, in dem er sich befand. Denn auch wenn er wieder aufgeweckt wirkte, hieß das nicht, dass die Genesung voranschritt. Die Wunden konnten sich entzünden oder er konnte eine Blutvergiftung bekommen. Alles Schreckensszenarien, die er sich gar nicht erst vorstellen wollte. Da war es klüger, eine Tierärztin dabei zu haben, die in Rockys Nähe war.

Mojo wollte er mitnehmen, da er vielleicht etwas von seiner Schwester hören würde, was Albert nicht hören konnte. Außerdem wollte er ihn nicht allein an der Oberfläche zurücklassen, wo er doch im Höhlenlabyrinth nützlich sein konnte und allein dort draußen nur als Zielscheibe dienen würde für den Glatzkopf.

Albert teilte den beiden diese Entscheidung mit, und sie wirkten äußerst zufrieden damit. Beim nächsten Besuch des Loches würden sie aber all ihre Waffen mithaben. Die Messer, die Armbrust, den Speer und den Revolver, der bereits für Albert reserviert war. Wie gut, dass sie auch die Armbrust gekauft hatten, denn so gab es auch eine Waffe für Carmen, als hätte er gewusst, dass diese noch einen Besitzer finden würde.

Nun hatte jeder von ihnen eine Waffe, die man aus der Distanz verwenden konnte. Albert dachte kurz an die Waldlichtung, aber heute war es ihm nicht besonders wichtig, diese zu beobachten. Er konnte dort eigentlich nichts ausrichten und dieses Gefühl war zermürbend. Er wusste nicht, wie er dreizehn stattliche Männer erledigen sollte. Klar konnten sie zu dritt den Zirkel mit Waffengewalt in Schach halten, aber um sie zu besiegen, mussten sie die Männer schon töten, um zu vermeiden, dass sie sich ungemütlich revanchierten. Außerdem wer sagte, dass die Männer nicht ebenfalls bewaffnet waren? Genug Platz unter ihren Kutten hatten sie ja.

Zuerst war es aber wichtiger, Ashanti zu suchen und zu finden. Es war wichtig, weil Albert beim Gedanken daran, dass man ihr wehtat, verzweifelte. Aber wie verdammt noch einmal sollte er sich in diesem unterirdischen System zurecht finden?

Albert beschloss, dass sie noch ein paar Gegenstände für ihre Expedition brauchten. Zumindest eine Spraydose, ein Seil und eine starke Lampe. Würde diese eigentlich funktionieren im Höhlenlabyrinth? Einen Versuch war es wert.

Die Spraydose brauchten sie, um an einigen Stellen Markierungen zu setzten, die gewährleisten würden, dass sie auch wieder zurückfinden würden, wenn sich der Tunnel verästelte. Das Seil konnte nicht schaden, da sie vielleicht würden klettern müssen. Das hieß, dass Albert wieder ins Campinggeschäft fahren musste, denn nur dort würde er alles bekommen, was er wollte.

Er beschloss aber, diesen Weg alleine zu bewältigen, und wollte nicht einmal die Tiere mitnehmen. Er sagte, was er vorhatte und dass er die Tiere hier lassen wolle, was Carmen und Mojo nicht störte. Dann machte er sich auf den Weg zu seinem Rad. Den Revolver hatte er vorsorglich in den Bund seiner Hose gesteckt und dieser gab ihm ein Gefühl der Sicherheit.

Er marschierte durch den Wald und dachte an Ashanti. Wie ging es ihr wohl? Eigentlich war das eine blöde Frage, denn es war klar, dass sie völlig verängstigt sein musste. Unvermittelt dachte Albert an den Haufen nackter Tiere, die an seinem ehemaligen Zeltplatz vor sich hin verwesten. Die Haare mussten mit einem scharfen Gegenstand entfernt worden sein. Hoffentlich würde nicht Ashanti ebenfalls mit diesem Gegenstand Bekanntschaft schließen.

Nein, er wollte positiv denken und verbot es sich darum selbst, sich vorzustellen, was alles passieren konnte. Im Leben lief man immer Gefahr, negative Erfahrungen zu machen, aber die Kunst war es, aus ihnen zu lernen. Wenn man das zur Genüge beherrschte, kam man sicher leichter durch. Das Problem war aber, dass die negativen Gedanken in Alberts Kopf überwogen, und er musste erst lernen, diese in positive zu verwandeln. Das war etwas, das er verlernt hatte, als er sich plötzlich allein durchs Leben hatte kämpfen müssen. Vor dem Tod seiner Frau war er immer ein Hans im Glück gewesen und hätte nie damit gerechnet, dass auch er einmal Pech haben könnte. Er hatte immer bekommen, was er wollte.

Heute war er ein verunsicherter, von unschönen Gedanken gepeinigter Mann, dessen Wünsche und Gebete unerhört blieben. Sein Gemütszustand war darauf zurückzuführen, dass er sich einerseits allein fühlte, andererseits weil er nicht allein gelassen wurde vom Geist seiner Frau, was bedeutete, dass auch sie auf der Erde gefangen war. Er musste wissen, ob das seine Schuld war und ob sie ihm böse war. Während des Gehens fiel ihm wieder ein, dass er auch wieder im Computer nachsehen sollte, ob er eine Nachricht von ihr erhalten hatte. Das konnte er tun, wenn er die Spraydose von zuhause holen würde, die in der Abstellkammer vor sich hin vegetierte.

Als Albert bei den Rädern ankam, stellte er zufrieden fest, dass keines davon geklaut worden war, und auch der Anhänger war noch da. Er befreite beides von ihren Ketten und machte sich fahrbereit. Dann fuhr er los zum Campingladen. Ihm fiel auf, dass er von den Passanten, die er traf, weit weniger freundlich angesehen wurde, als wenn er Nero dabei hatte. Der Hund war schon etwas Besonderes, aber das hatte er bereits gewusst, bevor er in Licht aufgegangen war.

Sowie Albert beim Campinggeschäft ankam, fühlte er sich fitter denn je. Er bekam einen neuen Schub von Zuversicht, wie er es schon lange nicht mehr erlebt hatte. Woher kam diese Kraft? Voll motiviert ging er in den Laden und suchte sich einen freien Verkäufer. Er ließ sich von ihm bedienen und bekam schnell, was er wollte. Nach dem Zahlen ging er wieder ins Freie. Er war immer noch zuversichtlich und wollte nun seiner Wohnung einen schnellen Besuch abstatten, um die Dose zu holen und im Computer nach Nachrichten für ihn zu suchen.

Kapitel 24

Als er einige Zeit später in seiner Wohnung stand, fuhr er im Wohnzimmer den Computer hoch. Wenn nun eine Nachricht im Manuskript stehen würde, könnte er sich sicher sein, dass er nicht schlafwandelte, sondern dass diese von jemand anderem stammte. Er konnte kaum abwarten, bis der Computer hochgefahren war, und öffnete fast gierig das Schreibprogramm. Er suchte die letzte Seite und stellte fest, dass alles so war, wie es sein sollte. Keine Nachricht für ihn.

Enttäuscht schaltete er den Computer aus und sah sich um im Raum. Sofort fiel sein Blick auf die zwei kleinen Löcher, die in der Wand waagrecht auseinander lagen und von den Nägeln stammten, die durch Rockys Flügel getrieben worden waren. Groll stieg in Albert hoch und er stellte fest, dass er diesen Ort so schnell wie möglich verlassen musste, um sich wieder zu beruhigen.

Er ging mit der Spraydose aus der Wohnung und fuhr wieder mit dem Lift nach unten. Absperren hatte er die Wohnungstüre nicht gekonnt, da das Schloss immer noch kaputt war. Egal, denn er hatte alles Bargeld bei sich und auch keine besonderen Schmuckstücke, die in der Wohnung herumlagen.

Man konnte ihm höchstens die Möbel und den Fernseher klauen.

In Gedanken stand er noch immer im Wohnzimmer und sah auf das schwarze Loch im Boden, das er dort in seiner Erinnerung gespeichert hatte, auch wenn dieses bei seinem jetzigen Besuch nicht mehr dort gewesen war. Als er wieder mit seinem Rad Richtung Wald fuhr, tat er das wie so oft im Autopilot-Modus und kam dem Walde rasch näher. Erst als er tatsächlich dort ankam, riss er sich selbst aus seinen Gedanken. Er stieg ab, versperrte Rad und Anhänger und holte aus diesem die neuesten Errungenschaften. Das Seil, die Taschenlampe und die Spraydose, die er bereits besessen hatte. Er machte sich mit vollen Händen auf den Weg durch den Wald, während er plante, wie sie nun vorgehen sollten. Er würde sich tatsächlich noch heute auf den Weg machen, um dem Loch einen Besuch abzustatten.

Er ging einen Takt schneller, da wieder das Bild von Ashanti vor seinem geistigen Auge vorbeischwebte. Nun konnte jede Minute zählen. Er fragte sich, wie Mojo mit seinem Verlust klar kam, denn dieser ließ sich meist nicht anmerken, dass er voller Sorgen war. Albert nahm es ihm zumindest nicht übel, dass er nicht Nero ins Loch hinterhergesprungen war. Dazu gehörte schon eine Portion Wahnsinn, die zumindest Albert besaß. Wahnsinn und wahnsinnige Angst, jemanden zu verlieren, was jedoch bestimmt auch auf Mojo zutraf.

Nun war Albert bereits fast wieder beim Zelt, denn er konnte Gesprächsfetzen hören, die von Carmen und Mojo gesprochen wurden. Die beiden redeten unbekümmert in einer Lautstärke, dass sie jeder belauschen konnte, der das wollte.

Als er tatsächlich ankam, wurde er wieder ungestüm von Nero begrüßt, und erst dann schenkte er seine Aufmerksamkeit seinen menschlichen Gefährten. Sofort überfiel ihn Mojo mit einem Redeschwall. Er sagte, dass er das Gefühl habe, dass Ashanti im Moment in Gefahr schwebe und dass sie unverzüglich zum Loch in der Ruine aufbrechen müssten. Das ging konform mit dem, was Albert dachte, und aus diesem Grund gönnte er sich keine Verschnaufpause, sondern machte sich samt Gefolge auf den Weg dorthin.

Nero, der Mojo und Carmen sicherlich mochte, zog es aber vor, neben Albert herzulaufen. Auch Rocky saß wieder auf Alberts Schulter und schien damit zufrieden zu sein. Alle seine menschlichen Begleiter hatten eine Waffe in der Hand und Mojo sah tatsächlich aus wie ein afrikanischer Krieger mit seinem Speer. Es fehlte nur noch, dass er zu tanzen beginnen und dabei mit den Füßen auf den Boden stampfen würde.

Aber auch Carmen sah gefährlich aus mit ihrer Armbrust. Trotz des Gefühls der Macht, das einem Waffen gaben, fingen sie allesamt wieder an, sich dem trostlosen Gefühl hinzugeben, je weiter sie nach oben kamen, und als sie tatsächlich bei der Burgruine ankamen, war wieder jeder von ihnen völlig verzweifelt.

Zeit, ins Loch zu springen, aber dazu musste dieses erst erscheinen. Dieses Mal schlenderten alle drei über den Innenhof der Burg, aber das Loch erschien wieder an der üblichen Stelle vor Albert, als wäre er der Einzige, dem diese Ehre zuteilwerden sollte. Dieses Mal erschien es so plötzlich und so knapp vor ihm, dass er fast ungewollt hineingefallen wäre. Er konnte gerade noch rechtzeitig sein Gleichgewicht finden und machte rasch einen Schritt zurück.

Albert, der Mojo und Carmen bereits seinen Plan mitgeteilt hatte auf dem Weg zur Ruine, begann unverzüglich mit seiner Ausführung. Dazu gehörte es, dass Nero als Erster ins Loch springen musste, um zu vermeiden, dass sie alle über die Treppe fallen würden. Albert hoffte, dass er selbst hineinspringen konnte und geschickt auf den Stufen landen würde, wenn er sah, wohin er sprang, was nur der Fall war, wenn Nero die Umgebung erleuchtete. Aber wie sollte er den Hund, der eigentlich keiner war, dazu bewegen, ins Loch zu springen? Würde das Licht, das Nero innewohnte, einfach folgen, wenn es gebeten wurde, das zu tun?

Die Frage erübrigte sich, denn als würde Nero Gedanken lesen können, sprang er ohne Vorwarnung ins Loch. Nun mussten sie ihm nur noch folgen. Die drei nahmen sich an den Händen und gingen alle auf das Loch zu. Dann sahen sie sich noch einmal an und taten das, warum sie hier waren. Gleichzeitig machten sie alle einen letzten Schritt nach vorne und ließen sich ins Loch fallen.

Albert hoffte dabei inständig, dass sie auf den Füßen landen würden. Und tatsächlich, wider seine Erwartungen landeten sie alle auf den Stufen und behielten ihr Gleichgewicht, was sicher auch daran lag, dass sie sich an den Händen hielten. Nero schwebte ein Stück weiter unten über den Stufen und war wieder der hell leuchtende Lichtkörper, wenngleich er sich dieses Mal bemühte, trotzdem die Form eines Hundes zu behalten.

Dieser Lichthund begann nun die Treppen abwärts zu schweben und die drei machten sich auf, ihm zu folgen. Das taten sie schweigend in völliger Stille, wie sie es bei ihrem Weg hierhin besprochen hatten. Als Albert die Treppe hinuntergefallen war, war ihm diese weniger lang erschienen als jetzt. Vielleicht lag das aber auch daran, dass er schon so neugierig war, was sie am Ende erwartete. Etwa einfach nur die Höhle mit dem Tunnel, der ins Schwarze führte, oder etwas anderes? Etwas, das lebendig war und nur auf sie wartete?

Albert, der die Gruppe anführte, war sich durchaus bewusst darüber, dass er so der Erste sein würde, der gefressen werden würde. Aber seltsamerweise fühlte er plötzlich so etwas wie einen Beschützerinstinkt und er hatte das Gefühl, dass er auf die beiden Acht geben musste. Er wollte nicht noch jemanden verlieren. Wieder einmal stellte Albert fest, dass er sich verändert hatte, denn noch vor nicht allzu langer Zeit wäre er erst gar nicht ins Loch gesprungen, egal wen es darin zu retten galt, und dass er dabei noch die Rolle des Führers übernahm, wäre gänzlich undenkbar gewesen.

Schließlich erreichten sie doch noch den Fuß der Treppe und Nero begann stärker zu leuchten, um die

Umgebung zu erhellen. Es war, als hätte er einen Dimmer eingebaut, den er je nach Belieben verwenden konnte. Die Höhle war groß, weshalb Nero wieder in einer Intensität leuchtete, die in den Augen schmerzte. Auch Carmen und Mojo mussten die Augen abschirmen, während sie ihre Umgebung scannten.

Albert, der das alles schon kannte, lauschte in der Stille, ob er eine Stimme hören konnte, doch sosehr er sich auch anstrengte, er vernahm nicht das leiseste Geräusch. Auch Mojo und Carmen hörten nichts, denn sie sahen sich nur die Wände der Höhle an, als ob es dort die Lösung für irgendetwas zu finden gäbe.

Die Lösung fanden sie nicht, dafür aber Kratzspuren an der Wand. Es sah aus, als hätten mächtige Klauen an ihr gekratzt. Vom Abstand der tiefen Furchen im Gestein her konnte es sich beim Verursacher um dieselben Krallen handeln, die Nero verletzt hatten. Unruhig spähte Albert zu dem Stollen, der aus der Höhle führte, und stellte fest, dass er immer noch pechschwarz war und man keinen Meter in ihn hineinsehen konnte.

Albert schaltete die Taschenlampe ein und leuchtete damit in den Tunnel. Was er sah, war zermürbend, denn er sah gar nichts. Es war, als würde der Tunnel sofort sämtliches Licht verschlucken, das in sein Inneres gelangte. Albert gab Nero ein Zeichen und dieser schien genau zu verstehen, was er von ihm wollte. Sofort lief er ins Innere des Tunnels und Albert stellte fest, dass er diesen tatsächlich erhellte. Was war an Neros Licht anders?

Albert schaltete die Taschenlampe aus und schob sie neben den Revolver, der hinten im Hosenbund steckte. Er gab auch Mojo und Carmen ein Zeichen, ihm zu folgen, und ging in den Tunnel. Die Wände hier bestanden aus massivem behauenem Stein und jedes Geräusch hallte im Tunnel wider, als gäbe es hier unzählige Lautsprecher. Die Schritte, die sie auf dem ebenfalls aus Stein bestehenden Boden machten, waren jedoch das einzige Geräusch, das sie produzierten.

Vor allen Mojo mit seinen Stiefeln konnte man hören, obwohl er sich sichtlich bemühte, sanft aufzutreten. Nero, der immer noch hell leuchtete, schwebte über dem Boden und war dabei still wie eine Kirchenmaus.

Plötzlich blieb dieser an einer Stelle stehen und sein Licht erlosch. Nun war es stockdunkel um sie herum. Was war los? Warum leuchtete Nero nicht mehr? Albert begann rasch, sich unwohl zu fühlen, und gerade als er zu verzweifeln begann, sah er wieder ein

Licht im Tunnel, das aber anders war als Neros Licht. Irgendwie kälter. Dieses Licht war nicht golden, sondern bläulich, schwebte auf sie zu und verharrte dann einige Meter vor Albert in der Luft. Dann veränderte es seine Form und sah darin immer menschlicher aus. Als das Licht perfekt den Körper eines Menschen darstellte, wuchs aus dem linken Bein heraus eine unförmige Ausbuchtung. Diese nahm aber schnell die Form einer Katze an und trennte sich dann endgültig vom Bein ab.

Die Katze blieb reglos sitzen. Sie bestand aus dem gleichen Material wie die Gestalt, und Nero, der zwischen Albert und der Erscheinung stand, fing an unruhig zu flackern, als würde ihn etwas aus der Ruhe bringen. Nun wusste Albert, dass Nero auch in seiner Lichtgestalt noch Gefühle eines Hundes hatte. Wollte er mit dem Pulsieren des Lichtes etwa die Geisterkatze verjagen? Das konnte sein und in seinem Inneren wuchs eine Erkenntnis heran, die unumstößlich war. Die Gestalt war der Geist seiner Frau, das spürte Albert einfach, und er verstand auch, warum der Geist eine Katze bei sich hatte. Das musste der Geist von Krümel, dem Kater, sein, den sie zum Tierarzt hatten bringen wollen knapp vor ihrem Unfall.

Aber was machten sie hier und wie waren sie hierher gelangt? Er ahnte, dass ihr Geist vielleicht ebenfalls ins schwarze Loch im Wohnzimmer geschwebt war, als der Glatzkopf den Papagei gepeinigt und Ashanti entführt hatte. Er hatte sich tausendmal ausgemalt, wie es wäre, wenn er mit seiner Frau nochmals reden könnte, und jetzt, da er ihr alles sagen konnte, was er wollte, war er sprachlos. Er schaute auf Mojo und Carmen und stellte fest, dass diese das Phänomen ebenfalls sahen, aber mit Sicherheit nicht zuordnen konnten, wer die Erscheinung war.

Albert ergriff plötzlich Misstrauen dem Geist gegenüber oder was auch immer er war, und begann zu zweifeln. Vielleicht war er eine Fata Morgana, die vom Tier produziert wurde. Allerdings war er nur durch Nero sichtbar geworden, weil dieser aufgehört hatte zu leuchten. Es schien also, als würde Nero ihn unterstützen in seiner Erscheinung, wenngleich ihn die Katze ärgerte.

Albert erinnerte sich daran, dass Nero auch immer gebellt hatte, wenn sie in der Wohnung plötzlich wieder unter Beobachtung gestanden waren. War das also auch seine Frau mit der Katze gewesen, die Nero hatte sehen können? Warum war sie hier unten sichtbar für ihn? Nein, es musste einfach der Geist seiner Frau sein, das spürte er in jeder Faser seines Körpers.

Ihm wurde klar, dass er sich nun bei ihr entschuldigen konnte, was er seit Jahren gewollt hatte. Aber dies war nicht der richtige Zeitpunkt dafür. Die fluoreszierende Gestalt mit der Katze begann nun plötzlich von ihnen wegzuschweben und Albert hatte sofort den Drang, ihr zu folgen, aber von einer Sekunde auf die andere war sie wieder verschwunden, was Albert erneut das Herz brach. Würde er sie wiedersehen oder war das nur eine kurze paranormale Erscheinung gewesen, die sich Albert präsentiert hatte, was dafür sprach, dass da doch das Tier seine Finger im Spiel hatte? Nein, er wollte darauf vertrauen, dass er seine größte Liebe in Form eines Geistes wiedergefunden hatte.

Nero begann wieder zu leuchten, was Albert sichtlich erfreute, denn er schnaufte kräftig durch, als hätte er zuvor die Luft vor Angst angehalten. Wenn, hatte er das aber aufgrund der Finsternis getan und nicht wegen der übersinnlichen Erfahrung, die er soeben gemacht hatte, denn solche Dinge schockierten ihn nicht mehr. Nero begann nun ebenfalls weiter in den Tunnel zu schweben und Albert nahm das Gehen wieder auf. Jetzt strahlte Nero wieder als Ganzes und

Albert konnte genau sehen, was sich unter seinen Füßen befand. Harter Stein, der nass glänzte.

Rocky, der auf Alberts Schulter saß, schien zu schlafen und machte keine Anstalten, diese zu verlassen. Sie gingen und gingen und mit der Zeit hatten sie alle das Gefühl zu ertrinken, da die Luftfeuchtigkeit mit jedem Schritt zunahm. Albert stellte fest, dass nun dicke Tropfen von der Decke fielen und ihn am Kopf trafen. Befand sich über ihnen ein unterirdischer See?

Vom Gefühl her ging der Tunnel am Anfang leicht abwärts und mit der Zeit aber immer steiler nach unten mitten in die Erde hinein, und Albert fühlte sich immer mehr wie ein Minenarbeiter. Er konnte nicht verstehen, wie man diese Arbeit den ganzen Tag machen konnte, denn er fühlte sich immer mehr beengt und bekam allmählich Panik. Er musste sich auf seine Atmung konzentrieren, da er kurz davor war zu hyperventilieren.

Als Albert hinter sich sah, konnte er sehen, dass Carmen und Mojo sich an den Händen hielten, was sie sicher ebenfalls aus dem Grund taten, weil sie Angst hatten und sich nicht verlieren wollten. Albert traf eine Erkenntnis wie ein Schlag. Wenn sie jetzt auf irgendetwas Ungemütliches stießen und fliehen müssten, würden sie denselben Weg zurücklaufen müssen, auf dem sie auch gekommen waren, und das hieß, dass sie aufwärts laufen müssten. Albert war sich sicher, dass er schon nach hundert Metern am Boden liegen und einen Asthmaanfall haben würde bei seiner Kondition.

Er begann sich zu fragen, wie weit sie noch in den Berg vorstoßen würden. Ein paar Mal machte der Tunnel eine Abzweigung und Albert ließ sich von Nero leiten, markierte aber bei jeder Weggabelung mit der Spraydose, welchen Tunnel sie am Rückweg nehmen müssten. Allerdings hoffte er inständig, dass sie einen anderen Ausgang finden würden, der näher lag. Wieder fiel ihm auf, dass Mojo und Carmen sich immer noch an der Hand hielten. Wenn man es nicht besser wüsste, sahen sie aus wie ein Paar, das allerdings Aufsehen erregen würde wegen des Altersunterschiedes, der zwischen ihnen herrschte.

Als Albert schon dachte, der Tunnel würde nie enden, mündete dieser plötzlich in eine riesige Höhle. Sie hatte den Durchmesser von vier Fußballfeldern und am Boden brodelten Lavatümpel vor sich hin. Allerdings waren diese durchzogen von flachen Felsen, die gut zwei Meter aus der Lava herausragten und es ermöglichten, in der Höhle herumzulaufen, wenngleich man ab und zu würde springen müssen, um den nächstgelegenen Felsen zu erwischen.

Albert und sein Gefolge befanden sich knapp unter der Decke an der Seitenwand in einer Höhe von gut dreißig Metern, aber zum Glück führte eine Steintreppe an der Wand entlang nach unten. Albert sah sich neugierig und überrascht um. Von der Decke hingen mächtige Tropfsteine und der größte davon berührte fast den Boden. In der Höhle herrschte ein angenehmes Licht vor, das von der Lava herrührte, und Nero dimmte sein Leuchten auf ein augenfreundliches Maß.

Auf der anderen Seite der Höhle befanden sich Eingänge zu drei unerforschten Tunneln und Albert beschloss, dass sie dorthin mussten. Er begann langsam die Treppe hinunterzusteigen und achtete dabei darauf, dass er eng an der Wand entlang nach unten ging, denn er hatte keine Lust, in den Abgrund zu stürzen.

Mojo und Carmen folgten ihm dicht auf den Fersen und Nero schwebte als Anführer voraus. Was hatte es mit dieser Höhle auf sich? War das der Ort, an dem das Wesen schlief und wohnte? Für Albert sah es hier ganz gemütlich aus, wenn man nicht gerade in die Lava fiel. Auch diese Treppe hatte es in sich und

Albert beschloss, dass er lieber sterben würde, als diesen Weg zurückzugehen.

Die Treppe verlief steil nach unten und nach einer gefühlten Ewigkeit kamen sie am Grund der Höhle an. Sie alle standen nun auf einer großen Steinplatte und folgten mit den Augen dem Weg, den sie nun würden nehmen müssen. Albert bemerkte, dass die beiden ebenfalls erschöpft aussahen, aber es nutzte nichts. Sie hatten keine Zeit für eine Pause, denn sie mussten Ashanti finden.

Kapitel 25

Aus Angst um Ashanti machten sie sich auf den Weg zu den Tunneln, die auf der anderen Seite der Höhle lagen. Die Lava strahlte eine Hitze aus, die ihnen fast die Haare versengte. Trotzdem gingen sie stetig weiter und sprangen von Platte zu Platte, wenn es der Weg befahl.

Allmählich gingen ihnen die Kräfte aus und sie alle waren froh, als sie die andere Seite der Höhle erreichten. Die drei Stollen, die aus der Höhle hinausführten, sahen in etwa gleich aus wie der Tunnel, aus dem sie gekommen waren. Pechschwarz. Nero zögerte aber nicht und ging in den ganz linken Tunnel, der vielleicht einen Durchmesser von zwei Metern hatte und somit enger war als der Tunnel, durch den sie früher gegangen waren, und sofort wurde dieser erleuchtet. Er führte leicht abwärts und versprach, sie noch tiefer in die Erde zu führen. So würden sie nie einen anderen Ausgang finden, der sie an die Erdoberfläche führte.

Warum zögerte Nero nicht, wenn er den Tunnel auswählte? Konnte er vielleicht spüren, wo sich Ashanti befand? Was war nun mit seiner Frau? Würde ihr Geist wieder erscheinen?

Sie folgten alle Nero und orientierten sich an seinem Leuchten. Auch dieser Tunnel begann immer steiler nach unten zu führen, aber Gott sei Dank war dieser nicht so lang wie der vorherige und er mündete in eine weitere Höhle. Hier gab es keine Lava und auch ihr Durchmesser war bedeutend kleiner als der der ersten. In etwa die Größe eines Fußballfeldes, aber dafür gab es in dieser Höhle Interessanteres zu sehen als Lava.

Auf der gegenüberliegenden Seite führte eine steile Treppe ins Dunkel, und was noch interessanter war, war der riesige Haufen an Haaren. Das mussten die Haare von unzähligen Tieren sein und ihre Anordnung versprach, dass in ihnen jemand oder etwas schlief, denn es hatte die Form eines Nestes.

Albert fragte sich, wie sie hierher kamen. Irgendwie war das Ganze unheimlich und er bekam Gänsehaut. Wäre das auch das Schicksal gewesen, das Nero ereilt hätte, als er mit dem Tier Bekanntschaft geschlossen hatte? Was passierte mit den enthaarten Tieren? Wurden sie anschließend getötet und gefressen? Albert fielen wieder die nackten Kadaver auf seinem ehemaligen Zeltplatz ein, die gegen diese Annahme sprachen. Waren diese etwa gar nicht vom Glatzkopf, sondern vom Tier auf den Lagerplatz gebracht worden? Ausgeschieden wie ein Stück Kot. Das hieße, dass das Loch und das Wesen, das es beherbergte, auf eine eigenständige Art dachten und handelten und nicht den Glatzkopf zur Ausführung brauchten.

Plötzlich hörte Albert, dass sich etwas näherte. Es kam von der Treppe, die ihnen gegenüberlag. Albert nahm das Scharren von Krallen auf dem steinigen Untergrund wahr und auch das Röcheln, das dieses Etwas beim Atmen verursachte. Er hatte keine Lust, Bekanntschaft zu schließen mit dem Wesen, das sich da näherte, und lief als Anführer in den Tunnel zurück, aus dem sie gekommen waren. Nero drängte sich als Lichthund an ihm vorbei, um wieder an der Spitze der Gruppe den Weg zu erleuchten.

Jeder von ihnen lief, was das Zeug hielt, und sie alle verloren jedoch nicht das Gefühl, dass sie verfolgt wurden, was sie noch mehr antrieb. Das Stampfen ihrer Füße hallte von den Wänden wider, doch nun machte es eh keinen Sinn mehr, leise zu sein. Jetzt hieß es nur noch flüchten oder sterben. Noch während der Hetzjagd dachte Albert darüber nach, dass das Tier nicht so groß sein konnte wie seine Krallenspuren an den Wänden der ersten Höhle es versprochen hatten, denn der Tunnel mit der Treppe maß vielleicht 1,80m im Durchmesser. Aber wer sagte, dass das Böse nicht auch klein sein konnte und trotzdem gefährlich war für jeden, der damit Bekanntschaft schloss?

Alberts Befürchtungen bewahrheiteten sich und die Steigung im Stollen machte ihm zusehends zu schaffen. Er atmete schwer und begann nun ebenfalls zu röcheln wie das Wesen, als es um ihn geschlichen war. Nun vernahm er hinter sich ein Geräusch, was ihn dazu befähigte, wieder schneller zu laufen. Es klang wie ein hohes Sirren.

Als Albert schon dachte, er würde gleich zusammenklappen, hatte der Tunnel doch ein Ende und mündete wieder in die Höhle mit der Lava. Was sollten sie nun tun? Wenn sie wieder zur Treppe auf der anderen Seite liefen, würde das Etwas, das sie verfolgte, genau sehen, wohin sie liefen. Nero nahm ihnen die schwierige Entscheidung ab und schwebte sofort in den Tunneleingang, der neben dem Tunnel lag, von dem sie gekommen waren.

Die drei folgten ihm hinein, blieben aber gleich stehen, weil sie sich in völliger Finsternis befanden. War Nero hier hineingeschwebt, um sie alle zu verstecken? Was war, wenn das Wesen ihre Fährte wittern würde? Dann wären sie verloren.

Albert stand dicht an die Wand gedrängt und schaute in die riesige Höhle, die außerhalb des Tunnels sichtbar war, und hielt die Luft an. Es dauerte vielleicht dreißig Sekunden, und dann sah Albert, wer da hinter ihnen im Tunnel gelaufen war. Es war tatsächlich ein Tier, das da aus dem Tunnel kam, aber eines, das es nur einmal auf oder besser gesagt unter der Erde gab. Es war auch kein gewöhnliches Tier, denn Tiere konnten nicht plötzlich wachsen, und genau das tat es im Moment.

Zu Anfang hatte es in etwa die Größe eines Braunbären, doch sein Körper erinnerte eher an den einer Raupe. Er war völlig nackt und bleich, sodass seine Haut fast weiß wirkte, beinahe schon transparent, und war faltig wie ein Hemd, das aus einer Waschmaschine kam. Hautfalten überlappten sich und unter dieser Haut bewegte sich eine gallertige Masse. Es besaß acht kurze Stummelbeinchen, die ebenfalls an die einer Raupe erinnerten. Anders jedoch waren die Enden der Beine. Aus ihnen heraus wuchsen jeweils fünf Krallen, die gute zwanzig Zentimeter lang waren und rasiermesserscharf sein mussten. Das Zweite, was es von einer Raupe unterschied, war der Kopf. Er sah aus wie der Kopf eines Penis, der jedoch unter einer

Vorhautverengung litt. Das, was beim Mann die Öffnung der Harnröhre ist, war bei diesem Wesen ein Loch, um das ein Kranz aus scharfen Zähnen wuchs, die an die eines Haifisches erinnerten. Der Kranz drehte sich noch dazu im Kreis und würde einem die Eingeweide herausfetzen, wenn man Bekanntschaft damit schloss.

Und das Tier wuchs immer noch. Mittlerweile hatte es die Größe eines Einfamilienhauses angenommen, wenngleich es nun nicht noch größer wurde. Das musste die Gestalt sein, die es in der Lavahöhle hatte, und Albert lief schon blau an, weil er so lange die Luft anhielt. Das Tier, das gefühlte Stunden auf der gleichen Stelle gestanden war und sie in der Ungewissheit gelassen hatte, ob es sie nun wittern würde oder nicht, setzte sich nun in Bewegung. Es lief auf die Mitte der Höhle zu und tat dann etwas, mit dem Albert nie gerechnet hatte. Es sprang von einer Steinplatte mitten in einen großen Lavatümpel und war für einen Moment nicht mehr zu sehen. Dann tauchte es aus der Lava auf und begann darin zu schwimmen, als wäre es Wasser. Wider Erwarten ging es nicht in Flammen auf.

Als es nach ein paar Minuten wieder auf die nächstgelegene Steinplatte sprang, tropfte heiße Lava von seiner faltigen Haut und das Tier begann sich zu schütteln. Wie Bomben flogen heiße glühende Tropfen durch die Luft, die dann ebenfalls auf den Steinplatten landeten, um dort abzukühlen.

Albert fasste einen Entschluss und setzte ihn sofort in die Tat um. Er schlich sich aus dem Stollen und versteckte sich nun in dem Tunnel, der zur Höhle mit dem Haarnest führte. Nero und Carmen sowie Mojo schlichen ihm wie Indianer nach und verursachten dabei keinen Laut.

Als sie alle im Tunnel waren, begann Albert ins Schwarze hineinzulaufen. Er konnte überhaupt nichts sehen und war froh, als Nero schwach zu leuchten begann. Er wollte sie nicht verraten, aber Gott sei Dank reichte der schwache Schein aus, um zu sehen, wohin man trat.

Wieder ging es abwärts und Albert lief in einem Mordstempo. Er merkte, dass Carmen Probleme hatte, mit ihm mitzuhalten, und verlangsamte sein Tempo entgegen der Gefahr, dass sie vom Tier geschnappt werden würden. Albert war sich sicher, dass Mojo noch schneller laufen konnte, aber dieser zog es vor, sich in Carmens Tempo fortzubewegen. Schon süß, wie er auf sie Acht gab.

Endlich kamen sie in der Höhle mit dem Haarnest an und begannen sofort die Treppe auf der gegenüberliegenden Seite zu erklimmen. Diese Treppe war noch einmal länger und enger als die Treppe beim Ruinenloch, und Albert war schon neugierig, wohin sie führen würde.

Nach einer gefühlten Ewigkeit kamen sie am Ende der Treppe an, an dem sich ein kleines Plateau befand. Sie hockten nun alle darauf und blickten ins Schwarze, das knapp über ihnen an der Decke klebte. Albert war der Erste, der nach oben sprang und vom Loch ausgespuckt wurde mitten auf die Waldlichtung. Die anderen folgten ihm sogleich samt Nero, der durchs Schwarze schwebte und der, als er auf der Lichtung ankam, wieder ein irdischer Hund zu sein schien. Rocky saß zum Glück immer noch auf Alberts Schulter.

Jetzt erst fiel Albert auf, dass er vom Vogel nicht das kleinste Geräusch vernommen hatte in der unterirdischen Welt. War er dort unten stumm oder wusste er einfach, wann es besser war, den Schnabel zu halten? Eigentlich war der Vogel nun schon lange stumm und Albert machte sich Sorgen, ob ihm etwas fehlte. Er schaute in die Runde und sah, dass Mojo und Carmen völlig verschwitzt waren und auf die

Stelle starrten, wo das Loch gewesen war. Allerdings hatten sie keine Zeit zu verlieren. Denn sie hatten Ashanti noch immer nicht gefunden.

Albert begann zu zweifeln, ob sie sich überhaupt dort unten befand, denn auch Nero hatte keine Fährte von ihr aufgenommen. Oder hatte er dazu zu wenig Zeit gehabt? Vor seinem geistigen Auge erschien nun das Tier, vor dem sie eben geflüchtet waren. Irgendwie erinnerte es ihn an ein Tier, das er schon einmal gesehen hatte. Aber natürlich viel kleiner. Verdammt, es wollte ihm einfach nicht einfallen. Wer hatte dieses Etwas erschaffen? War das ebenfalls Gott gewesen und wenn, zu welchem Zwecke?

Auf jeden Fall war es weit weniger mächtig, als Albert gedacht hatte, denn es hatte sie nicht in ihrem Versteck gewittert. Waren seine Sinne eingeschränkt, weil es so oft in völliger Finsternis lebte? Augen hatte Albert keine gesehen beim Tier. Vielleicht war es aber genau für die Dunkelheit erschaffen worden und konnten sogar in der Schwärze alles um sich wahrnehmen mit anderen Sinnen, ohne sich dabei auf seine Augäpfel verlassen zu müssen. In etwa so wie eine Fledermaus.

Ihm fiel wieder ein, wie es in der heißen Lava gebadet hatte. Anscheinend war dieses Wesen nicht verletzbar, also wie zur Hölle konnte man es mit herkömmlichen Waffen besiegen? Albert beschloss, vorerst nicht darüber nachzudenken, wie man es töten könnte, denn er wollte erst einmal feststellen, ob es für sie tatsächlich eine unmittelbare Gefahr darstellte, wenn es sie nicht wittern konnte.

Aber wie sollte er das anstellen? Interessant war auch, dass es seine Größe verändern konnte, was bedeutete, dass man am besten in einem engen Tunnel gegen das Tier kämpfte, da es dort am kleinsten war. Aber trotz dieses Wissens wäre es töricht, gleich noch einmal in die unterirdische Welt zu springen. Ashanti jedenfalls blieb weiterhin verschwunden, was noch länger der Fall sein würde.

Wenn sie tatsächlich in diesem unterirdischen Höhlensystem versteckt war, war es bei den vielen unerforschten Gängen und Höhlen fast unmöglich, sie zu finden. Außer Nero war in der Lage, sie aufzuspüren. Albert setzte all seine Hoffnung auf den Hund, der eigentlich keiner war.

Nun war es bereits am Nachmittag, und es würde noch dauern, bis es wieder etwas zu tun gab, was hieß, dass sie es sich genauso gut in der Wohnung gemütlich machen konnten. Gesagt, getan. Sie liefen zu den

Rädern, mit denen sie sich dann auf den Heimweg machten.

Als sie endlich zuhause ankamen, stellte Albert fest, dass niemand die Wohnung ausgeräumt hatte. Eigentlich hätte er schon längst dafür Sorge tragen müssen, dass das Schloss ausgetauscht wurde, aber in solchen Dingen war er immer schon sehr nachlässig gewesen. Er sah keinen Grund zur Eile, denn wie gesagt, die Sachen, die man in Alberts Wohnung klauen konnte, bekam man mittlerweile super billig in verschiedensten Märkten, und das illegale Geschäft damit lohnte sich nicht mehr.

Als sie alle in der Wohnung standen, war es Albert, der als Erstes in die Küche ging, um einen Kaffee für sie zu brauen. Mojo und Carmen gingen voraus ins Wohnzimmer, um sich auf die Couch zu setzen, und wurden dabei von Nero verfolgt. Albert, der ein paar Minuten später zu ihnen stieß, fiel auf, dass Mojo Carmen mit einem Blick anschaute, der Bände sprach. Er wusste genau, was er bedeutete. Mojo hatte Interesse an Carmen trotz des Altersunterschiedes.

Leider konnte Albert nicht sehen, wie Carmen darüber dachte, denn als er ins Wohnzimmer gekommen war, hatte sie sofort ein Pokerface aufgesetzt und ließ sich nicht anmerken, ob sie die

Schwärmerei des Jungen gut fand. Auch Mojo wendete sofort den Blick ab, als er bemerkte, dass er beobachtet wurde.

Sie alle hielten nun die Kaffeetassen in den Händen, als würden sie in klirrender Kälte stehen und sich an ihnen wärmen. Keiner von ihnen sprach und es war Carmen, die diese Stille unterbrach. Sie sagte, dass sie nun die Wunden des Papageis untersuchen wolle, was Albert sehr begrüßte, denn der Vogel gab weiterhin keinen Laut von sich.

Carmen entfernte die Verbände und Rocky ließ alles teilnahmslos über sich ergehen. Sofort sah sie, was den Vogel schwächte. Die Wunden hatten sich entzündet und es konnte sein, dass er unter einer Blutvergiftung litt. Das war es, was Albert befürchtete hatte, denn die Nägel, die der Glatzkopf bei seiner Tat verwendet hatte, waren stellenweise rostig gewesen. Carmen sagte, dass sie schnell in die Praxis fahren würde, um ein paar Utensilien zu holen, die sie benötigte, um den Vogel zu versorgen. Ein starkes Antibiotikum musste her und zwar dringend.

Sie trank ihren Kaffee aus und verließ dann die Wohnung mit den Worten, dass sie bald wiederkommen würde. Albert nutzte die Gelegenheit und sprach Mojo auf sein sichtliches Interesse an

Carmen an. Dieser senkte sofort verlegen den Blick und blieb stumm. Erst als Albert ihm mitteilte, dass er vor seiner großen Liebe selbst auch schon einmal eine ältere Frau als Freundin gehabt hatte, entspannte er seine Gesichtszüge etwas.

Er sah Albert an und begann verträumt zu lächeln. Dieses Lächeln hielt aber nur kurz an, denn er setzte sofort wieder eine starre Miene auf und tat das, was am naheliegendsten war, um aus dieser peinlichen Situation zu entkommen. Er fing an, alles abzustreiten. Er fragte, wie Albert darauf komme, und als Albert sagte, ihm sei aufgefallen sei, dass er in der Höhle Carmens Hand gehalten habe, entgegnete er, er habe das nur getan habe, damit Carmen sich sicher fühlte. Denn immerhin hatte sie zum ersten Mal erlebt, dass es noch andere Welten unterhalb der Erdoberfläche gab.

Und sie hatte ein Tier gesehen, von dem sie in ihrem Veterinärstudium nichts gelernt hatte. Albert sagte, er habe gesehen, was vor sich ging, aber dass er sich nicht einmischen würde, falls Mojo doch noch zugeben würde, dass er Interesse an Carmen hätte. Damit war dieses Gespräch beendet und Albert lenkte geschickt das Thema auf Ashanti. Er tat kund, dass es vielleicht nötig sein würde, den Glatzkopf einige Zeit zu beobachten. Vielleicht würde er sie direkt zu Ashanti führen.

Albert fragte Mojo, ob er eine Idee habe, wie sie das anstellen sollten. Dieser zog die Stirn kraus und dachte angestrengt nach. Der Glatzkopf hatte sich immer nur mit handgeschriebenen Zettelchen verständigt, und Mojo wusste noch immer nicht, ob er ebenfalls im Flüchtlingslager zu Hause war. Dort würden sie ihn also wahrscheinlich nicht auffinden, was hieß, dass sie ihn verfolgen würden müssen, wenn er von der Waldlichtung nach Hause ging. Das erhöhte das Risiko, gefasst zu werden, denn die zwölf Kapuzenmänner würden sich ebenfalls in dem Stück Wald befinden, durch das der Glatzkopf gehen würde. Das bedurfte einer gewissen Planung.

Albert sagte zu Mojo, dass er der Meinung sei, es sei am besten, wenn er alleine die Verfolgung aufnähme. Denn wenn er gefasst werden würde, wären da immer noch Carmen und Mojo, die ihn befreien könnten. Allerdings wäre es geschickt, wenn er bei seiner Verfolgung einen GPS-Sender eingesteckt hätte, um auffindbar zu sein, wenn es denn tatsächlich nötig sein sollte.

Mojo tat kund, dass er das für eine gute Idee hielt. Aber nur den Teil mit dem GPS-Sender, denn es käme gar nicht in Frage, dass Albert die Verfolgung allein aufnähme. Mojo würde ihn auf alle Fälle begleiten, denn immerhin kannte er die Richtung, in die die Männer liefen, da er selbst Mitglied dieser mordlüsternen Horde gewesen war, aber vielleicht war es besser, Carmen zuhause zu lassen.

Dieser Meinung pflichtete Albert bei. Er wusste, er konnte nicht verhindern, dass Mojo ihn begleiten würde, das sah er am entschlossenen Gesichtsausdruck des Jungen, der schon fast erwachsen war, und er konnte ihn eigentlich verstehen, denn immerhin war es seine Schwester, um die es ging. Also bezog er ihn doch in seinen Plan mit ein. Noch heute würden sie wieder zur Waldlichtung aufbrechen und im Hochsitz auf die Kapuzenmeute warten.

Immerhin kannte Albert bereits den Ablauf der Zeremonie, die die Kapuzenmänner abhielten, und Mojo und er würden sich, noch während die Männer auf der Lichtung standen, in das Stück Wald schleichen, durch das der Zirkel die Lichtung verlassen würde. Dort würden sie sich auf dem Boden liegend mit Blättern und Ästen tarnen in der Hoffnung, dass keiner der Männer versehentlich auf sie treten würde. Wenn sie dann an ihnen vorbeigelaufen wären, würden sie die Verfolgung des Glatzkopfes aufnehmen und dabei hoffen, er würde nicht merken, dass er verfolgt wurde.

Kapitel 26

Albert war äußerst zufrieden mit seinem Plan und er konnte es kaum erwarten, ihn in die Tat um zu setzen. Es beruhigte ihn, dass Mojo dabei war und dass er gesagt hatte, die Männer zerstreuten sich sofort in alle Richtungen, was bei einem Kampf, falls sie entdeckt würden, von Vorteil sein würde. Je weniger potenzielle Gegner sie hatten, desto besser war es, denn vorerst interessierte sie nur der Glatzkopf. Die anderen Männer waren einfach nur seine Marionetten, die er benutzte, wie er wollte.

Albert stellte sich die Frage, wie viel Macht ihm das Tier verlieh. Wie gefährlich war er? Konnte er auch in die Gedanken eindringen, wie es das Tier anscheinend konnte, oder war er einfach nur ein besserer Pfleger, der es mit Nahrung versorgte? Wenn das Tier die Opfer überhaupt auffraß, denn bisher hatte er keine Beweise dafür finden können. Er hatte nur den Haarberg gefunden, der von den Tieren stammen musste, mit denen der Glatzkopf das Wesen unter der Erde versorgte.

Albert fiel wieder ein, dass Mojo im Besitz des Textes war, den der Zirkel sang, aber es erschien ihm immer weniger wichtig zu recherchieren, was er bedeutete, denn nun wusste Albert ja, dass er nicht dazu beitrug, das Loch zum Erscheinen zu bringen. Diese Macht hatte der Glatzkopf ganz alleine, was die Frage aufwarf, wozu er die zwölf Männer benötigte. Waren sie einfach nur seine Bodyguards?

Albert wurde jäh aus den Gedanken gerissen, als Carmen unten an der Tür klingelte. Albert betätigte den Summer und bald darauf stieg sie aus dem Lift aus, vollbepackt mit Utensilien, die sie für die Arbeit brauchte, ging ins Wohnzimmer und breitete diese auf dem Wohnzimmertisch aus. Dann bat sie Albert, dass er den Vogel auf seine Hand setzten solle, als wäre sie ein Behandlungstisch.

Albert folgte der Anweisung und Carmen begann damit, die Versorgung aufzunehmen. Rocky ließ alles teilnahmslos über sich ergehen und hatte die Augen halb geschlossen. Das machte Albert erneut Sorgen und er fing an zu beten, dass der Papagei nicht sterben würde. Allein der Gedanke daran zerriss ihm das Herz. So kurz er ihn auch hatte, zwischen den beiden hatte sich eine Beziehung entwickelt, die auf ihre eigene Art einzigartig war.

Als Carmen endlich fertig war mit der Behandlung, setzte Albert sich den Vogel wieder auf die Schulter und hoffte, dass sie etwas helfen würde. Er konnte es nicht mit ansehen, wie der Vogel lethargisch dahockte. Auch Nero schien den Ernst der Lage zu verstehen, denn er saß vor Albert und starrte Rocky an. Wenn Hunde einen besorgten Blick haben konnten, so war es mit Sicherheit der, den Nero aufgesetzt hatte.

Im Moment schien der Hund wieder einfach nur ein Tier zu sein, aber Albert wusste es besser. Er kannte nun das Lichtwesen, das er im Loch war, aber er wusste immer noch nicht, wer er war. Er wusste nur, dass er wichtig war in dem Spiel, das sie spielten. Albert fasste nun den Entschluss, dass er Rocky bei seinem nächsten Ausflug in den Wald zuhause bei Carmen lassen würde. Da konnte sie sich intensiv um den Vogel kümmern.

Als er dies Carmen mitteilte, protestierte sie erst einmal lauthals, ließ sich dann aber von Mojo und Albert überzeugen, dass dies vonnöten war. Auch Nero sollte bei ihr bleiben, um die Chance zu verringern, entdeckt zu werden. Das hieß aber, dass ein Besuch im Loch tabu sein würde für sie, denn dann würden sie wieder nur körperlos in der Schwärze schweben. Nein, es sollte diesmal einzig und allein um den Glatzkopf gehen in der Hoffnung, dass er sie zu Ashanti führen würde.

Albert fiel auf, dass Carmen plötzlich besorgt aussah. Was war los? Hatte sie Angst um den Vogel oder um Mojo und ihn? Vielleicht war auch beides der Fall. Er sah auf seine Armbanduhr und stellte fest, dass bald der Zeitpunkt kommen würde, an dem sie sich auf den Weg zur Waldlichtung machen mussten. Allmählich wurde er nervös. Es würde ein Nervenkitzel sein, den Glatzkopf zu verfolgen, da immer die Gefahr drohen würde, dass sie von ihm entdeckt wurden. Was dann geschehen würde, wusste Albert nicht, aber es war auf alle Fälle besser, den Revolver dabei zu haben, obwohl er trotz allem nicht wusste, ob er auch in der Lage sein würde, diesen zu benutzen. Er würde aber sicher noch die Gelegenheit dazu haben, es herauszufinden, das ahnte er bereits.

Nero hatte es sich mittlerweile auf seiner Decke gemütlich gemacht und hielt ein Nickerchen. Albert stand auf, ging ins Schlafzimmer und kehrte aus diesem mit dem GPS-Sender zurück, den er vor heiligen Zeiten gekauft hatte, als er und seine Frau im Winter Schiwandern gewesen waren, um auffindbar zu sein, wenn sie von einer Lawine verschüttet worden wären. Er legte neue Batterien ein und zeigte Carmen, wie sie den Sender orten konnte. Das konnte sie vom Ortungsgerät, vom Computer oder auch von ihrem

Smartphone aus. Carmen schien erleichtert zu sein, dass sie nun immer wissen würde, wo sie sich befanden.

Dann ging Albert ins Bad, um zu duschen und sich umzuziehen, denn plötzlich war es ihm peinlich, wenn er stank, auch wenn Carmen ihm nie vermittelt hatte, dass er es tat. Als auch das erledigt war, bot er Mojo an, ebenfalls zu duschen, und er brachte aus dem Schlafzimmer Gewand, das Mojo passen sollte. Als dieser ebenfalls geduscht und umgezogen war, verabschiedeten sich die beiden von Carmen und den Tieren und verließen die Wohnung, um mit dem Lift nach unten zu den Fahrrädern zu fahren.

Sowie sie wieder Richtung Wald radelten, war Mojo weiterhin alles andere als gesprächig. Was ging in seinem Kopf vor? Albert ahnte, dass er im Geiste gerade bei einer Frau war, aber er wusste nicht, ob es Ashanti oder die Tierärztin war. Vielleicht würde Mojo sich ja doch noch öffnen, aber sicher nicht zum jetzigen Zeitpunkt.

Albert fuhr ebenfalls schweigend hinter ihm, und als sie einige Zeit später beim Waldrand ankamen, ketteten sie ihre Fahrräder wie üblich an der Laterne an und begaben sich unverzüglich in den Wald. Sie gingen den Weg, den Mojo immer gegangen war, wenn er als Kapuzenmann zur Waldlichtung unterwegs gewesen war.

Als sie fast bei der Waldlichtung angekommen waren, suchten sie einen geeigneten Ort, an dem sie sich später verstecken konnten. Sie wurden schnell fündig und schafften Material heran, mit dem sie sich tarnen konnten. Laub gab es mittlerweile genug, denn der Sommer war zu Ende und der goldene Herbst brach bereits an. Sowie auch das erledigt war, sah Albert auf die Uhr. Sie waren schneller als erwartet mit ihren Vorbereitungen fertig und konnten nun zum Hochsitz gehen, um sich in diesem zu verstecken, bis die Kapuzenmänner auftauchen würden.

Gesagt, getan, und als sie kurze Zeit später in luftiger Höhe saßen, taten sie auch das in völliger Stille. Albert fragte sich, ob der Glatzkopf mittlerweile seinen neuen Zeltplatz gefunden hatte und ob ihn dort eine Überraschung erwarten würde, wenn er das nächste Mal dort wäre. Er hatte mittlerweile eine Theorie entwickelt, was es mit den toten Tieren auf sich hatte. Er glaubte, dass die tote Katze, die er mehrmals verbuddelt hatte, vom Berg ausgespuckt worden war. Die nackten Kadaver auf seinem alten Zeltplatz ebenso. Fast so, als wolle er ihm etwas verdeutlichen, dessen er sich nicht bewusst war.

An die Bäume genagelt mussten sie jedoch vom Glatzkopf geworden sein, denn Albert glaubte nicht, dass das Tier oder der Berg in seinem jetzigen Zustand zu so etwas fähig wäre. Das konnte das Tier erst, wenn es selbst an die Erdoberfläche steigen würde, und Albert war sich sicher, dass es das irgendwann tun würde.

Allmählich verlor das Tageslicht an Intensität und die Dämmerung brach herein. Ein schwerer Duft von Harz lag in der Luft und es ging ein leichtes Lüftchen, das noch mehr Gerüche herantrug. Je düsterer es wurde, umso schärfer arbeiteten Alberts Sinne. Allmählich tat ihm der Arsch vom Sitzen weh und er wurde langsam ungeduldig. Noch immer war nichts zu sehen von den Kapuzenmännern und er beschloss, Carmen eine SMS zu schicken, wie es Rocky gehe. Der Schein, den das Display seines Handys erzeugte, war zu schwach, um entdeckt zu werden. Er erhielt die Antwort, dass der Zustand des Vogels weder besser noch schlechter geworden sei. So etwas brauche Zeit, was Albert einigermaßen beruhigte.

Gerade als er sein Handy wieder in der Hosentasche verschwinden ließ, tat sich etwas auf der Lichtung. Ein Kapuzenmann nach dem anderen stolzierte auf die Lichtung zur Stelle, an der sich das Loch immer befunden hatte. Als alle zwölf auf der Lichtung waren, bildeten sie wie üblich einen Kreis und starrten mit tief ins Gesicht gezogenen Kapuzen auf den Boden. Keiner von ihnen redete, denn was sollten sie auch besprechen.

Der Zirkel stand reglos da, und erst als der dreizehnte Mann aus dem Wald auf die Lichtung kam, machten sie einen Schritt zurück, um Platz für den Glatzkopf zu schaffen. Dieser hatte auch heute keine Kapuze auf, dafür hatte er aber wieder einen zappelnden Jutesack über die Schulter geworfen. Nun mussten sie handeln. Sie kletterten leise vom Hochsitz herab und schlichen sich dann in den Wald.

Alberts Herz raste, und wenn er es nicht besser gewusst hätte, hätte er angenommen, dass das Klopfen in seiner Brust auch außerhalb hörbar sein musste. Sie bewegten sich wie die Indianer voran und kamen bald zu der Stelle, an der sie sich verstecken wollten. Albert wies Mojo an, sich auf den Bauch zu legen, und bedeckte ihn in Windeseile mit Blättern und Ästen, dann legte er sich selbst auf den Boden und grub sich ein.

Nun konnte er nur noch hoffen, dass keine freie Stelle sichtbar war, die ihn vielleicht verraten würde. Obwohl Albert nun reglos dalag, wollte sich sein verdammtes Herz nicht beruhigen. Es pumpte Blut in einer Geschwindigkeit durch Alberts Körper, dass dieser allmählich das Gefühl bekam, er würde gleich platzen. Das Warten war die reinste Folter für ihn, und er konnte nur ahnen, dass es Mojo genauso erging.

Als Albert schon dachte, die Kapuzenmänner hätten einen anderen Weg von der Lichtung genommen, hörte er, wie sie sich näherten. Er hörte das Rascheln, das das Laub unter ihren Schuhen verursachte, und konnte sie nun auch erspähen durch das Loch im Blätterhaufen, das er extra dort frei gelassen hatte, um etwas zu sehen. Sie gingen keine zwanzig Meter weit entfernt durch den Wald. Zuerst als geschlossene Gruppe, die sich aber schnell zu zerstreuen begann.

Albert sichtete den Glatzkopf und verfolgte ihn mit seinen Augen. Erst als er weit genug weg war, um keine Gefahr mehr darzustellen, stand Albert auf und Mojo tat es ihm gleich. Nun mussten sie sich beeilen, und das taten sie auch. In einem ausreichenden Sicherheitsabstand verfolgten sie den dreizehnten Mann.

Alle anderen Männer waren mittlerweile verschwunden. Schon komisch, dass es ungeschriebene Regeln für das Verlassen der

Lichtung gab. Darauf hatte der Glatzkopf bestanden, als er Mojo eingeführt hatte. Dieser hatte verstanden, dass keiner der Männer Lust dazu hatte, erkannt zu werden, aber es kam ihm übertrieben vor, dass er immer genau den gleichen Weg nehmen musste, um allein zu sein, wenn er seine Robe auszog.

Albert und Mojo liefen von Baum zu Baum und versteckten sich hinter diesen. Mojo hatte dazugelernt und achtete nun darauf, dass kein Körperteil hinter den Bäumen herausragte. Der Glatzkopf war schnell und entfernte sich immer weiter von ihnen, also mussten die beiden anfangen zu laufen, um ihn nicht zu verlieren. Das hatte zur Folge, dass man deutlich das Laub rascheln hören konnte, das sie mit ihren Schuhen aufwirbelten, aber sie hofften, weit genug weg vom Glatzkopf zu sein, um sich nicht zu verraten. Trotz der niederen Außentemperatur, die es um diese Zeit bereits hatte, fing Albert an zu schwitzen.

Als er und Mojo gerade wieder von einem Baum zum nächsten spurteten, blieb der Glatzkopf plötzlich stehen. Es schien, als würde er in der Dunkelheit lauschen, ob er verfolgt wurde. Albert und Mojo waren hinter einem Baum versteckt und sie lauschten ebenfalls. Außer ihrem Atmen war nichts zu hören.

Albert linste am Baumstamm vorbei und beobachtete den Glatzkopf. Dieser zog sich die Robe aus und legte sie zusammen, verschwand dann hinter einem Busch, der dort wuchs, und kehrte von diesem mit einem Rucksack zurück, den er dort versteckt haben musste. Er verstaute die Robe und den Jutesack, hob noch einmal den Kopf, als ob er lauschen würde, und ging dann weiter Richtung Waldesrand.

Albert und Mojo hefteten sich an seine Fersen, wenngleich sie nun wieder mehr darauf achteten, so wenig wie möglich Geräusche zu erzeugen. Albert, der diesen Weg noch nie genommen hatte, um aus dem Wald zu entkommen, musste sich eingestehen, dass er alleine in der Dunkelheit wohl bald die Orientierung verloren hätte, und er war froh, dass der Glatzkopf als sein Navigationsgerät diente.

Gerade als er dachte, sie würden nie den Waldrand erreichen, trat genau das ein. Durch die Bäume hindurch war eine asphaltierte Straße zu sehen, auf der der Glatzkopf stehen blieb. Albert und Mojo schlichen sich an ihn heran, und je näher sie bei der Straße waren, umso besser konnten sie sehen, was der dreizehnte Kapuzenmann, der nun in Zivil war, trieb.

Er stand vor einem Motorroller, auf dessen hinterem Ende eine große Kiste aus Metall angebracht war, und setzte sich einen Helm auf. Dann stieg er auf den Roller, startete ihn und fuhr los. Albert und Mojo waren von einem Moment zum anderen arbeitslos, denn nun konnten sie ihn nicht mehr verfolgen, was hieß, dass er sie heute auch nicht zu Ashanti führen würde.

Albert stampfte zornig mit dem Bein auf, als wäre er drei Jahre alt, und Mojo rieb sich immer wieder mit der Hand über das Gesicht, als müsste er den hilflosen Ausdruck darin wegwischen. Albert lehnte sich mit dem Rücken an einen Laubbaum und ließ sich zu Boden sinken. Die Sorge um Ashanti brachte ihn um, und es wurde immer wahrscheinlicher, dass man ihr bald sehr wehtun würde, wenn sie nicht gefunden wurde.

Den Gedanken, dass das bereits passiert sein könnte, schob Albert beiseite. Ohne Hoffnung wäre das Leben unerträglich und wie sagt man: *„Die Hoffnung stirbt zuletzt!!"* Und genau diese war es, die Albert dazu brachte, den Plan zu ändern. Sie brauchten einen motorisierten fahrbaren Untersatz, um den Glatzkopf verfolgen zu können, aber wo sollten sie diesen hernehmen?

Kapitel 27

Albert und Mojo stiegen ebenfalls aus dem Schatten der Bäume auf die Straße und fingen an, in die Richtung zu schlendern, wo sich ihre Fahrräder befanden. Sie gingen bereits gute zwanzig Minuten, als sie endlich dort ankamen. Zumindest wussten sie jetzt, wo der Glatzkopf parkte, auch wenn Albert keine Ahnung hatte, wo er ein motorbetriebenes Gefährt herzaubern sollte, um ihn zu verfolgen. Er beschloss, eine Nacht drüber zu schlafen, befreite sein Fahrrad von der Kette und fuhr los.

Dieses Mal fuhr Mojo hinter ihm und auch er machte einen nachdenklichen Eindruck. Albert hätte es nicht gewundert, wenn er genau das Gleiche wie er gedacht hätte. Heute war Neumond und Albert war froh, dass sein Rad über ein Licht verfügte, das er anknipste. Das Mountainbike von Mojo hatte ebenfalls ein batteriebetriebenes Licht, das allerdings nur mehr schwach leuchtete. Neue Batterien mussten her.

Trotz dieses Mankos kamen sie unversehrt zu Hause an und sperrten im Hof die Räder ab. Dann fuhren sie mit dem Aufzug nach oben und gingen in die Wohnung, wo sie sofort von einem springenden Hund begrüßt wurden. Nero war dabei so stürmisch, dass man darauf Acht geben musste, nicht von seinen Krallen verletzt zu werden.

Carmen erschien im Türrahmen der Tür, die zum Wohnzimmer führte, und lächelte. Sie teilte Albert mit, dass der GPS-Sender super funktioniere und dass sie jeden Schritt von ihnen hatte beobachten können, und sie sei aus diesem Grund nicht überrascht, dass sie schon zuhause seien. Sie fragte, warum sie ihre Verfolgung aufgegeben hatten, und Albert erzählte vom Problem, das sie hatten. Carmen fing noch mehr zu lächeln an und sagte, dass sie die Lösung für das Problem habe. Sie sei Besitzerin eines Autos und würde morgen dafür Sorge tragen, dass der Glatzkopf nicht entkäme.

Alberts Herz machte vor Freude einen Luftsprung, wenngleich das hieß, dass Carmen morgen würde mitkommen müssen, denn Albert und Mojo hatten keinen Führerschein. Er fragte, was für ein Auto sie habe, und sie antwortete, dass es ein Kombi sei. Gut, also konnten sie auch die Tiere mitnehmen, denn alleine wollte sie Albert nicht zu Hause lassen. Da war ihm das Risiko zu groß, dass der Glatzkopf der Wohnung erneut einen Besuch abstatten würde.

Eine riesige Last fiel von Albert ab, und er begann allmählich, sich zu entspannen. Sie gingen alle ins

Wohnzimmer und Albert holte das Gras und alle Dinge, die er zum Rollen seines abendlichen Joints brauchte. Als Carmen das Gras sah, fing sie an zu lachen. Sie erzählte ihm und Mojo, dass sie in ihrer Studienzeit ebenfalls gekifft und sogar eine Zeit lang gedealt habe, um an Geld zu kommen, und dass sie sich schon lange wünsche, wieder einmal high zu sein.

Sie sah Albert beim Bau der Tüte zu, und als dieser sie anzündete, konnte sie es kaum erwarten, dass er den Joint an sie weiterreichte. Ähnlich wie Mojo sich verhalten hatte, als Albert für sie beide eine Rakete gedreht hatte. Es war schon faszinierend. Fast alle Menschen, die er näher kennen lernte, standen auf die Wirkung von Marihuana. Naja, umsonst wuchs diese Pflanze auch nicht auf der von Gott erschaffenen Erde. Außerdem handelte es sich dabei ja um eine Nutzpflanze, die für alles Mögliche brauchbar war.

Als Carmen an der Reihe war, den Joint an sich zu nehmen, tat sie das so vorsichtig, als ob es sich dabei um ein rohes Ei handle. Sie hielt den Joint zwischen Daumen und Zeigefinger und nahm einen tiefen Zug. Dann hielt sie einen Moment die Luft an und stieß eine weiße Wolke aus Rauch aus. Sie nahm noch ein paar Züge und musste dabei kein einziges Mal husten, was sehr professionell wirkte. Fast so, als würde sie jeden Tag rauchen. Kaum zu glauben, dass sie bereits über fünfzehn Jahre nicht mehr gekifft hatte. Sie reichte die weiße Tüte an Mojo weiter, der schon ungeduldig darauf wartete. Während Mojo rauchte, fing Carmen plötzlich an zu lachen und wurde dabei immer lauter. Das war eindeutig ein Lachflash, wie man ihn nur hatte, wenn man zu kiffen begann oder wenn die Pause lang genug war, in der man abstinent gelebt hatte. Mojo ließ sich vom Lachen anstecken und prustete ebenfalls los.

Albert blieb stumm, aber es machte ihm Spaß, dem Lachen der beiden zu lauschen. Immerhin verzog sich sein Mund nun doch zu einem Lächeln. Lächeln, aber nicht lachen. Ihm war nicht zum Lachen zumute. Dafür hatte er zu viele Sorgen und er war sich sicher, dass auch Mojo und Carmen das nur unter dem Einfluss der Droge taten.

Als sich die beiden wieder beruhigt hatten, schauten sie Albert fast schuldbewusst an. Sie wussten, dass ihr Lachen in dieser Situation eigentlich deplatziert gewesen war, auch wenn es gut getan hatte. Nun teilte Albert den beiden mit, dass er jetzt schlafen gehen würde. Er war zwar wie ein alter Mann, der immer zur gleichen Zeit ins Schlafzimmer ging, aber er wollte nun allein sein. Carmen und Mojo sagten, dass sie noch etwas fernsehen würden, was Albert auch Recht war. Er glaubte zu wissen, dass die Zeit, die die beiden dann alleine hatten, vor allem Mojo freuen würde. Wie Carmen darüber dachte, wusste er noch immer nicht. Dazu war sie zu geschickt im Aufsetzen einer Maske.

Das war wohl eine Eigenschaft, die die meisten älteren Frauen im Leben erlernt hatten, und was sie oft rätselhaft wirken ließ. Wahrscheinlich mussten sie das, denn so konnte keiner sehen, welches Päckchen sie bereits zum Tragen hatten. Albert war es egal. Er kraulte noch einmal Rocky und Nero und ging dann ins Schlafzimmer, wo er sich auszog und ins Bett legte.

Eigentlich hätte es die Höflichkeit verlangt, dass er dieses Bett nun Carmen anbieten würde, nachdem Ashanti weg war, aber er hatte das Gefühl, dass sie lieber im Wohnzimmer bei Mojo schlafen würde. Außerdem hoffte er, im Bett den Geruch von Ashanti zu finden. Sie roch wie ein Korb voller Früchte, so süß, dass man das Verlangen bekam, in sie hineinzubeißen. Aber es war nur ihr Geruch da und kein Körper, den man anknabbern konnte.

Wie immer, wenn er sich dabei ertappte, dass er voller Gefühl an Ashanti dachte, kamen ihm wieder die Gedanken an seine verstorbene Frau dazwischen. Was würde sie sagen, wenn sie wüsste, dass er ernstes Interesse an einer anderen Frau zeigte? Nein, er musste sich erst bei ihr entschuldigen. Dafür, dass er am besagten Abend zu besoffen gewesen war, um das Auto zu lenken.

Seit diesem Abend hatte er keinen Tropf Alkohol mehr getrunken. Wäre dieser nicht gewesen, hätte er das Steuern übernommen und seine Frau würde noch leben. Jetzt war es raus: Der Alkohol war schuld gewesen. Diese vermaledeite Essenz, die den Körper vergiftete und diesem, in zu großem Ausmaß genossen, auf Dauer schädigte. Der Tod seiner Frau war auch der Grund, warum er zu kiffen begonnen hatte. Es half ihm, seinen Schmerz zu ertragen, und war außerdem hilfreich beim Schlafen. Das war auch heute so, und er schlief inmitten der Gedanken an zwei verschiedene Frauen ein.

Als er zu träumen begann, handelte es sich dabei um einen Albtraum. Er sah Ashanti, wie sie in einem ausgetrockneten Brunnenschacht hockte, völlig verdreckt, und mit einem verzweifelten Gesichtsausdruck nach oben in den Himmel starrte. Der Brunnen war mit einem schweren Gitter verschlossen, und selbst wenn Ashanti klettern hätte können wie ein Affe, wäre sie dem Brunnen nicht entkommen. Oben am Brunnenrand stand der Glatzkopf und lachte, als er durch die Gitterstäbe hindurch auf Ashanti urinierte. Diese versuchte dem Strahl gar nicht erst zu entkommen, sondern nahm diese Demütigung reaktionslos hin.

Albert versuchte etwas zu unternehmen, merkte aber schnell, dass er nur ein außenstehender Zuschauer war, der nicht in die Handlung eingreifen konnte. Aber er hatte Gefühle. Hass stieg in ihm hoch, und wenn er in diesem Moment aktiver Mitgestalter des Traumes gewesen wäre, hätte er den Glatzkopf wohl erschossen oder schlimmeres getan.

Gerade als er dachte, sein Hass würde sich gegen sich selbst richten und ihn verzehren, wachte er schweißgebadet auf. Er atmete schnell und sein Herz raste. So mitgenommen war er noch nie nach einem Traum gewesen, und er befürchtete, dass dies wieder ein prophetischer Traum gewesen war.

Nun war nicht mehr an Schlafen zu denken und er stand auf, um auf die Toilette zu gehen. Als er durchs Wohnzimmer schlurfte, sah er, dass Mojo und Carmen schliefen. Jeder auf einem Teil der L-förmigen Couch mit den Köpfen zusammengesteckt, als würden sie miteinander tuscheln. Das einzige Geräusch war aber das leise Schnarchen von Mojo.

Sogar die Tiere zeigten im Moment kein Interesse an Albert und bewegten sich nicht. Das taten sie auch nicht, als Albert von der Toilette zurückkehrte und sich auf seinen Schreibtischsessel setzte. Er beschloss, etwas zu schreiben, und fuhr seinen Computer hoch. Dann stieg er ins Schreibprogramm ein und scrollte mit der Maus zur zuletzt geschrieben Stelle.

Auch heute war da keine Nachricht zu lesen und Albert begann sofort mit dem Weiterschreiben der Geschichte. Er versuchte, extra sanft auf die Tasten zu drücken, um Mojo und Carmen nicht aufzuwecken, was er tatsächlich vermeiden konnte. Er versank völlig in der Geschichte und hatte wieder einmal das Gefühl, alles bis ins kleinste Detail nochmals zu erleben, was manchmal schön, meistens jedoch schlimm war. Während des Schreibens fiel Albert auf, dass es Fragen über Fragen gab, die es zu klären galt. Er spaltete jede Frage in kleinste Teile auf und versuchte auf diese Weise, auf den inneren Kern zu stoßen.

Als er vom heutigen Traum schrieb, bekam er sofort wieder ein Gefühl von Hass. War dieser Traum Realität oder nur ein Trugbild seines Unterbewusstseins? Ganz tief in sich drinnen kannte er jedoch die Antwort auf diese Frage. Es musste einfach wahr sein. Ashanti war in einem Brunnenschacht gefangen. Aber wie sollte er diesen Brunnen finden, denn er war sich sicher, dass er diesen noch nie gesehen hatte? Im Traum hatte er neben Ashanti gehockt, und das Einzige, was er von der Außenwelt gesehen hatte, war über dem Gitter der blaue Himmel gewesen, der die Welt umhüllte, und der lachende Glatzkopf. Eines war jedoch sicher. Der Brunnen musste sich an einem versteckten Ort befinden.

Albert stellte sich die Frage, ob es trotz dieser neuen Erkenntnisse noch notwendig war, sich ins Reich des Tieres zu begeben, aber er wusste, dass auch das zu seinen neu erworbenen Aufgaben gehörte. Außerdem hatte er die Hoffnung, dass wieder der Geist seiner verstorbenen Frau erscheinen würde.

Wieder stellte er sich die Frage, ob denn auch der Glatzkopf ins unterirdische Reich springen konnte, denn er hatte keinen Hund, der für ihn leuchtete. Vielleicht war das der Grund, warum er jeden Tag ein Tier ins Loch warf. Möglicherweise hoffte er darauf, ein Tier wie Nero zu finden, um endlich zu seinem Meister zu gelangen. Aber wenn, woher hatte er dieses Wissen, und konnte sich Albert ebenfalls dieser Quelle bedienen?

Albert dachte darüber nach, wie Ashanti in den Brunnen gelangt war. Führte etwa ein schwarzes Loch in diesen, oder hatte sie der Glatzkopf einfach nach unten gestoßen? Albert erinnerte sich daran, wie Ashanti halb liegend auf dem Boden gesessen war. Es war gut möglich, dass sie verletzt war. Vielleicht hatte sie sogar die Beine gebrochen, was dafür sprach, dass sie tatsächlich in den Brunnen gestoßen worden war.

Wie um alles in der Welt sollte er diesen Brunnen finden? Die einzige Möglichkeit war, sich vom Glatzkopf dorthin führen zu lassen. Der Glatzkopf mit seiner dunkelbraunen, fast schwarzen Hautfarbe. Heute war Albert nah genug gewesen, um zu sehen, dass dieser das allwissende Auge auf die Stirn tätowiert hatte. Davon hatte ihm Mojo nichts erzählt. Welche Symbolik besaß das Auge für den Peiniger von Ashanti? Hatte das nicht mit Gott zu tun? War der Glatzkopf denn tatsächlich der Meinung, dass Gott gut hieß, was er tat? Er musste tatsächlich wahnsinnig sein.

Albert geriet beim Schreiben immer wieder ins Stocken, wenn er einen besonders intensiven Gedanken hatte, und beschloss, es für heute gut sein zu lassen, und er speicherte und schloss die Datei. Nun konnte er es kaum erwarten, Mojo und Carmen von seinem Traum zu erzählen. Leider schliefen sie immer noch tief und fest und rührten sich keinen Millimeter.

Draußen wurde es allmählich hell und Albert hörte durchs gekippte Fenster, wie bereits die ersten Vögel zu singen begannen. Das animierte Rocky dazu, ebenfalls in Intervallen einen schrillen Pfeifton auszustoßen. Ging es ihm etwa besser? Albert betete inständig, dass das Antibiotikum wirkte, und jeder schrille Pfiff von Rocky klang wie Musik in seinen Ohren. Allerdings hatten diese Pfiffe die Nebenwirkung, dass sie Carmen aufweckten, die verschlafen zur Quelle des Lärms schaute.

Als würde Mojo fühlen, wann Carmen munter war, wachte auch dieser auf. Er jedoch schaute sofort völlig klar in die Runde und machte nicht den Eindruck, als hätte er geschlafen. Sie wünschten sich alle einen guten Morgen und Albert ging in die Küche, um ihnen wieder einmal einen Kaffee aufzusetzen.

Sowie er mit den dampfenden Tassen aus der Küche zurückkehrte, befanden sich Mojo und Carmen bereits wieder in einem Gespräch, das nicht für Alberts Ohren bestimmt war, denn sie unterbrachen es sofort, als sie seine Anwesenheit bemerkten. Albert musste schmunzeln, wenngleich er doch neugierig war, worum es in dem Gespräch gegangen war. Höflich wie er war, tat er so, als hätte er nichts bemerkt, und setzte sich neben die beiden auf die Couch.

Nun war es an der Zeit, von seinem Traum zu erzählen, und Mojo und Carmen hörten ihm interessiert zu. Als er an der Stelle anlangte, wo der Glatzkopf auf Ashanti uriniert hatte, verlor Mojo jegliche Farbe aus dem Gesicht. Man konnte sehen, dass seine Kiefermuskeln arbeiteten, während er die Zähne krampfartig zusammenbiss. Das war in etwa die Reaktion, die er von Mojo erwartet hatte, und er beendete die Geschichte.

Mojo und Carmen sahen einen Moment nachdenklich aus und taten dann kund, dass sie ebenfalls der Meinung waren, sie würden den Brunnen nur finden, wenn der Glatzkopf sie direkt hinführte. Beim Gedanken daran, dass sie die Verfolgung erst am Abend aufnehmen konnten, wurde Albert unruhig. Das hieß, dass der Glatzkopf viel Zeit haben würde, um Unfug zu treiben.

Albert sagte, dass er jetzt untertags zum Loch in der Ruine aufbrechen wolle, um das unterirdische Reich zu erkunden. Er sagte, dass er das alleine tun wolle, womit er sofort auf Widerstand stieß, denn Mojo wollte unbedingt dabei sein. Das hatte zur Folge, dass auch Carmen mitgehen wollte, was hieß, dass sie sich wieder alle in Gefahr begeben würden. Und Rocky würde auch mit müssen.

Nun fing Rocky an zu plappern. Zuerst verstand man nicht, was er da brabbelte, aber nach noch ein paar Versuchen seitens des Papageis konnte man deutlich die Stimme von Ashanti hören. Sie flehte um Gnade. Immer wieder hörte man sie wie sie flehte:

„Bitte nicht! Bitte nicht!"

Nun war es Albert, der völlig weiß anlief. Hoffentlich würde Rocky bald etwas anderes reden, denn dieses Flehen, das er nachmachte, brachte Albert fast um den Verstand.

Als würde Rocky wissen, wann es genug war, verstummte er wieder und begann an einer seiner Krallen zu knabbern. Auch Mojo und Carmen waren entsetzt. Sie schauten einander angeekelt an und konnten nicht glauben, was sie da gehört hatten. Der Papagei hatte tatsächlich die Entführung von Ashanti nachgeplappert. Was hatte er noch gehört? Albert stellte sich die Frage, wie der Papagei den Überfall erlebt hatte. Es war ein Wunder, dass er nicht an einem Herzinfarkt gestorben war, als man ihn an die Wand genagelt hatte.

Als sie alle ihre Mimik wieder im Griff hatten, begannen sie über das Tier im Loch zu reden. Albert wurde das Gefühl nicht los, dass er schon einmal etwas gesehen hatte, was diesem Wesen ähnelte. Hier auf der Erde, aber ihm wollte der Name nicht einfallen. Diesen brauchte er aber, um im Internet nach diesem Tier zu suchen.

Eigentlich hatten sie ja eine Tierärztin im Raum, die diese Antwort geben sollte, aber Carmen entschuldigte sich und sagte, dass sie sich leider nicht jedes Tier gemerkt habe und auch gar nicht von jedem gehört habe im Studium. Sie erinnerte das Tier an eines der kleinsten Lebewesen auf der Welt, aber auch ihr wollte nicht einfallen, welchem Tier es genau glich und wie es hieß. Einem Säugetier ähnelte es schon einmal nicht, so viel war sicher.

Je intensiver Albert nachgrübelte, umso mehr bekam er das Gefühl, dass die Antwort auf die Frage gleich aus ihm herausbrechen würde, aber es sollte einfach noch nicht sein, wenngleich sich Albert sicher war, dass der Moment noch kommen würde. Er sah das Tier vor seinem geistigen Auge. Es war umhüllt von Hautfalten, die teils schlaff an ihm herunterhingen. Albert war sich sicher, dass diese den eigentlichen Körper schützten. Also einfach einen Speer ins Tier zu stoßen, ging schon einmal nicht. Die Hautlappen wirkten mit Sicherheit wie eine Art Panzer.

Auch die acht Beine waren von schlabbernder Haut umhüllt, und Albert vermutete, dass es diese einziehen konnte. In etwa so wie es eine Schnecke mit ihren Augen machen konnte. Augen hatte er beim Tier nicht entdeckt, was wie gesagt vermuten ließ, dass es sich in der Dunkelheit anderwärtig orientieren konnte. Albert fand immer noch, dass es dem Penis einer außerirdischen Lebensform ähnelte. So zumindest stellte er sich einen solchen vor.

Er dachte daran zurück, wie es mit seinen Stummelbeinen über die Steine gekrochen war. Er hatte das Scharren der Krallen hören können, das diese beim Krabbeln verursachten. Immerhin hatte diese riesige Made nichts von ihrer Anwesenheit bemerkt, dabei hatten sie sich nur ein paar Meter weit von dem Tier entfernt aufgehalten.

Albert fiel wieder ein, wie es gesirrt hatte, als es sich hinter ihnen im Tunnel befunden hatte. Dieses Geräusch war ihm durch Mark und Bein gekrochen. Hatte es das etwa einfach nur aus einer Laune heraus getan, ohne zu wissen, wer sich da vor ihm im Tunnel befand? Eventuell hatte es sie gar nicht verfolgt, sondern hatte nur zufällig denselben Weg wie sie genommen.

Kapitel 28

Das Tier war wirklich ein seltsames Wesen. Dies hatte es unter Beweis gestellt, als es in der Lava gebadet hatte, kurz nachdem es zur vollständigen Größe herangewachsen war. Albert war kein Wesen auf der Welt bekannt, das seine Größe auf diese Weise nach Belieben verändern konnte. Vielleicht passte sich das Tier immer dem Raum an, in dem es sich befand. Was würde passieren, wenn das Tier an die Erdoberfläche gelangte? Würde es dann zu ungeahnter Größe heranwachsen? Wie weit reichte seine Macht noch?

Hatte wirklich das Tier die Stimme seiner Frau nachgemacht? Immerhin hatten Carmen und Mojo nichts von ihr wahrgenommen. Befand sich diese Stimme etwa nur in seinem Kopf und war nicht real? Vielleicht führte er sich selbst an der Nase herum. Oder war daran nur die Verzweiflung in der Burgruine schuld, dass er diese Stimme hörte, und nicht das Tier?

Als die Sprache auf die geisterhafte Erscheinung kam, erzählte ihnen Albert, was er glaubte, wie diese Energie sei und wie sie in die unterirdische Welt gelangt sei nach seiner Vorstellung. Mojo und Carmen merkten sofort, dass er krampfhaft an dieser

Hoffnung festhielt und felsenfest davon überzeugt war, dass seine Frau ein Geist sei, der in der unterirdischen Welt sichtbar sei.

Mojo und Carmen ließen diskret aus, was sie über dieses Thema dachten, und sie redeten nun über den Haarhaufen in der Höhle mit der Stiege. Das Tier war völlig haarlos und es hatte sich mit dem Haufen Haare anscheinend einen warmen Schlafplatz geschaffen. Hieß das, dass das Tier auch schlief? Das wäre perfekt, denn dann mussten sie nicht aufpassen, entdeckt zu werden bei ihrer Expedition. Hatte es die Hunde und Katzen, bei denen es die Haare entfernt hatte, gefressen, und wenn nicht, wo waren sie?

Albert dachte an die nackten Kadaver an seinem alten Zeltplatz, was dafür sprach, dass der Penis die Tiere zwar tötete, sie aber nicht fraß. Das hieß, dass es einen Ort geben musste, an dem die Kadaver gehortet wurden. Albert wollte sich den Geruch, der dort herrschen musste, gar nicht erst vorstellen.

Die drei redeten und redeten und vergaßen so die Zeit. Irgendwann sagte Carmen, dass sie nun schnell mit dem Rad nach Hause fahren würde, um das Auto zu holen, denn es sprach nichts dagegen, mit diesem zum Wald zu fahren. Außerdem müsse sie etwas Gewand und Hygieneartikel holen.

Sie verließ die Wohnung und nun waren Mojo und er wieder allein. Einen Moment herrschte peinliches Schweigen, bis Albert das Wort ergriff. Er versuchte, das Gespräch, in das sie vorher vertieft gewesen waren, wieder aufzugreifen, aber es wollte ihm nicht so recht gelingen. Er hatte das Gefühl, dass Mojo krampfhaft über etwas nachdachte, das er nicht mit ihm teilen wollte. Das hieß, dass es wahrscheinlich wieder um Carmen ging.

Er erinnerte sich zurück, wie er das Leben mit siebzehn Jahren erlebt hatte. In diesem Alter hatte er noch völlig idealistische Vorstellungen von einer Beziehung gehabt. Er hatte sich damals viel intensiver darum gekümmert, einen guten Eindruck auf die Damenwelt zu machen. Das war mit den Jahren völlig verloren gegangen, wenngleich es in der letzten Zeit spärlich zurückkam, und daran waren wieder nur die Frauen schuld. Er hatte schon fast gelebt wie ein Tier und Angst gehabt, sich in ein solches zu verwandeln. Nun wurde er eines Besseren belehrt.

Albert stellte sich die Frage, ob Mojo ahnte, dass er Interesse an Ashanti hatte. Wenn das der Fall war, konnte er seine Meinung darüber gut verstecken. Es war fast wie ein stilles Abkommen, dass sie nicht über ihre Liebschaften redeten. Irgendwann würde schon der Moment kommen, in dem sie es tun würden.

Plötzlich hörte Albert das Knacken einer Erdnuss und stellte fest, dass Rocky fraß. Das erfüllte ihn mit Freude, da es hieß, dass es ihm besser ging. Die Zeit, in der Carmen weg war, verging wie im Flug, und als sie wieder in der Wohnung war, teilte sie den beiden erfreut mit, dass ihr Auto nun fahrbereit vor dem Haus parke.

Das erfüllte auch Albert mit einem zufriedenen Gefühl, da er wusste, dass sie nun am Abend den Glatzkopf verfolgen konnten in der Hoffnung, dass er sie zum Brunnen lotsen würde. Fürs Erste musste er sich allerdings damit zufrieden geben, die unterirdische Welt zu erkunden. Er schaute auf die Uhr und kam zum Schluss, dass er sich bereits für den Tag herrichten konnte. Er eröffnete Mojo und Carmen, dass er nun ins Bad gehen würde, und ließ die beiden allein.

Wieder gönnte er sich das volle Körperpflegeprogramm und brauchte einige Zeit dafür. Als er frisch geduscht und angezogen ins Wohnzimmer zurückkehrte, konnte er einen kurzen Blick, den Carmen Mojo zuwarf, erhaschen, der ihm verriet, dass auch Carmen für Mojo schwärmte.

Wieder fühlte sie sich ertappt, als er den Raum betrat, und setzte sofort ein schulbewusstes Gesicht auf. Albert konnte nur erahnen, was in Carmen vorging. Sie befand sich bereits im fortgeschrittenen Alter, und Mojo könnte ihr Sohn sein. Wenn schon Albert nichts gegen diese Verbindung hätte, die Gesellschaft würde sie verurteilen. Verdammt, der Junge war erst siebzehn Jahre alt. Albert war froh, dass zumindest dieses Problem nicht das seine war, denn er hatte schon genug am Hals, um das er sich kümmern musste.

Nacheinander suchten auch Mojo und Carmen das Bad auf und Carmen zog sich um. Als wirklich jeder von ihnen herausgeputzt war, wurde es auch schon Zeit, zur Brandenburg aufzubrechen. Albert setzte sich Rocky auf die Schulter und leinte dann Nero an. Dann verließen sie die Wohnung und fuhren mit dem Lift nach unten.

Als sie kurz darauf vor dem Auto standen, stellte Albert fest, dass es sich um einen beigen Audi A4 handelte, der nicht gerade billig in seiner Anschaffung und Erhaltung war. Das hieß, dass ihre Praxis gut laufen musste. Carmen öffnete die Heckklappe des Kombis und Nero sprang sofort hinein, als hätte er nie etwas anderes getan. Sie schloss die Heckklappe und der Hund schaute mit hängender Zunge durch die Heckscheibe. Dann stieg sie in den Wagen und setzte sich hinter das Steuer und Albert nahm in der hinteren Sitzreihe Platz.

Das tat er, als würde er gern in der Nähe von Nero sein, aber der eigentliche Grund war, dass er Mojo vorne neben Carmen sitzen lassen wollte. Der Junge staunte nicht schlecht über das Interieur des Wagens. Solche Autos gab es in seiner Heimat kaum. Er glänzte wie ein neuer Euro, während er seinen Blick immer wieder über die Armaturen gleiten ließ.

Carmen startete den Motor und fuhr los. Im Auto war der Motor nur leise zu hören, was die Stille, die im Moment zwischen ihnen herrschte, noch deutlicher hervorhob.

Es war wieder einmal Carmen, die zuerst etwas sagte. Sie meinte, dass sie heute unbedingt die Waffen mit ins Loch nehmen sollten, auch wenn diese ziemlich sicher nutzlos waren gegen das Tier, aber es würde ihnen ein gutes Gefühl geben, wenn sie diese bei sich hatten. Das hieß, dass sie zuerst zum Zeltplatz gehen mussten. Zeit, um herauszufinden, ob sie dort eine Überraschung erwartete. Viel schneller als mit den Rädern waren sie mit dem Auto nicht, da sie nicht die

Abkürzungen nehmen konnten, wie sie es mit dem Rad taten.

Als sie aber schließlich mit dem Auto ankamen, stellte Carmen dieses in die Wiese, die sich neben der schmalen Straße befand. Sie stellte den Motor ab und alle stiegen aus. Einschließlich Nero, der sofort damit begann, gierig an den Grasbüscheln zu schnüffeln. Als er genug geschnüffelt hatte, hob er sein Bein, um zu markieren, dass auch er hier gewesen war. Die drei plus die zwei Tiere gingen sofort über die Straße und verschwanden im Wald. Nur Rocky wurde getragen, als wäre er ein König.

Als sie endlich beim Zeltplatz ankamen, gab es dort nichts Sehenswertes zu entdecken. Alles beim Alten, was dafür sprach, dass der Glatzkopf den Lagerplatz noch nicht entdeckt hatte. Oder hatte er einfach das Interesse an dem Zeltplatz verloren, da er nun wusste, wo Albert wohnte und wer sich dort aufhielt?

Albert befand es aber trotzdem als zu gefährlich, weiterhin im Wald zu schlafen, denn da boten sie ein ungeschütztes Ziel. Er versorgte jeden mit den Waffen, die ihm zugedacht waren, und stellte dann eine Büchse Ravioli auf den Gaskocher. Das wiederholte er mit zwei weiteren Büchsen, und sie alle setzten sich hin, um zu essen. Diese Stimmung mochte

Albert, wenn man unbekümmert auf dem Boden saß und aß. Das erinnerte ihn daran, wie es als Kind im Ferienlager gewesen war.

Sowie sie sich alle den Bauch vollgeschlagen hatten, brachen sie endlich zur Brandenburg auf. Sie gingen und gingen, und als das trostlose Gefühl einsetzte, waren sie ihrem Ziel bereits nahe.

Endlich in der Burgruine angekommen, begann Albert sofort damit, durch diese zu schlendern. Und siehe da, das Loch erschien schneller als sonst an der üblichen Stelle, als Albert es für möglich befunden hätte. Es dehnte sich aus und hatte bald den gewohnten Durchmesser. Wie immer war es schwarz wie die schwärzeste Nacht, aber die Stimme seiner Frau blieb heute aus.

Albert sprang trotzdem ins Loch und Nero folgte ihm sofort. Carmen und Mojo hielten sich an der Hand und hüpften auch in die schwarze Pfütze, und kurz darauf standen sie alle vereint auf der Treppe, die in die erste Höhle führte. Nero war nun wieder reines Licht, und Albert begann die Stufen hinunterzusteigen, während der Lichthund ihnen allen voran den Weg erleuchtete. In der Höhle angekommen, nahm sich heute auch Albert Zeit, die Kratzspuren an der Wand zu untersuchen. Dies mussten wirklich sehr scharfe

Krallen gewesen sein, die sich ja an den Beinen des Tieres befanden und sich in den Fels gegraben hatten.

Als Albert seine Untersuchung beendet hatte, ging Nero, als wüsste er, dass das vonnöten war, in den schwarzen Tunnel und erleuchtete diesen. Die drei folgten ihm, und der Schacht schien nicht enden zu wollen. Immer wieder blieben sie stehen, um in die Stille zu lauschen, ob sich vielleicht etwas näherte. Als wieder dicke Wassertropfen von der Decke zu tropfen begannen, wusste Albert, dass es nun nicht mehr weit war. Er stellte sich vor, dass über ihnen im Fels ein großes Wasserdepot sein musste, das durch den lecken Fels rann und dann von der Decke tropfte.

Und siehe da, noch während Albert nachdachte, standen sie auch schon auf der Treppe an der Seitenwand in der Höhle mit der Lava am Boden. Vom Tier war nichts zu sehen und aus diesem Grund begannen sie sofort, die Stufen nach unten zu steigen. Sie mussten es ausnutzen, dass gerade niemand in der Höhle war außer ihnen. Auf dieser Treppe hatte Albert immer ein ungutes Gefühl, denn sie war sehr schmal, und es war kein Geländer vorhanden, das sie vor einem Sturz in die Lava schützen würde, und so kam es, dass er sowie auch die anderen sich an die

Wand der Höhle pressten, während sie nach unten stiegen.

Als sie endlich unten angekommen waren, bewegten sie sich von Fels zu Fels und von Plateau zu Plateau springend im Laufschritt auf die gegenüberliegende Seite zu und schnauften kräftig durch, als sie diese erreichten. Nero lief sofort in den mittleren Tunnel und alle folgten ihm. Dies war der Tunnel, in dem sie sich vor dem Tier versteckt hatten.

Albert zog die Spraydose aus seinem Rucksack und begann, während sie liefen, zu markieren, wie sie wieder aus diesem Tunnelsystem herauskämen, wenn sich der Gang in zwei weitere oder überhaupt mehrere Tunnel verzweigte. Nero leuchtete und lief den Weg, als würde er ihn genau kennen.

Auch dieser Tunnel begann steil nach unten zu führen, und Albert fiel auf, dass es kälter zu werden schien. Bald war er sich sicher, dass er sich dies nicht nur einbildete, denn sein Atem begann sich in kleine Nebelschwaden zu verwandeln. Albert schaute hinter sich und sah, dass Carmen ihre Arme um sich geschlungen hatte. Mojo ließ sich nicht anmerken, dass auch ihm kalt war, und er stolzierte aufrecht und stolz durch die Kälte. Schon verblüffend, dass er mit diesen Temperaturen so ohne weiteres zurechtkam, denn aus seiner Heimat kannte er eigentlich keinen Frost und dergleichen.

Nun wurde es mit jedem Schritt eisiger und der Boden wurde immer schlüpfriger. Kein Wunder, denn auf diesem hatte sich eine dünne Schicht Eis gebildet. Albert machte noch ein paar Schritte, wenngleich er immer vorsichtiger dabei wurde. Wie gesagt, auch dieser Tunnel führte nach unten, und mit Eis war das eine blöde Kombination. Es dauerte auch nicht lange, bis er das erste Mal ausrutschte und auf seinem Allerwertesten landete. Wäre die Neigung des Tunnels noch steiler nach unten gegangen, hätte Albert wohl angefangen, nach unten zu rutschen, aber das konnte er vermeiden.

Er rappelte sich wieder vom Boden auf und führte seinen Weg fort. Carmen und Mojo stellten sich geschickter an und kamen nicht zu Fall. Albert bekam immer weniger Lust, diesen Weg fortzusetzen, und war schon knapp daran umzudrehen, als sie endlich in einer weiteren Höhle ankamen. Diese war kleiner als die Lavahöhle und außerdem bestand diese nicht aus Lava, sondern aus Eis. Das Eis leuchtete in einem schummrigen Blau, als würde es von Hot Spots indirekt angestrahlt werden.

Es war aber nicht das Eis, das die Höhle zu etwas Besonderem machte, sondern das, was sich im Eis befand. Dabei handelte es sich um all die nackten Tierkadaver, die das Tier zuerst rasiert und dann getötet hatte. Albert war sich sicher, dass dies nicht in umgekehrter Reihenfolge passiert war, denn er hatte das Gefühl, dass die Haare von lebenden Tieren stammen mussten. Irgendetwas musste es mit den Haaren auf sich haben, denn warum hätte das Loch sonst einige der Tiere sowie auch Nero wieder ausgespuckt? In diesen Tieren hatte das seltsame Wesen wohl nicht das gefunden, was es gesucht hatte, und in Alberts Kopf kursierte wieder die Vermutung, dass das Tier die Liebe suchte, die in den Haaren von den Berührungen, die sie erhalten hatten, gespeichert war. So zumindest war seine Sicht der Dinge. Die drei ließen ihre Blicke durch die Höhle schweifen. Unzählige nackte Tierkadaver säumten ihr Umfeld, und einige der Tiere lagen gefroren und gefangen im Eis wie Fischstäbchen, die man aus dem Gefrierfach holte. Eigentlich war das ihr Glück, denn sonst hätte es hier wohl unerträglich gestunken.

Das Eis in der Höhle hatte die meisten der Kadaver völlig eingeschlossen, und man konnte ihre Körper im klaren Eis schwebend sehen, wie sie leblos mit leerem

Blick aus diesen herausstarrten. Auch aus dieser
Höhle führten mehrere Tunnel, die es zu erkunden
galt.

Kapitel 29

Albert fiel ein, dass er Rocky dabei hatte und dass diese Temperaturen in der Eishöhle auf längere Sicht nicht für ihn geeignete waren, und er gab den anderen ein Zeichen umzudrehen. Die anderen Schächte mussten weiterhin darauf warten, dass man sie inspizierte.

Mojo und Carmen konnten ihre Blicke kaum von dem vielfachen Tod, der sie umgab, lösen, folgten dann aber widerwillig in den Tunnel, der sie zurückführen würde heraus aus diesen Katakomben. Wieder einmal mussten sie gegen eine Steigung ankämpfen, und Albert wurde richtig warm von der körperlichen Betätigung. Dankbar stellte er fest, dass auch die Außentemperaturen wieder steil nach oben stiegen, während sie Nero verfolgten. Nun war Albert froh, dass er den Ausweg aus diesem Tunnelsystem markiert hatte, denn ohne diese Markierungen hätte er sich wahrscheinlich verlaufen. Natürlich brauchte er eigentlich nur dem Lichthund zu folgen, denn dieser kannte den Weg anscheinend genau. Hier unten gab es so viele verschiedene Schächte, durch die man laufen konnte, und es war unmöglich, sie alle zu erkunden. Das stimmte Albert unruhig und angespannt. Die Außentemperatur hatte sich mittlerweile völlig normalisiert und schon bald wurde es wieder heiß und stickig, was Albert verriet, dass sie fast bei der Lavahöhle angekommen waren.

Als dies kurze Zeit später tatsächlich der Fall war, stellten Albert, Mojo und Carmen fest dass sie nicht alleine waren in dieser Höhle. Das Tier saß haushoch auf einer der Steinplatten, die sich aus der Lava heraus auftaten. Albert war sich aber sicher, dass man auf diesen Steinplatten ein Ei braten konnte, so heiß mussten sie sein. Für ihn wäre es unklug, zu lange auf einem der Felsen zu stehen, denn das hätte wahrscheinlich zur Folge, dass die Gummisohlen seiner Turnschuhe schmelzen würden.

Dem Tier machte das anscheinend gar nichts aus, denn es saß da und schien sich auszuruhen, denn es bewegte sich keinen Zentimeter und schien die Hitze zu genießen. Nun wusste Albert aber auch von der Eishöhle und er fragte sich, ob diese nur als Leichenkammer verwendet wurde oder ob das Tier die tiefen Temperaturen ebenso wie die Hitze in der Lavahöhle genoss. Welches Wesen konnte sich derart gut akklimatisieren in seiner Umgebung?

Und da fiel Albert wieder ein, wie das Tier hieß, dem es ähnelte, und er hatte auch sofort ein Bild dazu in seiner Erinnerung. Und zwar trug es den Namen

Bärtierchen und er hatte einmal in einer Wissenschaftssendung von ihm gehört. An die Fakten konnte er sich nicht mehr erinnern, aber das war nicht schlimm, denn nun hatte er den Namen des Tieres, nach dem er im Internet suchen konnte.

Alberts Augen leuchteten ob des neuen Wissens und er konnte es kaum erwarten, dieses mit Mojo und Carmen zu teilen. Im Moment war das nicht möglich, da sie sich leise verhalten mussten. Er beschloss es zu wagen, den Tunnel zu wechseln.

Dazu drückte er sich an die Wand der Lavahöhle, während er sich an dieser entlang in den Gang bewegte, der sie herausführen würde aus diesem fremden Territorium. Er schaffte es, unbemerkt in diesen zu gelangen, und wartete darauf, dass die anderen ihm folgen würden. Im Moment leuchtete Nero nicht, da er sie nicht verraten wollte. Das Lichtwesen war wirklich klug und überraschte immer wieder von neuem.

Als sie sich alle im Gang befanden, der zum Loch in der Lichtung führte, gingen sie alle los mitten ins Schwarze hinein, in dem sie nicht das Geringste sahen. Erst als der Tunnel eine Biegung machte, getraute sich Nero, wieder in seiner wahren Gestalt durch den Tunnel zu schweben. Nun war er plötzlich nicht mehr als eine Kugel aus reiner Energie und sie alle waren erleichtert, wieder zu sehen, wohin sie liefen.

Also wenn der Glatzkopf nicht ein Tier mit denselben Eigenschaften wie Nero finden würde, war die Wahrscheinlichkeit sehr groß, dass er noch nie hier unten gewesen war. Gott sei Dank war das Loch auf der Lichtung ebenfalls schwarz wie die Nacht, und der Glatzkopf konnte nicht sehen, ob dahinter Materie oder nur Leere herrschte. Was, wenn er genau zu diesem Zeitpunkt ins Loch springen würde, wenn sie ebenfalls mit Nero darin waren? Naja, dann konnte er zwar die Treppe hinuntersteigen oder -fallen, aber er würde rein gar nichts sehen. Außer er würde direkt hinter ihnen laufen. Das galt es zu vermeiden.

Nun war es aber tatsächlich an der Zeit, von hier zu verschwinden, und Albert steigerte die Geschwindigkeit seiner Schritte. Irgendwie hatte er das Gefühl, dass sie hier nicht mehr lange alleine sein würden. Auch Mojo und Carmen folgten dem Rhythmus seiner Füße und kamen bald in die Höhle mit dem Nest aus Haaren. Wieder machte sich in Albert ein Gefühl von Verwunderung breit, wenn er dieses Werk betrachtete. Es war irgendwie morbide.

Der Berg oder das Nest aus Haaren war so riesig, dass er oder es fast die Hälfte des Höhlenbodens einnahm.

Jetzt hieß es aber nicht zu grübeln, denn sie mussten verschwinden. Wie zur Bestätigung nahm er das ferne Scharren von tödlichen Krallen wahr. Vielleicht wollte das Tier in die Haarhöhle, um nun etwas zu schlafen. Eine andere Erklärung fiel ihm nicht ein, denn es würde sich erst am Abend lohnen, die Treppen nach oben zu steigen. Dann, wenn ein neues Tier ins Loch geworfen werden würde.

Albert vermutete, dass die Tiere nicht körperlos in der Schwärze schweben würden. Diese würden die wahre Gestalt der unterirdischen Welt wahrnehmen, wenngleich sie auch von Dunkelheit umhüllt sein würden. Sie waren dem Tier praktisch schutzlos ausgeliefert und dieses konnte mit ihnen spielen, wie es ihm beliebte.

Ihm fiel wieder ein, dass auch Nero vor ihnen allen schon hier unten gewesen war. Der Hund hatte bereits Bekanntschaft geschlossen mit den scharfen Krallen des Tieres. Aber er war entkommen, wie immer er das auch bewerkstelligt hatte. Sie alle polterten die Treppe nach oben, und Albert folgte Nero, der schwach leuchtete, gerade stark genug, um seine Umgebung in schummriges Licht zu hüllen.

Als Albert schon die Oberschenkel brannten, kamen sie am Ende der Stiege an. Knapp über ihnen an der Decke befand sich das Portal, in das sie springen mussten, um sich wieder auf der Erdoberfläche zu befinden. Gleichzeitig sprangen sie in die Luft und wurden wie magisch durch das Loch katapultiert. Sie alle landeten auf ihren Beinen und befanden sich wieder auf der Lichtung.

Albert sah sich sofort um und stellte fest, dass er niemanden sehen konnte, der sie beobachtete. In gedämpftem Tonfall teilte er Mojo und Carmen mit, dass es nun an der Zeit war, nach Hause zu fahren. Er brauchte dringend das Internet seines Computers, um nach dem Bärtierchen zu suchen. Dieses, sagte er ihnen, war es, das seiner Meinung nach dem Tier im Loch ähnelte.

Carmen griff sich an den Kopf und teilte mit, wie blöd sie sein müsste, weil ihr dieses Tier nicht eingefallen war. Das Einzige, was sie über dieses Wesen wusste, war, dass es ein Überlebenskünstler der Extraklasse war. Ihr war es aber auch lieber, im Internet zu suchen und nicht in ihren verschollenen Erinnerungen oder in den Büchern ihrer Studienzeit. Sie brachen unverzüglich auf und nahmen den Weg, den Mojo immer beschritten hatte, wenn er zur

Zeremonie auf der Lichtung gegangen war. So oft war das nun schließlich auch nicht der Fall gewesen.

Als sie beim geparkten Auto ankamen, verstauten sie erleichtert Waffen und Tiere in genau dieser Reihenfolge, setzten sich dann selbst ins Auto und fuhren los. Der Speer benötigte fast die ganze Länge des Innenraums und man konnte der Meinung sein, dass er bei einem Unfall eine zusätzliche Gefahr darstellen würde. Nun konnten sie sich wieder in normaler Lautstärke unterhalten, und Albert konnte es kaum erwarten, seinen PC zur Hand zu haben. Er saß vor dem hechelnden Hund aus Fleisch und Blut und schaute aus dem Fenster, wie die Landschaft an ihm vorbeiflitzte.

Als sie zuhause einparkten, war jeder von ihnen nachdenklich, und das blieb auch so, während sie mit dem Lift zur Wohnung hinauffuhren. Oben angekommen fiel Alberts Blick wieder auf das kaputte Schloss. So waren sie nicht sicher in der Wohnung. Andererseits hielt auch eine versperrte Tür den Glatzkopf nicht davon ab, in eine Wohnung einzudringen, also welchen Sinn machte es tatsächlich, die Tür abzusperren?

Sie betraten den Garderobenbereich der Wohnung, entkleideten sich, gingen ins Wohnzimmer und setzten sich erschöpft auf die Couch, als wären sie gerade einen Marathon gelaufen. Dabei waren sie bequem chauffiert worden. Albert stand auf, setzte Rocky auf den Ast in seinem Käfig, damit dieser fressen konnte, wenn er das wollte. Der Vogel nahm die Chance auch sofort wahr und kletterte zur Futterschüssel und begann, eifrig Kerne zu knacken.

Jetzt, wo er schon stand, konnte er auch gleich in die Küche gehen, um ihnen allen etwas zum Trinken zu bringen. Er verließ den Raum und kehrte mit drei Energydrinks zurück. Diese verteilte er und setzte sich dann vor seinen PC. Während er darauf wartete, dass der Computer hochfuhr, drehte er sich um und schaute sich Mojo und Carmen an. Die zwei erwiderten seinen Blick neugierig, aber niemand fragte, ob irgendetwas los sei.

Als die Internet-Suchmaschine zu benutzen war, suchte er nach dem Wort Bärtierchen und wurde gleich fündig. Es gab mehrere Artikel von renommierten Wissenschaftlern, die allesamt von diesem Tier handelten. Mojo und Carmen waren aufgestanden und stellten sich hinter Albert auf, um auf den Bildschirm zu sehen. Beide wollten mitlesen, was es mit dem Tierchen auf sich hatte.

Alles in allem ähnelten die Artikel einander. Sie waren sich darüber einig, dass das Tier extrem hohe oder niedrige Temperaturen überleben konnte. Das machte es durch eine Reihe von physiologischen Vorgängen, derer nur dieses Tier mächtig war. Dieses Können hatte dazu geführt, dass es Menschen gab, die sich sicher waren, dass es sich bei diesem Tier um einen Alien handeln musste. Das Lebewesen, um das es ging, war allerdings nur einen Millimeter groß, wenngleich es trotzdem ein Raubtier war, das mit Vorliebe glitschige Würmer fraß. Albert stellte sich die Frage, ob es möglich war, dass das Bärtierchen tatsächlich von einem anderen Stern kam.

Manche Dinge, die über dieses Tier geschrieben worden waren, musste ihnen Carmen erklären, damit sie verstanden, was gemeint war. Dabei handelte es sich um Fachsimpelei über den Wasserbären, wie das Tier auch genannt wurde. Seinen Namen hatte es wegen seiner drolligen langsamen Bewegungen, die an einen knuddeligen Teddy erinnerten. So zumindest, wenn ein Teddy in der Lage war, sich zu bewegen.

Außerdem sahen die drei eine Menge Nahaufnahmen, die ebenfalls im Internet präsentiert wurden. Wenn man ein Bild des Tieres im Loch gemacht und dieses zu den Aufnahmen im Netz gestellt hätte, wäre jeder,

der es sah, der Meinung, dass es sich bei den Bildern immer um ein Tier derselben Gattung handelte. Die drei wussten es aber besser. Das Tier im Loch hielt noch viel höhere Temperaturen aus, denn es konnte in heißer Lava baden. Auch in die andere Seite funktionierte das System, denn es war ebenso in der Lage, äußerst tiefen Temperaturen zu trotzen, wie sie aus der Eishöhle wussten, wenn es denn auch tatsächlich länger dort verharrte. Aber es musste zumindest verwandt sein mit dem kleinen Lebewesen, das fast überall zu finden war auf der Erde.

Aber wieso zur Hölle konnte das Tier in seiner Größe variieren? Dies war eine Eigenschaft, die dem Bärtierchen fehlte. Das konnte es nur in kleinem Maße, wenn es seine Flüssigkeit aus dem Körper verbannte und die Eingeweide samt Muskeln schrumpfen ließ und praktisch austrocknete.

Albert war sich sicher, dass das Bärtierchen im Loch uralt war. Vielleicht gab es dieses Wesen schon seit Anbeginn der Zeit. Wieder stellte sich Albert die Frage, ob es denn eigentlich böse war oder einfach nur ein Tier, das ebenfalls leben wollte und seinen Platz auf oder besser gesagt in der Erde beanspruchte? Möglicherweise war es einfach nur ein Raubtier, wie es viele auf der Erde gab.

Albert war außerdem immer mehr der Meinung, dass die Stimme seiner Frau nur in seinem Kopf existiert hatte, und das wollte er nicht dem Tier zuschreiben. Diese Art von Macht besaß es vielleicht doch nicht. Vielleicht hatte ihn diese Stimme nur gequält, damit er sich von ihr verabschieden konnte und sie endlich loslassen würde, wenn er ihr alles sagen konnte, was ihm auf dem Herzen lag. Das musste noch geschehen, aber im Moment hoffte er darauf, dass er wieder ihrem Geist begegnen würde. Dieses Mal würde er die Chance, mit ihr zu reden, nicht verstreichen lassen.

Nun hatten die drei genug gesehen, und Albert fuhr den Computer wieder nach unten. Dann blickten sich die drei spitzbübisch an. Nun wussten sie, mit welchem Tier es verwandt sein musste und mit welchen Eigenschaften zu rechnen war, wenn sie damit zu tun bekommen würden. War es vielleicht tatsächlich ein Alien, und wenn nicht, zu welchem Zweck wurde es erschaffen?

Albert sah auf die Uhr und stellte fest, dass es bereits am Nachmittag war, und er begann langsam daran zu denken, was heute noch am Plan stand. Hoffentlich würde der Glatzkopf sie noch heute am Abend zu Ashanti führen, denn die Zeit drängte. Wann hatte sie zum letzten Mal etwas getrunken oder gegessen?

Albert war sich sicher, dass der Glatzkopf nicht nett mit seiner Geisel umsprang.

Wo um alles in der Welt befand sich ihr Verließ? Am liebsten wäre Albert mit einem Helikopter über den Brandenberg geflogen, um alles von oben zu sehen. Dann wäre Albert in der Lage gewesen, nach dem Brunnen zu suchen, aber so konnte er nur darauf hoffen hingeführt zu werden, wenn sich der Brunnen denn ebenfalls irgendwo auf diesem Berg befand.

Und wenn er ihn fand, was dann? Er wusste aus seinem Traum, dass der Brunnen versperrt war. Selbst wenn ein schwarzes Loch in diesen hineinführte, wo befand sich dieses Loch? Und wie sollten sie die verletzte Ashanti aus dem Brunnen bergen?

Albert wurde jäh aus seinen Gedanken gerissen, als er feststellte, dass sich Mojo und Carmen schon wieder eingehend in einem Gespräch befanden. Es ging darum, dass Carmen auszurechnen versuchte, wie viel Betäubungsmittel man wohl in das Bärtierchen pumpen musste, um es bewegungsunfähig zu machen. Dazu schätzte sie das Gewicht des Tieres, das es hatte, wenn es sich in der Lavahöhle aufhielt. Der Betäubungspfeil, der dazu vonnöten sein würde, wäre viel zu groß und schwer, um ihn mit einem Blasrohr auf das Tier abzufeuern. Aber wozu überhaupt betäuben? Damit man es dann in seinem schutzlosen Zustand töten konnte?

Wurde das Bärtierchen etwa nur vom Glatzkopf versorgt? Was, wenn der Glatzkopf sterben würde? Würde dann ein anderer Kapuzenmann den Zirkel anführen? Auch dieses Risiko führte dazu, dass er sich sicher war, auch alle anderen Kapuzenmänner erledigen zu müssen. Wie er das anstellen sollte, wusste er noch immer nicht, und es lieferte genug Stoff für schlaflose Nächte, sodass Albert schon beim Gedanken daran verzweifelte angesichts der Hilflosigkeit, die von ihm Besitz ergriff.

Was brauchte das verdammte Bärtierchen? Was hielt es am Leben? Wieso fraß es nicht die Tiere, die ihm geopfert wurden, sondern schleppte ihre Kadaver in die Eishöhle? Fragen über Fragen und Albert hatte allmählich genug von ihnen. Als er seine Gedanken schon woandershin lenken wollte, kam ihm doch noch eine Erkenntnis. Was, wenn das Tier sich von den Menschen ernähren würde, die der Glatzkopf ab und zu ins Loch stieß? So wie zum Beispiel Mojo. Es konnte gut und gerne sein, dass es nur in großen Intervallen Nahrung brauchte, um dann wieder von seinen Fettreserven zu leben, die es in Hülle und Fülle hatte, denn Albert erinnerte das Tier außerdem an das Michelin-Männchen.

Aber warum hatte es Mojo verschmäht und seine Wenigkeit ebenfalls? Und dann war es ja schließlich das Loch gewesen, das sie wieder ausgespuckt hatte. Jeden genau dorthin, wo es am besten für ihn war, als würde das Loch ebenfalls lebendig sein und auf seine Art und Weise in der Geschichte mitspielen. Vielleicht war es der Brandenberg, der die Macht besaß, und nicht das Tier.

Kapitel 30

Albert ging im Raum auf und ab und die Hände hatte er dabei hinter dem Rücken verschränkt und sah aus, als würde er jeden Moment verzweifeln, wobei es ihm sichtlich egal war, dass ihn Mojo und Carmen, die auf der Couch saßen, verwundert ansahen. Sein Puls schlug in einem Rhythmus, den man normalerweise hatte, wenn man joggte. Er musste sich beruhigen und fragte sich, welcher Gedanke genau Auslöser gewesen war, dass er sich fühlte, als würde er von Hunden gehetzt, kam aber zu keiner Antwort. Es konnte jeder Gedanke sein oder sie alle zusammen, die ihn pushten. Natürlich konnte es auch sein, dass es am Energy-Drink lag, den er sich einverleibt hatte, und er beschloss, dessen Konsum etwas zurückzuschrauben.

Allmählich beruhigte er sich ein wenig und wurde immer langsamer, während er im Raum auf und ab schritt. Dann ging er zur Couch und setzte sich hin. Er atmete tief durch und erzählte Mojo und Carmen, was ihm gerade durch den Kopf gegangen war. Beide waren der Meinung, dass an den Überlegungen von Albert tatsächlich etwas daran sein konnte, und wirkten nun ebenfalls nachdenklich. So konnte es nicht weitergehen. Sie mussten heraus aus der

Gedankenwelt, hinein ins tatsächliche Leben. Sie begannen damit, dass sie in die Küche gingen, um etwas zu essen.

Albert bereitete ihnen allen eine Familien-Pizza zu und Mojo und Carmen sahen ihm dabei zu. Er war froh, dass sie ihm nicht helfen wollten bei seiner Arbeit, und genoss es, einmal richtiges Essen zuzubereiten. Nicht nur tiefgefrorene Fertigpizza wie sonst. Er lauschte den beiden, während sie miteinander redeten, und kam zum Schluss, dass nicht alles davon gehört werden sollte. Er bekam immer wieder mit, wie Carmen zu Mojo sagte:

„Du könntest mein Sohn sein!!!"

Worüber sprachen sie? Hatte Mojo ihr bereits seine Liebe gestanden? Das würde Sinn machen angesichts des Satzes, den sie vor kurzem zu Mojo gesagt hatte, wenngleich er mit Sicherheit nicht das wiedergab, was sie fühlte, denn dieses Mal konnte sie ihren Blick nicht verschleiern. Sie strahlte und Albert hatte das Gefühl, dass sie schon fast leuchtete.

Trotz ihres Alters hatte sie noch Freude an Komplimenten, die ihr Mojo zur Genüge machte. Anscheinend war es den beiden egal, dass Albert mithören konnte, wenngleich sie verhalten sprachen, sodass er nicht alles verstehen konnte. Musste er auch nicht. Sollten sie doch machen, was sie glücklich machte, wobei Carmen sich das noch nicht erlaubte.

Albert schob die belegte Pizza ins Rohr und setzte sich zu den beiden an den Tisch, um sich am Gespräch zu beteiligen. Sofort wechselten sie das Thema zur Rettung Ashantis. Noch galt es, etwas Zeit totzuschlagen, aber Albert war sich sicher, dass er dazu in der Lage war und es schon bald Zeit sein würde, zum Wald aufzubrechen. Zumindest die Zeit konnte er ohne Skrupel totschlagen.

Er beobachtete, wie die Pizza aufging und wie der Käse zerrann. Er konnte den Moment, an dem sie knusprig und heiß aus dem Rohr kommen würde, kaum erwarten. Als es endlich so weit war, öffnete er die Tür des Backofens und holte das Blech mit der Pizza daraus hervor und legte es auf die Herdplatten. Dann begann er, die Pizza in rechteckige Stücke zu zerschneiden, und platzierte diese auf die Teller. Sie alle begannen zu essen und Mojo und Carmen machten ihm ein Kompliment zur Pizza, was Albert sichtlich freute.

Als sie sich alle den Bauch vollgeschlagen hatten, sah Albert auf die Uhr. Immer noch zu früh, um zum Wald aufzubrechen, also konnte er genauso gut etwas schreiben. Sie alle gingen wieder ins Wohnzimmer, wobei sich Albert auf den Schreibtischsessel setzte und nicht auf die Couch. Er fuhr den PC hoch und öffnete die richtige Datei. Er las durch, was er zuletzt geschrieben hatte, und begann dann, die neuesten Ereignisse zu schildern.

Wieder versank er völlig in der Geschichte und brachte all seine Überlegungen in diese mit ein. Es tat gut, Ordnung zu schaffen in seinem Geist, was er immer tat, wenn er schrieb. Er grenzte das Geplapper von Mojo und Carmen aus und tippte sich alles von der Seele, was ihn quälte. Als er mit der Geschichte begonnen hatte, hätte er nie gedacht, dass sie einmal diesen Werdegang nehmen würde.

Er tippte und tippte, und als er für heute fertig war, atmete er tief durch. Es dauerte immer eine Weile, bis er völlig aus dem Schreibmodus heraus war. Als dies der Fall war, widmete er sich wieder den Menschen sowie den Tieren und fühlte sich erleichtert. Er sah auf die Uhr und teilte Mojo und Carmen mit, dass er nun bald aufbrechen wolle. Ein klein wenig Zeit hatten sie noch.

Plötzlich meldete sich Rocky und seine verwaschenen Worte ließen Albert erstarren. Er sagte mit der Stimme seiner verstorbenen Frau:

„Na, du bist aber ein Lieber!"

Das war eins zu eins ihre Stimme. Wie konnte das sein? Und dann dieser Satz. Albert erinnerte sich daran, dass sie diesen immer zu ihm gesagt hatte, wenn er einmal freiwillig die Wohnung gesaugt hatte. War nun Rocky von ihr besessen? Wann war ihm seine Frau begegnet und was hatte sie noch alles zu ihm gesagt? Der Nachteil an Botschaften, die einem ein Papagei überbringt, ist, dass sie meist unvollständig sind. Papageien geben nur Sätze und Worte wieder, die ihnen persönlich gefallen. Da war noch viel übrig, was ungesagt blieb, aber ebenfalls hörenswert gewesen wäre.

Albert erwachte aus seiner Starre und widmete seine Aufmerksamkeit wieder Carmen und Mojo. Die beiden sahen verwirrt aus, da sie nicht wussten, was ihn so geflasht hatte. Für sie war das nur eine Frauenstimme gewesen, die irgendwann zu Rocky gesagt hatte, dass er ein Lieber sei. Albert verzichtete darauf sie aufzuklären, da sie ihre Aufmerksamkeit nun Wichtigerem widmen mussten. Es war an der Zeit, zum Waldrand zu fahren, und wie Albert aus Erfahrung wusste, dauerte es immer eine gewisse Zeit, bis wirklich alle aufbruchsbereit waren.

Carmen ging noch einmal auf die Toilette, während sich die Männer bereits die Schuhe anzogen.

Tatsächlich konnte man von Mojo als Mann sprechen, denn er wirkte alles in allem nicht so wie ein einheimischer Siebzehnjähriger. Man merkte ihm an, dass seine Kindheit ein frühes Ende gefunden hatte, was mit Sicherheit an den desolaten Zuständen lag, die in Afrika vorherrschten.

Albert leinte Nero an und streichelte den Papagei, der mittlerweile wieder auf seiner Schulter saß, und als Carmen aus dem WC kam, blieben Mojos Augen an ihrer Kehrseite hängen, während sie ins Bad ging, um sich die Hände zu waschen. Das dauerte allerdings und langsam wurde Albert ungeduldig. Was trieben Frauen immer ewig im Bad? Carmen musste sich nicht einmal um ihre Schminke kümmern, da sie keine trug. Sie zählte zu den natürlichen Frauen, die aber trotzdem weiblich aussahen, auch ohne tonnenschweres Makeup. Albert hatte selbst schon einmal gedacht, er hätte an Carmen Interesse, und musste nun lächeln beim Gedanken daran.

Endlich war die Tierärztin fertig im Bad und sie konnten aufbrechen, was sie auch unverzüglich taten. Sie fuhren mit dem Lift nach unten, gingen auf den Parkplatz und stiegen ins Auto ein. Rocky saß auf der Schulter von Albert und Nero im Kofferraum. Dann fuhren sie los und gerieten sofort in den

Berufsverkehr, der bereits einsetzte. Das hatte zur Folge, dass sie ewig brauchten, bis sie ankamen.

Als dies dann tatsächlich der Fall war, stellte Albert fest, dass sie doppelt so lange wie mit dem Fahrrad gebraucht hatten. Carmen hatte den Wagen so abgestellt, dass das Heck zum wahrscheinlichen Parkplatz des Glatzkopfes zeigte. Da der Audi über getönte Scheiben im Heck sowie an den Türen der hinteren Sitzreihe verfügte, würden sie den Glatzkopf auf diese Weise gut sehen können, während dieser gar nichts sehen würde können außer schwarzen Scheiben.

Albert stieg einen Moment aus dem Audi aus, um sich zu strecken, während die anderen im Auto sitzen blieben. Als er wieder einstieg und sich setzte, stellte er fest, dass er nun wieder Unruhe in sich hochsteigen spürte. Jetzt würde es hoffentlich nicht mehr lange dauern, bis der Glatzkopf erscheinen würde. Es bot ein gewisses Risiko, im Auto zu sitzen, denn sie würden sofort entdeckt werden, wenn der Glatzkopf zum Wagen ginge, um ins Innere zu schauen. Dazu musste er nur nahe genug daran sein. Aber eine Portion Risiko gehörte einfach dazu.

Albert stellte sich die Frage, wie der Glatzkopf überhaupt zu dem Roller gekommen war, denn er war ein Flüchtling wie auch Mojo. Heute würden sie erfahren, wo er wohnte, vorausgesetzt dass er nach Hause fuhr, wenn er die Zeremonie auf der Lichtung zelebriert hätte. Dann würden sie mit Sicherheit wissen, wo sich der Glatzkopf aufhielt, wenn er nicht gerade Tiere entführte und opferte.

Noch mehr hoffte Albert allerdings darauf, dass er sie noch heute zu Ashanti führen würde. Es war wie bei Lotto. Alles ist möglich, aber nix ist fix. Auf alle Fälle würde es wahrscheinlich ein informativer Abend für sie werden, dessen waren sich Albert wie auch der Rest der Truppe sicher.

Er schaute auf die Uhr. Normalerweise müsste der dreizehnte Kapuzenmann nun bald auftauchen. Ihm fiel ein, dass ihm am Abend der Entführung, als er den Lift gerufen hatte, ein Mann mit aufgesetztem Vollvisierhelm mit dunklem Glas aus diesem entgegengekommen war, als er seine Türen im Erdgeschoss geöffnet hatte. War das der Glatzkopf gewesen? Wenn ja, würde das heißen, dass er tatsächlich nicht in die Löcher sprang, die er erschuf.

Albert wurde das Gefühl nicht los, dass dieser Angst davor hatte, ins Loch zu springen. Vielleicht weil er wusste, was Menschen darin widerfuhr. Vielleicht hasste auch er das Gefühl, völlig schutzlos ausgeliefert zu sein. Was das betraf, hatten sie ihm alle anscheinend etwas voraus. Immerhin waren sie bereits in der unterirdischen Welt gewesen und dabei verschont geblieben. Ob dieses Glück auch dem dreizehnten Kapuzenmann zukommen würde, wusste niemand.

Albert erinnerte sich daran zurück, als er in der Dunkelheit geschwebt war und die Präsenz des Bärtieres, wie er es ab jetzt nannte, wahrgenommen hatte. Das Tier hatte ihn umkreist, war dann aber zum Entschluss gekommen, wieder von dannen zu ziehen. Warum? Hatte es vielleicht keinen Hunger gehabt? Das würde dafür sprechen, dass es sich beim Tier tatsächlich um einen Jäger handelte, der nur aus Hunger tötete. Etwas, das dafür sprach, dass es nicht einfach nur böse war. Es wollte leben wie jedes Lebewesen.

Warum versorgte es der Glatzkopf mit Nahrung und Material für seine Schlafstätte? Albert beschloss, diese Frage in den Raum zu stellen, jedoch wussten weder Carmen noch Mojo eine Antwort darauf. War es tatsächlich so, dass einem Ansehen und Macht zuteilwurde, wenn man dem Tier diente, so wie er es seinen Jüngern versprach? Warum nur hatte Albert das Gefühl, dass das nur für den Glatzkopf galt? Der wahre Sinn der Gefolgschaft aus Jüngern blieb für Albert immer noch im Verborgenen und er wusste nicht, ob er diesen jemals erfassen würde. Egal. Heute war erst einmal zu klären, was der Glatzkopf mit seiner freien Zeit anstellte.

Wie gerufen sah Albert, dass sich von vorne ein Motorroller näherte, der eine große Kiste am Gepäcksträger befestigt hatte. Der Lenker fuhr ebenfalls an den Rand der Straße etwa fünfzig Meter vom Audi entfernt und stellte den Motor des Gefährts ab. Hören konnten sie dies zwar nicht, aber sie sahen, wie die Lichter des Rollers ausgingen und der Fahrer ihn auf seinem Ständer abstellte. Dieser blieb noch einen Augenblick mit aufgesetztem Helm sitzen und drehte sich in alle Richtungen.

Er sah sich mit Sicherheit nach heimlichen Beobachtern um, wurde aber anscheinend nicht fündig, denn er setzte den Helm ab und stieg vom Roller. Dann verstaute er den Helm unter dem Sitz und machte sich an der Kiste zu schaffen. Er holte einen zappelnden Sack daraus hervor und außerdem einen Rucksack. Mit der rechten Hand warf er sich den gefüllten Sack über die Schulter und trug mit der anderen lässig den Rucksack. Dann ging er raschen Schrittes zum Wald und verschwand im Dickicht.

Besonders Carmen konnte man ansehen, dass sie am liebsten ausgestiegen wäre, um dem Glatzkopf die Tracht Prügel seines Lebens zu verpassen. Es musste für eine Tierärztin besonders schlimm sein, wenn Tiere aus ihrem Zuhause geholt wurden, um dann einer uralten Kreatur zum Opfer dargebracht zu werden. Aber sie konnte sich beherrschen und biss die Zähne zusammen, so dass ihrer Kiefermuskeln arbeiteten, als würden sie versuchen, mit den Zähnen einen Kiesel zu zermalmen.

Mojo war nun wachsam wie ein Tier und sie alle trauten sich erst zu reden, als ein paar Minuten vergangen waren, ohne den Glatzkopf zu sehen. Nun hieß es zuzuwarten. Sie vertrieben sich die Zeit und die schlimmen Gedanken, indem sie darüber redeten, wohin die Reise sie heute vielleicht noch führen würde. Keiner von ihnen konnte das erahnen, womit es eigentlich sinnlos war, Vermutungen zu äußern.

Gefühlte Stunden später kam der Glatzkopf aus dem Wald zurück, legte einen leeren Sack sowie einen Rucksack in die Kiste und holte seinen Helm unter dem Sitz hervor. Diesen setzte er sich auf stieg auf den Roller und klappte den Ständer ein. Dann fuhr er in die Richtung los, aus der er zuvor gekommen war.

Nun musste Carmen, die am Steuer des Wagens saß, handeln. Sie reversierte den Wagen in der Wiese und nahm dann in Windeseile die Verfolgung des Rollers auf. Es dauerte auch nicht lange, bis sie wieder Sichtkontakt zu ihm aufgebaut hatten. Carmen ließ einen großzügigen Sicherheitsabstand, während sie dem Glatzkopf nachfuhr. Sie hoffte, dass er sich weiterhin Richtung Stadt bewegen würde, denn dort durfte niemand schnell fahren. Ein Problem würde es werden, wenn der Roller auf einer Straße mit einer Geschwindigkeitsbeschränkung von 100 Km/h landete, denn dann würde es auffallen, wenn der Audi ebenfalls nur fünfzig fahren würde. Aber noch war alles gut.

Carmen ließ es zu, dass sich vor ihr zwei Autos einreihten, um eine Sichtbarriere zum Roller zu schaffen. Gott sei Dank, denn sie standen nun vor einer roten Ampel. Als diese grün wurde und sie losfuhren, dauerte es nicht lange, bis eines der Autos vor ihnen abbog. Nun war nur noch ein Auto zwischen ihnen. Ein weißer VW-Transporter mit Heckscheibe und Trennwand zum Fahrgastraum. Dieser hielt weiterhin neugierige Blicke des Glatzkopfes fern, während sie bei der nächsten roten Ampel warteten. Als diese ebenfalls auf Grün schaltete, begann sich die

Kolonne erneut zu bewegen. Sie folgten dem Weg, den der Glatzkopf nahm, und hatten nicht das Gefühl, dass sie von ihm bemerkt wurden.

Nachdem sie bereits gute zwanzig Minuten gefahren waren, kamen sie anscheinend vorerst am Ziel an, denn der Roller fuhr rechts auf einen Parkplatz und wurde dort abgestellt. Carmen schaltete schnell und fuhr ebenfalls in eine freie Parklücke, die Gott anscheinend nur für sie frei gehalten hatte. Der Glatzkopf verstaute den Helm, und dann nahm er seinen Rucksack aus der Kiste und versperrte diese danach wieder mit einem Vorhängeschloss.

Er ging über die Straße und verschwand im Hauseingang einer alten Villa. Diese bot heute einige Wohnungen, die aber zu Preisen vermietet wurden, welche sich ein Normalsterblicher nicht leisten konnte. Das wusste Albert, weil darin einmal eine Wohnung verkauft worden war, die Albert und seiner Exfrau gefallen hatte, als sie damals eine Eigentumswohnung gesucht hatten.

Was hatte der Glatzkopf in dem Haus zu schaffen? Sie alle blieben angespannt sitzen und mussten nun warten. Warten darauf, dass er wieder erscheinen würde. Aber nun war es schon Abend. Was, wenn er lange in dem Haus bleiben würde? Sie konnten nicht die ganze Nacht auf der Lauer liegen. Das wollten sie sich zwar nicht eingestehen, aber genau das konnte passieren. Es blieb ihnen nichts anderes übrig, als sich zu entspannen und es sich halbwegs gemütlich zu machen.

Nun war es bereits finster und die Straßenbeleuchtung war eingeschaltet. Nebel zog auf und ließ im Schein der Lampen einen Kranz um die Lichtquellen erscheinen. Dieser sah aus wie ein Heiligenschein auf einem Gemälde in einer katholischen Kirche, die er schon einmal betreten hatte.

Albert schaute dennoch lieber auf das Licht, das aus den Fenstern der Villa leuchtete. Irgendwo da drinnen saß gerade der Glatzkopf, aber was trieb er da? Einmal ging eine Person an ein Fenster im ersten Stock und deren Silhouette konnte die des Glatzkopfes sein, was Albert dazu veranlasste, sich zu ducken, obwohl er im abgedunkelten Teil des Wagens saß. Als er wieder auftauchte, war die Gestalt wieder verschwunden.

Kapitel 31

Gott sei Dank hatte Nero bereits sein Abendgeschäft erledigt, denn es war schon zehn und Albert stellte fest, dass er bereits müde war. Das war der Grund, warum er vorschlug, sie könnten die Villa im Schichtbetrieb beobachten. Es war nicht nötig, dass sie alle munter blieben. Damit waren die beiden einverstanden und Albert war der Erste, der nun schlafen konnte. Er legte sich seitlich auf die Rückbank und zog die Beine an. Dann schob er einen Arm unter seinen Kopf und schloss die Augen.

Trotz der ungemütlichen Haltung schaffte er es schnell einzudösen. Als er immer tiefer in den Schlaf sank, begann er auch wieder zu träumen. Erneut träumte er von dem Brunnen, in dem Ashanti gefangen war. Dieses Mal hatte Albert die Position, die der Glatzkopf im letzten Traum gehabt hatte, wenngleich er aber nur am oberen Rand stand und auf Ashanti hinunterschaute, ohne auf sie zu urinieren.

Ashanti saß im Brunnen und weinte bitterlich. Sie hatte die Beine immer noch eingezogen, wodurch sich Albert nun sicher war, dass sie verletzt war. Wie hatte sie sich das zugezogen? Er sah, wie sich unter Ashanti plötzlich das schwarze Loch auftat, ohne dass sie in dieses hineinfiel. Es spuckte einen haarlosen Hund aus, der tot neben ihr lag.

Wie konnte es sein, dass Ashanti nicht ins Loch unter ihr stürzte? War dieses Loch etwa nur in eine Richtung tätig? Ein Eingang, aber kein Ausgang?
Das würde erklären, warum sie nicht aus dem Brunnen gelangte. Es konnte gut und gern möglich sein, dass sie versucht hatte, zum Gitter hochzuklettern, und dabei abgestürzt war. Aber warum spuckte das Loch einen Hund zu ihr in den Schacht? Dies war ein seltsamer Traum. Im Traum schaute sich Albert nun das Gitter an, das den Brunnen oben verschloss. Dieses war fix in die Mauer integriert und verfügte über eine Klappe, die mit einem Vorhängeschloss gesichert war.
Gerade als Albert beginnen wollte, sich daran zu schaffen zu machen, wurde er jäh aus dem Traum gerissen. Mojo schüttelte ihn, und als Albert völlig wach war und sich aufgesetzt hatte, sah er auch, warum er das getan hatte. Der Glatzkopf war wieder erschienen und war gerade dabei, mit seinem Roller auszuparken. Carmen blieb vorerst stehen, aber sowie der Roller wegfuhr, parkte auch sie aus und heftete sich an seine Fersen. Wie gestern hatte sie nun zwei

Autos vor sich, die wieder dem Sichtschutz dienten. Albert stellte fest, dass bereits der Morgen graute, und er fragte sich, warum Mojo und Carmen ihn so lange hatten schlafen lassen. Wahrscheinlich hatten sie wieder ungestört sein wollen. Sie fuhren mitten durch die Innenstadt, und erst jetzt war Albert ganz wach.

Als sie aus der Stadt hinausfuhren, ließ Carmen einen großen Sicherheitsabstand zum Roller, da die zwei Autos vor ihr abgebogen waren und sie daher keine Sichtbarriere mehr vor sich hatten. Nun trat das ein, was Carmen gestern befürchtet hatte. Sie kamen auf eine Freilandstraße und ihr blieb nichts anderes übrig, als den Abstand zum Roller weiter zu vergrößern, um nicht aufzufallen. Gott sei Dank waren sie die einzigen Fahrzeuge auf der Straße. So zumindest im Moment. Dankbar stellte Carmen fest, dass der Roller nun abbog weg von der Freilandstraße, und auf dieser neuen Straße gab es wieder eine 50 km/h Beschränkung.

Carmen gab erneut Gas, um zu ihm aufzuschließen, was aufgrund des PS-starken Autos auch gelang. Teilweise hatten sie nun das Gefühl, dass der Glatzkopf etwas suchte. Immer wieder wurde er langsamer und drehte den Kopf in Richtung der

Gärten, an denen er vorbeifuhr. Von einem Moment zum anderen fuhr er rechts heran, als hätte er etwas gesehen, was von Bedeutung für ihn war. Was dies war, wollte sich Albert noch nicht erschließen, aber Carmen hatte Mühe, ebenfalls noch rechtzeitig stehen zu bleiben, um nicht registriert und dann erkannt zu werden. Sie war einfach in eine Hauseinfahrt gebogen und stand nun vor einer verschlossenen Garage.

Von hier aus konnten sie sehen, wie der Glatzkopf vom Roller abstieg und am Zaun des Gartens stehenblieb. Albert fiel auf, dass auf einem der Bäume dieses Gartens eine Katze saß, und er hatte das Gefühl, das Interesse des Glatzkopfes galt ihr. Es war eine orange getigerte Katze, die in ihrer Leibesfülle an den wahrhaftigen Garfield erinnerte. Wie diese auf einen Baum kam, war Albert ein Rätsel, denn Garfield wäre dazu zu faul gewesen.

Faul schien auch der Glatzkopf zu sein, denn er rührte sich keinen Millimeter. Er hielt weiterhin die Katze mit seinem Blick fixiert. Dann, nach einer gefühlten Ewigkeit, bewegte er sich doch noch. Er ging zurück zum Roller und holte den großen Jutesack aus der Kiste. Anschließend ging er zurück zum Zaun und schwang sich gekonnt über diesen. Er schlich zum Baum, nahm den Jutesack zwischen die Zähne und begann am Apfelbaum, um einen solchen handelte es sich, hinaufzuklettern. Dabei stellte er sich behände wie ein Affe an und war im Nu bei der Katze. Diese saß auf einem Ast und machte einen Katzenbuckel. Albert war sich sicher, dass sie auch pfauchte. Der Glatzkopf, den das anscheinend nicht interessierte, nahm den Sack und packte die Katze gekonnt darin ein. Dann sprang er vom nicht allzu hohen Baum und landete sicher auf dem Boden.

Sofort lief er zurück zum Zaun und warf den verschlossenen Sack darüber. Dann sprang er selbst über das Hindernis, nahm den Sack wieder auf und verstaute das zappelnde Etwas in der Kiste. Geschwind sah er sich noch einmal um, setzte dann den Helm auf, startete den Roller und fuhr in Windeseile davon. Wieder begannen sie ihn zu verfolgen, und Carmen hatte erneut ihren Todesblick aufgesetzt. Nun wussten sie zumindest mit Sicherheit, wie der Glatzkopf an die Tiere gelangte, die er opferte.

Der Weg, den dieser nun mit seiner Beute nahm, führte sie wieder zurück zur Villa, in der er anscheinend hauste. Dieses Mal parkte Carmen noch weiter weg als beim letzten Mal, aber immer noch nah genug, um zu sehen, wie der Glatzkopf die Kiste, in der sich die Katze befand, vom Roller abmontierte. Dann machte er sich mit dem Teil in den Armen in die Villa davon.

So ging er also bei seinen täglichen Raubzügen vor. Und das nur, damit das Bärtier weich und warm schlafen konnte, wobei sie es noch nie darin schlafen gesehen hatten. Nun hieß es wieder zu warten, was Alberts steife Glieder überhaupt nicht freute. Er beschloss, ihnen allen einen Kaffee von der Tankstelle, die ganz in der Nähe war, zu holen, und er stieg aus, um Nero aus dem Kofferraum zu lassen. Er leinte ihn an und machte sich auf den Weg. Nun konnte er nur darauf hoffen, dass nicht der Glatzkopf während seiner Abwesenheit erscheinen würde, um wieder wegzufahren, denn dann mussten Mojo und Carmen die Verfolgung allein aufnehmen.

Aber es nutzte nichts. Auch Nero benötigte seine tägliche Morgenrunde. Zumindest den Papagei hatte er im Auto gelassen, da er im Moment nicht die Aufmerksamkeit anderer Mensch brauchen konnte. Er ging schlendernden Schrittes und stieß dabei sichtbare Atemwolken aus, denn es war bereits kalt am frühen Morgen. Nero blieb immer wieder stehen, um das Bein zu heben und um alles als sein Eigentum zu markieren.

Als sie endlich bei der Tankstelle ankamen, betraten sie diese und stellten sich zur Theke, um die Bestellung aufzugeben. Ein paar Meter von der Theke entfernt standen drei Tische, zu denen jeweils 2 Stühle gehörten. Besetzt war aber nur ein Tisch, dafür aber mit drei Personen. Albert schaute den Gästen absichtlich nicht ins Gesicht und konzentrierte sich einzig und allein auf die Mitarbeiterin der Tankstelle. Diese bereitete die drei Coffee-to-go rasch zu und wirkte alles in allem professionell.

Die ganze Zeit über saß Nero brav neben Albert und hatte die Schnauze hoch erhoben. Auch ihm schienen die Gerüche der Tankstelle zu gefallen und er wedelte jedes Mal mit dem Schwanz, wenn ein neuer Geruch dazu kam. So zumindest deutete Albert das Wedeln. Es konnte gut und gern möglich sein, dass er im Moment von dem riesigen Stück Leberkäse träumte, das da hinter dem Glas heiß gehalten wurde.

Als Albert die Kaffeebecher hatte, machte er am Absatz kehrt und verließ die Tankstelle, jedoch nicht ohne sich freundlich von der Bedienung zu verabschieden. In der letzten Zeit hatte er gelernt, dass er nur freundlich zu sein brauchte, um ebenfalls freundlich behandelt zu werden. Eine Eigenschaft, die er sich von Nero abgeschaut hatte.

Nero war im Moment zum Beispiel so freundlich und lief an der durchhängenden Leine neben Albert, ohne zu ziehen. Gott sei Dank waren die Becher in einem Becherhalter aus Pappe für 4 Kaffee untergebracht, denn anders hätte er sie nicht transportieren können. Nicht, wenn man einen Hund an der Leine hatte, der eigenwillig war, was das Wählen der Route betraf.

Der Nebel, der gestern durch die Straßen geschwappt war, hatte sich nun in Hochnebel verwandelt und hier unten herrschte wieder freie Sicht. Das war der Grund, warum Albert den Audi schon von weitem sah. Anscheinend befand sich der Glatzkopf immer noch in der Villa. Trotzdem beschleunigte er seine Schritte und Nero hielt mit ihm mit, was dazu führte, dass sie schnell beim Auto ankamen, wenngleich auch der Kaffee im Becher umherschwappte. Glücklicherweise besaßen die Becher allesamt einen Deckel.

Albert reichte die Becher durch die geöffnete Tür ins Wageninnere und ließ dann Nero in den Kofferraum springen. Dieser hatte seine Blase nun genug erleichtert und schien wieder zufrieden zu sein. Albert schloss die Heckklappe und stieg in den hinteren Teil der Fahrgastzelle ein. Carmen reichte ihm einen der

Pappbecher mit Kaffee und Albert stellte wieder einmal fest, dass ein solcher sein musste, um richtig in den Tag zu starten.

Sie alle saugten an der Öffnung des Kunststoffdeckels und waren für den Moment äußerst schweigsam. Sie befanden sich in einer Art Trance. Der Kaffeetrance. Albert genoss die Ruhe, die im Auto herrschte. Der Audi war gut gedämmt, weswegen die Geräusche von außen nur leise ins Wageninnere gelangten. Als die Kaffeebecher leer gesaugt waren, fand noch immer keiner von ihnen einen Grund, etwas zu sagen. Es war, als hätten sie eine stille Übereinkunft getroffen.

Mojo saß vorne auf dem Beifahrersitz und schaute durch die Windschutzscheibe. Albert konnte nur erahnen, was in ihm vorging. Einerseits war er in Carmen verliebt und andererseits hasste er den Glatzkopf. Zwei Gefühle, die sich völlig widersprachen und dennoch nebeneinander existierten.

Albert war der Erste, der etwas sagte, und er erzählte ihnen von seinem Traum in der Nacht, während die beiden interessiert zuhörten. Was konnte er bedeuten? War er ebenfalls prophetischer Natur? Das würde heißen, dass Albert Ashanti lebend finden würde. Dem stimmten Mojo und Carmen erfreut bei.

Aber da gab es immer noch das Problem, dass der Schacht von oben versperrt war. Und zurück durchs Loch zu fallen, war anscheinend nicht möglich. Wie sollte er dieses Hindernis überwinden, denn das Schloss sah massiv aus? Vielleicht konnte er es mit einem gezielten Schuss aus seinem Revolver zum Bersten bringen. Aber das war gefährlich, denn die Kugel würde anschließend vielleicht den Weg in den Brunnenschacht finden und als Querschläger Ashanti treffen.

Dieses Risiko, erklärte Albert, wolle er nicht eingehen. Er brauchte einen großen Bolzenschneider. Diesem hielt fast kein Schlossbügel stand. Aber woher nehmen und nicht stehlen? Albert fiel nur ein Laden in der Nähe ein, der solches Werkzeug führte. Wann sie allerdings Zeit haben würden, dorthin zu fahren, wusste er nicht. Im Moment war es wichtiger, den Glatzkopf zu beschatten, denn nur untertags hatte er wahrscheinlich nichts zu tun, was der Grund sein konnte, dass er vielleicht Ashanti einen Besuch abstatten würde. Wenn er nun untertags mit seinem Roller den Weg zum Wald nähme, würde sich Albert an seine Fersen heften. Er würde ihm durch den kompletten verschissenen Wald folgen, wenn es nötig sein sollte. Fürs Erste jedoch musste er hier auf ihn warten.

Sie diskutierten weiter über die momentane Situation und schmiedeten Pläne. Jedes Mal, wenn Carmen etwas sagte, schaute Mojo sie mit einem Blick an, der Bände sprach. Nur Carmen blieb weiterhin professionell und hatte ein Pokerface aufgesetzt. Warum nur wehrte sie sich so gegen die Liebe? Eigentlich war es doch egal, was andere von ihnen hielten.

Andererseits konnte er Carmen verstehen. Wer begab sich schon unbekümmert in die Hand eines Jugendlichen, wenn man selbst jedoch schon ein reiferes Alter erreicht hatte. Sie war um so vieles älter als er, dass sie tatsächlich seine Mutter sein könnte. Ganz zu schweigen davon, was das Gesetz dazu sagen würde. Im Stillen wünschte sich Albert trotzdem, dass die zwei noch zueinander finden würde, denn was er in Mojos Augen sah, war immerhin Liebe.

Albert, der einen Moment in seinen Gedanken versunken gewesen war, klinkte sich wieder im Gespräch von Mojo und Carmen ein, das im Moment über Fastfood handelte. Sie zählten sich auf, was sie im Moment alles gerne gegessen hätten, denn sie waren hungrig und konnten einen Kalorienschock verkraften. Albert jedoch war überhaupt nicht hungrig und das, obwohl seine letzte Mahlzeit schon eine ganze Weile her war. Ihm fiel auf, dass es in letzter Zeit überhaupt in immer länger auseinanderliegenden Intervallen Nahrung brauchte. Ihm wurde aber nicht schlecht und er fühlte sich deswegen auch nicht schwach.

Mojo und Carmen ging es da schon anders. Sie wollten und konnten gar nicht mehr aufhören, übers Essen zu sprechen. Albert dachte sich seinen Teil bei diesem Gespräch, denn er war gerade von der Tankstelle zurückgekehrt. Hätten sie ihm nicht vorher sagen können, dass sie auch gerne etwas zu essen hätten? Dann hätte Albert für jeden eine Leberkäsesemmel mitgebracht. Pech gehabt! Nun mussten sie lernen, wie man auch ohne Nahrung funktionierte.

Bei Albert war das ein rascher Prozess gewesen. Von einem Tag auf den anderen hatte ihm keine Nahrung mehr geschmeckt, und das war der Grund gewesen, warum er darauf verzichtet hatte. Natürlich nicht zur Gänze. Jeden dritten bis vierten Tag hatte er dann doch eine Kleinigkeit gegessen. Z.B ein Blatt Schinken und eine Scheibe Toastbrot. Das war es dann aber auch schon wieder gewesen. So hatte er trainiert, dass ihm nicht mehr vor Hunger schlecht wurde und er auch nicht schwach wurde trotz körperlicher Anstrengung. Es fühlte sich prima an, wenn man nicht mehr der Sklave der Nahrungsaufnahme war. Er kam auch mit relativ wenig Wasser klar und das, obwohl sein Körper fast nur aus Wasser bestand.

Albert blendete deren Gespräch wieder aus und ging nun seinen eigenen Gedanken nach. Was zum Teufel passierte mit ihm? War der Prozess der letzten Jahre etwa dazu gut, ihn auf etwas Bestimmtes vorzubereiten? Zu diesem Prozess hatte auch gehört, dass er gut zwei Jahre fast durchgehend geschwiegen hatte. Damals hatte er das Gefühl gehabt, dass nichts wichtig genug war, um in Worte gefasst zu werden.

Zu dieser Zeit hatte er auch nichts geschrieben. Das war eine schlimme Schreibblockade gewesen, die ihn da gequält hatte. War auch sie zu etwas gut gewesen? Und dann war da noch seine verstorbene Frau, die ihn nicht losließ. Das war der Grund dafür, dass er keiner anderen Frau eine ehrlich gemeinte Chance geben wollte. Es sollte wohl sein, dass er allein auf dieser Welt umherwandelte.

Er getraute sich gar nicht daran zu denken, wie es wäre, wenn er mit Ashanti zusammen wäre, und wenn er daran denken wollte, wurde er von irgendetwas geblockt und ihm kam nur erneut Kathlen in den Sinn. Eines nach dem anderen. Zuerst musste er sich verabschieden und entschuldigen beim Geist seiner Frau. Einmal sehen, ob ihn das weiterbringen würde.

Wenn er voller Gefühl an Ashanti denken wollte, wurde er geblockt, wenn er aber nüchtern über ihre Situation nachdachte, funktionierte sein Hirn. Das hieß wohl, dass es im Moment vonnöten war, nüchtern zu sein.

Er kämpfte sich aus der Welt seiner Gedanken zurück ins Wageninnere zu Mojo und Carmen und begann, erneut ihrem Gespräch zu lauschen. Gott sei Dank redeten sie nicht mehr übers Essen, was Albert erleichtert aufatmen ließ. Das momentane Thema war der Glatzkopf und warum er Ashanti laut Alberts Traum noch nicht umgebracht oder verstümmelt hatte. Die beiden mutmaßten, dass dieser sie noch brauchte.

Welchen Sinn machte es, sie einzusperren ohne jegliche Nahrung? Wollte er sie vielleicht aushungern, um sie zu schwächen, denn dann würde sie ein bereitwilliges Opfer abgeben bei dem, was er vielleicht mit ihr vorhatte. Vom Traum der heutigen Nacht hatte Albert den beiden noch gar nichts erzählt, was er nun nachholte. In Mojos Gesicht konnte man Hoffnung aufkeimen sehen, und das war das Einzige, was zählte. Es gab noch Hoffnung für Ashanti, und vielleicht würde sie der Glatzkopf bald zu ihr führen.

Aber was für einen Grund hatte er eigentlich, nach ihr zu sehen? Sie war sicher verstaut an einem Ort, den man nicht finden konnte. Zumindest nicht, ohne die genauen Koordinaten zu kennen. Wenn er ihn durch Zufall entdeckte, musste er vorbereitet sein, und er fasste einen Entschluss, den er Mojo und Carmen mitteilte. Er sagte, dass er sich doch zu dem Eisenwarengeschäft in der Stadt aufmachen wolle, um einen Bolzenschneider zu kaufen. Er teilte ihnen mit, dass sie den Glatzkopf alleine verfolgen sollten, wenn dieser wieder auf der Bildfläche erscheinen würde, wenngleich er darauf hoffte, dass dies nicht vonnöten sein würde.

Kapitel 32

Nero und Rocky ließ Albert im Wagen zurück, und dann machte er sich auf den Weg zum Werkzeuggeschäft. Er marschierte mit langen Schritten dahin, um so schnell wie möglich wieder zurück beim Wagen zu sein. Nun hätte er sein Fahrrad gut brauchen können und er vermisste es, in die Pedale zu treten.

Ohne Nero und Rocky schenkten ihm die Passanten, die ihm begegneten, keine Beachtung. Warum auch. Er war gewaschen und trug die Haare ordentlich zu einem kurzen Pferdeschwanz gebunden, war rasiert und man sah ihm nicht an, dass er vor nicht allzu langer Zeit völlig verwahrlost ausgesehen hatte. Das Einzige, was davon Zeugnis gab, waren seine Zähne, doch die zeigte er nicht, und er hielt den Mund vorsorglich geschlossen. Während des Fußmarsches konzentrierte er seinen Blick auf die Schaufensterscheiben, an denen er vorbeiging.

Als er an der Tierhandlung vorbeiging, blieb er plötzlich stehen und betrat kurz darauf den Laden. Paul war gerade damit beschäftigt, einen Kunden zu beraten, was Albert dazu zwang zu warten. Er schlenderte durchs Geschäft und sah sich wieder einmal an, was der Laden so führte. Beim Ständer mit den Tierratgebern blieb er stehen und begann in diesen zu schmökern. Er las davon, wie man eine Königspython halten musste und welche Gemüsesorten eine Schildkröte fressen sollte.

Als er gerade den Ratgeber über Papageien las, kam Paul zu ihm. Nun war er der einzige Kunde in der Tierhandlung und sie waren somit ungestört. Sie führten nicht allzu lange Smalltalk, und dann kam Albert auch schon auf den Punkt. Er wollte wissen, wie lange Rocky denn schon in der Tierhandlung gewesen sei, was Paul beantwortete. Laut seiner Aussage hatte er ihn bereits acht Jahre im Geschäft gehabt und eigentlich auch nicht vorgehabt, ihn zu verkaufen. Das hatte er nur getan, weil er gespürt hatte, dass Rocky in Albert seinen Partner fürs Leben gefunden hatte.

Nun wusste Albert mit Sicherheit, worauf er seit der Nachricht von Rocky gehofft hatte. Es konnte wirklich sein, dass seine Frau diesen bestimmten Satz zu ihm gesagt hatte bei einem ihrer Einkäufe. Das Katzenfutter hatte sie nämlich oft bei Paul gekauft. Somit konnte es sein, dass nicht Albert gemeint gewesen war, als Rocky ihre Stimme wiedergegeben hatte, sondern der Vogel, der wohl ebenfalls lieb auf sie gewirkt hatte. Das wusste Albert bereits von

Rocky. Er lobte sich gerne selbst mit so einer lieblichen Stimme, dass einem das Herz aufging, wenn man ihr lauschte.

Albert bedankte sich bei Paul für die Auskunft und verließ den Laden wieder, um zu seinem eigentlichen Ziel zu laufen. Gott sei Dank gab es in der inneren Stadt noch diesen Eisenwarenladen, denn sonst hätte er sich in eines der Industriegebete begeben müssen, die außerhalb lagen. Er nahm jede Abkürzung, die sich ihm bot, und kam bald beim Ziel an.

Sogar zu Fuß war er schneller als mit dem Auto, was er seit kurzem wusste. Zumindest wenn sich alles so in der Nähe befand, wie es in Villago der Fall war. Mit dem Auto fuhr man teilweise Umwege im dichten Verkehr und kam dabei nur langsam weiter, aber was blieb ihnen anderes übrig, als im Auto zu fahren? Immerhin war auch der Glatzkopf Fahrer eines motorisierten Untersatzes.

Als Albert die Tür des Ladens öffnete, erklang eine Glocke, die über der Tür angebracht war. Sofort hörte Albert ein lautes „Grüß Gott!", was fast gleichzeitig im Chor erklang seitens der Verkäufer, die darin arbeiteten. Er grüßte freundlich zurück und wurde sofort vom freien Verkäufer, der als Erstes bei Albert zu stehen gekommen war, belagert.

Albert äußerte seinen Wunsch und wurde prompt zu einem Regal geführt, auf dem Bolzenschneider in verschiedenen Größen lagen. Albert griff zielsicher zum größten Schneider und erklärte dem Verkäufer, dass das schon alles sei, was er benötige. Er ging mit dem Werkzeug zur Kasse, an der sonst niemand außer ihm stand, und beglich die Rechnung. Dann verließ er den Laden und machte sich schleunigst auf zurück zum Audi, der hoffentlich noch dort stehen würde.

Der Rückweg kam ihm länger vor als der Weg zum Geschäft. Am neuen Werkzeug lag es nicht, denn es war zu leicht, um tatsächlich die Muskeln zu strapazieren. Groß war der Schneider schon, aber das musste er auch sein. Denn wie er aus seinem Traum wusste, war das Schloss massiv, das das Loch oben am Brunnen versperrt hielt.

Er verfiel immer mehr in einen Laufschritt, da er das Gefühl hatte, dass sich gleich etwas ereignen würde. So zumindest das Gefühl. Als er um die letzte Häuserecke lief, die ihn noch von der freien Sicht auf den Audi trennte, stellte er erleichtert fest, dass das Auto und der Roller noch dort standen, wie sie es auch noch vor einer Stunde getan hatten. Er begann fast zu hopsen, so sehr freute er sich darüber, dass anscheinend nichts passiert war in seiner Abwesenheit.

Beim Auto angekommen, verstaute er das neue Werkzeug bei Nero im Kofferraum, und dann öffnete er die rechte hintere Tür, stieg in den Wagen und ließ die Tür hinter sich zufallen. Auch das passierte mit so wenig Geräusch wie möglich. Ein Meisterwerk der Ingenieurskunst, dieser Wagen.

Von einer Polizeistreife durften sie nicht aufgehalten werden. Im Auto wimmelte es von Waffen, und der Bolzenschneider lieferte Hinweise darauf, dass sie im Begriff waren, Fahrräder zu stehlen oder Kellerabteile zu öffnen. Wenn man es nicht besser wusste, glaubte man, auf schwer kriminelle Bandenmitglieder irgendeiner exotischen Gang gestoßen zu sein. Das bereitete Albert jedoch weniger Sorgen als die Befürchtung, dass man Carmen vielleicht den Führerschein wegnehmen würde aus irgendeiner Laune heraus, denn dann waren sie mächtig am Arsch.

Warum jedoch sollte das ein möglicher Beamter tun? Wieder einmal stellte er fest, dass er paranoid war, was wirklich ein unschönes Gefühl war. Er versuchte stattdessen lieber daran zu denken, dass er nun alles hatte, um Ashanti zu retten. Den Bolzenschneider und das Seil, das er schon zuvor gekauft hatte. Dieses würde nämlich bei der Rettung eine wichtige Rolle spielen. Er hoffte darauf, dass es lang genug war, um bis zu Ashanti am Brunnenboden zu reichen, damit diese es sich um die Taille binden konnte. Dann würden er und seine Begleiter sie nach oben ziehen, aber natürlich erst, nachdem er das Schloss geknackt haben würde. So zumindest der Plan.

Alberts Blick fiel auf die rote Digitaluhr, die am Cockpit leuchtete, und stellte fest, dass ihnen die Zeit davonlief. Hoffentlich würde Ashanti auf die Idee kommen, den nackten Hund anzuknabbern, um sich die Nährstoffe zu holen, die sie brauchte, um zu überleben.

Plötzlich tat sich wieder etwas auf der Welt vor dem Auto. Der Glatzkopf kam in Jeans und Pullover gekleidet aus der Villa und ging schnurstracks zu seinem Roller. Als er wenig später damit wegfuhr, parkte auch Carmen aus und nahm die Verfolgung auf. Der Glatzkopf bog jedoch bald ab, und Carmen vergrößerte den Abstand zu ihm, um nicht aufzufallen. Lang fuhren sie nicht, denn er steuerte seinen Roller zur Flüchtlings-Zeltstätte, wie sie alle feststellten, und parkte davor. Dann verstaute er seinen Helm unter dem Sitz und ging ohne weitere

Umwege ins rege Treiben, wo er sofort unterging und verschwunden war.

Carmen fragte, was sie nun tun solle, und Albert gab rasch zur Antwort, dass sie genauso gut hier warten konnten, bis er wieder erschien. Sie stellten sich an den Rand der Straße und begannen die Schleuse zum Flüchtlingslager mit Argusaugen zu beobachten. Was er wohl darin trieb? Vielleicht holte er sich nur etwas zu essen von einem der Helfer dort darin, weil er Hunger hatte. Oder hatte er den Mitgliedern des Zirkels etwas zu sagen? Natürlich würde er das nur mittels handgeschriebener Zettel tun können, wie er es auch mit Mojo gemacht hatte in der Zeit, als dieser einer der dreizehn Kapuzenmänner gewesen war.

Mojos Blick war sehr nachdenklich. Vermutlich erinnerte er sich an die Zeit zurück, bevor er Albert getroffen hatte. Dort drinnen hatte auch er gewohnt zusammen mit seiner Schwester. Hier hatten sie die fehlende Hilfsbereitschaft des Landes erfahren. Hier gab es anscheinend keinen Platz für Hilfsbedürftige, die ein Dach über dem Kopf suchten. Hier bestand das Dach aus einer dünnen Zelthaut, die Hitze wie Kälte durchließ und somit für unangenehme Temperaturen im Inneren sorgte.

Bald würde der Winter kommen, und was dann? Wo sollten die armen Seelen unterkommen, wenn es Minusgrade haben würde? Albert hoffte sehr, dass die Politiker bald aufwachen und erkennen würden, dass sie verpflichtet waren, die Flüchtlinge auf eine menschliche Art und Weise zu behandeln. Er bekam sofort den Wunsch, noch mehr Flüchtlinge aufzunehmen, aber dazu fehlte ihm der Platz und auch die Zeit, die er brauchen würde, um sich um einen neuen Flüchtling zu kümmern. Für Mojo und Ashanti als Gäste war seine Wohnung groß genug, aber ein Wildfremder würde sie allesamt einliefern lassen, wenn er mitbekäme, mit welchen Themen sie es zu tun hatten, und das galt es zu vermeiden.

Nun wanderten Alberts Gedanken jedoch wieder zum Bärtier. Was erlaubte es dem Lebewesen, in flüssiger Lava zu baden? Und warum machte es das? War es denn kaltblütig wie ein Reptil und brachte sich auf diese Weise auf Betriebstemperatur? Beim Thema Reptil hatte er plötzlich einen Geistesblitz, der ihn dazu zwang, so schnell wie möglich zur Burgruine aufzubrechen. Er hatte da eine Idee, der er sofort nachgehen musste.

Albert stand von einem Moment zum anderen unter Strom. Wenn das wahr wäre, was sein Hirn zuvor empfangen hatte, würde es ihre Theorien über das Bärtier völlig ändern. Bevor er aber irgendetwas zu Mojo und Carmen sagen würde, wollte er sichergehen, dass er das Richtige vermutete. Er teilte den beiden mit, dass er alleine zur Burgruine aufbrechen wolle, nur in Begleitung von Nero. Er sagte zu ihnen, dass sie den Glatzkopf derweilen alleine beobachten sollten. Später könnten sie sich mittels Handy zusammenrufen, um sich wieder zu vereinen. Natürlich waren Mojo und Carmen alles andere als angetan von dieser Idee, aber es war der einzige Weg, um parallel zur Verfolgung des Glatzkopfes noch Zeit für etwas anderes zu haben. Es gab keinen anderen Weg. Sie mussten sich trennen. Bevor sie das taten, wollte Albert aber noch den Text der Kapuzenmänner auf seinem Handy aufnehmen. Vorgetragen von Mojo, welcher aus seiner Erinnerung heraus sang, was er damals gesungen hatte.

Als diese Sache erledigt war, verabschiedete er sich von den beiden und stieg aus dem Wagen, um Nero aus dem Heck des Autos zu befreien. Dieser freute sich sichtlich darüber, dass nun wieder etwas passierte. Auf der Stelle hopsend ließ er sich von Albert anleinen, der Mühe hatte, den Karabiner am Ring einzuhaken, der am Halsband angebracht war.

Sowie das vollbracht war, ging er entschlossen los, ohne sich noch einmal umzudrehen. Er hatte ein gutes Stück zu laufen, bis er bei seinem Fahrrad ankommen würde. Im Moment war er sehr aufgeregt und wollte so bald wie möglich ins Loch springen. Seinen Revolver hatte er vorsorglich hinten in den Hosenbund gesteckt, was ihm wie immer ein Gefühl der Sicherheit gab, auch wenn er nutzlos war gegen das Bärtier.

Während des Marschierens dachte Albert wieder einmal darüber nach, wie er zu Ashanti gelangen sollte. Der einfachste Weg wäre, sie über das Loch zu erreichen, das auch sie in den Brunnenschacht gespuckt hatte, aber wie sollte er dieses finden? Was hatte der Glatzkopf gemacht, damit dies passiert war? Hatte er einfach den Text dargebracht, den Mojo zuvor gesungen hatte? Albert würde das probieren, sobald er bei der Waldlichtung ankommen würde. Wenn er es schaffte, dort das Loch zum Erscheinen zu bringen, würde er dem trostlosen Gefühl in der Burgruine entgehen, weswegen er sehr darauf hoffte, dass alles gelingen würde, was er sich vorgenommen hatte.

Als er endlich bei seiner Wohnung und dem Fahrrad ankam, atmete er aufgrund des Etappensieges erleichtert auf. Er sperrte das Schloss auf und brachte das Fahrrad in Fahrposition. Dann schwang er sich auf den Drahtesel und fuhr los. Nero lief brav neben ihm her und Albert trat in die Pedale. Er gelangte auch dieses Mal schneller an seinem Ziel an, als er es im Auto getan hätte.

Er ließ das Fahrrad zurück und machte sich schnurstracks auf den Weg zur Lichtung. Es war ein schöner Herbsttag und viele der Laubbäume in diesem Mischwald leuchteten in warmen Farbtönen. Hier im Wald ließ er Nero von der Leine, was dieser sofort ausnützte, um einen Sprint hinzulegen. Als er sich halbwegs ausgepowert hatte, kam er brav wieder zu Albert zurück. Dieser tätschelte ihm den Kopf, blieb aber nicht stehen,, sondern ging unbeirrt weiter. Auch die Luft im Wald roch nach Herbst. Albert hatte das Gefühl, dass er Pilze riechen konnte, was jedoch Einbildung sein musste, denn ihre Saison war schon zu Ende.

Plötzlich registrierte er, dass er an der Lichtung angekommen war. Er schaute sich einen Moment um, stellte dann aber zu seiner Zufriedenheit fest, dass er alleine war. Zumindest konnte er niemanden erspähen. Er trat aus dem Wald auf die Lichtung und ging zu der Stelle, an der auch der Glatzkopf stand, wenn er seine Zeremonie abhielt. Er holte sein Handy heraus und spielte ab, was er früher aufgenommen hatte.

Hoffnungsvoll hielt er es hoch über seinen Kopf, als könnte es explodieren. Aber nichts dergleichen passierte und auch nichts, worauf er hoffte. Nun konnte es nur noch sein, dass der Text von einer menschlichen Stimme dargebracht werden musste und nicht von einem Mobiltelefon abgespielt. Das bedeutete, dass er den Text ebenfalls lernen musste, aber dafür fehlte ihm im Moment die Zeit, und vorher hatte er keinen Grund gesehen, ihn zu lernen, wo ihn doch Mojo kannte, was ihm jedoch jetzt zum Verhängnis wurde. Es blieb ihm nichts anderes übrig, als doch zur Brandenburg-Ruine aufzubrechen und gegen die negativen Gefühle zu kämpfen, die ihn dort erwarteten.

Er überquerte die Lichtung und verschwand dann wieder im dicht gewachsenen Wald. Sofort ging es aufwärts und seine Raucherlunge meldete sich zu Wort. Zumindest versuchte sie das, denn ihr blieb wortwörtlich die Luft weg. Albert kämpfte gegen das Gefühl zu ersticken an und ging den schwierigsten Weg, der aber auch der schnellste war.

Als er in der Ruine ankam, musste er sich fürs Erste setzen, um wieder atmen zu können, so erschöpft war er. Er beruhigte sich selbst und erholte sich schneller als er es vermutet hätte. Schon ein paar Minuten später hatte sich seine Atmung weitgehend beruhigt und er stand vom Boden auf. Er begann ganz langsam zum gewohnten Platz zu schlendern, während sich Nero an sein linkes Bein drückte und ihn begleitete. Kurz bevor sie dort ankamen, tat sich bereits das Loch an der üblichen Stelle auf. Es wuchs und dehnte sich aus und hatte schon nach kurzer Zeit seine übliche Größe wiedergefunden.

Albert wollte keine Zeit verlieren, und er machte den entscheidenden Schritt vorwärts mit Nero an der Seite. Dann hüpfte er ins Loch und Nero tat es ihm gleich. Warum hatte der Hund nun keine Angst mehr vor dem Loch? Tat er das nur, weil er seinen Besitzer schützen wollte, der anscheinend lebendmüde war?

Beide landeten sicher auf der Treppe und Nero war wieder nichts als ein Lichtkörper. Albert begann die Stufen hinunterzulaufen, und als er endlich in der ersten Höhle ankam, hatte er bereits weiche Knie. Für einen Moment hielt er inne, ob er irgendetwas vom Bärtier hören konnte, aber er schien vorerst alleine zu sein.

Auf dem Rücken trug er seinen Rucksack, aus dem der Bolzenschneider herausragte, denn schließlich konnte er nicht wissen, wann er vonnöten sein würde. Wieder begann er zu laufen. Er nahm den üblichen Weg, der zur Lavahöhle führte, und hatte vor, das Bärtier zu finden und zu beobachten, um seine Theorie zu bestätigen. Er lief und lief und war bei jedem Schritt, den er machte, dankbar dafür, dass ihm Nero Licht spendete.

Kapitel 33

Wie gewohnt wurde der Felsweg schlüpfrig vom Wasser, das von der Decke tropfte. Trotz dieses Umstandes verringerte er sein Tempo kaum, kam aber trotzdem heil in der Lavahöhle an. Er stand am oberen Absatz der Stiege, die nach unten führte, und sah sich um. Im Moment war er alleine hier. Er stellte wieder einmal fest, dass es sogar im oberen Teil der Höhle heiß und stickig war, und er überlegte, was er nun tun sollte. Es blieb ihm nichts anderes übrig, als die Treppe nach unten zu steigen. Vor seinem geistigen Auge sah er, wie auch er in der Lava badete, ohne dass ihm etwas passierte. So zumindest in seiner Fantasie. Wenn er die Sache nüchtern betrachtete, war ihm natürlich klar, dass dies seinen Tod bedeuten würde.

Wieder musste er eine Treppe nach unten laufen, und seine Knie wurden bald wieder weich. Als er unten ankam, schwitzte er bereits am ganzen Körper. Zum Teil wegen der körperlichen Betätigung und zum Teil, weil es hier so heiß war. Er nutze die Gunst der Stunde und begann die Höhle zu durchqueren.

Als er auf der gegenüberliegenden Seite ankam, verschwand er sofort im Gang, der zur Eishöhle führte. Eigentlich folgte er einfach Nero, denn dieser wusste anscheinend genau, wo es lang ging. Es hatte den Anschein, dass sie wirklich zur Eishöhle auf dem Weg waren. Albert folgte dem Lichtkörper und stellte bald fest, dass es kälter wurde. Je weiter er in den Tunnel vorstieß, umso mehr fing er an zu zittern. Zuerst die Hitze und nun wieder diese Kälte. Wenn er jetzt auch noch Krankheitserreger in sich trug, würde er mit Sicherheit krank werden. Schon bald wurde auch der Weg wieder eisig und Albert versuchte nicht hinzufallen, was ihm jedoch dreimal misslang. Er fühlte sich an die Zeit erinnert, als er gelernt hatte zu snowboarden. Damals hatte ihm sein Allerwertester in etwa gleich wehgetan.

Trotz dieser kleineren Malheure kam er irgendwann in der Höhle an. Schon ein paar Meter, bevor sie den Tunnel verließen, erlosch das Licht von Nero und Albert deutete dies sofort richtig. Das Tier befand sich in diesem Moment in der Eishöhle. Es lag auf der Seite auf Kristallen aus Eis und entblößte so seine Unterseite. Diese war ebenfalls transparent und sah bei weitem nicht so dick aus wie der Rest des Tieres.

Albert sah das, was er vermutet hatte. Unter der dünnen Haut befanden sich Eier im Leib des Tieres, das konnte er klar erkennen. Das Bärtier musste schwanger sein. Das oder es hatte Eier im Ganzen geschluckt, was er aber eigentlich nicht glaubte oder glauben wollte. Albert wurde ganz aufgeregt. Wie blöd war er gewesen. Das Nest aus Tierhaaren diente nicht dem Bärtier als Schlafstätte, sondern es war ein Nest, das für den Nachwuchs gedacht war.

Hier in dieser Höhle herrschten arktische Temperaturen und das Bärtier schien auch diese zu genießen. Das führte Albert in seiner Überlegung zur nächsten Theorie. Vielleicht war das Tier tatsächlich ein Kaltblüter, wie auch Reptilien es waren, und musste seine Körpertemperatur anhand der Umgebungstemperatur regeln. Eine weitere Eigenschaft der Reptilien war, dass sie per Temperatur regelten, wie viele Junge weiblich und wie viele männlich werden würden. Was, wenn das der Grund war, warum es in der Lava badete und in der Eishöhle herumlag? Um die Geschlechter des Nachwuchses zu bestimmen?

Albert hatte genug gesehen. In dieser Höhle mit all ihren nackten Tierleichen war es unheimlich, wenn auch der blaue Schein beruhigend wirkte. Noch während er im Tunnel zurückging, erhaschte er noch einen schnellen Gedanken. Konnte es sein, dass der Nachwuchs so darauf trainiert wurde, unmenschliche Temperaturen zu ertragen? Das würde ihn zu einem gefährlichen Gegner machen. Was fraßen die Jungen des Tieres? Waren die Tierkadaver etwa für sie beiseite geschafft worden. Zumindest ließen es die Erkenntnisse der letzten Stunde freundlicher erscheinen. Nun war es eine werdende Mutter, die sich auf eine Geburt vorbereitete.

Was fraßen die Jungen, wenn sie älter wurden? Auf alle Fälle würde es schwierig werden, wenn Albert, Mojo und Carmen sich nicht nur auf die Mutter konzentrieren mussten, sondern auch noch auf die Jungen.

Wie um alles in der Welt war es überhaupt dazu gekommen, dass das Bärtier schwanger war? Es musste eine Art Selbstbefruchtung gewesen sein, wie es bei manchen Tieren gang und gäbe war. Was zur Hölle kam nun auf sie zu? Eines jedoch beruhigte Albert. Auch der Glatzkopf konnte nicht wissen, was jetzt passieren würde. Oder etwa doch? Was, wenn er genau wüsste, was als Nächstes kommen würde und er derjenige war, der alles lenkte?

Nein, diese Macht wollte ihm Albert nicht zugestehen. Er war ebenfalls nur eine Marionette des Tieres oder des Berges. Denn wenn Albert so nachdachte, handelte der Berg auf eine eigenständige Weise, als hätte auch er ein höheres Bewusstsein und schien ihnen weder gut noch schlecht gesonnen zu sein. Er machte einfach das, was an den verschiedensten Plätzen der Welt vorkam. Er bot dem Tier einen Lebensraum. Albert hoffte inständig, dass es darin bleiben und nicht an die Erdoberfläche gelangen würde.

Wieder stellte er sich die Frage, wie groß es werden würde, wenn ihm ausreichend Platz zur Verfügung stand? Er lief und lief und nahm an den markierten Weggabelungen den richtigen Weg, der ihn früher oder später zum Loch in der Lichtung führen würde. Nun konnte er es kaum erwarten, Mojo und Carmen die Neuigkeiten zu überbringen, und das stachelte ihn an, noch schneller zu laufen. Verfolgt wurde er dieses Mal nicht, denn er konnte weder das schrille Sirren hören, das ihn beim letzten Mal so angetrieben hatte, noch das Scharren von Krallen auf dem Fels. Würden die Jungen des Tieres ebenfalls so scharfe Krallen haben? Noch dazu würden sie wegen ihrer geringeren Masse flinker sein als das Muttertier, was ungemütlich werden konnte. Egal, im Moment musste er sich darauf konzentrieren, dass er und Nero aus der unterirdischen Welt entkamen.

Als sie endlich beim Loch in der Lichtung ankamen, atmete Albert erleichtert auf. In den engen Gängen litt er immer mehr unter Klaustrophobie, was ihn dazu antrieb, so schnell wie möglich von hier zu verschwinden. Endlich beim Loch angekommen, machten Nero und er einen Satz nach oben und wurden sogleich vom Loch ausgespuckt. Albert fühlte sich, als wäre er gerade frisch zur Welt gebracht worden. Man konnte viele Vergleiche darbringen, die an den Ausscheidungsvorgang des Loches erinnerten, aber sein liebster war, dass er von einem gigantischen Enddarm ausgeschieden wurde.

Er und Nero begannen, sich auf den Weg zum Rad zu machen, und nahmen dabei absichtlich die Strecke, die der Glatzkopf gelaufen war. Heute war ein warmer Tag, also zumindest für einen Herbsttag. Die Temperatur war genau richtig, um nicht zu frieren oder zu schwitzen, weswegen Albert sich ganz wohl fühlte, während er durch den Wald hastete. Er freute sich darauf, die Wendung in der Geschichte Mojo und Carmen zu überbringen. Was für ein Glück hatte er gehabt, dass das Bärtier genau heute seinen Bauch präsentiert hatte.

Als er mit Nero, der mittlerweile wieder angeleint war, am Waldrand ankamen, machten sie sich unverzüglich zum Citybike von Kathlen auf. Dort angekommen machte er es fahrbereit und fuhr mit

Nero an der Leine los. Wieder trat er in die Pedale, als wäre er auf der Flucht. Nero schien es zu freuen, denn er lief mit auf und ab hüpfenden Ohren im selben Tempo, wie Albert fuhr. Die beiden bewegten sich in Richtung des Audis, wenn er denn noch dort stand. Darauf hoffte er sehr, denn in ihm brodelte ein Redeschwall, der unbedingt so schnell wie möglich ausbrechen wollte.

Er schaute in den Himmel und stellte fest, dass die Sonne nun von einer Wolkendecke verdeckt war, was vor Kurzem noch nicht der Fall gewesen war. Genau genommen sah es nun nach Regen aus. Faszinierend, wie schnell sich das Wetter ändern konnte. Wenn man es nicht besser wüsste, hätte man den Eindruck, dass Albert dem Regen davonfuhr.

Endlich bog er um die letzte Ecke und sah sofort, dass der Wagen noch da war. Er fuhr in seine Richtung und stieg dann vom Rad ab. Dann schob er es zur nächsten Laterne und kettete es an. Völlig unauffällig schlenderte er zum Wagen und verlud dann Nero ebenso selbstverständlich im Kofferraum, um sich dann selbst in die hintere Sitzreihe zu setzen.

Sofort fragte er Mojo und Carmen, ob irgendetwas vorgefallen sei. Beide verneinten diese Frage und Albert startete mit der Erzählung, was er erlebt hatte.

Die beiden hingen an seinen Lippen und Albert genoss es, richtige Zuhörer zu haben. Zu lange hatte er sein Leben stumm erlebt. Spontan beschloss er, dass er später zur Wohnung aufbrechen würde, um die Neuigkeiten in seinem Manuskript zu verewigen. Außerdem wollte er duschen, denn immerhin konnte es sein, dass der Glatzkopf sie noch heute zu Ashanti führen würde, und da wollte er einen ordentlichen Eindruck machen.

Diesen Entschluss teilte er den beiden mit, als seine Geschichte, die er zu erzählen gehabt hatte, zu Ende war. Auch Carmen erklärte sofort, dass auch sie sich auf eine Dusche freue.

Albert schätzte ab, wie gefährlich es war, die Beschattung des Glatzkopfes zu unterbrechen. Das Schlimmste, was passieren konnte, war, dass dieser unentdeckt davonfahren würde, aber zumindest wussten sie, wo sie ihn am Abend finden konnten. Von dort konnten sie dann erneut mit der Verfolgung beginnen. Natürlich war es auch möglich, dass er genau während ihrer Abwesenheit zu Ashanti fahren würde, was Albert aber entschlossen für unwahrscheinlich hielt. Er glaubte sowieso immer mehr, dass er Ashanti keinen Besuch abstatten würde. Nicht zu diesem Zeitpunkt. Er würde sicher nicht riskieren wollen, dass er Albert versehentlich zu ihr führen würde.

Wenn es nach dem Glatzkopf ging, wollte er sie anscheinend im Brunnen verhungern lassen. Albert spielte mit dem Gedanken, die Antwort aus dem Glatzkopf herauszuprügeln, wenn er die Möglichkeit dazu hätte. Wenn er, Mojo und Carmen sich vereinen würden, wären sie sicher dazu in der Lage. Aber da gab es das Problem, dass Albert Gewalt verabscheute. Die Frage war, ob er in diesem Fall auf seine Prinzipien pfeifen und eine Ausnahme machen sollte. Eines nach dem anderen. Zuerst war es wichtig, Ashanti zu finden.

Genau als er das dachte, fing Rocky an in einer fremden Sprache zu singen. Es war genau die gleiche Sprache, wie sie es auch im Lied von der Zeremonie auf der Lichtung war. Albert reagierte schnell und zog sein Handy aus der Hosentasche. Sofort öffnete er das Programm, das als Tonbandgerät zu verwenden war, und drückte auf den Aufnahmeknopf. Der Vogel wiederholte das Lied immer wieder, und als es gerade von vorne begann, beendete Albert die Aufnahme.

Was war geschehen? Hatte Rocky dieses Lied gehört, als der Glatzkopf in der Wohnung das Loch zum Erscheinen gebracht hatte? Wenn das wahr wäre, dann wären sie dazu in der Lage, zu Ashanti zu gelangen. Zumindest vermutete und hoffte Albert das. Nun gab es noch einen Grund, um nach Hause zu fahren, denn der Text, den der Papagei wiedergegeben hatte, war verwaschen vorgetragen worden. Er wollte das Lied so schnell wie möglich von seinem Handy auf den Computer spielen, um es zu bearbeiten, und er hoffte darauf, dass der Text des Liedes so besser verständlich sein würde. Nur wenn er jedes Wort verstand und wiedergeben konnte, war er in der Lage, ins richtige Loch zu Ashanti zu springen. Dazu musste er nur ohne Nero ins Loch hüpfen, so zumindest glaubte er.

Auch Mojo und Carmen waren immer noch sichtlich verblüfft über das Ständchen, das Rocky vorgetragen hatte, und es war Mojo, der die Stille unterbrach, indem er sagte, dass dies die Stimme des Glatzkopfes gewesen sei, die sie zuvor aus Rockys Schnabel gehört hatten. Er würde ihren Klang überall und zu jeder Zeit wiedererkennen. Sie beendeten die Observierung und Carmen fuhr aus der Parklücke und reihte sich in den Verkehr ein.

Lange mussten sie nicht fahren, und als sie bei Alberts Wohnhaus ankamen, fanden sie wie gerufen einen freien Parkplatz. Als der Motor des Autos verstummt war, stiegen sie aus der noblen Karosse aus und machten sich auf den Weg in die Wohnung. Aufsperren konnten sie diese jedoch nicht, da das Schloss immer noch kaputt und nicht einmal versperrt war. Die gesamte Meute betrat die Wohnung und der letzte schloss die Tür hinter sich. Albert ging sofort ins Wohnzimmer und fand dort eine Überraschung vor. Genau an der Stelle, an der vor nicht allzu langer Zeit Rocky mit durchbohrten Flügeln gehangen hatte, war nun ein A4 Blatt geheftet. Sofort stellte sich Albert neugierig vor das Blatt, um die Nachricht zu entziffern. Woher auch immer der Glatzkopf das gelernt hatte, das Blatt war mit einem deutschen Text bedruckt. Eigentlich nicht viel Text, aber dieser war in großen Buchstaben verewigt worden.

Das Blatt musste einfach vom Glatzkopf stammen, denn er verlangte nach Nero, weil er sonst Ashanti foltern und töten würde. Er gab ihnen Zeit bis um Mitternacht, auf der Waldlichtung zu erscheinen, denn ansonsten würde er aktiv werden im Zufügen von Schmerzen. Sie mussten Ashanti unbedingt davor finden, um dem Glatzkopf seinen Plan zu vermiesen. Dann hätte er kein Druckmittel mehr.

Wann zur Hölle war der Glatzkopf hier gewesen, denn sie hatten ihn ständig beschattet? Vielleicht hatte er diesen Auftrag ja von einem seiner Jünger durchführen lassen. Möglicherweise war es genau das, was er im Flüchtlingslager getrieben hatte, als sie auf ihn gewartet hatten.

Es war auch nicht wichtig zu wissen, wer die Nachricht hierher gebracht hatte. Das Einzige, was Wichtigkeit besaß, war die Botschaft, die darin verpackt war. Mojo und Carmen, die die Nachricht ebenfalls gelesen hatten, tauschten bedeutungsvolle Blicke aus. Mojo war wieder bleich um den Mund und er kaute auf seiner Unterlippe herum, als wolle er sich selbst aufessen. Albert war sich sicher, dass er auch niemals daran denken würde, Nero zu opfern, um seine Schwester zu retten.

Andererseits war Nero vielleicht besser in der Lage sich zu wehren, denn er war auch ein Lichtwesen, das vielleicht über eine Art magische Kraft verfügte. Trotzdem wollte Albert ihn nicht verlieren, denn er war sein wichtigster Freund auf der Welt. Wenn alles gut ging, würde es auch nie zur Debatte stehen, Nero zu opfern, um Ashanti zu retten.

Albert setzte sich sofort zum PC und startete diesen. Dann öffnete er das richtige Programm und verband sein Handy über den USB-Port mit dem Rechner. Er spielte die beiden Aufnahmen der Lieder auf den PC und begann an ihnen zu arbeiten. Das Lied, das Mojo gesungen hatte, klang sowieso einwandfrei, aber Albert wollte es ebenfalls sicher auf der Festplatte wissen. Später, wenn man hoffentlich genau verstehen würde, was der Glatzkopf gesungen hatte, würde er beide Lieder lernen. Wenn das geschafft sein würde, wäre er hoffentlich in der Lage, das Loch im Wohnzimmer zum Erscheinen zu bringen. Dann würde er bei Ashanti sein. Allerdings eingepfercht in einem Brunnen, der oben verschlossen war.

Nun stellte er sich die Frage, wie er zum Gitter gelangen sollte. Er hoffte darauf, dass er es vielleicht schaffen würde, an der Wand nach oben zu klettern, denn er hatte in seinem Traum gesehen, dass Wurzeln aus den Wänden wuchsen, an denen er vielleicht genügend Halt finden würde, um nach oben zu gelangen. Dann konnte er das Gitter aufbrechen und ein Ende des Seiles Ashanti zuwerfen. Das war die einzige Möglichkeit, die er hatte, und sie barg ein großes Risiko. Wenn er nicht in der Lage wäre hinaufzuklettern, würde auch er gefangen sein. Daran wollte er aber nicht einmal denken und er intensivierte seine Bemühungen am PC nur umso mehr, wenngleich er jedoch beschloss, dass er bei seinem Ausflug in den Brunnen den GPS-Sender eingesteckt haben würde, um eventuell gefunden zu werden, wenn er ebenfalls gefangen wäre. Zumindest wenn man im Brunnen ein Signal zustande brachte, das auch an die Erdoberfläche drang.

Als er mit dem Bearbeiten des Liedes fertig war, spielte er die fertige Version Mojo und Carmen vor. Die beiden konnten nun wie auch er verstehen, was da gesungen wurde. Mojo, der ein Gefühl für die Sprache hatte, jedoch deren Inhalt nicht verstand, begann den Text auf ein Blatt Papier zu schreiben und tat das, wie man es mit jeder Fremdsprache tut, die man nicht beherrschte. Man schrieb, ohne zu verstehen, was man da schrieb. Das machte es schwierig, den Text zu lernen.

Als Albert mit dem Schreiben fertig war, kopierte er das Blatt zweimal und reichte Carmen und Mojo ebenfalls eines. Dann setzten sie sich alle auf die Couch und begannen, den Text zu lernen. Mojo bewegte seine Lippen dabei, ohne jedoch einen Laut von sich zu geben. Rocky saß in seinem Käfig und fraß und Nero lag auf seiner Decke und beobachtete interessiert, was sie auf der Couch trieben.

Carmen war die Erste, die verlauten ließ, dass sie den Text nun auswendig könne. Beide Lieder wohlgemerkt, denn Mojo hatte auch aus seinem Hab und Gut den Text geholt, den er damals vom Glatzkopf erhalten hatte mit dem Text des ersten Liedes.

Albert hatte noch nicht einmal die Hälfte gelernt und Mojo war nur deshalb weiter vorn im Text, weil er das erste Lied bereits auswendig konnte. Das zweite Lied konnte Albert nun auch auswendig und er ließ sich von Mojo den Text mit dem ersten aushändigen. Er kopierte auch diesen zweimal und begann erneut zu lernen. Dieses Mal brauchte er noch länger dafür, denn sein Hirn sperrte sich gegen das Aufnehmen von Nonsens-Reimen. Trotzdem war auch er irgendwann fertig und nun um ein gutes Stück gescheiter als noch vor einer guten Stunde.

Er richtete das Wort an Mojo und Carmen und teilte ihnen mit, dass er nun versuchen würde, zu Ashanti zu gelangen, und brachte ihnen außerdem bei, dass er das alleine machen würde, um noch ein Ass im Ärmel zu haben, falls etwas bei der Rettung schiefging. Dann musste er sich darauf verlassen, dass Carmen und Mojo den Brunnen via GPS finden würden. Die beiden protestierten zwar lautstark, sahen dann aber doch ein, dass dies das Gescheiteste war.

Kapitel 34

Albert stellte sicher, dass der GPS-Sender genug Saft hatte, ließ ihn dann in seiner Hosentasche verschwinden und schlüpfte in die Riemen des Rucksackes, in dem sich Bolzenschneider und Seil befanden. Der Bolzenschneider ragte dabei weit aus dem Rucksack heraus, sodass es aussah, als verfüge Albert über rote Antennen, die aus seinem Hinterkopf wuchsen. Natürlich nur, wenn man ihn von vorn betrachtete.

Sie stellten sich alle drei an die Stelle, an der Albert das Loch vor kurzem gesehen hatte, bildeten ein Dreieck und fingen an das gelernte Lied zu singen. Der Text musste nun eigentlich deutlich genug ausgesprochen sein, aber sie waren sich nicht sicher, ob denn auch die Melodie stimmte. Was, wenn Rocky sich nicht mehr zu hundert Prozent an sie erinnern konnte?

Schnell stellten sie fest, dass sie sie sich umsonst Gedanken gemacht hatten, denn im Wohnzimmer breitete sich das Loch aus wie eine Pfütze aus schwarzer Tinte. Die drei mussten sich weiter nach hinten bewegen, da sie sonst vorzeitig ins Loch gestürzt wären. Dann hatte die schwarze Pfütze ihre endgültige Größe erreicht und Albert musste handeln.

Er tauschte noch ein Paar Blicke mit Carmen und Mojo aus, und er sah noch, dass Nero von Mojo am Halsband gehalten wurde, bevor er zur Gänze in der Pfütze verschwand.

Sofort befand er sich in dem Zustand, in dem er sich befunden hatte, als er dem Loch die ersten Male einen Besuch abgestattet hatte. Er schwebte im schwarzen Nichts. Ohne jegliches Körpergefühl, als wäre er vom Hals abwärts gelähmt. Nur sein Kopf oder was er hier darstellte, funktionierte. Er konnte denken, wenngleich ihm das auch zum Verhängnis wurde, denn er fragte sich, wie lange er nun hier gefangen sein würde und wann er zu Ashanti in den Brunnen gespuckt werden würde. Seine schlimmste Befürchtung war nämlich, dass er nun hier bleiben und irgendwann vom Tier gefressen werden würde.

Denn wenn er so nachdachte, hatte das Tier mit ihm gespielt und ihn registriert im Loch als körperloses Wesen. Jedoch hatte es sie nicht gewittert, als sie in ihren Körpern vor dem Bärtier geflohen waren und sich dann im Eingang der anderen Höhle versteckt hatten. Das sprach dafür, dass sich das Tier nur über schwebende Menschen hermachte, die ihren Körper im Loch nicht spüren konnten. Zumindest im erwachsenen Alter. Was passierte dann mit den

Seelen der Opfer? Lösten sie sich danach einfach auf und waren für immer verschwunden? Das einzig Gute war, dass er keine Schmerzen erleiden würde so ganz ohne Körper.

Die vielen gefrorenen Tiere sprachen dafür, dass sich die Kinder des Tieres von Tierkadavern ernährten, denn irgendeinen Zweck mussten sie haben, wenn sie gehortet wurden. Oder wollten weder Mutter noch die Kinder die Kadaver fressen, und sie dienten doch einem anderen Zweck? Albert wusste, dass sie der Berg einfach ausspucken konnte, wenn er wollte, aber er tat das nur selten.

Plötzlich hörte Albert, wie Krallen über Fels kratzten, und das lautstarke Atmen des Tieres, das sich näherte. Trotz der Gefahr bekam er keinen Adrenalinkick. Wie denn auch ohne Drüse, die diesen Kick verursachte? Er nahm wahr, wie das Tier immer näher kam und reges Interesse an ihm zu zeigen schien. Seine Gedanken waren klar und sein Geist geschärft und ihm war bewusst, dass er sich gleich wehren würde müssen, wenn er nicht gefressen werden wollte. Er dachte blitzschnell in etliche Richtungen und wünschte sich, dass Nero in diesem Moment bei ihm sein würde.

In dem Moment, als er spürte, dass das Tier fast bei ihm war, passierte es gerade noch rechtzeitig. Albert wurde zu Ashanti in den Brunnen gespuckt. Er hatte seinen Körper wieder und genoss das Gefühl. Was weniger schön war, war der Anblick, den Ashanti bot. Diese trug Makeup, das immer noch von Alberts verstorbener Frau im Badezimmer gelegen war und welches ihr Carmen aufgemalt hatte. Wenngleich sie nicht stark geschminkt war, die wenige Schminke, die sie trug, war völlig verlaufen und verschmiert von den Tränen, die sie geweint hatte.

Im Moment lag sie schlafend am Boden und sie hatte das Erscheinen von Albert nicht bemerkt. Dieser sah auf den ersten Blick, dass etwas mit ihrem rechten Bein nicht stimmte, denn Ashanti trug einen Rock, der dieses entblößte. Das Knie war völlig geschwollen und blau angelaufen. Zumindest der andere Fuß sah besser aus, wenngleich er nicht so weit unter dem Rock hervorragte wie der rechte und man daher nur Vermutungen über seinen Zustand anstellen konnte. Wie war das mit dem Knie passiert?

Albert sah sich sofort die Wand an, die ihn umgab. Wie er es im Traum gesehen hatte, wuchsen Wurzeln ins Innere des Brunnens. Leider waren nur wenige dicke dabei. Vor allem im unteren Abschnitt des

Brunnens wurden sie immer feiner. Würden diese Wurzeln seine 85 Kilo tragen? Albert glaubte nicht daran, aber er nahm sich vor, es später zu versuchen. Immer noch gab er keinen Mucks von sich und schaute sich Ashanti an. Er hatte es sich so ersehnt, sie wieder zu sehen, dass er es kaum glauben konnte, dass sie nun vor ihm lag.

Plötzlich fand Albert es nicht mehr richtig, ihr beim Schlafen zuzusehen, und er weckte sie auf. Der Ausdruck in Ashantis Augen sprach Bände. Einerseits war sie völlig überrascht und andererseits unheimlich erleichtert, ihn zu sehen. Sie umarmte Albert und brach sofort in Tränen aus. Albert hielt sie vorsichtig im Arm, als könne sie zerbrechen. Und genau das war sie im Moment. Zerbrechlich. In diesem Moment erinnerte sie nicht an die stolze afrikanische Kriegerin.

Albert war derart erleichtert, nun bei ihr zu sein, dass auch er eine Träne vergoss. Dann begann Ashanti, ihn sofort mit Fragen zu löchern. Auf einige Fragen konnte er ihr keine Antwort geben, vor allem wenn sie sich mit dem Thema befassten, wie sie von hier entkommen sollten. Albert konnte nur hoffen, dass sie von Carmen und Mojo aufgespürt werden würden. Das war ihre einzige Chance, wie Albert sich nun eingestehen musste. Und das am besten noch vor dem Glatzkopf, aber wie schon früher erwähnt, glaubte Albert nicht, dass dieser vor dem Ende der Frist erscheinen würde.

Bis dahin war noch Zeit. Er holte sein Handy hervor und stellte fest, dass er hier keinen Empfang hatte. Warum auch hätte ihm das Universum diesen Gefallen machen sollen? Vor Albert lag der nackte Kadaver des Hundes, der ebenfalls zu Ashanti in den Schacht gespuckt worden war. Sowie Alberts Blick auf dieses arme tote Wesen fiel, wurde plötzlich noch ein Kadaver zu ihnen ins Loch gespuckt. Es war die gefrorene nackte Leiche einer kleinen Ziege. Kurz darauf wurde eine nackte Katze ins Loch gespuckt und das ging in einem fort so weiter. Ein totes Tier nach dem anderen wurde ausgespuckt, bis kein Platz mehr am Boden war, worauf sich diese zu stapeln begannen. Die von unten nach kommenden Tiere drückten die bereits im Loch befindlichen Kadaver nach oben.

Albert lagerte Ashanti so um, dass sie ganz oben auf den gefrorenen toten Tieren saß. Das war nötig, denn sonst liefe sie Gefahr, unter die Tierleichen zu geraten und begraben zu werden. Da gab es aber ein Problem. Dadurch dass die Kadaver gefroren waren, drohte sie auszukühlen. Albert breitete seine Jacke aus, lagerte sie erneut um, sodass sie auf dieser zu sitzen kam, um sie etwas gegen die Kälte zu schützen. Während er das tat, stieß Ashanti einen Schrei des Schmerzes aus, da er sie bewegen musste. Nun erzählte sie ihm, wie es zu der Verletzung gekommen sei. Der Glatzkopf hatte sie durch die Wohnung gejagt mit einem schweren Hammer in der Hand. Als er nahe genug gewesen war, hatte er ihr mit dem Hammer mit voller Wucht seitlich aufs Knie geschlagen, dass sie ein dumpfes Geräusch wahrgenommen hatte, und der Schmerz war unerträglich gewesen. Danach hatte er sie an den Haaren ins Wohnzimmer geschleppt, das Loch zum Erscheinen gebracht und sie hineingestoßen. Wie Albert nun wusste, war sie nicht Zeuge der Kreuzigung von Rocky gewesen, jedoch war er sich sicher, dass der Glatzkopf zu dieser denselben Hammer verwendet hatte, der auch Ashanti am Knie getroffen hatte.

Nun wurden immer mehr Tiere ausgespuckt, und der Berg, auf dem sie bereits saßen und hockten, wurde immer größer. Was war los? Albert erwischte sich bei der Hoffnung, dass der Berg immer weiterwachsen würde, bis sie oben beim Gitter ankämen. Dann könnte er sie befreien, denn die Möglichkeit, an den

Wurzel hochzuklettern, hatte er bereits verworfen, als er eine dicke Wurzel abgebrochen hatte beim Versuch, sich an ihr hochzuziehen.

Albert konnte sein Glück kaum fassen, dass die Tiere gefroren und steinhart waren. Wären sie warm und weich, würde das Gewicht der oberen Tiere die unteren einfach zerquetschen und es würde ewig dauern, bis sie oben ankommen würden. Viel zu spät, um vor dem Glatzkopf flüchten zu können. So aber gelangten sie ganz langsam immer höher.

Ashanti saß dabei auf den Tieren und sah jämmerlich aus. Albert fragte sie, ob ihr kalt sei, was sie bejahte. Hoffentlich würden sie bald von hier entkommen. Albert sah auf die Uhr. Er versuchte herauszufinden, wie schnell der Berg wuchs, was ihm aber sehr schwer fiel. Aber sie waren nun bereits mit Sicherheit ein paar Meter in die Höhe gelangt. Wenn das so weiterging, würden sie etwa in einer Stunde weit genug oben sein, um sich am Gitter zu schaffen zu machen.

Während sie darauf warteten, dass das passierte, stellten sie sich gegenseitig Fragen, um sich abzulenken. Ashanti wollte genau wissen, was sich alles ereignet hatte, seit sie entführt worden war, und beantwortete im Gegenzug Fragen, was bei ihr alles geschehen war. Der Glatzkopf hatte tatsächlich auf sie uriniert, was ihr einen strengen Geruch bescherte. Aber egal, mit schlechten Gerüchen kannte sich Albert aus eigener Erfahrung aus und er würde sie jederzeit wieder umarmen, obwohl sie erbärmlich nach Pisse stank.

Albert machte sich darüber Gedanken, was hier passierte. War hier wieder der Berg am Werk, der ihm half? Warum wurde ihm überhaupt von jemandem geholfen? Waren sie denn wichtig genug, um diese Hilfe annehmen zu können? Albert jedenfalls stieß ein Stoßgebet aus und bedankte sich für den eigenartigen Fahrstuhl aus toten Tieren. Genauer ansehen durfte er sich diese nicht, denn das hätte ihn traurig gestimmt. Die leeren trüben Augen und die toten Zungen, die ihnen aus den Mundwinkeln hingen, waren der blanke Horror für Alberts neu erlernte Tierliebe. Und dann noch der Umstand, dass sie nackt waren. Daran konnte sich Albert einfach nicht gewöhnen.

Er konnte noch immer nicht abschätzen, wie viele Meter sie bereits nach oben wettgemacht hatten, aber es mussten bereits einige sein, denn der Mond, der von oben in den Brunnen schien, kam immer näher. Wieder sah er auf die Uhr. Sie hatten noch genug

Zeit, um von hier zu verschwinden, bis der Glatzkopf vielleicht hier auftauchen würde.

Albert stellte sich die Frage, ob Carmen nun das GPS-Signal empfangen konnte, da sie der Erdoberfläche nun näher waren. Wo befanden sie sich und wie weit weg waren sie von den Orten, die Albert bereits kannte? Immer wieder schaute er hinauf in den Kreis aus Licht, der aus diesem Verlies führte. Dieses Licht spendeten Mond wie auch Sterne. Wann würden sie endlich nahe genug sein, um das Gitter zu öffnen? Noch waren es einige Meter bis dahin und Albert wurde ungeduldig.

Ashanti hatte die Arme um sich geschlungen und zitterte, wie sie es in den letzten Tagen und Nächten oft getan hatte. Der Glatzkopf hatte sie aus der Wohnung entführt, ohne dass sie für die Temperaturen im Freien gerüstet gewesen war. Das nasse Kleid, das sie angehabt hatte, nachdem der Glatzkopf auf sie gepisst hatte, hatte nicht gerade dabei geholfen, sie zu wärmen. Als es endlich wieder getrocknet gewesen war, war Ashanti bereits völlig ausgekühlt gewesen. Albert stellte sich die Frage, was passieren würde, wenn man das Gitter nicht öffnen konnte, weil einem das richtige Werkzeug dazu fehlte? Wahrscheinlich würde man dann gegen das

Gitter gedrängt, erdrückt und scheibchenweise durch die Gitterstäbe gepresst werden.

Nun waren es vielleicht noch vier Meter bis nach oben und die Wurzeln, die in den Schacht wuchsen, wurden immer dicker. Jetzt konnte Albert probieren, nach oben zu klettern. Aber zu welchem Zweck, denn er würde sich festhalten müssen und daher keine freie Hand für den Bolzenschneider haben, von denen man allerdings zwei benötigte. Somit blieb ihm nichts anderes übrig, als weiter geduldig zu warten.

Aber etwas konnte er tun! Er konnte versuchen, seinen GPS-Sender durch das Gitter über den Brunnenrand zu werfen, wo er sicher wieder ein deutliches Signal versenden würde. Dann konnten sich Mojo und Carmen zu ihnen auf den Weg machen, um sie von hier wegzuführen. Alleine würde er nämlich nur schwer dazu in der Lage sein mit der verletzten Ashanti. Es waren fast zwei Personen vonnöten, um sie zu stützen und mit ihr zum Auto zu wandern. Gesagt, getan, bereits beim ersten Versuch schaffte er es, den Sender durch das Gitter über den Brunnenrand zu werfen.

Außerdem hoffte Albert darauf, dass er an der Erdoberfläche wieder mit einem Handynetz verbunden sein würde, denn noch war kein einziger

Balken am Display sichtbar. Er hätte so gern mit Carmen telefoniert, um sie auf die Situation der verletzten Ashanti vorzubereiten. Diese saß immer noch auf den nackten Leibern und hatte mittlerweile blaue Lippen. Hier drinnen war es wie in einem Eiskasten und die Kälte der Nacht tat ihr Übriges.

Wie lange würden Carmen und Mojo wohl brauchen, um zu ihnen zu gelangen? Albert, der gebannt nach oben starrte, stellte fest, dass er nun mit dem Bolzenschneider bereits das Gitter erreichen konnte, wenngleich er noch nicht in der Lage war, das Vorhängeschloss zu erreichen. Dazu würde der Bolzenschneider außerhalb des Gitters fast waagrecht gehalten werden müssen. Gott sei Dank handelte es sich um ein grobes Gitter, das viel Platz ließ, um Arme wie Werkzeug durchzuschieben.

Albert blieb schon einmal vorsorglich mit dem Schneider in der Hand stehen. Nach guten weiteren zehn Minuten konnte er bereits mit den Fingerspitzen das Gitter erreichen. Weitere Minuten verstrichen und endlich war es so weit. Albert konnte aktiv werden. Er bugsierte das lange Werkzeug zwischen den Gitterstäben durch und fing an zu versuchen, den Bügel des Schlosses zu durchtrennen. Das Problem war allerdings, dass das Schloss etwas schlecht zu erreichen war. Immer wieder rutschte das Werkzeug am Schlossbügel ab und Albert musste mehr oder weniger im Blindflug einen neuen Versuch starten.

Allmählich wurde er ungeduldig, was bei dieser genauen Arbeit auch nicht gerade behilflich war. Trotz aller Ungeduld schaffte er es irgendwann richtig anzusetzen, und der Schlossbügel wurde durchgeschnitten, als bestände er aus Butter. Albert, der nun bereits knien musste, um sich nicht am Gitter den Kopf zu stoßen, entfernte das Schloss und stieß das Gitter nach oben auf. Dann stellte er sich aufrecht hin und kletterte aus dem Brunnen.

Sofort ging er hinter diesem in Deckung und sah sich um. Er befand sich auf einem Grundstück zusammen mit einer Hütte aus Holz und Stein mitten auf einer Waldlichtung und war sich sicher, noch niemals hier gewesen zu sein. Er konnte nicht einmal sagen, ob er sich irgendwo am Brandenberg befand, aber zumindest schien er hier im Moment alleine zu sein. Die Fenster der Hütte waren mit Fensterläden verschlossen und sie schien unbewohnt zu sein.

Trotzdem mussten sie von hier verschwinden. Rasch begann er zu versuchen, Ashanti aus dem Brunnen zu zerren. Diese reagierte, wie er es erwartet hatte. Sie schrie unter Schmerzen auf, und Albert versuchte sie deshalb so schnell wie möglich aus dem Brunnen zu zerren. Als das geschafft war, saß Ashanti an den Brunnen gelehnt da und atmete stoßweise, während ihr Schweißperlen auf der schwarzen Stirn standen. Die Verletzung schien noch ernster zu sein als zuerst angenommen. Vielleicht hatte das Knie einen Schaden davongetragen, der von einem Arzt inspiziert werden sollte. Hoffentlich würde Carmen bald hier sein.

Kapitel 35

Albert überlegte, was nun zu tun war. Es wäre töricht, hier auf Mojo und Carmen zu warten, denn irgendwann würde der Glatzkopf hier auftauchen. Aber was sollte er tun? Allein mit Ashanti durch den Wald irren? Er steckte den GPS-Sender wieder ein und zog stattdessen sein Handy aus der Tasche und stellte fest, dass er immer noch keinen Empfang hatte. Am liebsten hätte er dieses Drecksding in den Brunnenschacht geworfen. Stattdessen steckte er auch das Handy wieder ein und legte sich den Plan zurecht, mit Hilfe seines Gürtels, der um Ashantis Taille gebunden war, sowie dem Bolzenschneider eine Art Schiene für Ashantis Bein zu basteln. Wenn das Bein erst einmal stabilisiert war, wäre sie vielleicht in der Lage sich fortzubewegen, ohne zu schreien.

Gesagt, getan, machte sich Albert ans Werk. Sein Glück war, dass das Werkzeug so lang war. Er fixierte es mit den Gürteln oben wie unten an Ashantis Bein und stellte zufrieden fest, dass es seinen Zweck erfüllte. Vorsichtig half er ihr aufs linke Bein und stütze sie dabei. Dann fingen sie an, Richtung Wald zu humpeln und zu hopsen. Das hieß, es war Ashanti, die humpelte und hopste, und Albert bewegte sich geduldig in ihrem Tempo fort. Er hatte keinen Plan, wohin sie unterwegs waren, aber er folgte der Forststraße, die von der Hütte wegführte, weil das die größte Chance bot, vom Berg zu entkommen.

Geschützt im Dickicht des Waldes machten sie eine kurze Pause, da diese Art der Fortbewegung für Ashanti äußerst anstrengend war. Immer wieder schaute Albert auf das Display seines Handys, aber er hatte noch immer keinen Empfang. Ashanti war tapfer und wirkte nun wieder mehr wie eine stolze Kriegerin, wenn auch eine verletzte. Er sah auf seine Uhr. Noch hatten sie Zeit, um sich unentdeckt fortzubewegen, was sie auch wieder fortsetzten. Allerdings langsamer, als es Albert lieb war.

Was dachten Mojo und Carmen wohl in diesem Moment? Waren sie in der Lage, das GPS-Signal zu empfangen? Wenn nicht, waren sie in diesem Moment wohl voller Sorge. Was würden sie tun, wenn die Uhrzeit Richtung zwölf ging? Sie hatten nicht darüber gesprochen, aber Albert war sich sicher, dass sie sich dann Richtung Waldlichtung begeben würden, weil das ihre einzige Chance war, Ashanti und Albert zu retten.

Aber würden sie es auch in Betracht ziehen, Nero zu opfern? Albert wusste es nicht und er wollte es auch nicht herausfinden. War das Existieren der Lichtgestalt Nero mehr wert als das Leben von Ashanti und ihm selbst? Er konnte seine Gedanken nicht von Nero lösen. Wieder einmal stellte er sich die Frage, wer er war. Albert erinnerte sich an eine Textstelle der Bibel, in der vom heiligen Geist gesprochen wurde. War dieser nun in Form eines Tieres über sie gekommen?

Albert und Ashanti, die nun bereits ein gutes Stück weit vorangekommen waren, beschleunigten ihr Tempo, denn wenn er daran dachte, dass Nero in die Hände des Glatzkopfes gelangen würde, wurde ihm fast schlecht. Sie mussten unbedingt noch vor zwölf ein Lebenszeichen von sich geben, aber dazu mussten sie ein deutliches GPS-Signal aussenden oder zumindest Handyempfang haben.

Besonders schlimm war, dass Albert nicht wusste, wie lange der Weg war, der sie aus dieser grünen Welt hinausführen würde. Es war nun bereits später Abend und ihnen blieb nicht mehr viel Zeit. Es war finster und sie konnten kaum sehen, wohin sie sich schleppten. Immer wieder mussten sie eine Pause einlegen, weil Ashanti völlig erschöpft war. Das fehlende Licht zwischen den Bäumen setzte den beiden ebenfalls zu, denn es war unheimlich im finsteren Wald. Zwischendurch hörten die beiden, wie eine Eule sie zu sich rief, aber sie wollten diesem Befehl nicht nachkommen.

Langsam wurde es frisch im Wald, worunter vor allem Albert litt, denn er hatte seine Jacke Ashanti gegeben. Natürlich ließ er sich nicht anmerken, dass ihm kalt war, denn echten Männern ist nie kalt. Das lag an der Muskelmasse, die sie mehr besaßen als die Frauen. Wie Albert aber über sich wusste, besaß er kaum nennenswerte Muskeln. Wie denn auch, wo er fast nie Sport trieb?

In diesem Moment wurden die wenigen Muskeln, die er besaß, besonders beansprucht, denn er musste Ashanti stützen, die sich mit vollem Gewicht auf und gegen ihn lehnte. Gott sei Dank war Albert gut beleibt und konnte ihr mit seinem Gewicht standhalten. Er war der Fels in der Brandung und er würde jeder Anforderung gerecht werden. So zumindest dachte er, während sie sich weiter durch den Wald bewegten.

Gerade als Ashanti sich wieder ausruhen musste, hörte Albert etwas, das ihn für einen kurzen Moment hoffen ließ, sie würden dem Wald entkommen. Es handelte sich um das Geräusch eines Motors, der sich jedoch wieder entfernte. Waren sie einer Straße nahe?

Ashanti, die das Geräusch ebenfalls gehört hatte, sah Albert fragend an. Wie abgesprochen humpelte sie noch schneller über den Forstweg. Es ging leicht abwärts, wenngleich das Gefälle rasant abnahm. Einen kurzen Moment später wussten sie dann mit Sicherheit, dass sie sich wieder in der Zivilisation befanden, denn sie kamen vor einer asphaltierten Straße zum Stehen.

Albert, der nun endlich mit seinem Handy wieder Empfang hatte, wählte die Nummer von Carmen. Diese hob gleich nach dem ersten Freizeichen ab und klang dabei völlig aufgelöst. Sie teilte Albert mit, dass sie kein GPS-Signal empfangen und schon gedacht habe, er und Ashanti wären verloren. Albert konnte hören, dass sie fast vor Glück weinte.

Nun hatten sie aber ein Problem. Er wusste nicht, wo sie sich befanden, und so konnte er Carmen auch nicht mitteilen, wo sie zu holen seien. Er legte auf und konzentrierte sich auf die gegenwärtige Situation. Es blieb ihnen nichts anderes übrig, als auf der Straße loszuhumpeln, bis sie ein Schild mit dem Straßennamen finden würden. Die beiden machten sich erneut auf den Weg und Albert merkte, wie Ashanti allmählich die Puste ausging, während sie auf einem Bein dahinhopste. Er konnte sehen, wie sie die

Zähne zusammenbiss, denn ihre Kiefergelenke arbeiteten und traten hervor.

Nachdem sie sich weitere 20 Minuten gequält hatten, kamen sie endlich an eine Weggabelung, die beschildert war. Nun wusste Albert den Namen der Straße und konnte diesen Carmen mitteilen, damit diese sie abholte. Er wählte ihre Nummer erneut und sie hob schneller ab als die Feuerwehr, wenn man sich in einer Notsituation befand.

Albert teilte ihr mit, wo sie zu holen seien, aber Carmen schien das nicht zu gefallen. Sie druckste herum, bis sie endlich mit der Wahrheit herausrückte. Sie erzählte Albert, dass Mojo vor über einer Stunde mit Nero spazieren gegangen und noch immer nicht zurückgekommen sei. Allmählich mache sie sich Sorgen.

Als Albert das hörte, wurde er hellhörig. Kam Mojo der Aufforderung des Glatzkopfes nach und brachte diesem Nero, um Ashanti und Albert zu retten? Eigentlich wusste Albert, wo er jetzt hingehen sollte, nämlich auf die Lichtung, damit Mojo sehen konnte, dass ihm nichts passiert war. Mojo konnte sich denken, dass das hieß, seiner Schwester gehe es gut. Das Problem war aber, dass Ashanti ein verletztes Knie hatte und versorgt werden musste. Er wollte zu

Carmens Tierarztpraxis, um sie dort zu treffen. Dort hatte sie sicher die Utensilien, die man brauchte, wenn man eine Knieverletzung behandelte.

Er teilte Carmen mit, dass er sie in einer halben Stunde dort treffen wolle, und legte auf. Dann wählte er die Nummer der Taxizentrale seiner Wahl und erklärte, wo er abzuholen sei. Anschließend legte er auf und schob das Handy wieder in seine Hosentasche. Es dauerte gute zehn Minuten, bis das Taxi eintraf. Er half Ashanti vorne auf den Beifahrersitz und nahm selbst in der hinteren Sitzreihe Platz und nannte die Adresse, wohin sie wollten. Der Taxifahrer, ein Einheimischer, war so diskret und fragte nicht, was mit Ashanti passiert war. Sie hatte ein Einbrecherwerkzeug ans Bein geschnallt und stank erbärmlich nach Pisse. Das wäre eigentlich Grund genug gewesen, um sie des Taxis zu verweisen, aber der Fahrer schien es öfters mit irgendwelchen Körperflüssigkeiten zu tun zu haben und deswegen tolerant zu sein. Nun wusste Albert, dass der Brunnen genau auf der anderen Seite des Berges war als die Waldlichtung. Albert war jetzt völlig angespannt und das nicht ohne Grund. Es war nicht mehr nötig, Nero zu opfern, da sie bereits entkommen waren.

Es war jetzt schon mitten in der Nacht, und dementsprechend wenig Verkehr gab es. Das führte dazu, dass sie eine Viertelstunde später bei der Tierarztpraxis ankamen. Albert bezahlte den Taxifahrer und gab ihm ein sattes Trinkgeld wegen seiner Gutmütigkeit. Es dauerte nicht lange, und auch Carmen erschien. Sie parkte in der Einfahrt und sprang sofort aus dem Wagen, um Ashanti zusammen mit Albert zu stützen und sie in die Praxis zu bringen. Als sie sich im Behandlungszimmer befanden, begann Carmen sofort damit, sich um Ashantis Knie zu kümmern. Albert, der mit ihr mitfühlte, wurde schlecht, obwohl er keine Schmerzen hatte. Carmen sagte, dass das Knie wohl nur geprellt sei, begann aber damit, das Bein einzugipsen, und Albert lauschte den Gesprächen der beiden Frauen. Zum zweiten Mal wiederholte Ashanti, wie es ihr ergangen war, und Albert konnte gut die Bilder sehen, die sich vor seinem geistigen Auge formten, während Ashanti erzählte. Er konnte den Brunnen neben der Hütte sehen und das Häuschen selbst, das auf dieser kleinen Lichtung gestanden war. Wem gehörte sie? Jedenfalls war sie unbewohnt, denn sonst hätte man Ashanti mit Sicherheit geholfen.

Sie erzählte, wie sie Wasser zu sich genommen hatte, das sich in einer Mulde am Boden gesammelt hatte. Das Wasser war schmutzig gewesen und es hatte geknirscht zwischen ihren Zähnen, wenn sie diese zusammengebissen hatte. Gegessen hatte sie nicht, aber sie war sich sicher, dass sie den nackten Hund angenagt hätte, wenn ihr weiterhin niemand zu Hilfe geeilt wäre. Sie stockte in ihrer Erzählung, als Carmen ihr mitteilte, dass sie nun fertig verarztet sei. Sie trug einen Gips und versuchte mit diesem aufzustehen. Auch wenn es etwas unbeholfen wirkte, sie konnte das Gleichgewicht dennoch halten.

Nun war es für Ashanti wichtig, in Alberts Wohnung zu kommen, damit sie sich waschen und umziehen konnte. Ihr war es leid, wie der Eckstein einer Hausmauer zu stinken, an der sich schon etliche Hunde erleichtert hatten, um ihr Revier zu markieren. Alle drei verließen die Tierarztpraxis und Ashanti hielt sich an Albert fest, während sie zu Carmens Wagen hopste.

Als Ashanti endlich auf dem Vordersitz saß, atmeten sie alle durch, denn es war eine Mordsarbeit gewesen, sie auf diesen zu verfrachten. Carmen und Albert stiegen ebenfalls ein und Carmen startete den Motor. Dann parkte sie aus und fuhr los. Zehn Minuten später kamen sie auch schon bei Alberts Hochhaus an und stellten sich auf einen freien Parkplatz. Nun mussten sie es nur noch schaffen, in die Wohnung zu gelangen, ohne zu kollabieren wegen der körperlichen Anstrengung, die dazu vonnöten war.

Sie schafften auch diese Hürde und betraten erleichtert die Wohnung. Ashanti hüpfte auf einem Bein ins Wohnzimmer und ließ sich dankbar aufs Sofa fallen. Wieder ärgerte sich Albert über seine Nachlässigkeit. Das Schloss war immer noch kaputt und die Wohnung somit für jeden zugänglich. Das durfte nicht sein. Ashanti war jetzt wie gefesselt mit ihrem verletzten Bein. Sie durfte die Couch oder das Bett nun einige Zeit nicht verlassen.

Was sollten sie jetzt tun? Albert wusste, dass er nun so schnell wie möglich zur Lichtung aufbrechen musste, um Nero zu retten. Was der Glatzkopf wohl mit ihm anstellen würde, wenn er ihn in die Finger bekäme? Konnte er ohne ihn die unterirdische Welt ebenfalls nicht betreten? Oder konnte er dort einfach nichts sehen? Hatte er schon damals, als ihm Nero in die Hände gefallen war, gewusst, dass der Hund der Schlüssel war, den er benötigte? Vielleicht hatte er nur zu spät gehandelt und erst den Versuch gestartet, die unterirdische Welt zu betreten, als Nero aus dieser bereits wieder verschwunden war.

Wieder stellte sich die Frage, warum der Berg schon oft zu ihren Gunsten gehandelt hatte. Der Glatzkopf war böse, aber der Berg nicht. Und das Bärtier war einfach das, was es nun einmal war. Ein Tier, das nicht böse handelte, sondern nur seine Triebe befriedigen wollte. Albert wollte sich trotzdem nicht vorstellen, was das Tier mit Nero anstellen würde, wenn es ihn in die Fänge bekam.

Er erklärte Ashanti, warum sie sie nun allein lassen mussten, und machten sich bereit aufzubrechen. Carmen war froh, dass Albert sie mitnehmen wollte, und verabschiedete sich ebenfalls von Ashanti. Albert wies Ashanti an, dass sie einen Sessel von der Essgruppe in der Küche nehmen und dessen Lehne unter die Türschnalle der Eingangstüre klemmen solle, um die Tür geschlossen zu halten.

Dann verließen die beiden die unversperrte Wohnung und fuhren mit dem Lift nach unten. Sie gingen zum Wagen, stiegen unverzüglich ein und fuhren los. Im Wagen war es still, denn sie dachten beide nach. Hoffentlich würden sie noch rechtzeitig kommen, denn Mojo war schon über eineinhalb Stunden weg, was hieß, dass er einen gewaltigen Vorsprung haben musste, vor allem wenn er sein Rad genommen hatte.

Ohne den Verkehr auf der Straße, wie es am Tag der Fall war, kamen sie gut voran und schon bald an der Stelle an, wo sie ansonsten immer ihre Räder angebunden hatten. Albert sah, dass das Mountainbike, das er Mojo geschenkt hatte, an eine Laterne angekettet war. Also hatte er tatsächlich das Rad genommen und einen großen Vorsprung. Sie stiegen aus und machten sich sofort auf den Weg zur Lichtung.

An einigen Stellen im Wald blinzelte der Mond zwischen den Ästen der mächtigen Nadelbäume hervor und Albert stellte fest, dass vor zwei Tagen Vollmond gewesen sein musste. Er hatte vorsorglich seinen Revolver eingesteckt und Carmen hatte die Armbrust und den Speer dabei. Ihnen beiden war klar, dass sie sich gleich in Gefahr begeben würden, und der Adrenalinspiegel in ihrem Blut stieg an.

Welche Situation würden sie vorfinden? Würde der Glatzkopf überhaupt noch auf der Lichtung sein, denn eines war klar. Mittlerweile mussten Mojo und Nero schon längst auf der Lichtung angekommen sein. Schweigend liefen sie weiterhin nebeneinander her und versuchten dabei, in die Zukunft zu schauen. Die

Strecke durch den Wald kam ihnen länger vor, was vielleicht daran lag, dass es Nacht war.

Als sie endlich auf der Lichtung ankamen, sahen sie sich sofort auf dieser um. Sie waren nicht allein, denn obwohl es finster war, sahen sie sofort im Schein des Mondes, dass jemand mit dunkler Hautfarbe einen Baum am Rand der Lichtung umarmte. War das Mojo und war er gefesselt? Carmen, die die Person am Baum erst jetzt ausgemacht hatte, lief sofort über die Lichtung zu der Gestalt hin. Albert folgte ihr und hatte sogleich die Gewissheit, dass die Person Mojo war. Allerdings waren seine Hände nicht gefesselt, sondern mit dicken langen Nägeln an den Baum genagelt worden. Mojo selbst schien bewusstlos zu sein, was auch nicht verwunderlich war. Seine Schmerzen mussten enorm sein und es war nur allzu gut verständlich, dass er davor in eine tiefe Ohnmacht geflüchtete war.

Was sollten sie nun tun? Sie hatten nicht das richtige Werkzeug, um ihn zu befreien. Albert sah sich genauer die Nägel an, die Mojo am Baum fixierten. Sie hatten einen großen Kopf, weswegen sich Mojo auch nicht befreien hatte können. Albert konnte ihre Länge nur abschätzen und wie weit sie in den Baum getrieben worden waren. Die Nägel standen gut 2

Zentimeter aus Mojos Händen heraus, aber sie ganz herauszuziehen schien ein unmögliches Unterfangen zu sein. Verdammt, warum hatte Albert nicht den Bolzenschneider dabei, dann hätte er die Nägel einfach abgeschnitten. Das Einzige, was er nun tun konnte, war, zu seinem Zeltplatz aufzubrechen, denn dort hatte er das Brecheisen gelagert, wenn der Platz nicht schon samt Zelt verwüstet worden war.

Carmen sagte, dass sie bei Mojo bleiben würde, falls dieser wieder sein Bewusstsein erlangte. Alberts Erinnerung an den Weg, der zum Zelt führte, schien auch in der Nacht völlig intakt zu sein und er marschierte los und verschwand im Schutz der Bäume. In diesem Moment wünschte er sich, dass er nicht so schnell aufgebrochen wäre und er seine Stirnlampe mitgenommen hätte. So musste er sich mit dem Schein des Mondes zufrieden geben, der heute größer als sonst wirkte. In seinem Licht kämpfte er sich vorwärts und musste kein einziges Mal stehen bleiben, um sich zu orientieren. Das erledigte sein Hirn während des Gehens, und er schwitzte, obwohl die Außentemperatur alles andere als warm war.

Kapitel 36

Als er beim Zelt ankam, stellte er fest, dass dort noch alles wie hinterlassen schien. Albert kroch ins Zelt und fand sofort sein Hab und Gut vor. Gott sei Dank befand sich auch das Brecheisen unter diesem und Albert verließ mit dem guten Stück in der Hand das Zelt. Er schloss den Reißverschluss und machte sich sofort auf den Weg zurück zur Lichtung.

Als er dort gute zwanzig Minuten später erneut ankam, sah er zu seiner Zufriedenheit, dass Mojo immer noch allein mit Carmen war. Mojo war wieder bei Bewusstsein und litt Schmerzen, die kaum zu beschreiben waren. Sofort machte sich Albert ans Werk und erfasste den ersten Nagel mit der Kerbe an der Spitze der Brechstange, die zum Entfernen von Nägeln gedacht war. Er versuchte, schnell zu arbeiten, um Mojo so rasch wie möglich zu befreien und so kurz wie möglich zu martern.

Als er den ersten Nagel aus Neros Hand und dem Baum herauszog, entwich Mojo ein Keuchen, aber einen Schrei konnte er unterdrücken. Auch beim Entfernen des zweiten Nagels blieb er nahezu stumm, aber jetzt stand ihm der Schweiß auf der Stirn, wie es auch bei seiner Schwester der Fall gewesen war, als er sie aus dem Brunnen geborgen hatte. Albert wusste nicht genau, wie er Mojo jetzt begegnen sollte, weil er Nero in die Hände des Glatzkopfes übergeben hatte. Wenn Albert sich allerdings in die Lage von Mojo versetzte, war ihm klar, dass jeder so gehandelt hätte, wenn die eigene Schwester in Gefahr gewesen wäre.

Er beschloss, vorerst nicht mit diesem Thema zu beginnen, und wies Carmen und Mojo an, alleine nach Hause zu fahren, um Mojos Hände zu versorgen. Er sagte, dass er versuchen würde, den Hund aufzuspüren, denn auch wenn er es noch nicht aus Mojos Mund gehört hatte, es war klar, dass der Glatzkopf in seinem Besitz war.

Das Erste, was Mojo über die Lippen kam, war die Frage, wie es seiner Schwester gehe. Als Albert die Antwort gab, sah man, wie Mojo erleichtert aufatmete. Er warf Albert noch einen schuldbewussten Blick zu, drehte sich um und ging dann mit blutenden Händen hinter Carmen her, die mit ihm an einer anderen Stelle im Wald verschwand. Dies war vielleicht nicht der einfachste Weg, aber hier war die Chance größer, nicht entdeckt zu werden.

Albert ging an die Stelle, an der das Loch üblicherweise erschien, und begann den Text zu singen, den ihm Mojo beigebracht hatte. Zu Alberts Staunen erschien auch heute tatsächlich das Loch. Er sah sich um und stellte fest, dass er alleine war. Er war auch äußerst dankbar dafür, dass nun auch er das Loch auf der Lichtung hervorzaubern konnte. Einen kurzen Moment lang schien es so, als würde er weiterhin angewurzelt stehen bleiben, aber dann näherte er sich langsam dem Rand des Loches. Nun musste er nur noch einen Schritt machen und dann würde er fallen.

Albert war äußerst dankbar, hier auf der Lichtung nicht das beklemmende Gefühl zu haben das er in der Ruine immer hatte. Es schien tatsächlich so, als würde dieser Mechanismus als Schutz dienen, damit man nicht unbefugterweise den Hintereingang benützte. Er hörte auch keine Stimmen. Weder die seiner Frau noch irgendeine andere, wofür er im Grunde genommen auch dankbar war. Niemand außer ihm hatte diese Stimme wahrgenommen, was dafür sprach, dass sie ein Trugbild war, das von Alberts Hirn projiziert wurde.

Ohne viel nachzudenken, machte er einen Schritt vorwärts und fiel ins Loch. Sofort schwebte er körperlos in der Schwärze und wurde gefangen gehalten von seinen eigenen Gedanken. Der wichtigste Gedanke war jedoch, dass Nero sich nicht im Loch befinden konnte, denn sonst wäre Albert als körperliches Wesen auf der Treppe gelandet, die weiter in das unterirdische System führte, auch wenn er dort ohne Nero nichts sehen würde können. Der Umstand, dass an diesem Ort der Platz war, an dem sich das Bärtier wahrscheinlich seine Beute schnappte, flößte Albert Angst ein, und er versuchte nicht daran zu denken. Bis jetzt konnte er aber nicht hören, dass sich das Bärtier näherte.

Plötzlich hörte er aber ein seltsames Summen, das in seiner Lautstärke anschwoll, als würde ein Schwarm Wespen wütend sein und immer näherkommen. Wieder einmal fragte sich Albert, ob er in Gefahr war. Kurz nachdem er diesen Gedanken gehabt hatte und der Schwarm Wespen fast bei ihm angekommen war, wurde er wie abgesprochen in letzter Sekunde aus dem Loch ausgeschieden und kam in der Burgruine zu stehen. Er hasste diesen Ort, war aber doch froh, lebendig aus dem Loch heraus zu sein.

Albert überlegte nun, wo sich Nero befinden konnte, und ihm fiel plötzlich die Hütte am Brunnen ein. Hatte sich der Glatzkopf dort verschanzt? Das musste auch der Grund sein, warum Ashanti nicht entdeckt worden war, denn um Hilfe geschrien hatte sie zur Genüge. Gott sei Dank war der Glatzkopf, als sie aus dem Brunnen entkommen waren, nicht in der Hütte, denn er hätte sie an ihrer Flucht gehindert, dessen war sich Albert sicher. Ihm fiel wieder die Villa ein, in der er verschwunden war, wenn er nichts zu tun hatte. Wie kam er zu dieser Wohnung und der Hütte?

Albert erwischte sich beim Gedanken daran, dass der Glatzkopf irgendeinen Sponsor haben musste. Da er aber fast gleichzeitig mit Mojo und Ashanti ins Land gekommen und noch nicht lange hier war, stellte sich die Frage, wie er zu diesem Sponsor gekommen war in dieser kurzen Zeit. Hatte er schon Kontakt mit ihm gehabt, als er noch in seinem Heimatland gewesen war? Wer konnte Interesse daran haben, einen Irren zu unterstützen, der Tiere opferte und auch vor Menschen nicht Halt machte?

Auf alle Fälle schien hinter dem Glatzkopf noch eine Person zu stehen, die vielleicht alles lenkte. Albert war sich sicher, dass diese Person Interesse daran hatte, anonym zu bleiben, und er stellte sich die Frage, ob es denn vonnöten sein würde, sie ausfindig zu machen. Die ausführende Hand der schauerlichen Taten gehörte jedenfalls dem Glatzkopf und es galt, zuerst ihn auszuschalten. Wie er das machen würde, wusste er aber noch immer nicht.

Automatisch schloss sich Alberts Hand um den Griff des Revolvers und nahm bewusst wahr, wie er sich in seiner Hand anfühlte. Es gab einem Sicherheit, die Waffe zu halten, denn man wusste, dass sie ein scharfer Richter war. Ein Scharfrichter, der über Leben und Tod entschied, wenn man sie richtig bediente.

Er setzte sich in Bewegung und lief in die Richtung, in der sich ungefähr die Hütte und der Brunnen befanden. Gott sei Dank war er in der Burgruine ausgespuckt worden, denn so war der Weg dorthin deutlich verkürzt, wenn er auch wieder von Hoffnungslosigkeit umgeben war. Während er lief und sich seine Stimmung besserte, dachte er weiter nach. In diesem Moment sehnte er sich nach seinem treuen Gefährten Nero und er hoffte inständig, dass er ihn bei der Hütte vorfinden würde. Was, wenn seine Intuition ihn aber täuschen und sich kein Nero in der Hütte befinden würde? Als er und Ashanti aus dem Brunnen entkommen waren, war die Hütte verlassen gewesen. Warum er jetzt zu wissen glaubte, dass sie als Versteck für den Glatzkopf diente, konnte er beim besten Willen nicht sagen.

Was hatte der Glatzkopf mit ihm vor? Albert vermutete, dass er Nero brauchte, um selbst auch in die unterirdische Welt zu gelangen oder zumindest um dort sehen zu können, aber würde ihm Nero ebenfalls den Weg erleuchten? Der Grund, warum der Glatzkopf überhaupt in die unterirdische Welt wollte, war ihm weiterhin unbekannt.

Nun dachte Albert an die Eier, die im Bauch des Tieres sichtbar gewesen waren, als es in der Eishöhle gelegen war. Wann würde es die Jungen zur Welt bringen oder hatte es das bereits getan? Albert war trotz der Unruhe, die in ihm herrschte, neugierig, was sich im Loch abspielte. Ohne Nero würde er das wohl nie herausfinden, denn selbst wenn sich Nero in irgendeinem Gang oder einer Höhle befände, würde totale Finsternis herrschen dort unten und Albert würde nicht in der Lage sein sich fortzubewegen. Trotzdem würde er es versuchen, wenn Nero in Gefahr war.

Unruhig dachte er daran zurück, wie das Tier den Hund zugerichtet hatte. Das war passiert, als Nero als normaler Hund im Loch gewesen war, denn Albert vermutete, dass Nero erst in der Mülltonne vom Leuchten erfasst worden war, so wie es auch Mojo erzählt hatte. Wäre der Glatzkopf ihm also bei seiner ersten Begegnung mit dem Tier ins Loch gefolgt, wäre er einfach nur in der Schwärze geschwebt, ohne dass er einen Körper gehabt hätte, denn Nero war zu diesem Zeitpunkt noch nicht der Schlüssel für die unterirdische Welt. Damals war er einfach nur ein sträflich vernachlässigter Hund gewesen. Albert ging stetig weiter bergab und näherte sich der Hütte im Wald. Man muss bedenken, dass er nur einmal dort gewesen war, und trotzdem hatte er das Gefühl, dass er den Weg dorthin genau kannte.

Als er eine Stunde später tatsächlich dort ankam, versteckte er sich weiterhin im Dickicht der Bäume. Trotzdem konnte er alles genau überblicken. In der Hütte war nun jemand, der die Fensterläden geöffnet hatte und den Ofen, über den sie anscheinend verfügte, angeworfen hatte, denn aus einem Rohr, das aus dem Dach ragte, kräuselten sich Rauchschwaden. Im Brunnen schien noch alles beim Alten zu sein, denn die nackten Tierkadaver befanden sich immer noch darin, wenngleich anscheinend keine neuen mehr ausgespuckt wurden.

Er war sich sicher, dass tatsächlich der Glatzkopf in der Hütte war, denn vor dem Häuschen stand sein Motorroller. Wie es Nero im Moment wohl erging? War er auch in der Hütte?

Albert lag auf der Lauer und versuchte krampfhaft, einen Laut von dem Hund zu hören, der unter Umständen dort drinnen gefangen war. Aber er hörte kein Winseln und kein Bellen. Er musste auf Nummer sicher gehen. Er wagte es, sich aus dem Dickicht herauszubewegen, und lief geduckt zur Hütte, wo er sich sofort an die Hausmauer presste. Links und rechts von ihm befanden sich zwei kleine Fenster, aus denen ein goldener Schein auf die Lichtung geworfen wurde. Wer auch immer dort drinnen war, hatte auch Kerzen angezündet. Nun wollte Albert es aber genau wissen und er wagte es, verhalten in die Hütte zu schauen durch das Fenster, das sich rechts von ihm befand. Sein Blick fiel sofort auf den Glatzkopf, der an einem Tisch saß und mit seinen Händen das Gesicht verbarg, als würde er weinen oder intensiv nachdenken. Albert war sich sicher, dass das Zweite der Fall war, denn ob der Glatzkopf in der Lage war zu weinen, bezweifelte er.

Zuerst war sein Blick auf den dreizehnten Kapuzenmann gefallen, aber als Zweites sah er, wie sich Nero am Boden bewegte. Er war völlig verschnürt wie ein Paket und trug einen Maulkorb. Das hieß, er war völlig wehrlos, was Albert erzürnte. Was sollte er nun tun? Sollte er die Hütte stürmen und wie wild um sich schießen, oder gab es eine bessere Gelegenheit, den Glatzkopf zu vernichten? Er war völlig unschlüssig und beschloss zu warten, bis der Glatzkopf die Hütte verlassen würde.

Wieder stellte sich die Frage, ob er in der Lage wäre, jemanden zu erschießen. Albert bekam immer mehr das Gefühl, dass er den Glatzkopf weiter seinen Plan fortführen lassen sollte, wenn er Antworten erhalten wollte, und das wollte er auf alle Fälle, denn diese Sache schien größer zu sein, als er es anfangs gedacht hatte. Er lief geduckt zurück zum Wald, um sich dort erneut zu verstecken. Er suchte sich einen Platz, an dem er alles im Blick hatte, und wartete erneut, dass etwas passierte.

Lang musste er nicht warten, denn wie gerufen verließ der Glatzkopf die Hütte und hatte wieder einmal einen zappelnden Sack über die Schulter geworfen. Nur war es diesmal kein fremdes Tier, das da versuchte sich zu befreien, sondern der Hund, der Alberts Herz auftauen hatte lassen. Er beschloss, dass er am besten in der unterirdischen Welt gegen den Glatzkopf antreten würde, denn dort gab es weder unverhoffte Zeugen noch musste er sich Gedanken darüber machen, wohin er seine Leiche verschwinden lassen sollte. Aber wie sollte er ihn überwältigen? Der Glatzkopf war ein Koloss und sicher sehr stark, wie Albert gesehen hatte, als er mühelos den Sack mit Nero in den Wald getragen hatte.

Er dachte weiter intensiv nach und kam zum Schluss, dass er keinesfalls ins selbe Loch springen konnte wie Nero und der Glatzkopf, denn sonst würde er sofort entdeckt werden. Also überlegte er sich, dass es besser war, zurück zur Burgruine zu laufen und das Loch dort zu benutzen, denn das Summen, das er heute gehört hatte, war ihm unheimlich.

Als der Glatzkopf verschwunden war, machte er sich sofort auf zur Burgruine. Er ging steil nach oben und verwünschte es im Moment wieder einmal zu rauchen. Denn neben dem Gras, das sich in den Joints verbarg, gab es in diesen auch Zigarettentabak, der schädlicher für die Lunge war als das Marihuana. Er keuchte und hustete am laufenden Band und hatte das Gefühl, dass sich sein Brustkorb zusammenzog und nur noch Luft ausstieß, anstelle diese auch einzuatmen.

Trotzdem lief er wie getrieben weiter nach oben. Ständig musste er daran denken, was Nero drohte. Wie lange würde er brauchen, um an der Lichtung anzukommen, denn Albert war sich sicher, dass dies das Ziel des Glatzkopfs war, und er vermutete, dass sich auch dessen Jünger auf der Lichtung befinden würden? Konnte es Albert in dieser Zeit, die der Glatzkopf für seinen Fußmarsch benötigen würde, schaffen, zur Burgruine zu laufen? Und was, wenn er es schaffen würde, was dann? Ohne Nero war es dunkel im Loch.

Er beschloss, es trotzdem zu wagen, und hoffte, dass er sich eventuell vortasten konnte, wenn er an der Wand entlanglief, denn der Weg dorthin war mittlerweile in seinem Kopf gespeichert. Dies war aber ein kühnes Unterfangen, wenn es auch die einzige Chance blieb. Bis zur Lavahöhle konnte er eventuell blind laufen, auch wenn es ewig brauchen würde.

Völlig atemlos kam Albert irgendwann bei der Burgruine an. Er kämpfte mit Atemlosigkeit sowie dem erdrückenden Gefühl, das dieser Platz in einem hervorrief.

Das war auch der Ort, an dem er kein Lied kannte, das das Loch zum Erscheinen brachte. Er musste auf die Gutmütigkeit des Berges hoffen, der ihm hoffentlich wieder wohl gesonnen war. Langsam begann er über den Innenhof der Burg zur richtigen Stelle zu schreiten und hoffte, dabei wieder einmal Glück zu haben. So war es dann auch, denn er hatte noch nicht einige Meter in der Burg hinter sich gelassen, als das Loch auch schon erschien. Ein schwarzer Fleck, der den Mondschein völlig verschluckte. Albert fragte sich, ob denn nun schon der Glatzkopf mit Nero an der Lichtung angekommen war. Dazu musste er eigentlich nur ins Loch springen und er würde Gewissheit haben.

Eigentlich sprach nichts dagegen, eventuell schon vor Nero und dem Glatzkopf zu springen. Dann würde er schwebend in der Dunkelheit warten, dass die unterirdische Welt erschien und er aktiv werden konnte. Gesagt, getan. Er flüchtete vor der Trostlosigkeit und sprang erneut ins Loch, aus dem auch heute keine Stimme drang.

Sofort stellte er fest, dass Nero noch nicht da war und er wie schon so oft keinen Körper hatte. Er war froh darüber, dass er sich weit genug vom Summen entfernt befand, denn hier hörte er keinen Laut. Er hoffte darauf, das Loch würde ihn nicht gleich wieder ausspucken, wie es schon einige Male der Fall gewesen war. Wieder einmal stellte er fest, dass das Loch oder besser gesagt der Berg genau wusste, was im Moment gefragt war, denn er machte keine Anstalten, ihn auszuscheiden.

Alberts Gedanken kreisten um Nero und waren scharf wie Messer. Jeder Gedanke, den er im Moment hatte, verfügte über diese Eigenschaft und schmerzte ihn. Hier war der optimale Ort, um nachzudenken. Wenn man ein Problem hatte, hier konnte man es in viele kleine Teile zerschneiden, um sie anschließend wieder zu einem neuen Ganzen zusammenzufügen, bis man völlig den Verstand verlor.

Er verlor bereits jegliches Gefühl für Zeit. Für ihn fühlten sich Minuten an wie Sekunden und er konnte unmöglich sagen, wie lang er bereits hier unten war, als sich etwas tat. Albert hatte seinen Körper wieder und stürzte auf den oberen Absatz der Treppe. Dieses Mal konnte er jedoch verhindern, dass er unkontrolliert über die Stiege stürzte. Er fing sich gut ab und konnte stehen, wenngleich er auch rein gar nichts sehen konnte, was zur Folge hatte, dass er etwas schwankte, da er für einen kurzen Moment von Schwindel übermannt wurde. Er tastete sich zur Wand vor und begann dann die Treppe nach unten zu steigen. Dieser Abschnitt war leicht, denn es gab nur zwei Richtungen, in die man laufen konnte. Aufwärts oder abwärts, und dieses Wissen half einem, die richtige Entscheidung zu treffen.

Kapitel 37

Trotz der Finsternis im Tunnel versuchte Albert schnell vorwärtszukommen. Irgendwann nach gefühlten Stunden endete die Treppe und nun musste Albert versuchen, sich aus seiner Erinnerung heraus zu orientieren. Er ging an der Wand entlang wie ein Blinder und konnte die tiefen Furchen, die die Krallen des Tieres im Stein der Höhle hinterlassen hatten, unter seinen Fingerspitzen spüren, die über den Stein glitten. So weit wusste er noch Bescheid, wie er laufen musste, und er tastete sich zum Tunnel vor und verschwand in diesem.

Er begann sich im Tunnel fortzubewegen, der ihn weiter ins Innere des Brandenberges brachte. Je weiter er vordrang, desto schmutziger wurden seine Hände von der Tunnelwand, die teils aus Erde bestand. Wenn er diese auch nicht sehen konnte, aber fühlen konnte er den Dreck. Als dieser auch noch feucht und nass wurde, erfüllte Albert das mit Ekel. Was genau der Grund dafür war, wusste er nicht, denn eigentlich war er sämtlichen Substanzen gegenüber immun, aber heute hasste er das nasse Gefühl auf seinen Handflächen.

Trotzdem blieb ihm nichts weiter übrig, als sich weiter voranzukämpfen, wenn er Nero retten wollte.

Er versuchte im Kopf mehrere Möglichkeiten durchzugehen, wie die nächste Zeit verlaufen konnte. Schnell stellte er fest, dass es da unzählige Möglichkeiten gab und es sinnlos war zu planen. Wichtig war nur, dass er die Lavahöhle erreichen würde, denn dort würde er wieder etwas sehen können.

Nachdem der Glatzkopf das Bärtier mit gestohlenen Haustieren versorgt hatte, vermutete Albert, dass zwischen ihnen eine Art Freundschaft bestand. Früher oder später würde das Tier ebenfalls in die Lavahöhle kommen, wenn es nicht schon dort war, und hoffentlich würde der Glatzkopf mit Nero auch dort sein. Das war Alberts einzige Chance, denn nur dort konnte er sehen, wohin er mit seinem Revolver feuerte. Dort und in der Eishöhle.

Er hatte sechs Kugeln, die er mit Bedacht abfeuern musste, denn er war nicht gerade ein Scharfschütze, da er fast nie trainierte. Emsig schritt er weiter an der Wand entlang. Irgendwann konnte er fühlen, wie Tropfen von der Tunneldecke fielen. Einer davon tropfte in sein Auge und lief dann wie eine Träne auf der Wange nach unten, wo er von Alberts Kinn fiel. Er nahm dieses Geschehen als positiv wahr, denn das hieß, dass der Tunnel sich dem Ende zuneigte. Euphorisch tastete er sich noch emsiger vorwärts.

Auch das Gefälle veränderte sich. Es verlief nun weit weniger steil nach unten als am Anfang, was ebenfalls ein Zeichen dafür war, dass sich sein Blindflug dem Ende zuneigte. Nun stellte er fest, dass sich auch die Umgebungstemperatur veränderte. Es wurde wärmer, was hieß, dass er bereits sehr nahe an der Lavahöhle sein musste. Der Ort, an dem sich das Bärtier erwärmte, denn genau das war es, was Albert vermutete.

Und dann war es so weit. Albert konnte den Ausgang des Tunnels erblicken, der orangefarbiges Licht versprach. Er begann zu laufen und es wurde immer heller. Als er endlich aus dem Tunnel draußen war, stand er am oberen Absatz der Treppe, die an der Wand der Höhle entlang nach unten verlief. Albert nutzte seine erhöhte Position und schaute sich in der Höhle um. Es war eine Wohltat, wieder etwas zu sehen, aber er fand keine Spur von dem Bärtier oder dem Hund oder dem Glatzkopf.

Dafür sah Albert, der eigentlich beschlossen hatte, hier auf der Treppe zu warten, eine Lichtgestalt in bläulichem Licht, die am Eingang der Gänge stand, die sich auf der anderen Seite der Höhle befanden. Sie hatte die Form eines Menschen, und Albert war sich sicher, dass diese Gestalt erneut der Geist seiner Frau sein musste.

Das war der Grund, warum er doch anfing nach unten zu laufen. Er polterte über die Treppe, und als er den Grund der Höhle erreichte, begann er sofort über diesen in Richtung seiner Frau zu springen und zu laufen. Nun hatte er schon Übung darin, der Lava geschickt auszuweichen, und als er an seinem Ziel ankam, begann der Geist seiner Frau in den Tunnel, vor dem sie stand, zu verschwinden. Sie schwebte gute zehn Meter vor ihm und erhellte den Tunnel gerade stark genug, dass Albert sich nicht mit seinen Händen vortasten musste, sondern normal laufen konnte. Dies war der Tunnel, der zum Ausgang in der Lichtung führte. Er versuchte den Geist einzuholen, aber dieser wurde ebenfalls schneller in seiner Fortbewegung, wenn Albert sein Schritttempo steigerte.

Albert hätte so gerne Halt gemacht, um einen Versuch zu starten, mit dem Geist zu kommunizieren, aber es bot sich ihm keine Gelegenheit dazu. Warum führte ihn seine Frau ausgerechnet in die Höhle mit dem Haarnest? Tat sie das, damit er eventuell Nero dort vorfinden würde oder weil sie ihn in Gefahr bringen wollte? Zwei Möglichkeiten, die darüber entschieden, ob sie ihm wohlgesonnen war oder eben nicht.

Wieder einmal verlor Albert jegliches Gefühl für die Zeit. Er konnte nicht sagen, wie lange er der Lichtgestalt schon hinterherlief. Gerade als er wieder Angst bekam, in der Dunkelheit für alle Zeiten verloren zu sein, erreichte er das Ende des Tunnels und der Geist verschwand. Dafür begann Nero zu leuchten, der gefesselt am unteren Ende der Treppe lag, und er leuchtete die Höhle genug aus, dass Albert sehen konnte, was in ihr vor sich ging. Sein erster Blick fiel auf das Haarnest. Weich eingebettet lag darin das Bärtier auf der Seite und zwölf junge Bärtierchen hingen an seinen Zitzen und saugten wie Säugetiere die lebensspendende Milch des Muttertieres.

Albert war erleichtert, dass sie sie sich noch von Milch ernährten, denn er hatte keine Lust, als Beutetier angesehen zu werden. Nachdem er die Gefahr abgeschätzt hatte, wie gefährlich ihm die Jungen werden konnten, schaute er erneut auf das leuchtende Bündel am Fuße der Treppe und stellte fest, dass die Lichtgestalt gefesselt war mit Seilen, die ebenfalls leuchteten und wie Peitschen aus flüssiger Lava aussahen.

Warum hatten sich das Muttertier und die Jungen noch nicht für ihn interessiert? Nero musste tatsächlich über die gesamte Stiege gestürzt sein, denn wer hätte ihn dorthin tragen sollen, wenn der Hund nicht den Weg erleuchtete? Warum leuchtete er jetzt? Konnte er die Anwesenheit von Albert spüren?

Alberts Herz schlug in seiner Brust, dass er die Pumpstöße in seinem Hals spüren konnte. Wieder einmal hieß es jeglicher Intuition entgegen zu handeln, und das schnell. Er beschloss, durch die Höhle zu laufen, sich Nero zu schnappen und dann über die Treppe nach oben zu flüchten. Er konnte nur hoffen, dass sich niemand auf der Lichtung befand, aber dieses Risiko musste er eingehen. In seinem Geist sah er den kürzesten Weg, den er laufen musste, um zu Nero und der Treppe zu gelangen, und das tat er dann auch.

Albert langte schon fast bei Nero an, als der Hund stärker zu leuchten begann. Er strahlte und erhellte die Höhle in einem goldenen Schein. Der Lichtkörper lag fast am Boden, so nah schwebte er über diesem. Höher zu schweben war nicht möglich, denn anscheinend hinderten ihn seine Fesseln daran. Albert legte noch die letzten paar Meter zu ihm zurück.

Dort angekommen, schnappte er sich das leuchtende Bündel und lief hastig die Treppe nach oben. Je weiter er hochkam, desto mulmiger wurde das Gefühl, das er hatte. Ihm fiel auf, dass das Leuchten von Nero in seine Hände überging. Dort, wo er den Hund berührte, strahlten nun auch diese. Zu seiner Unsicherheit, was er nun tun sollte, kam noch hinzu, dass er nun wieder das wilde Summen hören konnte, und er fragte sich, ob er denn auch bereits wieder verfolgt wurde. Egal, er hatte nicht vor, stehenzubleiben und ein Opfer darzustellen.

Als er mit Nero am oberen Absatz der Treppe ankam, sprang er durch das Loch auf die Lichtung. Mitten in den Zirkel der Kapuzenmänner hinein. Diese stürzten sich auf ihn und er musste Nero, der wieder ein Hund aus Fleisch und Blut war, fallen lassen. Drei Kapuzenmänner hielten ihn und die anderen schlugen auf ihn ein. Ein Schlag traf ihn besonders hart an der Schläfe und er fiel in Ohnmacht.

Als er wieder zu sich kam, lag er ebenfalls verschnürt wie ein Paket auf dem Boden und konnte sich nicht rühren. Ihm war leicht übel, was vermuten ließ, dass er an einer leichten Gehirnerschütterung litt. Überhaupt schmerzte sein Körper als Ganzes und er hatte das Gefühl, dass er über eine lange Treppe gestürzt sei. Er brauchte einen Moment, um sich zu orientieren.

Es war Nacht und er lag auf der Lichtung. Nero lag neben ihm und die Kapuzenmänner standen um sie herum. Niemand redete und die Nacht wurde nicht in ihrer Stille gestört. Albert versuchte den Glatzkopf ausfindig zu machen, und hatte Erfolg dabei. Als dieser merkte, dass Albert nicht mehr bewusstlos war, trat er einen Schritt auf ihn zu und redete ihn an. Seine Stimme klang wie die eines Gospelsingers, die Albert einmal im Radio gehört hatte und die sich in sein Gedächtnis eingeprägt hatte. Er sagte auf Deutsch, dass er sehr froh sei, dass Albert wieder bei Bewusstsein sei, denn leider brauche er ihn bei der Ausführung seines Planes. Er wies die Kapuzenmänner an, Nero und Albert hochzuheben und mit ihnen in das Loch zu springen. Er sagte, dass er ihnen folgen würde und dass ihnen keine Gefahr drohe wegen der Geiseln, die sie hatten. Nero allein hatte nicht leuchten wollen, aber nun war Albert dabei und das ließ den Glatzkopf hoffen, dass er nun ein Licht haben würde in der unterirdischen Welt.

Die Kapuzenmänner folgten dem Befehl und sprangen mit den zwei Geiseln ins Loch.

Keiner von ihnen war bis jetzt hier unten gewesen und sie allesamt wirkten etwas unbeholfen. Sie standen dicht gedrängt am oberen Absatz der Treppe, wobei vier der zwölf Kapuzenmänner es nicht geschafft hatten, das Gleichgewicht zu behalten. Sie stürzten über die Treppe, fanden ihr Gleichgewicht aber allesamt wieder und kamen so ebenfalls auf der Treppe zum Stehen. Alles war erleuchtet von Neros Licht, das sich in den Stollen ergoss. An die Fesseln von Nero war ein Strick angebunden, der eine ungefähre Länge von 2 Meter hatte und der von einem der Kapuzenmänner gezogen wurde. Dieser war wie auch die anderen Jünger von einem Bärtierkind besessen welches nichts anderes als einen Parasit in einem menschlichen Wirt darstellte. Das Leuchten von Nero kroch auch dieses Seil hoch, aber nur bis zu einer Höhe von 50cm, dann verlor sich das Licht im Seil. Anscheinend wollten die Wirte keinen Kontakt mit dem Leuchten haben.

Der Hund hätte in diesem Moment nicht zwingendermaßen leuchten müssen, aber er tat es dennoch. Anscheinend war Nero nun durch die Anwesenheit von Albert so mutig zu schauen, was als Nächstes passieren würde, wenn er den Weg erleuchtete.

Nun befand sich auch der Glatzkopf im Loch und er schickte sich an, die anderen Männer auf der Treppe zu überholen, um diese dann anzuführen. Albert und Nero wurden von mehreren Kapuzenmännern nach unten bugsiert. Nero wurde über den Boden gezerrt und Albert wurde von hinten gestoßen und stolperte des Öfteren mehr über die Treppe, als dass er ging. Gott sei Dank schwebte Nero wenigstens ein paar Zentimeter in der Höhe, sonst hätte er sich wahrscheinlich schlimme Abschürfungen zugezogen.

Als sie endlich am Fuß der Treppe ankamen, blieben sie allesamt stehen und schauten sich das Spektakel an, das sich in der Höhle bot. Das Muttertier war nicht mehr hier, dafür aber 12 junge Bärtiere. Sie saßen allesamt im Nest und nahmen unbekümmert zur Kenntnis, dass sie Besuch hatten. Im nächsten Augenblick jedoch schienen sie wahrzunehmen, dass sie nicht allein in der Höhle waren, denn das Summen, das sie produzierten, begann wieder anzuschwellen.

Nun konnte Albert auch sehen, was das Geräusch erzeugte. Wie die Mutter besaßen sie rund um die Mundöffnung einen Kranz aus haifischartigen Zähnen, die wie Diamanten glitzerten. Der Kranz saß am Ende eines Rüssels, den die Tiere anscheinen ausfahren konnten, und drehte sich in einem rasanten Tempo. Dieser Vorgang brachte das Summen hervor.

Seltsam, aber beim Muttertier hatte er noch nie gesehen, dass es einen Rüssel ausfahren konnte, geschweige denn, dass sich der Zahnkranz gedreht hätte. Die Jungtiere begannen aus dem Nest krabbeln und bewegten sich fast drollig auf die Kapuzenmänner und die zwei Geiseln zu. Das taten sie zwar nicht schnell, dafür aber zielorientiert. Das Summen schwoll immer mehr an, je näher sie den Männern kamen. Nero und Albert lagen nun am Boden und waren den Vorgängen um sich herum völlig ausgeliefert. Der Hund leuchtete, obwohl er das im Moment nur schwach tat. Nun ergriff wieder der Glatzkopf das Wort. Er wies die Meute an, sich nebeneinander aufzustellen, um die Gaben zu empfangen, die er ihnen versprochen hatte. Verunsichert und widerwillig kamen sie der Aufforderung nach und wichen nicht zurück, als die Bärtiere näher kamen. Diese formierten sich ebenfalls zu einer Mauer und blieben vielleicht zwei Meter vor den Kapuzenmännern stehen.

Plötzlich begannen sie kleiner zu werden. Sie schrumpften in einem fort von der anfänglichen Größe eines Schäferhundes bis hin zur Größe einer

Ratte. Auch die Babys verfügten über messerscharfe Krallen, die unnatürlich lang waren. Der Vorgang des Schrumpfens war nun beendet, und plötzlich liefen die Jungen pfeilschnell zu den aufgereihten Kapuzenmännern.

Albert, der hinter ihnen am Boden lag, konnte genau sehen, was nun geschah. Jedes der Tiere schnappte sich einen Kapuzenmann und krabbelte in das Hosenbein seines Opfers. Sie krochen hinauf bis zum Gesäß der Männer, was Albert nur an den Stellen sah, an denen die Kutte eng am Körper anlag, also zum Beispiel beim Gesäß der Kapuzenmänner, und verschwanden dann als wandernde Beule im Anus. Dieser Vorgang bereitete den Kapuzenmännern Schmerzen, denn sie schrien und brachten Laute hervor, die eigentlich zu schaurig waren, um sie zu ertragen. Der Glatzkopf stand hinter Albert und Nero und ruhte im Moment völlig in sich. Er hatte die Hände gefaltet und schien zu meditieren. Die Kapuzenmänner ließen sich auf den Boden fallen und wanden sich unter Schmerzen.

Dann wurde es aber plötzlich still. Die Meute bewegte sich nicht mehr, sondern lag bewusstlos oder tot da. Das schien den Glatzkopf nicht weiter zu verwundern, wenngleich er aus seinem tranceartigen Zustand zurückkehrte. Wie gern hätte ihn Albert in die Waden gebissen, nur um Druck abzubauen, aber dafür war er zu weit weg. Er begann völlig manisch darüber nachzudenken, was jetzt wohl passieren würde. Seine Fesseln waren zu geschickt geknüpft, um sich selbst daraus zu befreien.

Aber der Glatzkopf wusste mit Sicherheit, dass er nicht Nero und Albert würde tragen können, und was würde ihn also anderes übrig bleiben, als zumindest Albert aus seinen Fußfesseln zu befreien? Nero konnte er erneut hinter sich herschleifen, aber Albert war dafür vorgesehen voranzugehen.

Wie er vermutet hatte, kam der Glatzkopf nun zu ihm. Er hielt ein Klappmesser in der Hand und wirkte äußerst bedrohlich. Gott sei Dank schnitt er mit dem Messer nur die Fußfesseln durch und nichts anderes. Da diese Fesseln auch mit seinen Händen verknüpft waren, konnte er nun aus diesen schlüpfen, da er genug Spiel hatte, um sich aus diesen herauszuwinden. Er rieb sich die Handgelenke, als er endlich nicht mehr verschnürt dalag, blieb aber artig neben Nero am Boden sitzen. Sein Revolver war ihm schon abgenommen worden, als er auf der Lichtung vom Zirkel bearbeitet worden war, und sein Messer auch.

Schmerzerfüllt dachte Albert an dieses Ereignis zurück. Nun wies ihn der Glatzkopf an, aufzustehen und vorauszugehen. Dann schnappte er das Seil und begann erneut Nero hinter sich herzuziehen. Dieser leuchtete schwach und Albert ahnte, dass auch der Glatzkopf nicht mit den Händen den leuchtenden Hund berühren wollte. Fürchtete er sich etwa vor diesem Licht? Albert war das nur recht, denn so würde ihn der Glatzkopf auch nicht schlagen oder treten können. Mit schroffem Ton befahl er Albert nun, ihm in den Tunnel, der zur Lavahöhle führte, vorauszugehen, und Nero fungierte dabei als Licht. Woher wusste der Glatzkopf, wohin er gehen musste, denn wie Albert eigentlich der Meinung war, war er noch nie hier unten gewesen? Da strahlte der Glatzkopf aber etwas völlig anderes aus. Er hatte nicht gezögert bei der Wahl seiner Route und folgte Albert zielstrebig, nachdem er ihn angewiesen hatte, wie er zu gehen hatte.

Alberts Hirn arbeitete auf Hochtouren und er dachte darüber nach, wie er und Nero entkommen konnten. Derzeit bot sich einfach keine Möglichkeit dazu, also ging er brav weiter und mimte den devoten Laufburschen.

Kapitel 38

Als sie endlich in der Lavahöhle ankamen, schien der Glatzkopf zufrieden zu sein. Er schaute sich in der Höhle, um, als hätte er in ihr viele tolle Erlebnisse gehabt, und schwelgte anscheinend in Erinnerungen, denn er zeigte den Ansatz eines verträumten Lächelns. Er ließ Albert und Nero nun einfach links liegen und bewegte sich weiter in die Höhle vor, während er den Kopf schief legte, als würde er etwas lauschen. Wo war das Mutter-Bärtier im Moment? Versuchte er ein Geräusch von diesem zu erhaschen.

Nun waren bereits gute zehn Meter zwischen ihnen und der Abstand vergrößerte sich weiter, denn der Glatzkopf machte immer wieder einen Schritt nach vorn. Vor ihm brodelte nun Lava am Boden, aber die aufsteigende Hitze schien ihn nicht zu erschüttern. Albert begann emsig darüber nachzudenken, ob er sich Nero einfach schnappen sollte, um zum Ausgang auf der Lichtung zu laufen. Dieser Plan war aber eigentlich nicht durchführbar, denn wenn er Nero tragen musste, während er flüchtete, würde ihn der Glatzkopf mühelos einholen und er hatte kein Messer mehr, das den Hund hätte befreien können.

Aber irgendetwas musste er tun. Warum nur waren ihm seine Waffen abgenommen worden? So hatte er keine Chance gegen den Glatzkopf, denn dieser würde mühelos mit Albert fertig werden. Es blieb ihm nichts anderes übrig, als den Fluchtversuch alleine durchzuführen, denn er musste an die Erdoberfläche kommen, um sich erneut zu bewaffnen. Der Glatzkopf stand immer noch mit dem Rücken zu ihm und konnte nicht sehen, was hinter ihm vor sich ging. Aber anscheinend wusste er trotzdem darüber Bescheid, denn gerade als Albert losrennen wollte, drehte er sich um und kam wieder auf die beiden zu. Albert nahm das zerknirscht zu Kenntnis und blieb wie angewurzelt stehen. Der Glatzkopf ging schnurstracks zum Lichthund und zog die leuchtende Gestalt wieder hinter sich her und ging mit dem Hund weiter in die Mitte der Steinplatte, auf der sie standen.

Albert hörte, wie der Glatzkopf zu singen begann. Er konnte den Text nicht verstehen, aber das Lied hatte zur Folge, dass vor dem Glatzkopf ein Loch erschien. Er zog Nero hinein, und im selben Augenblick wurde der Hund auf den Felsen, der inmitten der Lava in die Höhe ragte und eine Insel bildete, umgeben von heißer Lava, ausgespuckt. Zu diesem Felsen konnte man nicht einfach hinlaufen, was hieß, dass Nero erst einmal gefangen und unzugänglich war.

Nun musste er aber schnell fliehen, denn der Glatzkopf drehte sich bereits erneut zu ihm um. Albert legte von einer Sekunde zur anderen einen Sprint an den Tag, der fast von einem Spitzensportler hätte stammen können. Der Glatzkopf war so überrascht, dass es einige Sekunden dauerte, bis auch er sich in Bewegung setzte. Diese Sekunden waren der Grund, warum Albert bereits beim Tunnel anlangte, als der Glatzkopf noch nicht einmal ein Viertel der Strecke zurückgelegt hatte. Er lief in den Stollen und er war noch keine zehn Meter in ihn vorgedrungen, als wieder der leuchtende Geist seiner Frau vor ihm erschien und ihn anführte.

Wieder stellte sich dieselbe Frage. Wollte sie ihn ins Verderben führen oder in die Freiheit? Albert wollte positiv denken und hoffte, dass die Kapuzenmänner in der Haarnesthöhle weiterhin tot oder bewusstlos waren. Er lief, was das Zeug hielt, und konnte nicht hören, dass er vom Glatzkopf verfolgt wurde. Das war fast logisch, denn der Glatzkopf hätte sich im Tunnel im Finsteren fortbewegen müssen, und ob er das tat, war fraglich. Warum hatte er Nero auf den Felsen befördert? Damit er unzugänglich war für jeden

Menschen, der ihn eventuell retten wollte? Das klang logisch und stellte Albert vor eine schwierige Aufgabe, für die er im Moment noch keine Lösung hatte. Nun hieß es erst einmal sich zu bewaffnen.

Als er endlich bei der Höhle ankam, blieb der Geist seiner Frau einen Moment stehen und erhellte schwach die Brutstätte der Jungen. Das einzige, was sich darin bewegte, waren die Kapuzenmänner, die sich fast schon tranceartig am Boden wanden wie Würmer. Gefahr stellten sie in diesem Moment aber anscheinend keine dar, denn sie sahen nicht aus, als würden sie so schnell vom Boden aufstehen.

Er begann wieder sich fortzubewegen und lief an den Kapuzenmännern vorbei. Was passierte nun mit diesen? Sie alle hatten jetzt ein junges Bärtier in sich. Waren sie nun alle Wirte eines Parasiten oder hatten die Bärtier-Kinder einfach Hunger und fraßen die Kapuzenmänner innerlich auf?

Als er bei der Treppe, die ins Freie führte, ankam, schwebte seine Frau vor ihm und erhellte die Stufen. Ok, anscheinend wollte sie ihn doch ins Freie führen und war ihm wohlgesonnen. Das freute Albert, wenn er im Moment auch nicht die Zeit hatte, dieses Gefühl zu genießen. Er musste einfach entkommen. Man möchte meinen, dass Albert nun schon Kondition aufgebaut hatte, nachdem er ständig über Stiegen lief, aber das war ein Irrtum. Es forderte ihn noch immer gleich wie im Moment, in dem er diese unterirdischen Treppen zum ersten Mal betreten hatte. Trotzdem kam er auch dieses Mal oben an, obwohl er dabei wieder stoßweiße atmete und völlig lahme Beine bekam. Er sprang unbekümmert durch das Loch an der Decke, denn er wusste, dass sich nun niemand auf der Lichtung befinden würde.

So war es dann auch, denn er stand allein auf weiter Flur. Zumindest wusste er nun, wo sich seine Freunde wie Gegner befanden. Denn von dort konnten sie eigentlich nicht entkommen, wenn sie sich nicht im Finsteren fortbewegen würden. Dass sie das tatsächlich tun würden, glaubte Albert nicht. Selbst wenn der Glatzkopf Nero wieder vom Felsen holte, dieser würde nicht für ihn leuchten. War das jetzt allerdings noch wichtig?

Albert hatte die Angst, dass Nero nun dem Muttertier geopfert werden würde, jetzt wo er nicht mehr flüchten konnte. Wie viel Zeit würde er bis zu diesem Moment noch haben? Er wusste es nicht, aber dieses Unwissen trieb ihn dazu, an seine Leistungsgrenze zu gehen, vor der er sich unmittelbar befand.

Er lief durch den Wald und musste nicht mehr nachdenken, wie er zu laufen hatte. Er wollte zu der Stelle gelangen, an der er immer sein Rad abgesperrt hatte. Während des Laufens dachte er weiter darüber nach, welche Waffe er benötigte. Am idealsten wäre es, wenn er ein Jagdgewehr mit Zielfernrohr bekommen könnte, aber woher nehmen, wenn nicht einmal die Möglichkeit dazu bestand, eines zu stehlen. Oder gab es doch die Möglichkeit dazu?

Ihm fiel etwas ein, dessen Erinnerung genau im richtigen Moment kam. Nun wusste er, was er zu tun hatte. Er nestelte sein Handy aus der Tasche, was zur Folge hatte, dass er einige Zeit mehr trottete, als dass er lief, weil er völlig abgelenkt war. Aber er schaffte es trotzdem, die Nummer von Carmen zu wählen. Auf dieser Seite des Berges hatte er wenigstens Empfang. Die Verbindung kam zustande und Carmen meldete sich aufgeregt. Albert ging nun in einem normalen Tempo, während er telefonierte. Er wies Carmen an, was sie nun zu tun habe und wo er zu holen sei. Dann verabschiedeten sich die beiden und Albert ging das letzte Stück, das an seinem Ende aus dem Wald führen würde.

Als er bei der Straße ankam, stellte er fest, dass Carmen noch nicht hier war. Es würde ihm nichts anderes übrig bleiben, als hier zu warten und sich die Beine in den Bauch zu stehen, wo doch die Zeit eigentlich drängte. Es war mitten in der Nacht und diese Nacht war durchdrungen von einer Kälte, wie sie untypisch war für diese Jahreszeit. Die Nacht mahnte nun bereits vor dem kommenden Winter.

Albert dachte an das Telefonat zurück. Er hatte Carmen noch nicht erzählt, was sich im Loch alles ereignet hatte, sondern hatte ihr nur Anweisungen gegeben. Endlich erblickte Albert in der Ferne ein Scheinwerferpaar, das in trauter Zweisamkeit leuchtete und von der Form her zu einem Audi passte. Je näher das Auto kam, desto sicherer war er sich, dass das Carmen war, und wurde kurze Zeit später bestätigt in seiner Annahme. Der Wagen hielt neben ihm und Albert stieg ein. Das Auto wurde wie immer von Carmen gesteuert, und Mojo saß mit dicken Verbänden an den Händen neben ihr und schaute Albert immer noch schuldbewusst an.

Es war Carmen, die fragte, was alles passiert sei und was es mit den Gegenständen auf sich habe, die sie hatte mitbringen müssen. Albert begann damit zu erzählen, was sich alles zugetragen hatte. Die beiden lauschten gebannt seinen Worten und stießen nur hin und wieder ein Stöhnen aus, wenn er zu einer besonders spannenden Stelle kam. Dann erzählte er, was es mit den Sachen auf sich hatte, die sie mitgebracht hatten. Eigentlich jagte er nur einer Vermutung nach, in die er all seine Hoffnung legte.

Während er sich das alles von der Seele redete, fuhr Carmen den Weg, den er ihr erklärt hatte, und die Fahrt verging wie immer im Flug. Carmen parkte den Audi an den Rand der Straße, sodass er zu zwei Dritteln im Gras stand. Das sollte genügen, um den vorbeifahrenden Autos ausreichend Platz zu bieten. Ashanti war nun die Einzige, die zuhause war. Rocky leistete ihr natürlich Gesellschaft und Albert hoffte, dass der Vogel einen guten Gesprächspartner abgab, um die Zeit, die sie warten musste, zu verkürzen.

Sie stiegen alle aus dem Kombi aus, nahmen mit, was es mitzunehmen galt, und machten sich sofort auf in den finsteren Wald. Albert führte die Truppe an und sie gingen in einer Reihe hintereinander durch das Dickicht, das am Boden zwischen den Bäumen wuchs. Dabei leuchtete ihnen die Taschenlampe, die Carmen unter anderem mitgebracht hatte.

Immer wieder musste Albert einen Moment stehen bleiben, um sich zu orientieren, was im Schein der Taschenlampe besonders schwer war, da sie wie auch seine Stirnlampe vor einiger Zeit immer nur ein Stück erleuchtete. Er ging rein aus einem Bauchgefühl heraus durch den Wald, und gerade als Albert daran zu zweifeln begann, dass er seinem Zielobjekt wirklich näher kam, erreichten sie dieses. Es handelte sich um die Lichtung mit dem Brunnen und der Hütte. Albert hatte sich nämlich daran erinnert, dass er im Inneren der Hütte einen Schrank aus Metall gesehen hatte, der ein Waffenschrank sein konnte, in dem man Gewehre und dergleichen sicher aufbewahrte. Wie er wusste, war der Schrank mit einem Vorhängeschloss gesichert.

Aus diesem Grund hatte er Carmen gebeten, den Bolzenschneider mitzunehmen. Um sich dort Zugang zu schaffen, musste er aber erst in die Hütte eindringen. Sein Glück war, dass auch die Haustüre der Hütte mit einem Vorhängeschloss gesichert war. Albert setzte den Bolzenschneider ein und durchtrennte ebenso diesen Bügel, was das Werkzeug mühelos schaffte. Sie betraten nacheinander die Hütte, und Albert machte sich sofort am Metallschrank zu schaffen. Auch dieses Schloss bot keinen wirklichen Widerstand und er riss die Tür erwartungsvoll auf.

Er wollte seinen Augen kaum trauen, denn der Schrank war tatsächlich mit einer Waffe bestückt.

Ein Jagdgewehr mit Zielfernrohr, das seinem Wunsch genau entsprach und welches er auch sofort in die Hand nahm. Nun hatte er aber das Problem, dass sich keine Munition im Schrank befand. Nur eine einzige Kugel befand sich im Gewehr. Das hieß, er hatte nur einen Versuch, den Glatzkopf zu erledigen. Zur Sicherheit durchsuchte er mit der Taschenlampe die Hütte nach Munition, wurde aber nicht fündig. Ein Versuch, der wohl über das Weiterleben von Nero entscheiden würde.

Nun hatte er es eilig, aber sie nahmen sich noch einen Moment Zeit, um den Brunnen zu inspizieren, der voller nackter Tierkadaver war, die darin auftauten und davon zeugten, dass er die Wahrheit über ihre Flucht aus dem Brunnen gesprochen hatte. Sie alle drei wendeten den Blick vom schrecklichen Bild, das sich ihnen bot, ab und machten sich auf den Rückweg zum Auto. Jetzt wusste Albert bereits genau, wie er laufen musste, und führte die Truppe zielstrebig an. Er musste nicht über die Forststraße laufen, sondern mitten durch den dunklen Wald. Dabei hielt er das Gewehr in der einen Hand, als wäre er ein erfahrener Jäger, der allzeit bereit war, die Waffe abzufeuern, und die Taschenlampe in der anderen Hand.

Als sie endlich beim Audi ankamen, fuhren sie sofort zu der Stelle, an der normalerweise ihre Räder standen. Von dort aus liefen sie wieder die gewohnte Strecke, die zur Waldlichtung führte. Das war immer noch schneller, als sie es gewesen wären, wenn sie von der Hütte direkt zur Waldlichtung gelaufen wären. Carmen hielt nun in der rechten Hand die Armbrust und in der linken Hand den Speer. Mojo hatte in keiner von seinen Händen etwas, denn er war nicht in der Lage, etwas zu tragen mit den Verbänden, die ihn behinderten.

Albert hatte den beiden schon erklärt, dass er sie als Wächter beim Loch in der Lichtung wollte stehen haben, dazu bereit, Waffengewalt einzusetzen, wenn es nötig war. Natürlich gefiel ihnen der Gedanke nicht, Albert erneut allein ins Loch gehen zu lassen, aber sie verstanden, warum sie hier bleiben mussten. Als sie bei der Lichtung ankamen, bildeten sie aus diesem Grund ein Dreieck und begannen zu singen. Im Inneren des Dreiecks begann schon nach kurzer Zeit das Loch zu erscheinen.

Albert zögerte keinen Moment und sprang sofort hinein. Hoffnungsvoll stand er nun im Finsteren und dachte intensiv an seine Frau, die nun ein Geist war. Das brachte sie schon einmal nicht zum Erscheinen, denn es blieb weiter finster. Zaghaft begann er die Treppen nach unten zu steigen und war dabei angsterfüllt vor dem, was ihn unten erwarten würde. Verdammt, er brauchte ein Licht. In seiner Not begann er den Namen seiner verstorbenen Frau zu brüllen. Immer wieder und mit wehmütigem Ton, als würde ein krankes Kind nach seiner Mutter weinen. Er hatte Erfolg in seinen Bemühungen, denn es erschien tatsächlich ihr Geist. Neben ihrem Bein saß nun wieder der ebenfalls verstorbene Kater, den sie so geliebt hatte und der beim letzten Auftauchen des Geistes seiner Frau gefehlt hatte. Warum, wusste er selbst nicht. Dieser Kater hatte es immer geschafft, die dreifache Menge von dem, was er tatsächlich zu sich genommen hatte, auszuscheiden, was stets furchtbar gestunken hatte. Albert war es ein Rätsel gewesen, wie etwas so Kleines nur so stinken konnte. Vielleicht war er früher auf einem Geister-Katzenklo gewesen, weil er vielleicht Geisterkot ausscheiden hatte müssen.

Der Geist seiner Frau begann wieder vor ihm herzuschweben und erleuchtete schwach die Wände des Tunnels und die Treppen. Albert trug das Gewehr, das er nun besaß, und hatte in seiner

Hosentasche ein neues Messer, das ihm ebenfalls von Carmen mitgebracht worden war.

Als sie endlich in der Haarnest-Höhle ankamen, schwebte seine Frau in ihre Mitte und Albert konnte wieder sehen, was vor sich ging. Keiner der Kapuzenmänner lag mehr am Boden. Sie alle hatten einen Kreis um das Haarnest gebildet und standen wie versteinert da. Albert wagte es trotzdem, in die Höhle zu laufen, und stellte fest dass, die Kapuzenmänner keinerlei Anstalten machten sich zu bewegen. Was ihm noch auffiel, war, dass nun jeder von ihnen das Zeichen des allwissenden Auges auf seiner Stirn trug. Dasselbe Symbol an derselben Stelle, an der es auch der Glatzkopf trug. Taten sie das, um deutlich zu machen, dass sie wie Gott waren? Richter über Leben und Tod und dazu bereit, Gräueltaten zu vollbringen? Nein, sie waren nicht wie Gott. Niemand ist das!

Albert, der kurz stehen geblieben war, um Zeuge dieser Formation zu werden, ging nun raschen Schrittes durch die Höhle in den Gang, der zur Lavahöhle führte. Der Geist seiner Frau begleitete ihn und Albert war mehr als froh über ihre Gesellschaft. Während er ging, begann er mit ihr zu reden. Er erklärte ihr, dass es ihm unendlich leid tue, was passiert sei, und dass er sich selbst deswegen unerträgliche Vorwürfe machte. Außerdem sei er ihr noch immer treu.

Während er redete, begann er zu weinen. Er schluchzte, wie er es in seinem Leben noch nie getan hatte, und Bäche aus Tränen verließen seine Augen. Trotzdem bekam er noch ein

„Ich vermisse dich!"

heraus. Nun begann der Geist seiner Frau stärker zu leuchten und pulsierte dabei, als würde er kurz davor sein, sich auszudehnen. Was tatsächlich passierte, war aber, dass der Geist mit der Katze auf Albert zu schwebte. Sie machte nicht Halt vor seinem Körper, sondern verschmolz mit ihm. Dieser leuchtete nun ebenfalls und etwas Seltsames ging in ihm vor. Er sah jeden Streit, den er jemals mit seiner Frau gehabt hatte, vor sich, als würde er in diesem Moment stattfinden. Und er bereute jeden einzelnen. Jeder davon war unnötig gewesen, das wusste er jetzt. Noch tiefer war aber das Gefühl, dass er geliebt wurde von seiner verstorbenen Frau und sie ihm nicht böse war.

Kapitel 39

Nun hatte Albert Gewissheit, dass ihm vergeben worden war, was einiges änderte. Der Geist trat wieder aus seinem Körper hervor und verließ diese Welt, indem er in grellem Licht aufging und dann verpuffte. Nun war Albert frei von den quälenden Gedanken an seine Vergangenheit und von den schrecklichen Bildern des Unfalles. Und er war frei von dem Gedanken, dass er seiner verstorbenen Frau gegenüber noch zu irgendwas verpflichtet sei.

Das letzte Stück zur Höhle legte Albert im Dunkeln zurück, aber Gott sei Dank war er schon fast bei der Lavahöhle. Als er dort ankam, spähte er aus dem Dunkeln heraus in die Höhle. Der Geist seiner Frau blieb verschwunden, was nun wohl endgültig schien, und er konnte genau sehen, was in der Höhle vor sich ging.

Nero lag immer noch gefesselt auf dem Felsen, und der Glatzkopf stand noch auf der Platte, auf der er früher gestanden war. Vom Tier war nichts zu sehen, aber Albert bildete sich ein, dass sich ein wütendes Brummen näherte. Das konnte aber nicht der Fall sein, denn die Bärtier-Kinder waren versteckt in menschlichen Körpern. Konnte es also sein, dass sich das Muttertier näherte und ebenfalls ähnliche

Geräusche produzierte wie seine Kinder? Aber warum fing es erst jetzt damit an?

Der Glatzkopf schien sich auch wie gebannt auf den Gang zu konzentrieren, der in die Eishöhle führte. Albert glaubte nämlich, dass die Geräusche von dort herrührten. Nun konnte er auch noch das Scharren der Krallen hören, die über den Felsweg kratzten. Kurz darauf kam dann das Muttertier aus dem vermeintlichen Tunnel und wurde während des Fortbewegens immer größer, bis es schließlich die Größe eines Einfamilienhauses hatte und sich neben dem Glatzkopf auftürmte.

Was sollte Albert nun tun? Er hatte nur eine Kugel und die musste er mit Bedacht einsetzen. Noch war nicht der Moment für einen Schuss gekommen, aber Albert wagte schon einmal einen Blick durch das Zielfernrohr. Er verfolgte in zigfacher Vergrößerung, wie der Glatzkopf erneut zu singen begann. Wieder sah er, wie vor dem ein Loch entstand, in das er sprang. Zur selben Zeit wurde er neben Nero auf den Felsen gespuckt. Dort ging er in die Hocke und fing an, an den Fesseln von Nero herumzunesteln, denn er wollte anscheinend sichergehen, dass der Hund immer noch gut verschnürt war. Auch den Maulkorb nahm er ihm nicht ab.

Das Bärtier drehte sich nun auf dem Felsen in Richtung Glatzkopf und begann ebenfalls zu beobachten, was vor sich ging. Dort auf dem Felsen begann er wieder zu singen, hüpfte ins Loch, das sich vor ihm auftat und wurde wieder neben das Muttertier ausgeschieden. Nun stand der Glatzkopf haargenau richtig und gab ein gutes Ziel ab. Ein glatter Kopfschuss sollte es werden, wenn er alles richtig machte. Albert legte das Gewehr an und erspähte sein Ziel erneut durch das Fernrohr. Dort stand der Glatzkopf und es schien so, als würde er Albert direkt in die Augen starren. Vor dessen Augen zogen alle Gräueltaten vorbei, die der Glatzkopf begangen hatte oder begehen wollte, und er spürte, wie erneut Wut in ihm hochstieg. Er hatte seinem Hund wehgetan, und die Hand, die den Lauf hielt, zitterte kein bisschen, aber auf Alberts Stirn stand der Schweiß.

Nun war es so weit. Würde er jemanden töten können oder nicht? Er war sich sicher, dass der Glatzkopf irgendetwas Bitterböses vorhatte. Er gehörte eliminiert, aber Albert haderte mit sich selbst. Er legte das Gewehr weg, um es einige Minuten später wieder in die Hand zu nehmen und erneut anzulegen. Plötzlich bekam Albert das starke Gefühl, dass es seine Aufgabe wäre, den Glatzkopf zu töten, um die Welt zu retten. Dieses Gefühl schwoll an und verwandelte sich in Gewissheit.

Noch einmal visierte er den Glatzkopf an, der immer noch ideal stand, und gab dann den elementaren Schuss ab. Es gab einen Knall, und fast im selben Moment sackte der Glatzkopf in sich zusammen. Hoffentlich war der Schuss tödlich gewesen und hatte ihn nicht nur gestreift. Albert ließ das Gewehr sinken und eine riesige Last fiel von ihm ab.

Im gleichen Moment fragte er sich aber, was nun war. Stellte das Muttertier tatsächlich eine Gefahr dar? Immerhin war es sowieso hier unten gefangen. Wenn er doch nur irgendwie zu Nero gelangen könnte, aber er sah keine Möglichkeit dazu. Wie sollte er gegen das Tier kämpfen und war das wirklich nötig? Das Tier traf keine Schuld, dass es so war, wie es war. Es wurde so erschaffen. Es wirkte weder besonders böse noch allzu gut. Es konnte zumindest Mutterliebe empfinden, wie er vermutete. Albert war sich sicher, dass es nahezu unverwundbar war.

Er getraute sich noch immer nicht, den Tunnel zu verlassen, und blieb weiterhin ein stiller Beobachter. Plötzlich begann sich wieder etwas zu tun in der Höhle. Er hörte ein gedämpftes Summen, das aus

Richtung des Muttertieres kam. Es war aber nicht das Muttertier, das auf dem Felsen stand, sondern kam von einem kleinen Bärtier, das sich gerade aus dem Allerwertesten des Glatzkopfes grub, indem es den Zahnkranz drehte und sich den Weg ins Freie bahnte. Als es den Körper des Glatzkopfes zur Gänze verlassen hatte und dieser zu einem großen Teil zerfetzt war, krabbelte es sofort zum Muttertier und schmiegte sich an dieses. Was sollte das? War der Glatzkopf etwa die ganze Zeit über vom Bärtier in sich gelenkt worden und war dies ein älteres Kind des Muttertieres?

Was sollte Albert nun tun? Noch ein Geschöpf mehr, das Ärger bedeutete und von dem Albert keine Ahnung hatte, wie er es besiegen konnte. Das kleine Bärtier nahm ihm die Entscheidung ab, denn es hörte auf, sich an seine Mutter zu schmiegen. Es wurde plötzlich kleiner und dann krabbelte es unter eine der Hautfalten des Muttertieres. Und dann war vom kleinen Bärtier, das im Glatzkopf gesteckt war, nichts mehr zu sehen.

Als wollte das Muttertier sich ein warmes Lavabad gönnen, sprang es nun in die brodelnde Masse und blieb darin liegen. Etwa die Hälfte des Tieres ragte dabei aus der Lava heraus und bildete eine zusätzliche

Insel in der Höhle. Warum hielt das Tier inne? Wartete es etwa darauf, dass Nero zu leuchten beginnen würde? Aber nichts dergleichen geschah. Lichthund und Bärtier waren nun keine zwei Meter mehr voneinander getrennt. Wenn es dem Felsen noch ein bisschen näherkäme, könnte man das Tier dazu nutzen, um zu Nero zu gelangen, denn es überbrückte genau den Abstand, der es unmöglich machte, den Hund zu retten.

Wie gesagt, im Moment lag das Tier aber völlig still und machte keine Anstalten, sich dem Hund noch mehr zu nähern. Wie konnte er es dazu bewegen, weiter nach vorne zu krabbeln? Vielleicht musste der Hund leuchten, damit das Bärtier ihn als Opfer ansah. Das hieß, Albert würde sein Versteck verlassen müssen, in dem er sich befand. Zaghaft kam er aus dem Tunnel und fing an, sich näher in Richtung Nero zu pirschen. Dieser fing auch gleich an, schwach zu leuchten, je näher ihm Albert kam.

Als das geschah, durchfuhr das Tier ein Blitz, der es dazu brachte zu vibrieren. Es schien aus seiner Starre zu erwachen und wurde neugierig. Es hob seinen Kopf und starrte augenscheinlich den Hund an, obwohl es ja keine Augen besaß, die dies normalerweise bewerkstelligten. Albert huschte an der Wand entlang, und als er ungefähr hinter dem Tier stand, begann er, langsam sich auf dieses und Nero zuzubewegen. Das hatte zur Folge, dass Nero noch mehr zu leuchten begann.

Das Tier wirkte wie magisch angezogen vom Licht und bewegte sich noch ein gutes Stück nach vorne. Nun konnte Albert es wagen. Ohne zu zögern, rannte er auf das Tier zu. Er sprang auf seinen Körper und lief Richtung Nero. Mit einem Satz sprang er vom Kopf des Tieres und landete neben dem Lichtkörper. Blitzschnell zog er das Messer, das er dabei hatte, schnitt die leuchtenden Fesseln des Lichtkörpers auf und entfernte den Maulkorb, der sofort aufhörte zu leuchten. Dafür leuchteten nun auch seine Hände wieder, während er Kontakt mit dem Lichtkörper hatte.

Als dieser befreit war von seinen Fesseln, begann er sofort zu schweben und er strahlte nun erst so richtig. Er befand sich jetzt über ihm und dem Tier und tauchte die beiden in einen goldenen Schein. Das Tier, das anscheinend keine Freude damit hatte, als Plattform verwendet zu werden, begann den Zahnkranz um sein Maul herumzudrehen, und bewegte sich währenddessen langsam auf Albert zu. Dieser wich auf dem Felsen zurück und sah sein Ende kommen. Dann hörte er einen menschlichen schmerzerfüllten Schrei und ein Speer sauste an seinem linken Ohr vorbei mitten ins Innere des Zahnkranzes und trat im Nacken wieder aus.

Das kam so plötzlich, dass Albert völlig verwirrt war.

Tödlich verwundet schien das Tier nicht zu sein, aber es widmete seine Aufmerksamkeit im Moment nicht Albert und schien erstarrt. Hatte die Waffe das Rückgrat des Tieres durchtrennt und war dieses dadurch nun bewegungsunfähig? Wer hatte den Speer geworfen? Sein Blick blieb an Mojo hängen, der hinter ihm auf dem Felsplateau stand. Er hatte den Verband seiner rechten Hand entfernt und den Speer geworfen. Das musste er unter starken Schmerzen getan haben, und Albert war ihm dafür äußerst dankbar. War das ein Glückstreffer von Mojo gewesen, oder beherrschte er den Kampf mit dem Speer tatsächlich derart perfekt?

Mojo musste zum Loch in der Burgruine gelaufen sein und hatte dort das Loch tatsächlich dazu gebracht sich zu zeigen, um hineinzuspringen. War das wieder der Berg gewesen, der dafür Sorge trug, dass alles zur rechten Zeit passierte? Vielleicht war das Mutter Natur gewesen, zu der der Berg zweifellos gehörte.

Nun wollte Albert aber schleunigst den Platz verlassen, auf dem er sich befand, und er sprang erneut auf das Bärtier, um ins Sichere zu gelangen. Er lief über das Tier am Speer vorbei und sprang auf die sicheren Steinplatten. Der Lichtkörper schwebte nun über dem verletzten Tier und Albert fragte sich, was er dort wollte.

Diese Frage wurde beantwortet, als der Lichtkörper auf dem Rücken des Tieres Platz nahm. Sein Leuchten breitete sich aus und das Tier fing an, ebenfalls als Ganzes zu leuchten. Dann fing es an zu schrumpfen. Nero schwebte wieder in die Höhe, aber das Bärtier leuchtete immer noch, während es schrumpfte. Es dauerte nicht lange und es war in der heißen Lava verschwunden.

Albert atmete durch. War nun alle Gefahr gebannt? Noch war nicht alles erledigt. Sofort fielen ihm die Kapuzenmänner in der Bruthöhle ein. Was war nun mit diesen? Albert lief zu Mojo und klopfte ihm erleichtert auf die Schulter, als er bei ihm ankam. In Alberts Blick konnte man sehen, dass Mojos Schuld nun gesühnt war, was diesen augenscheinlich erleichterte. Albert besprach sich kurz mit ihm und er schaute sich noch einmal in der Höhle um und erhaschte einen ganz kurzen Blick auf etwas.

Zumindest war er sich nicht sicher, ob er das tatsächlich gesehen hatte. Für einen Moment hatte er nämlich wahrgenommen, wie ein kleines Tier, nicht größer als eine Ratte, bloß ohne Schwanz, im Tunnel, der zur Eishöhle führte, verschwunden war. Das Tier war so winzig gewesen aus der Entfernung, dass er sich nicht sicher sein konnte, ob er das tatsächlich gesehen hatte.

Er tat es als eine Halluzination ab und machte sich mit Nero und Mojo auf den Weg zu den Kapuzenmännern. Albert war dankbar dafür, dass Nero ihm im finsteren Tunnel Licht spendete, denn dieser tat das bedeutend heller als der Geist seiner Frau, die sich ihm nur hier unten gezeigt hatte.

Nun fing Albert an zu hoffen, dass die Kapuzenmänner immer noch keine Gefahr darstellten, denn bis auf sein Messer verfügte er im Moment über keine Waffe. Es würde ihm also nichts anderes übrig bleiben, wenn sie sich noch in Trance befanden, als jedem einzelnen mit dem Messer die Kehle zu durchtrennen, um sie unschädlich zu machen. Das war so nötig, wie es auch nötig gewesen war, den Glatzkopf zu erschießen.

Als sie in der Bruthöhle ankamen, konnte Albert gerade noch sehen, wie der letzte Kapuzenmann, der in der Höhle gewesen war, auf der Treppe nach oben zum Loch verschwand. Was hatten sie vor? Konnten sie nun etwa das Loch verlassen, weil sie in einem Wirt, der menschlich war, steckten? Sofort fiel Albert wie augenscheinlich auch Mojo ein, dass Carmen oben das Loch bewachte. Sie würde nicht fertig werden mit zwölf ausgewachsenen Männern.

Die beiden machten sich unverzüglich daran, ebenfalls die Treppe zu erklimmen, holten aber die Kapuzenmänner dabei nicht ein. Anscheinend bewegten sie sich sehr schnell vorwärts und hatten kein Problem mit ihrer Kondition. Albert und Mojo wurden von ihrer Angst um Carmen angetrieben.

Als sie endlich beim Loch über der Treppe ankamen, sprangen sie alle nach oben mitten ins Schwarze, das wieder an der Decke klebte, hinein und wurden sofort auf der Lichtung ausgespuckt. Von Carmen war nichts zu sehen, aber dafür erhaschten sie noch einen Blick darauf, wie die zwölf schwarzen Männer in alle möglichen Richtungen der Lichtung im Wald verschwanden, und somit war es zwecklos, sie zu verfolgen, da sie nicht allen würden folgen können.

Außerdem besaß im Moment nur Carmen eine Waffe, die man auf Distanz verwenden konnte, und von der fehlte jede Spur. Hatte sie irgendein Kapuzenmann gefangen genommen und schleifte sie nun mit sich mit? Ihre Frage wurde beantwortet, als Carmen hinter einem Baum hervortrat und sich zu den beiden gesellte, als wäre ihr Erscheinen völlig natürlich, was Mojo und Albert unheimlich erleichterte. Sie sagte, sie habe ein ungutes Gefühl gehabt, direkt beim Loch zu stehen, und habe sich daher im Wald versteckt. Dort war sie Gott sei Dank nicht entdeckt worden von den Männern, die das Loch verlassen hatten.

Nun standen sie alle drei da und atmeten erleichtert auf. Im Moment schien jegliche Gefahr gebannt zu sein, wenn man einmal von den Kapuzenmännern absah, und sie hatten sich eine Pause verdient. Allerdings gab es noch einige Dinge, über die Albert nachdenken musste. Im Moment wollte er aber einfach nur nach Hause, und Carmen und Mojo ging es da gleich.

Fast schon schlendernd bewegten sie sich durch den Wald zum Audi, der auf sie wartete, und hatten eindeutig keine Angst, einem der Kapuzenmänner zu begegnen, die ihre Kapuzen jetzt nicht mehr trugen. Zwischendurch lauschte Albert, ob er vielleicht irgendetwas von ihnen hören konnte, stellte aber fest, dass er nur Geräusche wahrnahm, die in jedem Wald zu hören waren. Langsam verfluchte er es, ständig durch diesen Wald zu laufen, aber Gott sei Dank war das in Zukunft nicht mehr vonnöten. Oder würden die Wirte die Lichtung wieder aufsuchen? Eigentlich glaubte er das nicht, denn er war sich sicher, dass sie eine andere Aufgabe hatten.

Ihm fiel ein, dass es da noch etwas gab, was er tun musste. Er änderte seine Route ein wenig, bis er nach einer guten Viertelstunde am Baum ankam, an dem die Kapuzenmänner vor nicht allzu langer Zeit einen Hund festgenagelt hatten. Der Hund war immer noch da, aber erst jetzt machte es Sinn, ihn zu befreien. Albert schnitt die Köpfe der Nägel mit dem Bolzenschneider ab, der sich immer noch in Carmens Rucksack befunden hatte.

Als das erledigt war, nahm er den toten Hund ab. Nun mussten sie ihn nur noch begraben, denn das hatte er sich verdient. Albert fiel wieder der schlechte Zustand des Hundes auf, und erst jetzt sah er, dass er auch von Schädlingen befallen gewesen war. Er hatte Flohbisse und noch eine Menge anderer Male. Um ihn zu begraben, brauchte Albert aber eine Schaufel, und außerdem kam noch hinzu, dass er auch die Tiere an seinem alten Zeltplatz begraben musste, was hieß, dass er wieder in den Wald würde zurückkehren müssen.

Heute Nacht würden sich der Kadaver des Hundes und die Kadaver der anderen Tiere jedoch noch an der Erdoberfläche befinden, und aus diesem Grund bedeckte Albert ihn mit Laub, das sogar in der Nacht Farbe zeigte, wenn man es nahe genug vor den Augen hielt, um ihn zu tarnen. Dann führten sie ihren Weg zum Audi fort.

Als sie dort angekommen waren, fuhren sie nach Hause, wo sie erleichtert von Ashanti begrüßt wurden, auf deren Schulter Rocky saß. Später, als alle erschöpft im Wohnzimmer saßen, sah man ihnen an, dass sie nun alle glücklich waren. Die Gefahr, die sie unmittelbar betroffen hatte, war für den Augenblick gebannt, und nun konnten sie zumindest eine Zeit lang durchschnaufen. Ashanti und Mojo waren endlich in Sicherheit und auch Albert war, wenn auch nur fürs Erste, von seiner Aufgabe entbunden.

Er dachte still an das Tier, das zur Eishöhle gehuscht war und von dem er nicht wusste, ob es nur ein Trugbild gewesen war. Diese Erinnerung teilte er jedoch nicht mit den anderen.

Kapitel 40

Drei Tage später:

Mojo, Carmen, Ashanti und Albert saßen auf der Couch und unterhielten sich. Das war etwas, was sie in den letzten Tagen ständig gemacht hatten. Jeder von ihnen hatte seine Geschichte zu erzählen gehabt, wie er den Höhepunkt der Ereignisse erlebt hatte. Mojo erzählte von der Durchquerung des Tunnels. Er hatte sich auf den Weg ins Dunkle gemacht und gerade, als sich Panik in ihm ausgebreitet hatte, war der Geist des Katers vor ihm erschienen, der ihm den Weg erleuchtet hatte.

Jetzt erst fiel Albert ein, dass er bei seiner letzten Begegnung mit dem Geist seiner Frau keine Katze an ihrem Bein gesehen hatte. Seine Frau war nun anscheinend verschwunden von dieser Welt, aber warum war ihr der Kater nicht gefolgt? Was war nun mit der Geisterkatze? Befand sie sich noch in der unterirdischen Welt?

Was außerdem verblüffend war, war der Treffer von Mojo mit dem Speer. Das Ganze hatte ihm unerträgliche Schmerzen bereitet, aber er hatte diese ignoriert, indem er sich voll darauf konzentriert hatte, wohin der Speer fliegen sollte. Er erzählte, dass er in Afrika eine Zeit lang auf Wunsch seiner Eltern bei einem Buschvolk in Namibia gelebt hatte, wo er dies erlernt hatte. Das hatten sie gewollt, damit er auch über seine Wurzeln Bescheid wusste.

Carmen, die ihre Tierarztpraxis in den nächsten Tagen wieder aufsperren würde, erzählte davon, wie sie hinter dem Baum gestanden war, als die zwölf Kapuzenmänner aus dem Loch gespuckt worden waren. Zum ersten Mal hatte man ihre Gesichter gesehen. Sie waren allesamt von schwarzer Hautfarbe gewesen und zeigten alle das Zeichen des allwissenden Auges auf der Stirn, wie es auch der Glatzkopf getragen hatte, und sie alle hatten eine Glatze gehabt. Sechs Flüchtlinge hatten nacheinander verschiedene Texte gesungen, und wenn dann vor ihnen ein Loch erschienen war, sprangen sie alle in dieses hinein und waren verschwunden. Sechsmal hatte sich das Ganze in einer Wahnsinnsgeschwindigkeit wiederholt, und als nur noch sechs Kapuzenmänner auf der Lichtung gestanden waren, liefen diese schnell in Richtung Wald, um in dessen Dickicht zu verschwinden. Sie hatten dabei kein Wort gewechselt, und als Albert aus dem Loch ausgeschieden worden war, hatte er gerade noch sehen können, wie sie schnell im Wald verschwunden waren.

Ashanti erzählte von ihrer Entführung und wie sie nach ihrer Rettung in der Wohnung tausend Tode gestorben war, weil sie nur nutzlos zu Hause sitzen und nichts tun hatte können, was den anderen genutzt hätte, außer ihnen viel Glück zu wünschen. Sie erzählte auch, dass sie unsagbar glücklich gewesen war, als Albert im Brunnen aufgetaucht war und sie aus diesem geflohen waren. In Ashantis Gesichtsausdruck konnte man lesen, dass Albert ihr Held war, und sie konnte kaum verbergen, dass sie tatsächlich etwas für ihn schwärmte. Was Albert mit dieser Tatsache anfing, zeigte er im Moment nicht.

Albert erzählte auch seine Geschichte. Sie handelte davon, wie er sich gestern noch einmal mit Nero auf die Waldlichtung begeben hatte, um sein Tablet aus dem Zelt im Wald zu holen, das noch immer nicht abgebaut war. Er erläuterte, wie er auf der Waldlichtung angekommen war und probiert hatte, ob er immer noch die unterirdische Welt betreten könne, und hatte dabei tatsächlich Erfolg gehabt. Er und Nero, der immer noch in den finsteren Gängen der unterirdischen Welt leuchtete, waren zielsicher zur Lavahöhle zurückgekehrt, um von dort aus noch einmal zur Eishöhle zu gehen.

Als sie in dieser angekommen waren, hatte Albert Bestätigung gefunden für den Verdacht, den er gehegt hatte. Er hatte nicht halluziniert, denn vor ihm in der Eishöhle hatte es einen neuen Eisberg gegeben. In seinem klaren Eis hatte er deutlich sehen können, welches Tier ihm innewohnte. Es hatte sich um ein Bärtier gehandelt, das ungefähr die Größe eines Schäferhundes hatte und völlig im Eis gefangen gewesen war. Es hatte kein Lebenszeichen von sich gegeben, aber Albert war sich sicher, dass es nicht tot war, sondern sich lediglich in einer Art Starre befand. Worauf wartete es? Es hatte fast grotesk gewirkt zwischen all den nackten Haustieren, die irgendwann einmal geliebt worden waren. Er erinnerte sich noch einmal genau daran zurück, um welche Tiere es sich dabei gehandelt hatte. Zwischen den einheimischen Tieren hatte es auch von exotischen Tieren gewimmelt wie Papageien und Affen und großen Echsen.

Alles Haustiere, wie sie heute erhältlich und üblich waren. Die Menge der Haustiere sprach aber dafür, dass der Glatzkopf das Loch bereits in Afrika mit Tieren gefüttert haben musste. Anscheinend gab es überall auf dem Globus Löcher, die ins unterirdische

System führten, und es handelte sich bei diesem immer ums selbe fremde Reich.

Den anderen schien es gar nicht zu gefallen, dass es noch ein Bärtier gab. War das kleine Bärtier tatsächlich das Kind des großen Tieres, das sich aus dem Glatzkopf gewunden und welches sich in einer der Falten des großen Bärtieres versteckt hatte? Hatte das Muttertier ihm Platz geboten, um es zu schützen?

Albert, der die Theorie hatte, dass das Tier von Nero erlöst worden war, fragte sich, warum das nicht für das kleine Bärtier galt, denn es hatte sich ja nah am Körper des Muttertieres befunden. Oder hatte es die Hautfalten rechtzeitig verlassen, um eigenständig durch die Lava zu schwimmen?

Er erzählte den anderen seine Gedanken. Auch die, dass er Gewissensbisse hätte, weil er praktisch einen Menschen getötet hatte. Dass dieser Mensch nur noch als Wirt fungiert hatte, schmälerte seine Schuld in seinen Augen nicht. Während er erzählte, kam ihm ein Gedanke. Er kam zum Schluss, dass er hatte handeln müssen, um wenigstens ein bisschen ein besseres Gewissen zu erlangen. Er musste den Leichnam aus der Lavahöhle bergen und ihn bestatten. Das konnte er allerdings nicht alleine tun, denn der Glatzkopf war, wie schon öfters erwähnt, ein

Koloss gewesen. Sie beschlossen, dass sie alle bis auf Ashanti mit ihm gehen würden, und ließen den Worten Taten folgen.

Als sie mit dem Auto auf der Straße unterwegs waren, redete keiner von ihnen. Sie alle waren in ihren Gedanken versunken und keiner wollte sie preisgeben. Wenig später parkten sie an der üblichen Stelle beim Wald und machten sich unverzüglich auf den Weg zur Waldlichtung. Wann würde es endlich ein Ende haben, durch diesen verdammten Wald zu laufen? Im Sommer war er ja eine kühle Abwechslung zum heißen Asphalt der Straße gewesen, aber im Herbst und im Winter freute man sich über jeden Sonnenstrahl. Wenigstens regnete es nicht.

Während sie sich stumm zwischen den Bäumen fortbewegten, ließ Albert seine Gedanken erneut schweifen. Hatte er sich denn tatsächlich mit Schuld beladen, als er den Glatzkopf getötet hatte? Inwieweit war dieser noch menschlich gewesen? Hätte man ihn denn noch retten können? Nun war es zu spät für solche Überlegungen. Fakt war, dass der Glatzkopf nun befreit war von seinem Parasiten, und was übrig blieb, war ein menschlicher Leib, und diesen galt es zu bestatten, wie es jeder Mensch nach seinem Ableben verdient hatte. Albert dachte darüber nach, wo er ihn verbuddeln konnte, ohne dass man ihn gleich fand. Sein Leichnam würde bei einer Obduktion sonst einige Rätsel aufgeben, da sein Unterleib völlig zerfetzt war.

Plötzlich nahm Albert wahr, dass sie an ihrem Ziel angekommen waren. Sie standen auf der Lichtung und sahen sich um. Anscheinend waren sie alleine, aber es bestand auch die Möglichkeit, dass sie von irgendjemandem beobachtet wurden, der sich im Wald versteckt hielt. Albert war immer noch etwas paranoid, was das betraf. Rasch gingen sie zur richtigen Stelle auf der Lichtung, bildeten ein Dreieck und begannen zu singen. Wie auf Befehl erschien das Loch.

Als Erster sprang Albert mit Nero hinein, gefolgt von Carmen und Mojo. Nero leuchtete sofort und die feuchten Wände des Tunnels glitzerten in seinem Schein. Albert begann die Treppen nach unten zu steigen, und die anderen folgten ihm. Immer noch wechselten sie kein Wort miteinander. Albert lauschte in die Stille und versuchte wahrzunehmen, ob er irgendwelche Geräusche vor sich hörte. Auch nach genauem Hinhören kam das einzige Geräusch von ihren Tritten auf den Stufen.

Endlich erreichten sie die Höhle mit dem Haarnest. Dieses Mal widmeten sie diesem aber keine Aufmerksamkeit, sondern machten sich sofort auf in den Gang, der zur Lavahöhle führte. Albert ließ seine Finger über die Wände des Tunnels gleiten. Nero, der den Trupp anführte, leuchtete in einer angenehmen Intensität, was ihre Augen ihm dankten.

Während sie liefen, überlegte Albert, wo der Geisterkater nun war. Hatte er diese Welt nun auch verlassen? Mit jedem Schritt, den er der Lavahöhle näherkam, wurde er aufgeregter, wobei er nicht wusste, warum dem so war. Gab es einen Grund dafür, der sich ihm erst offenbaren würde?

Das Aufgeregtsein wurde immer stärker, und als sie endlich die Lavahöhle erreichten, schwoll es an und verwandelte sich in Freude. Was um alles in der Welt gab ihm Grund sich zu freuen? War es die Bergung des Leichnams, die ihn freudig stimmte? Vielleicht freute er sich darauf, dass er gleich einen kleinen Teil seiner Schuld abbüßen und somit ein wenig Last von seiner Seele fallen würde. Egal! Besser Freude als die Trostlosigkeit, wie sie in der Burgruine herrschte.

Für einen Moment sahen sie sich alle in der Höhle um. Auch hier schienen sie alleine zu sein. Sie begannen, die Höhle an der Wand entlang zu durchqueren, und

Albert konnte nicht anders, als ständig zum Körper des Glatzkopfes zu schauen, als ob er befürchtete, dass dieser plötzlich auferstehen könnte.

Als sie alle dem Glatzkopf näherkamen, stellte sie wieder einmal fest, wie heiß es hier war. Das hatte zur Folge, dass der Leichnam schneller verweste und somit die Luft gehörig verpestete, das konnten sie bereits riechen. Trotz der schweren Hitze legten sie raschen Schrittes die letzten paar Meter zum Glatzkopf zurück, der immer noch gleich am Boden lag, wie er es auch bei Alberts letztem Besuch hier getan hatte.

Sowie sie bei ihm ankamen, stellten sie sich rund um den Körper und betrachteten ihn. Das Tier hatte all seine inneren Organe zerfetzt, und auch das, was einmal sein Gesäß gewesen war, war völlig zerrissen. Dieses Bild beruhigte Albert seltsamerweise etwas, denn es hieß, dass der Körper nur noch zu einem kleinen Teil menschlich gewesen war.

Eigentlich hatte er mit der Kugel aus dem Gewehr den Glatzkopf erlöst von seiner Rolle als Wirt. Jetzt erst sah Albert, dass die Gewehrkugel ihn direkt ins allwissende Auge seiner Tätowierung getroffen hatte. Der Schuss war eine Meisterleistung gewesen, obwohl der Treffer sicher ein Glückstreffer gewesen war.

Albert ging in die Hocke, denn die leeren Augen des Glatzkopfes machten ihn nervös und er wollte diese schließen. Als er mit der rechten Hand die Stirn des Kopfes berührte, geschah etwas. An der Stelle, an der er früher die Freude in sich gespürt hatte, kam dieses Glücksgefühl zurück und schwoll an. Es dehnte sich aus und veränderte sich erneut.

Albert bekam in der Magengegend das Gefühl, als ob er mit einer Achterbahn steil abwärts rasen würde, und das brachte ihn dazu, vor Freude aufzuschreien. Mittlerweile hatte er das Gefühl, dass sich sein Inneres immer weiter ausdehnen würde. Er bekam das Gefühl, dass es sich nun über seinen Körper hinaus ausbreitete. Nun begannen auch seine Beine und Arme zu pulsieren und waren erfüllt von einem Kribbeln, das sich aber gut anfühlte.

Albert legte seine linke Hand instinktiv auf den Bauch der Leiche und die andere auf ihre Stirn. Nun hatte er eine Hand am Kopf und die andere am Solarplexus und er explodierte plötzlich. Nicht wortwörtlich, aber es kam einer Explosion nahe, was mit ihm geschah. Es war, als würde sein Inneres mit Liebe den Raum einnehmen und alles umhüllen, das sich in ihm befand. Seine Hände begannen nun zu leuchten, wie sie es auch bei der Befreiung von Nero getan hatten, und der helle Schein breitete sich auf den Körper vor sich aus, bis dieser auch noch zu vibrieren begann. Der Leib, der nun nur noch aus Licht bestand, wurde plötzlich lebendig.

Die Gestalt setzte sich auf, was Albert dazu bewog, seine Hände erschrocken vom Körper wegzureißen. Sofort hörte dieser auf zu leuchten, und was von ihm übrig blieb, war ein schwarzer Leib, der wieder lebte ohne jegliche Verletzung.

Der Glatzkopf saß nun im Schneidersitz vor ihm und sah sich erschrocken um. Er hatte keine Tätowierung mehr auf der Stirn und wirkte plötzlich nicht mehr gefährlich. Seine Hose war völlig zerfetzt und entblößte seinen Allerwertesten.

Mojo, Carmen und Albert machten vorsichtshalber ein paar Schritte rückwärts und sahen sich verblüfft an. So schnell wie alles begonnen hatte, war es auch wieder zu Ende. Das Gefühl in Albert wurde schwächer und verschwand dann ganz. Was war gerade geschehen? Hatte er gerade einen völlig zerfetzten Leib wiederbelebt? Das war eine Sensation, aber er hatte im Moment nicht die Zeit darüber nachzudenken. Was sollten sie nun tun? Der Glatzkopf lebte.

Albert durchbrach die Stille und fragte den Glatzkopf, ob er wisse, wo er sei, da er völlig desorientiert aussah. Im Gesicht des Glatzkopfes war zu lesen, dass er nicht wusste, was passiert war. Immer wieder schaute er sich interessiert um, gab Albert aber keine Antwort. Nun stand er vom Boden auf und drehte sich in alle Richtungen. Seine Hose war immer noch völlig zerfetzt, und das einzige, das noch heil war, waren sein Pullover und seine Jacke.

Er erweckte den Anschein, als ob er scharf nachdenken würde, und plötzlich erhellte sich sein Blick. Für einen Moment war darin Überraschung zu lesen, und dann schien ihm etwas eingefallen zu sein, was monumental war. Der Ausdruck in seinem Gesicht verwandelte sich in Erschrockenheit und sein gesamter Körper spannte sich an. Von einem Moment zum anderen sah er Albert direkt in die Augen und sagte etwas in einer fremden Sprache, das nur Mojo verstand.

Dieser begann zu dolmetschen, wenn der Glatzkopf etwas sagte. Der Glatzkopf griff in die rechte Tasche seiner Jacke und holte etwas daraus hervor. Es sah aus wie die Verpackung eines Medikamentes, und als Albert ihn fragte, was er damit vorhabe, wurde der Ausdruck in den Augen des Glatzkopfes wieder glasig. Es schien so, als versuche er sich daran zu erinnern, wohin genau er müsse. Er begann Mojo anzuflehen, ihn hier hinauszubringen. Er sagte zu ihm, es gehe um Leben und Tod, denn seine Freundin sei in Gefahr zu sterben, wenn er ihr nicht sofort dieses Medikament brächte.

Albert fragte ihn, ob er denn nicht wisse, wo er sei und wie man hier hinauskäme, aber er erkannte sofort, dass der Glatzkopf keine Ahnung davon hatte. Anscheinend konnte er sich nicht an die Taten erinnern, die er unter dem Einfluss des Tieres begangen hatte. Aber warum konnte er sich daran erinnern, dass er eine Freundin hatte, die es zu retten galt? Egal, das waren Fragen, die sie später klären konnten. Wichtig war nur das Gefühl Alberts, dass keine Gefahr mehr vom Glatzkopf ausging.

Sofort machten sich die vier inklusive Nero auf den Weg, und als sie beim Loch in der Lichtung ankamen, wies Albert den Glatzkopf an, nach oben ins Schwarze zu springen. Das untermalte er mit einer Geste, die selbst der Glatzkopf verstand. Dieser leistete seiner Anweisung sogleich Folge. Kurz darauf standen sie alle auf der Lichtung. Albert fragte, ob er nun wisse, wie man zu seiner Freundin komme, und Mojo übersetzte in dessen Sprache. Der Glatzkopf, der

Jaron hieß, wie er Mojo gesagt hatte, schien verzagt zu sein und verneinte die Frage. Das machte jedoch nichts aus, denn Albert hatte eine Idee. Er sagte zu den anderen, dass sie ihm folgen sollten, und begann zielstrebig loszumarschieren.

Als sie beim Audi ankamen und er neben Jaron auf der Rückbank Platz genommen hatte, sagte er zu Carmen, dass sie zur Villa fahren solle, in der Jaron immer verschwunden war, und dass sie sich beeilen solle. Er hegte da eine Vermutung, denn er hatte die ersten paar Buchstaben auf der Medikamenten-packung lesen können und wusste, dass dieses tatsächlich lebensnotwendig war.

Souverän steuerte Carmen das Auto, bis sie einige Zeit später auf dem Parkplatz vor der Villa einparkte. Beim Anblick der Villa schien der Glatzkopf sich erneut an etwas zu erinnern. Er sprang aus dem Auto und lief sofort zum Eingang des Gebäudes, wo er auf die anderen wartete. Die drei liefen hinter Nero her, der die Truppe anführte und direkt vor Jaron zum Stehen kam. Wie sollten sie nun ins Innere des Hauses kommen?

Albert hatte erneut eine Idee und wies Jaron an, in seiner Jackentasche nach einem Schlüssel zu suchen, was Mojo für Jaron übersetzte. Erstaunt zog dieser wenig später einen Schlüsselbund mit zwei Schlüsseln daran aus seiner Tasche. Einer davon passte tatsächlich ins Schloss der Tür. Im Stiegenhaus angekommen, fragte Albert Jaron, ob er wisse, in welcher Wohnung seine Freundin sei. Wieder sah man in seinen Gesichtszügen, dass er völlig ratlos war. Also blieb ihnen nichts anderes übrig, als den zweiten Schlüssel, der sich am Bund befand, in jedes verdammte Schloss zu stecken. Albert versuchte, die erste Tür aufzusperren, doch der Schlüssel passte nicht. Also ging er zur zweiten Tür, an der er ebenfalls scheiterte. Es gab zwei Wohnungen pro Stockwerk, und es war die zweite Tür im ersten Stock, an der Albert den Schlüssel erfolgreich ins Schloss steckte und die Wohnung aufsperrte.

Kapitel 41

N ero drängte sich als Erster ins Innere und lief zielstrebig durch die Wohnung. Albert und die anderen folgten ihm und wurden schnell fündig. Nero stand vor einem Bett und winselte kläglich. Im Bett lag eine Frau auf dem Rücken, die im Gesicht schneeweiß war. Im Moment konnte Albert nicht sagen, ob sie schlief oder tot war.

Er fasste ihr an die Halsschlagader und stellte erleichtert fest, dass er ein leichtes Klopfen fühlen konnte. Jetzt erst sah er Jaron in die Augen. Diesem liefen Tränen über die Wangen und er sah völlig aufgelöst aus. Mehr wie ein Kind und nicht wie ein erwachsener Mann. Und Albert sah Liebe darin, die völlig unschuldig und rein war. Wieso konnte sich Jaron nur an seine Freundin erinnern und sonst anscheinend an gar nichts?

Nun war es wichtig zu handeln. Carmen war damit beschäftigt, den Blutzuckerspiegel der jungen Frau mit dem dafür vorgesehen Gerät zu bestimmen, das zusammen mit der Insulinspritze auf dem Nachtkästchen neben dem Bett gelegen war. Danach spritze sie die richtige Menge davon ins Fettgewebe des Bauches der Frau im Bett. Nun konnten sie nur noch hoffen, dass sie das aus dem Koma herausholen würde, in dem sie sich zweifellos befand.

Sie hatten Glück, denn kurze Zeit später öffnete die Frau die Augen und sah sich erschrocken um. Ihr Blick blieb an Jaron hängen, und Albert glaubte, dass sie dem ansah, dass er nun ein neuer Mensch war, denn sie blinzelte ihm dankbar und liebevoll zu und wirkte fast schüchtern dabei, als wäre er ein Fremder. Sie wusste noch nicht, dass er kein Deutsch mehr konnte.

Dann schaute sie sich weiter um in der Runde und sah dabei fragend und ängstlich aus. Es schien, als würde sie nach Antworten verlangen. Albert beschloss, die beiden Frauen etwas allein zu lassen, damit sie in Ruhe reden konnten, und ging ins Wohnzimmer, in das ihm Mojo folgte. Sie gingen zum Schreibtisch an der Wand und sahen sich an, was darauf lag. Es war ein aufgeschlagener Atlas, der die Weltkarte zeigte, und auf jedem Kontinent war eine Markierung zu sehen. Neben dem Atlas lag ein in Leder gebundenes Büchlein, das in etwa die Größe eines Taschenbuches hatte, wenngleich es nicht allzu dick war.

Albert klappte es auf und sein Blick fiel sofort auf einen handgeschriebenen Text. Es handelte sich bei der Schrift um dieselbe Sprache, wie sie auch in den

Liedern, die die Löcher zum Erscheinen brachten, verwendet wurde. Anscheinend war das Buch voller Schlüssel, mit denen man sich in die unterirdische Welt begeben konnte.

Albert war aufgeregt, obwohl er wusste, dass diese Texte wirkungslos waren, wenn man nicht genau wusste, an welcher Stelle man welches Lied verwendete. Trotzdem konnte sie ihm dieses Büchlein noch von großem Nutzen sein und er packte es zu dem Atlas, der bestimmt auch eine Bedeutung hatte. Natürlich würde er die junge Frau fragen, ob er die Bücher mitnehmen dürfe, und er ging zurück ins Schlafzimmer.

Dort unterhielten sich immer noch die beiden Frauen, und Albert platzte mitten in ihr Gespräch. Wie er mitbekommen hatte, hieß die Gerettete Michaela. Sie war im Alter von Ashanti und war immer noch bleich. Genau das Gegenstück zu Ashantis Hautteint, wie Albert wusste, aber auch die vornehme Blässe hatte ihre Schönheit.

Michaela wirkte im Moment fast transparent und stockte in ihrer Erzählung, als sie registrierte, dass sie nicht mehr allein mit Carmen und Jaron war. Carmen, die das sofort registrierte, fragte Michaela, ob sie Albert und Mojo die Geschichte erzählen dürfe, die sie gerade von ihr gehört habe. Michaela gab ihr Einverständnis dazu und Carmen legte los.

Sie begann damit, dass sie erzählte, wie Michaela und der Glatzkopf sich kennengelernt hatten. Michaela war Erbin und wohlhabend und hatte sich in dem Waldhaus mit dem Brunnen befunden, das zu den Jagdgebieten ihrer Familie gehörte, als sie dem Glatzkopf das erste Mal begegnet war. Damals war sie auf der Bank vor der Hütte gesessen, und der Glatzkopf war so plötzlich vor ihr gestanden, dass sie sich direkt erschreckt hatte. Er hatte sich als Jaron vorgestellt und sie gefragt, ob er sich ein wenig zu ihr auf die Bank setzen dürfe, weil er ein müder Wanderer sei.

Michaela, die nicht unhöflich hatte sein wollen, ließ ihn gewähren, und so waren die beiden ins Gespräch gekommen. Sie hatten sich stundenlang auf Deutsch unterhalten, denn Jaron konnte interessanterweise Deutsch, und Michaela hatte bald gemerkt, dass sie der schwarze Koloss reizte. Als sie einige Zeit später übereinander herfielen und in der Hütte verschwanden, war ihm Michaela bereits völlig verfallen gewesen, und umgekehrt war das wohl auch der Fall gewesen.

Die beiden hatten eine wunderschöne Nacht in der Hütte verbracht, und erst als der Morgen gegraut hatte, waren die beiden eingeschlafen. Als Michaela gegen Mittag aufwachte, war sie allein in der Hütte gewesen. Sie war aufgestanden und hatte durchs Fenster gesehen, wie Jaron am Rand des Brunnens gestanden war, und sie hatte gehört, wie er irgendetwas gesungen hatte, was sie nicht verstand.

Als sie sich zu ihm gesellt hatte, war er sofort verstummt und er hatte auch keine Antwort auf die Frage gegeben, was er hier machte. Er hatte nur völlig abwesend, fast schon versteinert an Michaela vorbeigeschaut. Da hatte diese gemerkt, dass irgendetwas an ihm nicht stimmte.

Jaron hatte die nächsten Tage mit Michaela verbracht und sie hatte sich gefühlt gehabt wie zwanzig und hätte alles für diesen Mann getan. Ihr gehörte, wie sie erzählte, der Roller, mit dem Jaron durch die Gegend gefahren war, und auch ansonsten hatte sie ihn unterstützt. Sie erzählte, dass er manchmal der liebe Jaron gewesen war, den sie mochte, und manchmal war er völlig abwesend gewesen und hatte einen fast schon irren Blick gehabt, als wäre er ein völlig anderer. Albert wusste, warum das der Fall gewesen war, aber er war froh, denn nun wusste er, dass niemand hinter Jaron, wie er hieß, gestanden war, der eine Gefahr darstellte.

Sie blieben den ganzen Tag bei Michaela und erst am Abend machten sie ihr den Vorschlag, dass sie mit ihnen kommen solle, und Michaela schien einverstanden zu sein. Mojo und Albert stützten sie, während sie mit ihr die Treppe nach unten gingen, da sie immer noch schwach war, und halfen ihr kurze Zeit später auch beim Einsteigen ins Auto.

Als sie alle endlich in der Wohnung von Albert standen und im Wohnzimmer auf der Couch Platz nahmen, wirkte Albert äußerst erleichtert. Nun hatte er alles erledigt, was auf ihn gewartet hatte. So zumindest glaubte er es im Moment.

Die Bücher hatte Michaela ihm überlassen, und nicht selten erwischte er sich in der nachfolgenden Zeit dabei, wie er in diesen schmökerte. Die Zeit verging und drei Wochen, nachdem sie Michaela gerettet hatten, schien sich alles allmählich wieder zu normalisieren. Albert schrieb eifrig an seinem Buch weiter und dachte oft daran, dass er einen Menschen zurück ins Leben geholt hatte. Was damals geschehen war, konnte er noch immer nicht erklären, aber er vermutete, dass die Kraft von Nero nun auch in ihm ruhte, da er das Lichtwesen von seinen Fesseln befreit hatte und mit ihm in Berührung gekommen war.

Würde das nicht auch heißen, dass er seine Kraft nun auch mit Jaron teilte, weil er diesen berührt hatte, als seine Hände gestrahlt hatten? Aber vielleicht konnte auch nur der Hund diese Kraft weiterverbreiten, was er sicher nicht oft tat, und vielleicht war der Grund dafür, dass er normalerweise körperlichen Kontakt ablehnte in seiner leuchtenden Erscheinungsform.

Was für ein Wesen Nero war, wusste Albert noch immer nicht, aber er war unheimlich erfreut darüber, dass er mit diesem zusammenleben durfte.

Carmen hatte ihre Praxis wieder geöffnet und vor allem Ashanti hatte sich schon mit Michaela angefreundet. Manchmal war er fast eifersüchtig auf Michaela, wenn Ashanti sich lachend mit ihr unterhielt. So auch heute wieder, und er ging in die Küche, um den Geschirrspüler einzuräumen. Das tat er völlig in Gedanken versunken und bekam gar nicht mit, wie Ashanti hinter ihm die Küche betrat. Er erschrak, als sie ihn plötzlich an der Schulter berührte, und drehte sich schwungvoll um. Nun stand sie direkt vor ihm und hatte einen Gesichtsausdruck, den Albert von seiner verstorbenen Frau kannte.

Langsam, aber bestimmt näherte sie sich mit ihrem Gesicht dem seinen und küsste ihn. Es war ein zaghafter Kuss, der aber anschwoll, je länger er dauerte. In Alberts Bauch flatterten lauter Zitronenfalter und er bekam weiche Knie.

Endlich war es passiert, was er sich schon so lange gewünscht hatte. Was der Kuss nun zu bedeuten hatte, wusste er aber nicht, und er wollte den Moment nicht zerstören, indem er Ashanti Löcher in den Bauch fragte. Es war Ashanti, die zu reden begann. Aber nicht über den Kuss, sondern etwas anderes. Wie sie erzählte, hatte Michaela vor kurzem einen Schwangerschaftstest gemacht, und dieser war positiv ausgefallen.

Albert fiel aus allen Wolken und fragte sich sofort, was das zu bedeuten hatte. Ashanti rang ihm das Versprechen ab, dass er Michaela nicht darauf ansprechen dürfe, denn diese müsste sich so wie sie alle erst darüber klar werden, ob es nicht gescheiter wäre, den Fötus abzutreiben, denn immerhin war sein Vater zum damaligen Zeitpunkt von einem Bärtier besessen gewesen.

Aber hieß das auch automatisch, dass das Kind böse werden würde? Albert jedenfalls war sich darüber klar, dass die Geschichte doch noch kein Ende gefunden hatte und vielleicht noch Großes auf sie zukommen würde, aber daran wollte er im Moment nicht denken. Das Einzige, was zählte, war, dass er neue Freunde gefunden hatte, die ihn begleiteten auf seinem Weg. Zusammen mit Rocky und Nero, der ein Licht in sich trug, das in der Lage war, die finstersten Ecken der Welt zu erhellen.

Ende